�ככ | KJB

Dagmar Bach

Zimt & zurück

Die vertauschten Welten der Victoria King

KJB

Alle Bände der ›ZIMT‹-Trilogie:

Band 1: *Zimt und weg*
Band 2: *Zimt und zurück*
Band 3: *Zimt und ewig* – erscheint im Herbst 2017

2. Auflage: Februar 2017

Erschienen bei FISCHER KJB
© 2017 S. Fischer Verlag GmbH, Hedderichstr. 114,
D-60596 Frankfurt am Main

Vignetten: Inka Vigh
Satz: Pinkuin Satz und Datentechnik, Berlin
Druck und Bindung: CPI books GmbH, Leck
Printed in Germany
ISBN 978-3-7373-4048-9

Für Silke

*Und für alle anderen großen Geschwister,
die ihren kleinen Brüdern und Schwestern schon lange
vor der Schule das Lesen beigebracht haben.*

Prolog

Ein kräftiger Windstoß blies mir plötzlich ins Gesicht, und ich stolperte erschrocken.

Was war denn jetzt los? Hatte ich nicht vor einer Sekunde noch in meinem kuschligen Bett gelegen?

Und nun stand ich offenbar auf unserer Gemeindewiese, ganz alleine, und es war praktisch mitten in der Nacht.

Ich hatte nicht die geringste Ahnung, was ich hier verloren hatte.

Es sei denn, ich war gerade …

Mein Herz begann zu rasen, als die Gewissheit mich packte, und ich musste mich zusammenreißen, nicht frustriert aufzustöhnen.

Das konnte doch nicht wahr sein!

Ich war wirklich wieder in einer Parallelwelt gelandet!

Jetzt blieb nur noch zu hoffen, dass der Zimtschneckengeruch bald wiederkam und ich ganz schnell zurücksprang.

Raus aus meinem anderen Ich, zurück in mein echtes Leben.

Und hoffentlich ohne, dass meine Parallelversion in der Zwischenzeit irgendeinen Unsinn angestellt hatte …

1.

Die Trompetenfanfaren waren ohrenbetäubend laut und katapultierten mich förmlich aus dem Bett. Mein Herz raste, während irgendwo neben mir die feierlichen ersten Takte erklangen, vorgetragen vom London Symphony Orchestra.

Beziehungsweise meiner Mum.

»God save our gracious Queen ...«, tönte es durchs ganze Haus, so laut, dass sogar ein schlafendes Nilpferd davon wach geworden wäre.

Herrje, was ...? Ich rieb mir die Augen und versuchte, richtig wach zu werden.

»Send her victorious«, schwang sich die Stimme in höhere Tonlagen auf. »Verflixt nochmal glorious, long to reign over us, god save – o nein!!!«

Ich war ja viel von meiner Mum gewohnt, und dass sie mitten in der Nacht die englische Nationalhymne schmetterte, hielt ich zumindest nicht für ausgeschlossen.

Aber mit falschem Text?

Das war dann doch merkwürdig.

Ein Blick auf meinen Wecker ließ mich allerdings schlagartig hellwach werden.

O Mist! Es war ja gar nicht mehr mitten in der Nacht, sondern schon acht Uhr vorbei! Ausgerechnet an diesem Tag musste ich verschlafen! Dabei war *ich* es doch gewesen, die meine Mum gestern Abend überredet hatte, die Geburtstagstorte für das Fest erst heute fertigzumachen, und bald würden die Gäste vor der Tür stehen und mein Freund Konstantin, den ich natürlich eingeladen hatte, und …

Panisch sprang ich in meine plüschigen Hausschuhe, die aussahen wie dicke Tigerpfoten, riss meine Zimmertür auf und schlitterte im festlichen Klang von »Not in this land alone« um die Ecke in die riesige Küche unseres *Bed & Breakfast*.

Und da brauchte ich dann ein paar Sekunden, bis ich die komplette Szene aufgenommen hatte, die sich mir bot:

Meine Mutter rannte wie ein kopfloses Huhn durch den Raum, barfuß, im weißen Spitzennachthemd und noch mit ihrer Schlafmaske auf dem Kopf, und sah dabei mindestens so zerzaust aus, wie ich mich gerade fühlte.

Ich ging zur Anlage und drehte die Lautstärke herunter, so dass man wenigstens sein eigenes Wort verstehen konnte. Gott konnte die Queen wirklich auch schützen, wenn es etwas leiser war.

»Herrje, Vicky«, jammerte Mum, die mit zittrigen Händen zwei Töpfe aus dem Fach unter dem Herd fummelte und lautstark auf die Kochplatten knallte. »Ich weiß nicht, wo mir der Kopf steht. In zwei Stunden geht es los, ich bin noch nicht angezogen, die Geburtstagstorte ist nicht fertig, draußen ist nichts gedeckt, geschweige denn dekoriert, und ich wollte doch noch ein paar Blumengestecke für die Tische machen aus den schönen weißen Hortensien, und jetzt komme ich kaum dazu, den Guss für diese blöde Torte –«

»Mum!«

»Und der Fernseher muss auch noch raus und der ganze Kabelkram und die Tische fürs Büfett und –«

»Mum! Beruhige dich«, sagte ich noch mal und strich mir die plattgedrückten Haare aus dem Gesicht.

»Aber es ist doch ihr Geburtstag!« Mum wimmerte, während sie hektisch im Kühlschrank herumkramte. »Das hat sie nicht verdient.«

Also gut, Vicky. Tief durchatmen.

»Mum, wir kriegen das hin«, sagte ich. »Du hast bestimmt irgendwo deine Checkliste, die gehen wir jetzt einfach Punkt für Punkt durch.« So überzeugt wie ich klang, war ich zwar nicht, aber egal, unsere Feste waren sowieso immer ein wenig ... unorthodox. Kein Grund, in Panik zu verfallen.

»Du bist ein Engel«, sagte Mum und fiel mir mit einem verzweifelt-hysterischen Seufzen um den Hals. »Es soll doch besonders schön für sie werden.«

»Ich bin mir sicher, sie wird es zu würdigen wissen«, sagte ich und machte mich sachte von meiner Mutter los, bevor sie mich zerquetschte. »Also, was braucht am längsten?« Ich griff nach der Liste, die auf dem Küchentisch lag. »Der Guss für die Torte, gut, lass uns damit anfangen.«

»O mein Engelchen«, sagte Mum wieder, tapste durch den Raum und fing an, in unserer Süßigkeitenschublade nach der Schokolade für die Glasur zu suchen.

Derweil studierte ich die Liste. »Okay, du bereitest die Schokolade vor und schmierst sie auf den Kuchen, das kannst du besser als ich.« Ich hatte es nicht so mit Feinmotorik, vor allem nicht direkt nach dem Aufwachen. »Dafür bringe ich schon mal die Deko raus und hole die Blumenvasen und das ganze Geschirr.«

»Mein lieber Engel«, murmelte Mum wie ein Mantra, und ich machte mich auf den Weg in den Keller, um die Kartons mit den Fahnen und Girlanden in den Garten zu bringen.

Als ich wieder zurückkam, war Mum nicht mehr alleine in der Küche. Meine Großeltern waren gerade hereingekommen, von draußen, wohlgemerkt.

»Wo kommt ihr denn her?«, fragte ich, während ich mich daranmachte, nach den passenden Gefäßen für die Blumen zu suchen.

»Von unserer Tauwanderung. So herrlich erfrischend, und eine Wohltat für arme alte Füße«, schwärmte meine Oma und pustete sich das frisch gefärbte Haar aus der Stirn. »Meg, hast du den Tee noch nicht fertig?«, fragte sie fast im gleichen Atemzug anklagend.

Mum rollte mit den Augen, schob ihr aber die Thermoskanne zu. Selbst unter größtem Stress kochte sie als Erstes Tee.

»Und was macht man so bei einer Tauwanderung?«, erkundigte ich mich, während ich nach einer Vase ganz hinten im Schrank angelte.

»Man latscht mit nackten Füßen durch die Wiese und passt dabei auf, dass man nicht in Brennnesseln oder Disteln tritt«, antwortete mein Opa brummig und ließ sich mit der aktuellen Tageszeitung neben meiner Oma nieder. »Wir sind noch vor Morgengrauen aufgestanden.«

»Alte Leute brauchen ja nicht mehr so viel Schlaf«, ergänzte meine Oma.

»Und da hättet ihr mich nicht wecken können?«, fragte meine Mum bissig, aber Oma blieb ganz cool. »Du bist weiß Gott alt genug, dich um dich selbst zu kümmern. Kannst du mir bitte mal die *Gala* rübergeben?«

»Du bist weiß Gott alt genug, sie dir selbst zu holen«, konterte Mum, um im gleichen Moment aufzuschreien.

»Mist!« Sie zog den Topf, in dem sie eben noch gerührt hatte, mit Schwung vom Herd, so dass er laut ins Spülbecken krachte. Ein bitterer Geruch machte sich in der Küche breit.

»Die schöne Schokolade! Komplett verbrannt!« Und nach einigen ziemlich saftigen Flüchen zog sie erneut unsere Schublade auf und fing an, darin herumzukramen. Und fluchte wieder. Noch schlimmer als vorher.

»Jetzt sind nur noch die blöden Sorten übrig. Traube-Rum-Nuss, Kokos-Krokant oder Chili-Espresso. Wer hat die eigentlich gekauft? Wenn ich Polly noch mal dabei erwische, wie sie unsere Schoko-Vorräte auffuttert, dann Gnade ihr Gott!« Sie nahm die Tafeln trotzdem aus dem Schrank und brach sie in kleine Stücke, während sie dabei die ganze Zeit leise vor sich hin meckerte (im Takt von *God save the Queen*, das immer noch im Hintergrund auf Dauerschleife dudelte).

Mum war wirklich wütend. Vermutlich mehr auf sich selbst als auf meine Tante Polly, denn sogar *ich* weiß, dass Schokolade total leicht anbrennt und man sie deswegen nur im Wasserbad schmelzen sollte und nie direkt auf dem Herd.

Na, zumindest würde ein Trauben-Rum-Nuss-Kokos-Chili-Espresso-Gemisch auf der Torte für Aufsehen sorgen.

Was man übrigens auch von meiner Tante Polly sagen konnte, die in diesem Moment in unserer Küche auftauchte. Sie trug noch ihr Prinzessin-Elsa-Nachthemd, in dem sie aussah wie Bellatrix Lestrange auf einem Kindergeburtstag, und ihre Haare standen in wilden Antennen vom Kopf ab. Meine Tante war ziemlich schräg. Ähnlich schräg wie meine Großeltern, die seelenruhig und mit ihren taunassen Füßen am Küchentisch saßen, Zeitung lasen und so taten, als ob sie das alles gar nichts anginge.

»Was stinkt hier denn so erbärmlich?«, fragte Tante Polly und rümpfte die Nase Richtung Spüle, in der der Topf mit den angekokelten dunklen Brocken stand.

»Die kläglichen Reste der guten Schokolade für den Kuchen. Jetzt haben wir für den Guss nur noch die blöden Sorten«, jammerte Mum. »Hoffentlich funktioniert das überhaupt.«

»Warum habt ihr denn nicht die Zartbitter-Tafeln genommen?«, zwitscherte Polly und nahm sich eine Teetasse aus dem Schrank. Die mit dem Spruch FRAUEN SCHNARCHEN NICHT, FRAUEN SCHNURREN.

»Weil. Sie. Nicht. Mehr. Da. Waren.« Mum knirschte geradezu mit den Zähnen. »Denn. Du. Hast. Sie. Komplett. Aufgegessen.«

Tante Polly überhörte Mums anklagenden Unterton. »Aber ich hab dafür gestern extra neue mitgebracht.« Sie ging an Mum vorbei und öffnete den Wandschrank in der Ecke. »Da sind sie doch. Na ja, gut, noch eine. Eine halbe. Im obersten Fach, bei den Staubsaugerbeuteln. Direkt neben dem Orchideendünger.«

»Ach so. Da. Wie dumm von mir, nicht als Erstes genau dort nachzusehen!« Ehe ich mich versah, waren die beiden in eine ziemlich angeregte Diskussion darüber vertieft, wer in dieser Küche das Sagen hatte und wo lebenswichtige und täglich benötigte Hauptnahrungsmittel wie Schokolade aufzubewahren seien.

Der Klang unserer Haustürglocke unterbrach die beiden, und Tante Polly nutzte die Gelegenheit, sich wieder nach oben in ihr Gästezimmer zu verdrücken, das sie bewohnte, seit letzte Woche in ihrer eigenen Wohnung ein Feuer ausgebrochen war, während Mum zur Tür eilte. Vermutlich war es unsere Nachbarin Frau Hufnagel, die besuchte uns jeden Tag fünfmal, gerne auch mal zu komischen Tageszeiten.

Ich widmete mich in der Zwischenzeit wieder Mums Liste. Als Nächstes könnte ich die Kabeltrommel raustragen und dann schnell mit Mum einen der Tische, so dass ich schon mal das Geschirr aufbauen konnte. Aber vielleicht sollte ich vorher schnell ins Bad flitzen, ich war immer noch total verknittert vom Schlafen und trug noch meinen uralten und total verwaschenen Snoopy-Schlafanzug, und eigentlich musste ich mal ganz dringend, und –

Ja, und eigentlich musste ich jetzt mal ganz dringend tot umfallen.

Denn im Türrahmen unserer Küche war hinter meiner Mum noch jemand anderes aufgetaucht.

Konstantin.

Der tollste Junge der Welt.

Und mein Freund, seit genau sieben Tagen.

»Guten Morgen zusammen«, sagte er und sah dabei so lässig aus, dass ich sofort wackelige Knie bekam. Er trug Jeans, ein enges schwarzes T-Shirt mit V-Ausschnitt und seine Grübchen im Mundwinkel und sah aus, als ob er direkt vom Cover eines

Fitnessmagazins gestiegen wäre. Aber es waren seine Augen, die mich ein ums andere Mal umhauten. Weil sie so schön grünblau leuchteten wie der Sommer. Und weil sie mich ansahen, als ob ich etwas ganz Besonderes wäre.

Leider fiel mir in diesem Moment kein cooler Spruch ein, um die megapeinliche Situation zu überspielen, sondern ich konnte einfach nur dümmlich grinsen, während ich ein »Hi« rausquetschte. Was er ebenso grinsend erwiderte, allerdings nicht dämlich, sondern einfach nur entwaffnend und wunderschön und – ach, ja.

»Konstantin ist ein bisschen früher vorbeigekommen, um uns zu helfen, ist das nicht nett?« Im Gegensatz zu mir schaffte meine Mum es, trotz der Hetze frisch und fröhlich auszusehen. »Und das trifft sich tatsächlich hervorragend, denn Vicky und ich haben ein bisschen verschlafen«, erklärte sie. »Wir können jede Hilfe brauchen.«

Mum brauchte vielleicht Hilfe, aber *ich* hoffte gerade eher auf ein Wunder, das mich im Boden versinken ließ, denn ich stand hier immer noch mit strubbligen Haaren, verklebten Augen und ungeputzten Zähnen. Vor meinem neuen Freund. Verlegen knibbelte ich am Saum meines ausgeleierten Schlafshirts herum und trat von einer Tigerpfote auf die andere.

Aber Konstantin schien nicht im Geringsten zu stören, wie ich aussah. Er lächelte nur in die Runde, zwinkerte mir kurz verschwörerisch zu und sagte: »Na, dann mal los. Was kann ich tun?«

Mum genierte sich tatsächlich nicht, Konstantin für alles Mögliche einzuspannen. Sie baute mit ihm schnell die Tische im Garten auf, half ihm, unseren Fernseher hinauszuschleppen, und überließ ihm dann vertrauensvoll den ganzen restlichen technischen Kram wie die Verkabelung und so.

Währenddessen blieb ich in der Küche und war hin- und hergerissen, die Tortenglasur (jetzt im sicheren Wasserbad, wohlgemerkt) allein zu lassen, um mir irgendetwas überzuwerfen. Aber die Schokoladensorten mit den komischen Stücken drin waren bereits geschmolzen, und Mum war schon wieder nebenan in der Vorratskammer verschwunden. Okay, erst Glasur, dann Kleidung.

Unter hastigem Rühren versuchte ich gerade, mit Löffeln und Fingern alle Klümpchen und Fremdkörper herauszufischen, als es schon wieder klingelte. Weil ich mittlerweile bis zu den Ellbogen in der Schokolade steckte, musste Mum wieder ran. Meine Großeltern verschanzten sich in aller Seelenruhe weiter hinter ihren Zeitungen.

Als Mum keine Minute später zurück in die Küche kam, stand hinter ihr eine mir unbekannte ältere Frau samt einem riesigen Koffer, und ich musste zweimal hingucken, um alles in mich aufzunehmen – einmal hatte nämlich nicht gereicht. Das war gerade genau wie im Kino. Ich war vor einer Weile in einem IMAX-Film gewesen, da war die Leinwand so riesig, dass man erst nach ganz links und ganz rechts gucken musste, um das komplette Bild zu sehen. Hier war es ähnlich. Die Frau vor mir hatte eindeutig Breitbildformat. Dabei war sie sogar ziemlich groß, fast so groß wie Mum, selbst wenn die ihre cognacfarbenen Lieblingsstilettos mit den Zehn-Zentimeter-Absätzen anhatte. Aber bestimmt dreimal so breit, obwohl sie ein lang wallendes schwarzes Kleid trug, das ihre Figur ein bisschen kaschierte.

Leider kaschierte es nicht, dass die Gute ihren Hals zu Hause vergessen haben musste, denn ihre drei Kinns (oder heißt es Kinne?) lagen direkt auf ihren breiten Schultern auf und sahen dadurch aus wie eine fleischfarbene Halskrause. Zu ihrem massigen Kopf trug sie einen schwarzen Pagenkopf und Unmengen von Goldketten, und ihre grauen Augen hatte sie mit leuchtend blauem Lidschatten umrandet.

Und die guckten richtig böse. Wenn meine Tante Polly eine Doppelgängerin von Bellatrix Lestrange aus *Harry Potter* war, dann war diese Frau hier Professor Snape. Mit einer kräftigen Portion weiblicher Hormone und hundert Kilo mehr auf den Rippen. Aber mit dem gleichen garstigen Blick.

Mum schien ähnlich zu denken, denn ihr Lächeln wirkte etwas angestrengt, als sie sagte: »Vicky, Liebes, das ist Raimund Grafs Tante. Tante Röschen. Sie wird ein paar Tage bei uns wohnen. Im Gartenzimmer.«

Ich hatte bisher keine Ahnung, dass wir überhaupt ein Gartenzimmer hatten, aber wahrscheinlich wollte Mum sie einfach nur beeindrucken. Was ich sehr gut verstehen konnte, denn Tante Röschen war wirklich ziemlich einschüchternd.

Trotzdem erinnerte ich mich an meine gute Erziehung. »Herzlich willkommen«, sagte ich und nickte freundlich mit dem Kopf, weil meine Hände ja noch in Schokolade badeten. »Ich kann Ihnen leider gerade nicht die Hand geben.«

»Mädchen, was treibst du denn da?«, keifte sie, und ich fühlte mich ein kleines bisschen so, als ob ich wieder fünf Jahre alt wäre und Herr Lindemeyer aus dem Supermarkt mich fragte, ob ich einen Kaugummi bei ihm geklaut hätte. Hatte ich natürlich nicht, aber sein Tonfall ließ mich damals vor Schreck fast in die Hose machen.

Trotzdem versuchte ich, mit einem kleinen Witz die Stimmung ein wenig zu lockern. »Ich hab meine Kontaktlinse verloren«, sagte ich und deutete mit meinem verschmierten Ellbogen in die Schüssel mit der geschmolzenen Schokolade vor mir.

»Wie bitte?« Ihr Tonfall und die hochgezogenen Büschel über ihren Augen (von Brauen konnte keine Rede sein – Bert von der Sesamstraße wäre neidisch gewesen) verrieten, dass die Gute nicht ein Quäntchen Humor hatte. Zumindest nicht meinen.

»Ich hab meine Linsen hier drin verloren, Sie wissen schon, meine Kontaktlinsen, also … Ach, nicht so wichtig«, sagte ich und hielt meine Hände über den Topf, damit die dunkle Soße wieder zurücktropfen konnte.

»Das sind doch hoffentlich keine Lebensmittel, in denen du da rumpanschst?«

»Nein, nein, natürlich keine Lebensmittel – nur die Kuchenglasur«, beeilte Mum sich zu sagen, aber die schmalen Lippen von Tante Röschen wurden trotzdem noch dünner als ein Blatt Papier.

Dann ließ sie sich auf einen unserer Küchenstühle fallen, der daraufhin bedenklich krachte.

»Raimund sagte mir, dass das hier eine Unterkunft mit Vollpension wäre. Ich habe Hunger!«

Na, das kann ich mir denken.

»Äh, ja, kein Problem, wir sind hier nur noch ein bisschen am

Vorbereiten, denn nachher kommen Gäste zu einer kleinen Gartenparty« – Mum verschluckte sich fast –, »zu der Sie natürlich auch herzlich eingeladen sind, dann gibt es sofort was ...«

»Was heißt *nachher*?«

Mum sah auf die Küchenuhr. »In einer Stunde.« Ihr Blick wurde panisch. Gleich würde sie wieder mit dem Engelchen anfangen.

»Ich habe aber jetzt Hunger, und ich muss essen, wegen meiner Tabletten.«

»Ich dachte, Sie müssen essen, weil Sie Hunger haben«, sagte meine Oma von der Eckbank aus und fing sich dafür vom Röschen einen giftigen Blick ein.

»Ich kann Ihnen schnell ein paar Rühreier machen und frisches Gebäck dazu«, beeilte Mum sich zu sagen und warf Oma einen warnenden Blick zu.

»Das wäre zumindest mal ein Anfang«, quakte das Röschen. »Aber mit viel Speck!«

»Mit Speck. Öhm, ja. Klar«, sagte Mum und sprintete quasi zur Bratpfanne, um dem Röschen so schnell wie möglich eine Portion Cholesterin zu servieren.

»Der Fernseher läuft. Was jetzt?« Konstantin war wieder zurück in die Küche gekommen und zuckte kaum merklich zusammen, als er das Röschen sah, das wie ein aufgehender Hefekrapfen am Küchentisch saß.

»Na, endlich mal einer, der keinen Schlafanzug anhat. Junge, an der Tür steht mein Koffer, bring den auf mein Zimmer. Aber du brauchst dir nicht die Mühe zu machen, hineinschauen zu wollen, er ist abgeschlossen.«

Unterstellte die Alte da Konstantin gerade, dass er ihr Gepäck durchwühlen wollte? So eine Frechheit! Mum dachte anscheinend genau dasselbe, denn ihr Blick war merklich kühler geworden, obwohl sie weiterhin freundlich blieb.

»Bleib hier, Konstantin, und kümmere dich mit Vicky lieber um die Gartendeko. Ich helfe Ihnen stattdessen mit Ihrem Koffer«, sagte sie an das Röschen gewandt.

»Auch gut«, antwortete diese gönnerhaft. »Die übrigen Sachen werden heute Nachmittag geliefert.«

Die übrigen Sachen? Mit so einem riesigen Koffer konnten Mum und ich zwei Wochen lang verreisen. Zusammen.

Aber egal, wenn Mum mir schon eine Chance zur Flucht gab, ergriff ich sie natürlich. Ich zog meine Hände aus der Schokolade, schrubbte sie mit Seife ab und floh zusammen mit Konstantin in den Garten.

»Ihr habt ja sehr interessante Gäste in eurem *B&B*«, sagte er, als wir auf die überdachte Terrasse traten, die die komplette Rückseite unseres Hauses einnahm.

»Die ist kein echter Gast, nur ein Gefallen, den Mum einem Freund schuldet. Kennst du Raimund Graf, den Juwelier? Der hat Mum vor ein paar Wochen aus der Patsche geholfen, und dafür darf seine Tante ein paar Tage umsonst bei uns wohnen.«

»Na, der Gefallen muss aber ziemlich groß gewesen sein.«

»Nicht groß genug, so wie es aussieht«, sagte ich düster. Ich ging hinüber zum Schuppen, wo unsere Holzleiter stand. »Wir schmücken zuerst die Obstbäume, okay?«

Konstantin schob mich sanft zur Seite. »Lass mich das machen, die ist für dich zu schwer. Außerdem soll man mit Tigerpfoten nicht auf Leitern steigen«, sagte er lächelnd. O verflixt, die Hausschuhe! Ich hatte tatsächlich vergessen, wie ich gerade aussah. Schnell schlüpfte ich hinaus und versenkte meine nackten Zehen im feuchten Gras. Vielleicht sorgte ja Tauwandern dafür, dass mein Kopf wieder klar wurde.

Wobei von Tau eigentlich keine Rede mehr sein konnte. Es war kurz nach neun, die Sonne war schon zur Hälfte über unseren Rasen gewandert und ließ unsere Rosen und Hortensien bereits Mitte Juni in vollen Farben erstrahlen, nämlich weiß, rot, blau, den Farben der britischen Flagge. Und wenig später hatten Konstantin und ich sämtliche Buchsbäume, Lorbeersträucher und Obstbäume dem angepasst, denn alles, was uns in die Quere kam, hatten wir mit kleinen Union-Jack-Wimpeln oder dem englischen St.-George-Cross behängt. Jeder, der gleich auf der Party aufschlagen würde, würde gar nicht anders können, als sich einfach nur *very British* zu fühlen.

Konstantin stemmte seine Hände in die Hüften. »So, alles fertig für ihren Geburtstag. Ich kann es immer noch nicht fassen, dass ihr eine Party für sie gebt.«

»Da kennst du meine Mum noch nicht«, sagte ich. »Die kann ganz andere Sachen.«

Wobei der zweite Samstag im Juni schon eines unserer Jahres-Highlights ist, das muss ich zugeben. Denn wir feiern nicht irgendeinen Geburtstag, sondern den von Queen Elizabeth II., ihres Zeichens *Her Royal Highness*.

Die hat zwar eigentlich im April Geburtstag, aber in England ist es seit über zweihundert Jahren Tradition, den Jubeltag im

Juni zu feiern – ausschließlich des Wetters wegen. Ist das nicht ein toller Brauch? Hätte ich selbst nicht im Juli Geburtstag, ich würde es sofort genauso machen.

Und während in London jede Menge Soldaten in roten Uniformen und Bärenfellmützen der Queen huldigen, feiert Mum jedes Jahr fleißig mit: Sie lädt Nachbarn und Freunde ein, bereitet ein typisch britisches Büfett vor, und gemeinsam sehen wir uns die Live-Übertragung auf der BBC an und bewundern die Royals. (Na ja, Mum, als Prinzessin Kates Schwester im Geiste, bewundert sie, während wir anderen eher die leckeren Scones futtern.)

Und deswegen musste unser Garten auch so üppig wie jedes Jahr dekoriert werden. Aber in unserem Union-Jack-Meer fehlte noch etwas.

»Die Spezialsachen«, sagte ich, ging zu den Pappkartons auf der Veranda, die ich vorhin schon aus dem Keller hochgeschleppt hatte, und begann, darin herumzuwühlen.

»Ah, da ist es ja. Der lebensgroße Pappaufsteller von Prinz Harry. Und die Kate- und William-Gesichtsmasken.« Ich befreite ein Pappgesicht von Kate aus seiner Plastikfolie. »Mum hat vor ein paar Jahren eine William-und-Kate-Party gegeben, kurz vor deren Hochzeit. Wir hatten achtzehn Kates und fünfzehn Williams in unserem Wohnzimmer, das war echt schräg«, erinnerte ich mich. »Nur mein Opa hatte sich geweigert und stattdessen eine Faschings-Maske von Darth Vader getragen und dabei immer wieder *God Save Darth Vader* gesungen. Aber da hatte er schon ordentlich Grappa intus.«

Als ich die Sachen hervorkramte, spürte ich plötzlich Konstantins Hand auf meiner Schulter. Mit zittrigen Beinen drehte ich mich zu ihm um.

»Wir haben uns heute noch gar nicht richtig begrüßt«, sagte er und strich mir eine meiner zerzausten Haarsträhnen aus dem Gesicht. Und mit dieser einfachen Bewegung schaffte er es, dass mein Magen von einer Sekunde auf die andere wilde Purzelbäume schlug.

»Hallo, du«, murmelte ich und lächelte schwach. Hoffentlich gaben meine Knie jetzt nicht nach.

Konstantin fing an zu grinsen. »Selber hallo. Du siehst übrigens total süß aus. Ich mag Snoopy«, sagte er, und sein Blick wanderte über meinen Schlafanzug wieder nach oben.

Und blieb an meinen Lippen hängen.

Mein Herz fing an, wie verrückt zu klopfen.

Er wollte mich küssen!

Und ich wusste ja, wie toll er küsste, und ich wollte auch nichts lieber tun, als mich von ihm küssen zu lassen.

Wenn ich nur …

Ja, wenn ich heute Morgen Zeit gehabt hätte, mir die Zähne zu putzen.

Aber so konnte ich es leider nicht zulassen, auf gar keinen Fall. Nicht mit muffigem Morgenatem.

Und als Konstantin sich schließlich zu mir herunterbeugte, hob ich deswegen blitzschnell das Pappgesicht von Prinzessin Kate, das ich noch in der Hand hielt, vor meine Nase.

Und Konstantins Lippen berührten die der Duchess of Cambridge.

Angriff abgewehrt.

»Gut, dann eben später. Glaub nämlich ja nicht, dass du mir entkommst. Ich erwische dich schon noch«, sagte er zwinkernd, schnappte sich den Papp-Prinz-Harry und ging damit zu unseren Büfett-Tischen.

Und ich sah ihm nach und träumte davon, wie sich seine Lippen auf meinen angefühlt hätten.

Und seufzte.

Aber na ja.

Kommt Zeit, kommt Zahnbürste.

Und dann vielleicht auch ein Kuss.

2.

Als Queen Elizabeth II. pünktlich um zehn Uhr in einer schicken Kutsche auf den großen Paradeplatz in London fuhr und freundlich in die Reihen lächelte, saß meine Mum auf einem Gartenstuhl vor dem Fernseher, in einem wunderschönen cremefarbenen Sommerkleid mit kleinen gelben Blümchen und dem passenden Hut auf dem Kopf, die Hände andächtig im Schoß verschränkt, und wippte mit ihrem Fuß im Takt der Musik der Marschkapelle.

Wir hatten es tatsächlich geschafft, bis zur Ankunft der Gäste alles fertigzubekommen. Als die ersten Leute kamen, war Mum geschniegelt und gebügelt, die Torte war mit Schokolade angeschmiert, der Fernseher lief und die Parade noch nicht. Halleluja.

Unsere lieben Nachbarinnen Frau Hufnagel und Frau Rabe waren wie immer die Ersten, und in ihren pastellrosa beziehungsweise pastellblauen Etuikleidern mit passenden Hütchen sahen sie so aus, als ob sie mit der Queen verwandt sein könnten. Na ja, oder wenigstens mit Camilla. Überhaupt hatten sich alle ziemlich in Schale geworfen: Mums beste Freundin Mimi hatte einen royalblauen Hut mit Federn auf und eine passende Clutch dazu, und ihr Mann Konrad trug seinen Hochzeitsanzug. Mit Blume im Knopfloch. Sogar die alte Frau Glockengießer war gekommen, samt Rollator im England-Look, obwohl sie seit ein paar Wochen nicht mehr in dem hübschen Häuschen in unserer Straße wohnte, sondern ins Altenheim gezogen war.

Alle waren in Feststimmung, und keinem schien aufzufallen, dass die Union-Jack-Girlanden hier und da ziemlich wild zwischen den Bäumen gespannt waren und die Verkabelung des Fernsehers ein bisschen abenteuerlich aussah, zumal Konstantin alles noch mit rotem Klebeband umwickelt hatte, damit man sie in unserem schlecht gestutzten Rasen sehen konnte und niemand drüber fiel.

Weniger begeistert waren die Leute allerdings von unserem neuen Gast.

Tante Röschen hatte es tatsächlich geschafft, in nur fünf Minuten, nachdem sie im Garten erschienen war, eine ziemlich unausgewogene Verteilung der Gäste hervorzurufen. Die zwei Stuhlreihen nämlich, die wir wie jedes Jahr in die Wiese vor den Fernseher gestellt hatten, waren, außer dem Platz von Mum, unbesetzt. Stattdessen drängten sich alle auf unserer Veranda am Haus, möglichst weit weg von Mum und dem Fernseher und dem Essen.

Und weg vom Röschen.

Die hatte sich einen Stuhl direkt vor das Büfett gezerrt und saß jetzt mit der Nase in den Gurkensandwiches, die sie passend dazu auch inhalierte, so quasi. Sie machte sich noch nicht mal die Mühe, einen Teller zu nehmen, sondern fasste mit ihren dick beringten Fingern alles an, was sie für genießbar hielt, und schob es sich dann in den Mund. Und das schien außer der Blumendeko so ziemlich alles zu sein, mal abgesehen von der Torte, bei der ich ja mit meinen Fingern die Glasur verseucht hatte.

Ab und zu warf sie mit garstigen Blicken und bösen Kommentaren um sich, was zur Folge hatte, dass niemand sich traute, ans Büfett zu gehen, und alle sich erst mal an die flüssige Verpflegung hielten. (Kein Wunder übrigens, dass Raimund dieses Jahr zum ersten Mal nicht dabei war, obwohl er sich sonst keine Party bei uns entgehen lässt.)

Ich hatte deswegen den ganzen Vormittag gut zu tun, Nachschub aus der Küche zu holen – zum einen, weil der Getränketisch nach einer Stunde geplündert war, zum anderen, weil keiner sonst mehr sicher auf den Beinen stand.

Die Einzigen, die außer mir noch keinen sitzen hatten, waren Konstantin, sein bester Freund Nikolas und meine beste Freundin Pauline, die auch zur Party gekommen waren.

Konstantin hatte mir erst geholfen, aber dann hatte meine Tante Polly ihn in Beschlag genommen. Er saß mit ihr auf der Terrasse und starrte in ihr Handy. Vermutlich musste er ihr irgendeinen Account einrichten, denn sie interessierte sich seit neuestem für Facebook, Instagram und WhatsApp. (Sie hatte nämlich Mums altes Smartphone geerbt.) Armer Konstantin. Vielleicht sollte ich ihn von meiner Tante erlösen, damit er nicht gleich die Nase voll hatte. Obwohl ihm das Chaos heute Morgen nichts ausgemacht zu haben schien – genauso wenig, wie jetzt zwischen meiner Familie und Mums Freunden zu sitzen.

Aber Nikolas und Pauline waren ja auch noch da. Die allerdings hatten nichts Besseres zu tun als zu streiten. Das konnten die beiden den lieben langen Tag tun, um zu verbergen, dass sie sich gegenseitig toll fanden. Das heißt – Pauline verbarg es. Sie wollte sich frühestens in zwanzig, dreißig Jahren mit Jungs einlassen, nämlich dann, wenn sie endlich Wissenschaftlerin war und schon einige Preise abgesahnt hatte. Den Nobelpreis oder so. Nikolas wollte sich anscheinend nicht so lange gedulden.

»Hab ich Zucker in den Augen, oder bist du wirklich so süß?«, fragte er sie gerade, als ich auf dem Weg in die Küche an ihnen vorbeikam.

Pauline machte Würggeräusche. »Du mit deinen blöden Anmachsprüchen. Heb dir die lieber für die Mädels in der Schule auf, die dir scharenweise zu Füßen liegen.«

»Ich will aber, dass *du* mir zu Füßen liegst.«

»Das wird nicht passieren. Niemals.«

»Sag niemals nie.«

»Sag du lieber nie wieder so einen bekloppten Spruch zu mir, sonst scheppert's.«

Ehrlich gesagt wunderte es mich schon ein bisschen, dass sich die beiden wieder so in den Haaren hatten. In der Woche zuvor, als Konstantin und ich zusammengekommen waren, sah es nämlich ganz so aus, als ob auch die beiden ein Paar geworden waren (sie hatten sogar schon Händchen gehalten!). Aber als ich Pauline diese Woche in der Schule gefragt habe, warum sie wieder so ruppig zu ihm ist, wollte sie nicht darüber reden.

Puh. Wie war ich froh, dass Konstantin und ich diese Phase bereits überwunden hatten. Wobei Phase zwei auch nicht ohne war.

Natürlich hatte ich in der Zwischenzeit geduscht, mich angezogen und mir die Zähne geputzt (sicherheitshalber zweimal), aber ich war ein bisschen nervös, dass er den missglückten Prinzessin-Kate-Kuss in einen echten umwandeln wollte. Und obwohl ich doch generell wirklich gerne von Konstantin geküsst werde (er ist ein ganz ausgezeichneter Küsser), war Knutschen in der Öffentlichkeit, noch dazu vor Mums kompletten Freunden und meinen Großeltern, eine echte Herausforderung. Ich traute ein paar von ihnen durchaus zu, dass sie einen Kreis um Konstantin und mich bilden würden, um uns anzufeuern.

Deswegen sorgte ich dafür, dass ich ständig auf Achse war, sobald Konstantin sich mir mit seinem zugegeben sehr verführerischen Lächeln mehr als zwei Schritte näherte. Wenigstens waren wir inzwischen vor den bissigen Kommentaren des Röschens sicher. Die hatte sich nämlich mit einem Tablett Käsehäppchen auf ihr Zimmer verzogen.

Dafür war noch ein verspäteter Gast zu uns gestoßen, auf den ich genauso gern verzichtet hätte. Schleimigerweise hatte er sich direkt neben Mum vor den Fernseher gesetzt – so nah, dass er mit seinen Beinen fast die von meiner Mum berührte. Ich musste mich zusammenreißen, um ihm nicht auf die Schulter zu tippen und zu sagen, dass er seine krummen Politikerstelzen gefälligst von ihr fernhalten solle. Aber mit dieser Ansicht stand ich leider ziemlich alleine da, denn der Typ war unser allseits beliebter Bürgermeister. Der machte meiner Mum seit ein paar Wochen schöne Augen, was sie blöderweise auch noch beeindruckte. (Nicht, dass ihr jetzt denkt, dass ich meiner Mum kein Glück gönne, vor allem nicht in der Liebe. Und vor allem nicht nach der für sie so schmerzhaften Trennung von meinem Dad vor knapp zehn Jahren. Ich wünsche mir nur jemand anderen für sie. Jemanden mit ein bisschen mehr Integrität als der Bürgermeister. Denn der war – ach, das erzähle ich später.)

Ich überlegte also gerade, wie ich den Bürgermeister von meiner Mum loseisen konnte, nachdem ich aus der Küche noch Sekt und Orangensaft geholt hatte, als meine Oma zu mir herüberkam. Mit einem äußerst mürrischen Gesicht. Und ihre Laune hatte nichts mit dem leeren Glas zu tun, das sie in der Hand hielt. »Wie lange haben wir dieses bösartige Weib am Hals, das vorhin die Käseplatte geklaut hat?«, keifte sie quer durch den Garten und entwand mir die volle Flasche Sekt. Sie hatte sich umgezogen und trug ihren goldenen Sari, während mein Opa in seine übliche Ich-mach-auf-Rocker-und-bin-ein-cooler-Senior-Kluft geschlüpft war. (Die beiden wollten nachher noch auf eine Tattoo-Messe gehen. Meine Oma hatte sich vor ein paar Wochen das Gesicht von David Garrett auf den Oberarm tätowieren lassen, weil es aber so weh tat, nach der Hälfte abgebrochen. Jetzt sah der dunkelblaue Fleck auf ihrem Arm nicht aus wie das halbe Gesicht eines Geigers, sondern wie ein kleiner Wolpertinger. Sie hoffte, heute wenigstens einen Tiger draus machen lassen zu können.)

»Keine Ahnung, wie lange sie bleiben will. Raimund sagte irgendetwas von einem Familienfest, ich glaube, seine Frau hat einen runden Geburtstag. Deswegen ist sie hier. Wieso?«, fragte ich unschuldig. »Gibt es ein Problem mit ihr?«

»Problem?«, fragte Oma giftig. »Diese Frau ist direkt aus der Hölle gekommen. Vorhin hat sie mich gefragt, ob ich hier die Putzfrau bin, und mir ihre dreckigen Schuhe mitgegeben. So eine Frechheit! Und wie die schon aussieht! Sollte man so in diesem Alter rumlaufen?«

Ich musste mir sehr verkneifen zu sagen, dass sie ungefähr

genauso alt war wie meine Oma. »Du kannst die Flasche gern mitnehmen«, schlug ich stattdessen tröstend vor, was sie dazu brachte, sich in Richtung Veranda zu trollen.

»Vicky?« Ich schaute mich um. Konstantin war offensichtlich von Tante Polly entlassen worden und winkte mir zu. Wie er so dastand und mir klarwurde, dass dieses unglaubliche Lächeln tatsächlich nur mir galt, hatte ich das dringende Bedürfnis, ihn von dieser Meute hier wegzubringen und irgendwohin mitzunehmen, wo ich ihn ganz für mich hatte.

Und kaum hatte ich diesen (für mich schon ziemlich mutigen) Gedanken gehabt, roch ich die Zimtschnecken.

Ein intensiver, unglücksschwangerer und mir leider sehr vertrauter Geruch.

O nein.

Nicht schon wieder!

Und nicht ausgerechnet jetzt!

Es gibt nämlich etwas, das ich bisher noch nicht richtig erklärt habe. Ein Geheimnis, von dem nicht mal meine Mum weiß (und die weiß sonst so ziemlich *alles* über mich).

Am besten, ich erzähle ganz von vorne:

Angefangen hatte alles kurz nach meinem zwölften Geburtstag. Da roch ich zum ersten Mal den Duft von frisch gebackenen Zimtschnecken – einfach so, ohne dass Mum oder sonst wer dem Ofen überhaupt nahe gekommen war.

Und dann verschwand ich von einer Sekunde auf die nächste und landete an einem völlig anderen Ort. In einem riesigen Garten, wenn ich es richtig in Erinnerung habe.

Nach ein paar Augenblicken, in denen ich vor Schreck beinahe ohnmächtig geworden war, kam erneut der Zimtschneckengeruch, und ich sprang wieder zurück – noch ehe ich auch nur ansatzweise kapiert hatte, was da gerade geschehen war.

Aber es sollte nicht bei diesem einen Sprung bleiben. Seit diesem Tag passierte es immer wieder, ungefähr ein-, zweimal im Monat. Manchmal dauerte es nur fünf Sekunden, manchmal zehn, und meistens war ich schon wieder am Ausgangsort, ehe ich mich an diesem anderen Ort überhaupt orientieren konnte.

Nachdem diese Sache ein paarmal geschehen war, hatte meine Freundin Pauline darauf bestanden, diese merkwürdigen Sprünge zu erforschen und mich eine Art Logbuch im Computer anlegen lassen, in das ich peinlich genau aufschreiben sollte, was wann wie geschehen war.

Und obwohl ich ihren Anweisungen wirklich brav folgte, hatten Pauline und ich in den letzten drei Jahren keine Erklärung für diese Sprünge finden können. Eine Weile befürchtete ich sogar, furchtbar krank zu sein und Halluzinationen zu haben oder so, aber Pauline hatte eine andere Theorie.

Die sich vor ungefähr sechs Wochen bestätigt hatte.

Pauline (die schon seit der Grundschule meine allerbeste Freundin ist und auch die Einzige, der ich von diesen seltsamen Sprüngen sofort erzählte – ich wollte Mum mit meinem unerklärlichen Verschwinden nicht unnötigerweise Sorgen bereiten) glaubt, dass ich tatsächlich und im wahrsten Sinne des Wortes springe – und zwar in eine Parallelwelt. In der ich mit einem anderen Ich für ein paar Sekunden den Platz tausche (oder besser gesagt den Körper, denn meiner bleibt immer in meiner alten Welt zurück).

Sie behauptet außerdem, dass es nicht nur ein Universum gebe, sondern ganz viele – und dass ich, ein stinknormales, knapp fünfzehnjähriges Mädchen, einfach so innerhalb dieses riesigen Multiversums hin- und herspränge.

Das klingt alles total verrückt, ich weiß.

Aber das Schlimmste an der Sache ist: Pauline hat recht.

Bei einem meiner Sprünge vor ein paar Wochen nämlich (die aus unerklärlichen Gründen inzwischen immer länger dauerten) konnte ich mich in der anderen Welt im Spiegel sehen – und den Personalausweis meines anderen Ichs checken. Und damit war ganz klar bewiesen: Ich war ich, ohne Zweifel. Gleiches Aussehen (bis auf die Frisur), gleiches Geburtsdatum, gleiches Mädchen.

Nur in einer anderen Welt.

Und genau dasselbe passierte scheinbar jetzt gerade wieder, noch ehe ich mich überhaupt auf den Weg zu Konstantin machen konnte. In der einen Sekunde schraubte ich noch eine Flasche Orangensaft auf, und in der nächsten …

Ja, wo war ich überhaupt gelandet?

Nachdem der Zimtschneckengeruch verflogen war und ich mich nach ein paar Sekunden gesammelt hatte, schaute ich mich um. Orientierung war alles, so viel hatte ich bereits gelernt. Aufgeregt war ich dabei immer noch ziemlich – obwohl es schon so oft passiert war. Aber in diesem Moment war ich auch frustriert. Denn ich hatte gehofft, dass nach meinen letzten Sprüngen in die Parallelwelt das Thema endlich mal vom Tisch war und die

Springerei vielleicht ein Ende genommen hatte. Denn die waren wirklich, wirklich nervenaufreibend und ganz anders gewesen als alle anderen vorher. Ich war nämlich praktisch im Minutentakt abwechselnd hier und in dieser anderen Welt gelandet, so dass ich überhaupt nicht mehr wusste, wo oder wer ich war. Das war echt beängstigend, und ich hoffte, dass ich so was nicht noch einmal erleben musste.

Tja, zu früh gefreut.

»Victoria, bring doch eben mal den Müll runter«, sagte Mum zu mir. Und zwar meine Parallelwelt-Mum, die zum Glück die Gleiche war wie in meinem echten Leben.

»Klar«, antwortete ich automatisch. *Nur nicht auffallen* war schon immer meine Devise bei solchen Sprüngen.

Im Geiste ging ich Paulines Checkliste aus dem Logbuch durch, die ich längst verinnerlicht hatte:

Geschätzte Dauer des Sprungs: Keine Ahnung, bin ja gerade erst angekommen
Ausgangsort: Unser Garten, vor dem Büfett
Zielort: Gute Frage.

Ich guckte mich möglichst unauffällig um und erkannte sofort Tante Pollys Wohnung. Die Küche, um genau zu sein, in ihrem Häuschen mitten im Ort, das in meiner Welt vor einer Woche beinahe komplett abgebrannt war. Zum Glück war das hier anscheinend nicht passiert.

Zimtschneckenfaktor (auf einer Skala von 1 bis 10): Intensiv. Eine 7, würde ich sagen

Besonderheiten und neue Erkenntnisse: Mal sehen. Nein, noch keine.

So weit, so gut. Tante Pollys Küche also. In der kannte ich mich wenigstens aus, obwohl sie hier viel vollgestopfter war als in unserer Welt. Es gab neben dem Ecktisch noch eine kleine Couch, eine Glasvitrine mit Geschirr und einen Fernseher auf dem Kühlschrank, den meine Parallel-Mum gerade ausschaltete. Man konnte gar nicht normal durch den Raum gehen, ohne irgendwo anzustoßen.

»Victoria«, sagte Mum jetzt wieder, »der Müll!«

»O ja, natürlich«, antwortete ich schnell und schnappte mir den vollen Beutel aus dem Eimer unter der Spüle, in den Mum gerade noch ihre letzten Teebeutel gestopft hatte.

Sie lächelte mich kurz an, ehe sie einen Lappen nahm und den Tisch abwischte, und ich tat so, als ob ich den Plastiksack erst ordentlich verknoten musste. Ich wollte noch einen Moment hierbleiben und sie beobachten. Sie sah genau aus wie zu Hause: die schönen langen braunen Haare, die schmalen Schultern, die rotlackierten Fingernägel. Sogar ihr Kleid kannte ich. Wir hatten es bei einem unserer London-Urlaube gekauft, ein wunderschönes Millefleurs-Kleid aus einem Baumwoll-Seidengemisch mit Biesen. In unserer Welt hütete sie es wie einen Schatz, denn beim Waschen lösten sich die vielen kleinen Zierknöpfchen gerne ab, und Mum trug es nur zu ganz besonderen Anlässen. Hier war das Kleid allerdings schon fadenscheinig vom vielen Waschen, und ein paar Knöpfe fehlten.

Merkwürdig.

Egal, ich durfte nicht auffallen. Ich verzog mich also nach unten, um den Müll wegzubringen, und als ich zurückkam und wieder Tante Pollys Flur betrat, kam Mum gerade aus dem Badezimmer.

»Was machen wir denn heute noch?«, fragte ich und war ganz stolz, wie cool ich diesmal diesen unerwarteten Sprung nahm und dass ich sofort daran gedacht hatte, zu versuchen, etwas über diese Parallelwelt herauszufinden. Denn soweit ich es bis jetzt beurteilen konnte, war ich in dieser hier noch nie gewesen. (Bis heute hatte ich leider kein Schema hinter den Sprüngen entdeckt. Manchmal sprang ich jedes Mal woanders hin, oft aber, so wie in den letzten paar Wochen, mehrmals hintereinander in ein und dieselbe Welt.)

Vielleicht verriet mir das Nachmittagsprogramm meiner Parallel-Mum etwas über unser Leben hier. Zumindest wusste ich schon mal, dass wir die Parade dieses Jahr hier bei Tante Polly angesehen hatten. Das hatten wir vor drei oder vier Jahren schon mal gemacht, als bei uns im *B&B* kurz vorher der Satellitenreceiver kaputtgegangen war und Mum nicht nach oben zu unseren Großeltern gehen wollte.

Meine Parallel-Mum schien meine Frage allerdings nicht gehört zu haben, denn sie ging zurück in die Küche und fing an, im Kühlschrank herumzukramen.

Ich folgte ihr. »Mum?«

»Hm?«

»Was ist denn heute Nachmittag noch geplant?«

»Wie meinst du das, *noch geplant*?«, fragte sie und überprüfte die Verfallsdaten von diversen Joghurtbechern.

»Na ja, ich meine, was unternehmen wir noch?«

»Das ist nicht witzig, Victoria«, murmelte sie und entschied sich für ein Birchermüsli. »Du weißt genau, dass ich heute noch arbeiten muss.«

»Aber es ist doch Samstag!« Mum führte zwar in meiner Welt das *B&B* mit vollem Herzblut und Einsatz, aber Samstagnachmittag hatte sie selten etwas zu tun, weswegen diese Zeit auch oft für uns beide reserviert war.

»Tja, und wie jeden Samstagnachmittag muss ich auch heute wieder ins Rathaus«, antwortete sie mit gepresster Stimme und schob sich an mir vorbei hinaus in den Flur. »Sollte es unser lieber Bürgermeister in Zukunft mal schaffen, seine Arbeit unter der Woche zu machen, dann kann ich mir möglicherweise freinehmen. Aber auch nur vielleicht«, murmelte sie bitter und schlüpfte in ihre cremefarbenen Pumps.

Meine Mum arbeitete im Rathaus?

»Schließ die Haustür gut zu, wenn du noch weggehen solltest, Schatz«, sagte sie und hauchte mir einen Kuss auf die Wange. »Bis sechs müsste ich wieder zu Hause sein.«

Zu Hause.

Ich schluckte.

Und als die Wohnungstür hinter ihr ins Schloss fiel und das Klackern ihrer Absätze auf der Treppe immer leiser wurde, drehte ich mich langsam um.

Ich kannte mich in Tante Pollys Wohnung natürlich bestens aus, sie wohnte hier schon, seit ich denken konnte. Aber in dieser Welt war alles irgendwie voller. Sehr viel voller. Die Küche. Und auch der Flur, in dem die kleine Einbaugarderobe vor Jacken, Schals, Tüchern, Taschen und Regenschirmen nur so überquoll.

Mit einem komischen Gefühl in der Magengrube ging ich ein Stückchen weiter und stieß die erste Tür auf, links neben dem Eingang.

Hier war Tante Pollys Schlafzimmer. Es sah genauso aus, wie ich es in Erinnerung hatte. Der Raum dahinter allerdings, den sie in meiner Welt als Wohnzimmer nutzte, war hier kein Wohnzimmer. Sondern, nach den Sachen zu urteilen, die hier herumlagen – Mums Schlafzimmer.

Konnte das sein? War es möglich, dass wir …

Mit klopfendem Herzen öffnete ich die dritte Tür, zum kleinsten der drei Zimmer, eigentlich eine bessere Besenkammer, in der Polly bei mir zu Hause ihren Bürokram aufbewahrte.

Und blieb stocksteif im Türrahmen stehen.

Denn das hier war offensichtlich mein Zimmer. Oder anders gesagt: das Zimmer von Parallel-Vicky. Ein Bett und ein Schreibtisch standen darin, dazu ein schmales Wandregal mit einem gepunkteten Vorhang davor. Mehr passte nicht rein. Und auch so konnte man sich kaum um sich selbst drehen.

Und in dem Moment, als ich begriff, dass wir hier alle zusammenwohnten, in Tante Pollys kleiner Wohnung über ihrem Laden, kam der Zimtschneckengeruch, und ich sprang in meine eigene Welt zurück.

Wo ich von einem entsetzten Schrei meiner Mum empfangen wurde.

»UM HIMMELS WILLEN!«

Fast gleichzeitig schepperte es direkt vor mir, als ob der kompletten Marschkapelle der Queen gerade die Instrumente aus den Händen gefallen wären.

Aber deswegen hätte Mum sicher nicht so geschrien. Oder sich die Hände vors Gesicht geschlagen.

Langsam und mit klopfendem Herzen sah ich nach unten.

Und zuckte vor Schreck zusammen.

3.

Nachdem ich gesehen hatte, was passiert war, hätte ich am liebsten genauso laut aufgeschrien wie Mum.

Denn so, wie ich schließlich die Situation überblickte, ergab sich folgendes Bild:

Erstens: Ich befand mich immer noch im Garten, und zwar in Höhe des Büfetts. Mein Parallel-Ich hatte sich also nicht aus lauter Angst in mein Zimmer verkrümelt, sondern offenbar Hunger gehabt.

Zweitens: Konstantin lag vor mir auf dem Boden. Mit einer guten Portion Queen-Elizabeth-Geburtstagstorte in seinen Haaren.

Drittens: Unter Konstantin lag der Gartentisch in mehreren Einzelteilen samt den Resten vom Büfett.

Viertens: Unser Fernseher war mit dem Bildschirm nach unten in der Wiese gelandet. Der BBC-Sprecher hustete gerade noch mit dumpfer Stimme etwas in den Rasen, ehe es laut knisterte und knackte und das Gerät schließlich verstummte.

Fünftens: Obwohl das alles ziemlich unbequem aussah, fing Konstantin an, mich schief anzugrinsen.

Und ich konnte mich nicht entscheiden, ob ich einfach nur zurückgrinsen wollte oder doch lieber im Boden versinken. (Ich entschied mich für Ersteres, alleine der Praktikabilität wegen.)

Zwar konnte ich mir noch nicht hundertprozentig zusammenreimen, was da kurz vor meinem Rücksprung geschehen war, aber das ganze Chaos hier ging zweifelsfrei auf das Konto meines zweiten Ichs, das in der kurzen Zeit meiner Abwesenheit meinen Platz eingenommen hatte. Sie musste Konstantin mitten in die Torte geschubst haben. Absichtlich oder auch nicht.

»Ist alles okay?«, fragte ich ihn und hielt ihm beide Hände hin. »Bist du verletzt?«

Er ließ sich von mir auf die Beine helfen und schüttelte den Kopf.

»Nein.« Er klopfte sich ein paar Gurkenscheiben vom T-Shirt. »Nur vielleicht mein Stolz, ein ganz kleines bisschen.«

Sofort waren auch Pauline und Nikolas an meiner Seite, und Pauline flüsterte: »Du warst weg, oder?«

»Ja, aber nur kurz«, zischte ich zurück. »Konntet ihr vielleicht sehen, was mein anderes Ich gerade angestellt hat?«

»Nein, nicht die Spur, es kam ja so plötz–«

»Vicky, um Himmels willen!« Mum drängte sich zwischen uns, und wir mussten unsere geflüsterte Diskussion unterbrechen. (Wobei ich unheimlich froh war, nach dem Sprung und seinem desaströsen Ausgang meine Freunde und Verbündeten um mich zu haben. Denn mittlerweile wussten neben Pauline auch noch Nikolas und Konstantin Bescheid. Hatte sich irgendwann gar nicht mehr vermeiden lassen.)

Peinlicherweise wandte Mum sich in diesem Moment direkt an Konstantin: »Hast du dir weh getan?«, fragte sie und tastete mit den Händen seinen Arm ab.

Konstantin blieb wie immer cool. »Nein, das ist nur die Torte.« Er wischte sich einen Klecks Kirschfüllung aus dem Gesicht.

»Was ist denn nur passiert? Und wie ist der Fernseher im Gras gelandet?« Meine Mutter rang die Hände, und ich fühlte mich richtig mies. Eine kaputte Geburtstagstorte war die eine Sache. Aber der Fernseher? Ich wusste genau, dass wir im Moment kein Geld übrig hatten, ihn zu ersetzen. Das B&B lief zwar ganz gut, aber große Anschaffungen waren selten drin.

»Wir haben eine Haftpflichtversicherung«, sagte Konstantin in diesem Moment, als ob er meine Gedanken lesen konnte, und ich lächelte ihn dankbar an.

»Was für ein Malheur!« Jetzt quatschte auch noch der Bürgermeister dazwischen, der seinen gegelten Kopf ein bisschen zu eng an Mums Schulter presste. Wer hatte denn *den* bitte schön um seine Hilfe gebeten? Ich jedenfalls nicht.

»Wir kommen schon klar!« Pauline konnte den Kerl zum Glück genauso wenig leiden wie ich, aber weder er noch Mum ließen sich leicht abwimmeln. Dabei brannte ich darauf, mit Pauline, Konstantin und Nikolas mein Erlebtes unter acht Augen zu teilen. Und ihnen ging es bestimmt ähnlich.

»So ein Missgeschick!«, säuselte der Bürgermeister wieder. *Schleimer.*

»Missgeschick?« Eine Stimme, scharf wie eine Rasierklinge, schnitt durch unseren Garten. Ein hoher, beißender Ton, so dass mir die Ohren klingelten. »Ich hab genau gesehen, was passiert ist!«

O nein. Das Röschen. Das fehlte gerade noch, dass die alte Schreckschraube sich einmischte. Aber das tat sie, und zwar mit ganzem Körpereinsatz. Sie lehnte aus dem Fenster ihres Gästezimmers im ersten Stock, wobei ihr Kopf aussah wie ein Heidelbeermuffin, der über den Rand des weißen Papierförmchens quoll. Sogar lilarote Flecken hatte sie im Gesicht, als sie weiterschimpfte.

»Dieser ungezogene Bengel ... genauso schlimm wie diese kindische Frau und ihre unmögliche Familie. Dieser, dieser« – sie deutete mit ihrem fleischigen Zeigefinger auf Konstantin und schien nach dem richtigen Wort zu suchen – »dieser ... Lüstling! Hat versucht, das Mädchen zu küssen.«

Aha! Jetzt wusste ich wenigstens, was passiert war. Konstantin hatte die vermutlich nichtsahnende Parallel-Vicky geküsst. Na ja, oder es zumindest versucht. Natürlich glotzten ihn jetzt alle an, aber er ließ sich trotzdem nicht aus der Ruhe bringen.

Er sah nach oben und rief: »Ich bin kein Lüstling. Und klar küsse ich meine Freundin. Sind Sie denn selbst nie jung gewesen?«

Das war der Moment, in dem ich mich noch viel mehr in ihn verliebte, als ich es sowieso schon war. Und ich glaube, Mum war auch kurz davor, denn sie lächelte ihn verzückt an und schien es ihm nicht im Mindesten krummzunehmen, was er da anscheinend mit ihrer Tochter vorhatte – noch dazu in aller Öffentlichkeit. Ihr hat Courage schon immer imponiert.

Das Röschen fand die Widerworte offensichtlich nicht so cool, denn sie schnappte empört nach Luft, ehe sie das Fenster zuknallte und die Vorhänge schwungvoll zuzog. Allerdings nicht, ohne seitlich wieder zu uns hindurchzulinsen, was man wegen ihrer hell glitzernden Halsketten von hier unten nur zu gut erkennen konnte.

Aber nachdem Konstantin ihr noch einmal zuwinkte, hatte sich auch das erledigt.

Ab diesem Moment grinste ich ihn nur noch debil an, doch

es war mir egal. Dieser coolste aller Jungs war tatsächlich mein Freund! Ich war gerade das glücklichste Mädchen der Welt. Meine Hochstimmung hielt allerdings nur drei Sekunden an. Dann nämlich sagte Mum zu Pauline, Nikolas und mir: »So, Leute – was auch immer hier passiert ist, jetzt wird aufgeräumt! Und Konstantin« – sie warf einen amüsierten Blick auf sein Haar – »geht am besten duschen.« Ich konnte Pauline ansehen, dass sie sich genau wie ich viel lieber über den letzten Sprung mit mir ausgetauscht hätte, aber Mums Blick ließ keinen Raum für Diskussionen.

Während Konstantin sich nach drinnen trollte und ich zum Himmel betete, dass ich keinen Anti-Pickelstift im Badezimmer liegen gelassen hatte oder, noch viel schlimmer, meine zerkaute Zahnschiene, machten Nikolas und Pauline sich an die Arbeit und fingen an, die traurigen Reste vom Büfett aus dem Rasen zu klauben. Mum ging derweil zurück auf die Veranda, um sich wieder um ihre Gäste zu kümmern. Die waren mittlerweile ziemlich lustig drauf, so wie sich das anhörte, denn ihr Lachen schallte durch den Garten. Frau Hufnagel und Frau Rabe saßen in unserer Hollywoodschaukel und sangen der Queen ein Ständchen nach dem anderen, und der Bürgermeister hatte sich zwischen meine Großeltern drapiert und erzählte ihnen vermutlich, wie toll er war.

Pauline, Nikolas und ich stellten gerade die letzten Teller und Tassen in die Spülmaschine, als Tante Polly in die Küche kam. Der war wahrscheinlich das Gelaber vom Bürgermeister draußen zu viel geworden.

»Endlich war diese blöde Geburtstagsparade mal nicht so langweilig wie sonst«, sagte sie und zwinkerte mir zu.

»Mir war sie fast zu aufregend«, murmelte ich und fragte mich nervös, was Konstantin so lange in unserem Bad trieb. Schon wenn ich ihn mir hinter unserem Blümchenduschvorhang vorstellte, bekam ich einen roten Kopf.

»Wo sind denn bloß die Schokolinsen?« Tante Polly räumte gerade unseren Kühlschrank leer, um sich ein Sandwich zu machen. Schinken, Silberzwiebeln, Kapern, Rindfleischwurst und offenbar – Schokolinsen. (Polly hat eine Konstitution wie ein Russe, sagt mein Opa immer, womit er nicht ganz unrecht hat. Wobei an diesem Tag allerdings wirklich nichts vom Büfett übrig war, weil das Röschen praktisch alles inhaliert hatte.)

Pauline stieß mich in die Seite und deutete stumm auf meine Tante. Ich nickte. Wir kannten uns mittlerweile so gut, dass ich genau wusste, woran sie gerade dachte.

Letzte Woche, als Tante Polly mit der Rauchvergiftung im Krankenhaus lag, hatte sie ein paar merkwürdige Andeutungen gemacht. So merkwürdig, dass ich meine sauteure neue Schwimmbrille verwettet hätte, dass sie etwas über die Weltenspringerei wusste. Und jetzt schien der perfekte Moment zu sein, um ihr ein bisschen auf den Zahn zu fühlen.

Ganz unauffällig, natürlich.

»Heute, kurz vor … dieser Sache am Büfett«, fing ich an, »habe ich mich übrigens irgendwie ganz komisch gefühlt.«

Pauline und Nikolas nickten mir aufmunternd zu.

»Komisch?«, fragte Tante Polly, während sie ihre Brotscheiben fingerdick mit Butter beschmierte.

»Ja, so ganz eigenartig.« Ich verlieh meiner Stimme einen dramatischen Unterton. »Als ob ich nicht ganz bei mir gewesen wäre.«

»Hattest du vielleicht Unterzucker? Darunter leiden viele Jugendliche während eines Wachstumsschubs.«

Ich beugte mich verschwörerisch zu ihr hinüber. »Nein, du weißt schon. Ich war *nicht ganz bei mir*.« Mittlerweile flüsterte ich nur noch. »Als ob ich nicht ich gewesen wäre. Und dann wurde mir so komisch schwindelig.«

Aber Tante Polly ließ sich von meinen Effekten nicht beeindrucken und tätschelte mir mit ihren Fettfingern mitleidig den Arm.

»Geht mir auch manchmal so, Liebes. Das liegt an der Schilddrüse, hat der Arzt gesagt. Ganz klarer Fall von Unterfunktion, wenn du mich fragst. Es gab wirklich Zeiten, da war mir den ganzen Tag schwindelig. Und ich konnte futtern und futtern und wurde gar nicht satt. Geschweige denn wach.« Wie auf Befehl gähnte sie herzhaft und biss dann ein Riesenstück von ihrem abenteuerlichen Brot ab.

»Aber dank der Mepfikamente iff daf pfum Glück jepf pforbei«, nuschelte sie mit vollem Mund.

Pauline kräuselte ihre Nase, was sie immer dann tut, wenn etwas nicht so läuft, wie sie es sich vorstellt, während Nikolas anfing zu grinsen.

Tante Polly schien davon nichts mitzubekommen. »Frag doch deine Mutter, ob sie mit dir zum Endokrinologen geht.«

Ich wusste zwar nicht ganz genau, was ein Endokrinodingsbums machte, aber ich war mir sicher, dass der mir nicht helfen können würde. Denn die Fähigkeit, zwischen verschiedenen Welten zu springen, war meines Erachtens nichts, was schulmedizinisch zu behandeln war, geschweige denn mit ein paar Jodtabletten.

Vielleicht hatten wir uns tatsächlich geirrt, was Tante Polly anging. So wie sie hier gerade vor uns saß und sich noch eine Handvoll gesalzene Erdnüsse zwischen ihre angebissenen Brotscheiben stopfte, schien sie so unschuldig an der ganzen Sache zu sein wie jeder andere von uns. Außerdem zuckte ihr linkes Auge normalerweise, wenn sie schwindelte. Und sie fuhr sich immer mit der Zunge über die Eckzähne. Aber obwohl ich ganz genau aufgepasst hatte, konnte ich nichts Verräterisches an ihr entdecken.

Kein Zucken. Kein Züngeln.

Vielleicht war es aber auch einfach am besten, sie noch mal unter vier Augen zu fragen. Womöglich wusste sie genau, wovon ich sprach, und wollte vor meinen Freunden nicht offen sprechen. (Was ich nicht wirklich glaubte, meine Tante nimmt normalerweise nie Rücksicht bei Privatgesprächen, aber einen Versuch war es jedenfalls wert.)

Als Mum ein paar Minuten später in die Küche kam, entließ sie uns zum Glück von der Aufräumaktion.

Erleichtert schnappte ich mir eine Thermoskanne mit Tee und einen Teller Shortbread und ging voraus in mein Zimmer.

»Ich hätte schwören können, dass Polly etwas damit zu tun hat«, sagte Pauline und verzog enttäuscht das Gesicht. Normalerweise hatte ihr hübsches wissenschaftliches Näschen immer den richtigen Riecher.

»Ich nicht.« Nikolas hatte wirklich den Mumm, ihr zu widersprechen. Mutiger Junge.

»Und wer oder was, meinst du, ist es dann?«, fragte Pauline angriffslustig, und ehe ich mich's versah, saßen die beiden auf meinem Bett und zankten wie die beiden alten Herren aus der Muppetshow darüber, wer von ihnen die bessere Menschenkenntnis hatte.

Ich blieb in der Zwischenzeit ein paar Sekunden unschlüssig stehen. Noch nie hatte ich mir in meinem eigenen Zimmer Gedanken darüber gemacht, wo ich mich hinsetzen sollte. Aber das war auch vor Konstantin gewesen. Schließlich stellte ich das Tablett ab und hockte mich vor dem Bett auf den Boden. Dann konnte er sich wenigstens auf meinen Schreibtischstuhl setzen. Wenn er denn endlich mal kam. Himmel! Was trieb er da überhaupt so lange in unserem Badezimmer?

So begeistert ich davon war, dass Konstantin und ich jetzt *fest zusammen* waren, die Unsicherheit konnte ich einfach nicht abschütteln. Ich meine, ich war zwar fast fünfzehn, aber ich hatte nicht die geringste Ahnung, was man in meinem Alter und überhaupt so generell mit einem festen Freund tat. Im Gegensatz zu ihm. *Er* hatte nämlich schon mal eine Freundin gehabt, soweit ich wusste. Und er war einfach von Haus aus cool. Er schien immer zu wissen, was zu tun war. Musste man die ganze Zeit eng nebeneinandersitzen? Und knutschen und sich verliebt in die Augen gucken? Und sich anfassen? Und wenn ja, wo? Oder reichte es, wenn man ab und zu Händchen hielt? Würde er das überhaupt wollen? Und was machte ich, wenn ich dann Schwitzehände bekam und er das eklig fand?

Das war etwas, worüber ich dringend mit Pauline reden musste. Vor allem nach dem, was hier heute passiert war.

Mich tröstete nur, dass mein zweites Ich anscheinend noch unsicherer als ich gewesen war – immerhin hatte sie ihn in die Torte geschubst. Andererseits war es aber vielleicht auch so, dass sie den Jungen, der sie da gerade hatte küssen wollen, überhaupt nicht kannte.

Herrje! Während ich noch versuchte, mich von dem Schlamassel des Vormittags zu erholen und das Gezanke von Pauline und Nikolas auszublenden, kam Konstantin endlich herein, und ich war froh, dass ich schon saß und meine KEEP-CALM-Teetasse sicher mit beiden Händen festhielt. Seine Haare waren nass vom Duschen und ein kleines bisschen verstrubbelt, und er trug ein hellblaues T-Shirt von mir, das ihm offenbar Mum gegeben hatte. Ich hatte es mal nach einem Schwimmwettkampf bekommen, und es war mir viel zu weit. Bei ihm saß es allerdings ziemlich eng. Aber er war ja auch fast einen Kopf größer als ich. Und muskulöser.

Und mutiger, denn ohne zu zögern setzte er sich direkt neben mich auf den Teppich und nicht etwa auf den freien Drehstuhl.

»Alles okay?«, fragte ich ihn, weil mir nichts Schlaueres einfiel.

Er grinste mich an. »Hübsches Bad habt ihr. Sehr blumig.«

»Mum hat die alleinige Entscheidungsgewalt, was die Einrichtung hier angeht«, antwortete ich und versuchte mir vorzustellen, wie Konstantin in unserem lavendel-pastellrosafarbenen Badezimmer ausgesehen haben musste. Wahrscheinlich hatte Mum ihm sogar die Handtücher mit den riesigen aufgedruckten Pfingstrosen rausgelegt – auf die ist sie nämlich besonders stolz, außerdem passen sie vom Farbton exakt zu unseren Zahnputzbechern und dem Klodeckel.

Konstantin deutete auf Pauline und Nikolas, die noch keine Notiz von ihm genommen hatten, sondern sich die Sticheleien nur so um die Ohren hauten. »Geht das die ganze Zeit schon so?«

»Ja. Die beiden erinnern mich an diese Tatort-Kommissare, du weißt schon, Jan-Josef Liefers und der kleine Dicke.«

»Die Kommissare sind aber kein Liebespaar«, antwortete Konstantin.

»Wir sind *auch kein* Liebespaar!«, sagte Pauline aufgebracht.

»Das hat aber letzte Woche im Schwimmbad ganz anders ausgesehen«, bemerkte ich.

»Letzte Woche hat nicht gezählt. Nicht, nachdem Nikolas so dreist war und sich meinen Eltern als *mein Freund* vorgestellt hat!«

Ah, daher wehte also der Wind. Das hatte sie mir noch gar nicht erzählt! Gut, damit war Nikolas vielleicht wirklich etwas zu weit gegangen.

»Wie auch immer.« Konstantin zwinkerte mir zu. »Ich bin dafür, dass Vicky jetzt erst mal erzählt, was sie gerade erlebt hat. Was gibt es Neues in der Parallelwelt? War die böse Stiefmutter wieder dabei?«

»Nein, das ist es ja.« Ich nippte an meinem Tee. »Es war komplett anders als die letzten Male.«

»Anders?«

»Ich glaube, es war eine völlig neue Parallelwelt. Keine, in der ich schon mal war.«

Und damit hatte ich die volle Aufmerksamkeit meiner Freunde. Sogar Nikolas und Pauline hörten mir gespannt zu.

Ich fing an zu erzählen, was ich bei meinem letzten Sprung erlebt hatte. Ich berichtete von Mums abgetragenem Kleid und von Tante Pollys vollgestopfter Wohnung. Und von der winzigen Kammer, die das Zimmer meines anderen Ichs war.

»Das ist ja fast so schlimm wie Harry Potter unter der Treppe«, sagte Nikolas – eindeutig, um die Stimmung zu heben, aber niemand lachte. Denn lustig war das, was ich erlebt hatte, tatsächlich nicht. Eher erschreckend.

»Was hat mein anderes Ich denn eigentlich hier gemacht?«, fragte ich in die Runde. »Ich war doch bestimmt zehn Minuten weg.«

Ich sah Pauline an, die normalerweise eine gute Beobachterin ist und oft Dinge mitbekommt, die andere übersehen.

Doch die murmelte nur: »Keine Ahnung. Ich glaube, du bist einfach nur rumgelaufen. Hab nicht drauf geachtet.« Und als Nikolas grinsend die Augenbrauen hob, sagte sie: »Ich meine, wie auch? Ich wusste ja nicht, dass du weg warst.«

Konstantin dagegen hatte es offensichtlich schon bemerkt. »Du hast erst ein bisschen bei den Getränkekisten rumgeräumt und bist dann in der Küche verschwunden. Für bestimmt fünf Minuten. Ich bin aufgestanden, weil ich dich suchen wollte, und dann haben wir uns am Büfett getroffen. Tja, und dann – hat dein zweites Ich wohl die Nerven verloren«, sagte er, grinste aber ziemlich selbstgefällig dazu.

»Das kann man wohl sagen!«, sagte Pauline, strich sich ihre langen blonden Haare hinter die Ohren und richtete sich auf.

»Aber passt mal auf, Leute, so geht das nicht weiter. Wir brauchen eine Art Erkennungszeichen. Einen Geheimcode, damit wir wissen, dass du gerade springst.«

Ich rieb mir die Augen. »Du meinst, ich soll so etwas sagen wie: *Achtung, ich glaub ich spring gleich*, wenn ich die Zimtschnecken rieche?«

Konstantin lächelte mich an, aber Pauline hatte schon wieder in ihren Wissenschaftsmodus geschaltet. »Quatsch. Das funktioniert ja nur, wenn gerade jemand von uns neben dir steht. Nein, ich dachte eher an eine echte Sicherheitsfrage. Ihr wisst schon, wie wenn man sich bei einer Bank ein Konto einrichtet oder in irgendeinem Onlineshop. Da kann man doch auch vorab Antworten auf bestimmte Fragen eingeben, für den Fall, dass man sein Passwort vergessen hat und danach gefragt wird.«

»So was wie: *Mädchenname der Mutter?*«, fragte ich.

»Ja, genau. Nur würde diese Frage in deinem Fall keinen Sinn machen. Denn die Antwort wäre ja von jedem deiner anderen Ichs gleich.« Und etwas ungeduldiger fügte sie hinzu: »Es muss natürlich etwas sein, was nur du alleine uns beantworten kannst. Und etwas, auf das wir vier hier auch die Antwort wissen.«

Und während wir alle noch über ihren Vorschlag nachdachten, sprang sie von meinem Bett und schnappte sich von meinem Schreibtisch Zettel und Stift.

»Wie wäre es zum Beispiel damit: Was war das Peinlichste, was dir je passiert ist?«

»Das werd ich euch ganz sicher nicht verraten!«, sagte ich empört. Nicht nur, dass ich mich damals blamiert hatte, jetzt sollte ich es auch noch vor meinem Freund ausplaudern?

Aber Pauline war da schmerzfrei.»Das war doch damals, als du während der Geburtstagsfeier von Susa deine –«

»Weißt du was, Nikolas?«, versuchte ich sie schnell zu übertönen,»als wir in der Fünften waren, da hat Pauline in der ersten Sportstunde ...«

»Ja, ja, schon gut, hab's kapiert!«, lenkte sie ein, und ich musste kichern. Ganz egal war es Pauline dann wohl doch nicht, was Nikolas hörte.

»Dann machen wir eben was anderes.« Sie klickte mit dem Kugelschreiber auf meinem Block herum, während sie überlegte.»Und wenn wir Rechenaufgaben nehmen?«, fragte Konstantin.»So richtig schwere, die man im Kopf nicht schnell nachrechnen kann? Vicky könnte ja fünf Aufgaben oder so auswendig lernen – und wir natürlich auch –, und wir hätten den perfekten Test.«

Pauline überlegte.»Nicht schlecht. Niemand kann so schnell Kopfrechnen, vor allem nicht Vicky. Nichts für ungut«, sagte sie, und ich widersprach ihr noch nicht einmal. Mathe ist wirklich nicht mein Ding.

Sie öffnete die Taschenrechner-App in ihrem Smartphone.»Dann mal los!«

Nach einer Viertelstunde hatte Pauline ein paar ziemlich kompliziert aussehende Rechenaufgaben auf meinen Block gekritzelt.

»Und bis morgen denkt jeder noch mal gründlich darüber nach, ob ihm oder ihr was Besseres einfällt. Klar? Dann schreibe ich alles zusammen und mache einen E-Mail-Verteiler daraus«, sagte sie, während sie aufstand und den Zettel in ihre Tasche packte.

»Jawohl, Frau Lehrerin«, sagte Nikolas und fing sich dafür von Pauline wieder einen bösen Blick ein. Aber er hatte schon recht, sie war manchmal schon ziemlich oberlehrerhaft. Mich allerdings störte es nicht. (Ich hatte mittlerweile ein dickes Fell, was das betraf. Und außerdem wusste sie es einfach *wirklich* ganz oft besser. Also, immer eigentlich. Zumindest besser als ich.)

Nikolas machte es scheinbar genauso wenig aus wie mir, denn er sagte: »Komm, Frau Lehrerin, ich bring dich noch nach Hause.« Er zwinkerte Konstantin und mir zu.

Pauline hatte sich schon längst an ihm vorbei aus dem Zimmer geschoben. »Das wirst du schön bleiben lassen«, hörte ich sie in unserem Flur sagen und dann noch irgendwas Unverständliches meckern, ehe die Haustür ins Schloss fiel.

»Die beiden sind irgendwie drollig«, sagte ich zu Konstantin, der immer noch neben mir auf dem Fußboden saß. Einfach, damit es nicht so still war im Raum. Und so – *zweisam*.

Der allerdings schien in Gedanken ganz woanders zu sein, denn er musterte mich schon die ganze Zeit mit ernster Miene von der Seite.

»Ich hätte mich wirklich auf mein Gefühl verlassen sollen«, sagte er nach einer Weile, die mir vorkam wie eine Ewigkeit. Ich konnte nämlich nichts anderes tun als dasitzen und ihn angucken. Weil er so perfekt war. Sogar mit dem winzigen Krümel Shortbread an seinem linken Mundwinkel, den man nur sehen konnte, wenn man ganz nah nebeneinandersaß. Aus Angst, dass mir selbst mein halbes Frühstück im Gesicht hing, rieb ich so unauffällig wie möglich meinen Mund an meiner ihm abgewandten Schulter ab. (Und hinterließ dort tatsächlich einen kleinen Fettfleck auf meinem T-Shirt. Wie peinlich. Hoffentlich sah er nicht ausgerechnet dorthin.)

»Was hat dir dein Gefühl vorhin gesagt?«, stotterte ich.

Er räusperte sich, ehe er antwortete: »Dass du vorhin nicht du selbst warst.«

Ich war ehrlich überrascht. »Warum hast du das angenommen?«

»Du hast dich anders bewegt als vorher.« Seine Augen waren immer noch auf mich fixiert.

»Anders?«

»Na ja, anders als sonst. Sehr schüchtern.«

Ich fragte mich, wie ich mich *noch* schüchterner in seiner Gegenwart bewegt haben konnte. Ich meine, ich war ja jetzt schon ein Nervenbündel, wenn er in der Nähe war.

»Aber ich *bin* schüchtern.«

»Tatsächlich? Na, ich dafür nicht.« Er grinste jetzt über das ganze Gesicht und strich sich die feuchten Haare aus der Stirn.

»Sollen wir einen zweiten Versuch starten?«, fragte er.

»Zweiten Versuch? Was war denn der erste?«

»Du weißt schon. Die Sache am Büfett. Als ich dich küssen wollte.« Er grinste noch mehr, und die Sonne ging in meinem Zimmer auf. Zumindest war mir auf einmal so heiß, als ob sie genau das gerade tun würde.

»Oh. Ach das«, sagte ich nur.

»Hättest *du* mich auch in die Torte geschubst?«

»Nie im Leben!«

»Das heißt, du hättest mich geküsst vorhin?«

»Du hättest *mich* geküsst.«

»Das hätte ich. Und will ich immer noch. Sehr gerne sogar.«

Er rutschte ein Stück nach vorne, so dass wir uns genau gegenübersaßen und unsere Knie aneinanderstießen.

»Und ich tue es genau jetzt«, flüsterte er, und damit beugte er sich nach vorne, und unsere Lippen berührten sich ganz sachte.

Mein Herz fing an, so stark zu klopfen, dass mein ganzer Körper schon beinahe vibrierte.

Und es fühlte sich … toll an. So schön sanft, und als Konstantin jetzt auch noch meine Hände nahm …

»HILFE! DIEBE! HILFE!!!«

Der Schrei war markerschütternd, und Konstantin und ich fuhren erschrocken auseinander.

Und ich ahnte im gleichen Moment, dass das mit dem Küssen heute wohl einfach nicht sein sollte.

4.

»Was ist denn los?« Mum war zum Glück schon vor uns im Flur, und mit ihr das Röschen. Soweit ich es in der Kürze der Zeit beurteilen konnte, war weit und breit kein Einbrecher in Sicht. Nur ein riesiggroßer, silberglänzender Vogelkäfig auf einem Rollgestell, der eben so durch unsere Haustür passte und den das Röschen gerade mit ihren schwer beringten Fingern in Richtung Wohnzimmer schob und dabei eine ordentliche Schramme am Türrahmen hinterließ. Und in diesem Käfig saß ein ziemlich merkwürdiges Tier.

»Diebe! Hilfe! Hunger!«, rief es da wieder, und Konstantin und ich gingen neugierig ein Stück näher heran, um zu sehen, was da so plapperte.

Es war ein schwarzer Vogel mit orangefarbenem Schnabel und einem gelben Streifen am Kopf.

»Was ist denn das für eine Amsel?«, fragte Konstantin und streckte einen Finger zwischen die Gitterstäbe.

»Finger weg!«, schrie das Röschen, und Konstantin zuckte erschrocken zurück.

»Das ist ein Beo, ein hochsensibles und ultrahochbegabtes Tier. Um den ihr einen riesigen Bogen machen werdet, solange wir bei euch zu Gast sind.« Der Blick, den sie uns zuwarf, als sie das sagte, hätte die Schneekönigin persönlich neidisch werden lassen. Mir fröstelte jedenfalls nach nur einer Sekunde.

Konstantin allerdings schien nicht im Geringsten beeindruckt zu sein. »Aha«, sagte er, »und wie heißt er?«

»Kahlgusstaff.«

»Kahlgusstaff? Was ist denn das für ein Name?«

»Na, der des schwedischen Königs. Das Tier ist nämlich schwedischer Abstammung. Was für eine dumme Frage!«

»Ach, Sie meinen Carl Gustaf.«

»Sag ich doch. Komm, Kahlgusstaff, diese Leute haben einfach keine Allgemeinbildung, geschweige denn Stil. Ist halt alles ein bisschen primitiv hier in dieser Pension.«

»Ja, wir sind alle ausgesprochen einfach!«, flötete Tante Polly, die gerade die Treppe herunterkam. Dann entdeckte sie den Vogel. »Ach, ist der süß. Was frisst der denn? Hallo, Kleiner, ich bin Polly!«

»Polly!«, krächzte Kahlgusstaff, und das Röschen kniff erbost die Lippen zusammen.

»Niemand wird mit meinem kostbaren Tier sprechen, ist das klar? Er braucht Stille und Frieden. Ich stelle ihn hier im Wohnzimmer in die Ecke mit dem Erker, damit er seine Ruhe hat.«

Mum, Tante Polly, Konstantin und ich sahen uns abwechselnd an.

Ja, klar.

Niemand wird mit ihm sprechen.

In unserem Wohnzimmer.

Wo er seine Ruhe hat.

Und dann fingen wir an, laut loszulachen.

Der Vorfall mit dem Beo hatte mich zwar vor dem (in meinen Augen *zu* intimen) Beisammensein mit Konstantin in meinem Zimmer bewahrt (denn kurz danach musste er nach Hause), aber das Grundproblem blieb trotzdem. Ich war einfach tierisch nervös in seiner Gegenwart, vor allem, wenn wir alleine waren, und bekam jedes Mal schwitzige Hände vor Aufregung. Das war nicht gut, überhaupt nicht gut. Und ich hatte leider nicht die geringste Ahnung, was ich tun konnte, um ein bisschen lässiger zu werden.

Auch am nächsten Tag in der Schule beschäftigte mich dieses Thema.

»Meinst du, ich bin krank?«, fragte ich Pauline am Montagvormittag in der Deutschstunde, während Herr Petersen zum Unterrichtsbeginn mal wieder umständlich in seiner Tasche herumwühlte. »Vielleicht bin ich ja allergisch gegen Jungs? Und meine Allergie äußert sich nicht in Pusteln, sondern in Schwitzehänden und schlotternden Knien? Ich hab schon so viele von Mums Liebesromanen gelesen, aber keine von den Mädels da drin war auch nur ansatzweise so panisch. Die wussten alle immer ganz automatisch, was sie tun mussten. Schöner Mist ist das.«

Seit dem frühen Morgen jammerte ich ihr schon die Ohren voll, aber wozu waren schließlich beste Freundinnen da?

»Ich meine, wenn ich so weitermache, lässt er mich vielleicht schneller fallen, als Claire sich Lippenstift aufschmiert. Und als ich dreimal hintereinander *Kahlgusstaff* sagen kann! Und was passiert überhaupt, wenn ich in so einem, äh, zweisamen Moment noch mal springe? Und mein zweites Ich ihm eine Ohrfeige gibt? Oh, das wäre so schrecklich!«

Dabei wollte ich ihn als Freund behalten, und zwar ganz unbedingt! Seit vorletztem Wochenende schwebte ich drei Zentimeter über dem Boden vor Glück, und das Flattern in meinem Magen war zu einem angenehmen Dauerzustand geworden, den ich nie, nie wieder missen wollte. Sogar mein Opa hatte gemerkt, dass etwas anders war (»Kind, dein ewiges Gegrinse geht einem ja tierisch auf die Nerven!«). Mum hatte zum Glück nur verständnisvoll gelacht und mich gefragt, ob Konstantin ein guter Küsser wäre. Woraufhin ich nur nicken konnte, mit rotem Kopf natürlich.

»Er lässt dich nicht fallen, Vicky«, sagte Pauline geduldig. »Ihr seid doch erst eine Woche zusammen.«

»Aber andere Pärchen trennen sich nach viel kürzerer Zeit. Hat Britney Spears sich nicht nach zwei Tagen Ehe wieder scheiden lassen?«

»Du sinkst tatsächlich so tief und vergleichst dich mit Britney Spears? Oder hast du mir etwas verschwiegen, und ihr zwei seid heimlich letzte Woche nach Vegas durchgebrannt?«

»Ich mein ja nur. Menschen ändern eben manchmal ihre Meinung.«

»Aber ich glaube nicht, dass Konstantin dazugehört. Der scheint mir in seinen Entscheidungen ziemlich gefestigt.«

»Glaubst du, er meint es wirklich ernst mit mir? Woran erkennt man das überhaupt?«

»Vicky, ganz ehrlich – ich weiß nicht, warum du da mich fragst. Ich hatte noch nie einen Freund.« Und ein kleines bisschen zu schnell fügte sie hinzu: »Und ich werde mir so bald auch keinen anschaffen. Dafür habe ich einfach keine Zeit.«

»Und was ist mit dem Griechen?«

»Er ist nur Halbgrieche«, sagte sie und kramte angeregt in ihrem Federmäppchen. Ich musste mich sehr zusammenreißen, um nicht zu lachen. Jedes Mal, wenn wir auf ihn zu sprechen kamen, guckte sie in die andere Richtung, damit ich ihre rosigen Wangen nicht bemerkte. Was ich natürlich trotzdem tat, sie sah dann immer aus wie ein wunderschöner Pfirsich.

»Außerdem geht es hier nicht um Nikolas. Sondern –«

Dummerweise wurden wir genau da unterbrochen.

»Meine Damen, auch wenn es hier nicht mehr um eure Jahresnote geht, möchte ich doch recht herzlich bitten, Privatangelegenheiten in der Pause zu besprechen!«

Pauline verschränkte die Arme auf dem Tisch und lächelte Herrn Petersen entwaffnend an. »Entschuldigung.«

Petersen guckte noch ein bisschen pikiert, aber ich wusste genau, dass er schon wieder milde gestimmt war. Alle Lehrer lieben Pauline, weil sie so klug ist. Sie sollte sogar mal eine Jahrgangsstufe überspringen, war aber strikt dagegen gewesen, weil sie unbedingt in meiner Klasse bleiben wollte (ist sie nicht die allerbeste Freundin der Welt?). Und der Schulalltag mit ihr macht doch sehr viel mehr Spaß.

Apropos Schulalltag – der würde bald enden, denn wir bewegten uns schon mit riesigen Schritten auf die Sommerferien zu. Nur noch vier Wochen in diesem langweiligen, alten Kasten, gekrönt vom alljährlichen Schulfest (das Highlight unserer ansonsten laut Statuten auf *grundsolide und anspruchsvolle Ausbildung bis hin zum Abitur* ausgerichtete Privatschule), und dann wartete die große Freiheit. Zwar würden Mum und ich diesen Sommer nicht wegfahren, aber das machte überhaupt nichts.

Endlos lange Tage im Schwimmbad oder am See, Grillfeste und vor allem keine Hausaufgaben verhießen perfekte Ferien. Das alles bitte in Abwesenheit von weiteren Sprüngen in Tante Pollys Besenkammer. Und in Anwesenheit von Konstantin.

»Und jetzt zu den Praktikumswochen, die nächste Woche anfangen«, tönte Petersen von vorn.

Ach ja, da war ja noch was.

An unserer Schule war es nämlich üblich, am Ende des Schuljahrs ein knapp zweiwöchiges Berufspraktikum zu absolvieren, um »an die harte Arbeitswelt herangeführt zu werden«, wie unsere Direktorin es nannte. Ich half zwar Mum fast jedes Wochenende im *B&B*, aber das zählte anscheinend nicht. Jedenfalls taten sich bei dieser Praktikumsgeschichte immer zwei Schüler zusammen und begleiteten jeweils ein Elternteil des anderen zu dessen Arbeit.

Petersen sagte über das Gemurmel im Klassenzimmer hinweg: »Und das wird spannend.«

Spannend? Ich wusste schon seit Beginn der neunten Klasse, dass ich das Praktikum bei Paulines Vater machen würde, der Tierarzt war, und darauf freute ich mich wie ein kleines Kind. Ich liebe nämlich flauschige Häschen und Meerschweinchen, und von denen gab es in seiner Praxis immer mehr als genug.

»Dieses Jahr machen wir das mit dem Praktikum ein bisschen anders.«

Pauline und ich tauschten einen fragenden Blick. Sie und meine Mum hatten schon eine Menge neuer Dekoideen ausgesucht. (Das war Paulines anderes Hobby neben der Wissenschaft, und sie freute sich schon total auf die Zeit bei uns im *B&B*.)

»Um euch eine echte Horizonterweiterung zu ermöglichen, hat der Elternbeirat zusammen mit den Klassenlehrern beschlossen, dass dieses Jahr ausgelost wird.«

»Horizonterweiterung? Ausgelost?«, fragte Leonard und nahm uns allen damit das Wort aus dem Mund.

»Genau. Ich habe hier in dieser Schale Zettel mit euren Namen. Jeder zieht einen davon, und beim Elternteil dieses Schülers werdet ihr die nächsten zwei Wochen verbringen. Und sehr viel dabei lernen«, fügte er lauter hinzu, denn alle hatten angefangen, aufgeregt durcheinanderzureden.

»Na toll. Als ob ich nicht genug um die Ohren hätte«, sagte ich. »Dabei wollte ich mir so gerne die Welpen von den Maiers ansehen und das Pony von Sarahs Schwester. Und auf die Alpakafarm von den Feldbergs.«

»Ruhe!«, rief Petersen und ging durch die Reihen, um jeden einen Zettel ziehen zu lassen.

»Und jetzt schauen alle gleichzeitig nach, wen sie gezogen haben, damit niemand schummelt!«

Unter lautem Gekruschel wurden die Papierchen aufgefaltet. *Sophia Ludwig*, stand auf meinem, und *Fritz Finkenberger* auf Paulines.

»Ich soll auf eine Baustelle?« Pauline war fassungslos. Fritz' Vater hat ein Bauunternehmen, ein ziemlich großes sogar, das über die Grenzen unseres Städtchens bekannt ist.

»Ich bin bei Sophias Mutter. Oder Vater«, sagte ich, und Petersen blieb vor unserem Tisch stehen.

»Ach ja, richtig, bei den Ludwigs machen wir eine Ausnahme.«

»Eine Ausnahme?« Ein letzter Rest Hoffnung keimte in mir

auf, dass ich vielleicht doch noch in der Tierarztpraxis landen würde. Womöglich hatten ja die Eltern von Sophia gar keinen Job, bei dem man sie begleiten konnte? Vielleicht waren sie Geheimagenten, deren Tarnung nicht auffliegen durfte. Oder arbeiteten mit radioaktiven Stoffen, das war sicher für Minderjährige verboten.

»Kein Problem, ich gehe auch woanders hin. Ich könnte wirklich zu Paulines Vater –«

»Nein, nein, es bleibt schon bei den Ludwigs«, sagte Herr Petersen und nickte Sophia zu, die mich über ihre Schulter entschuldigend anlächelte.

Was hatte das denn bitte zu bedeuten?

»Allerdings wirst du nicht zu ihren Eltern gehen, sondern zu ihrem Onkel.«

Ich stutze. »In die Bäckerei?«

»Genau. Das ist in diesem Fall besser«, sagte er und wirkte auf einmal ein bisschen kleinlaut.

»Wieso?« Ich hatte zwar nichts gegen die Ludwigs und ihre Bäckerei – im Gegenteil. Ich kannte die beiden schon ewig, sie waren ja die Nachbarn von meiner Tante Polly, und ich kaufte bestimmt jede Woche bei ihnen im Laden ein, Mum sogar noch öfter.

»Na ja, weißt du, ihre Eltern arbeiten beide –«

»Meine Eltern sind Finanzbeamte«, sagte Sophia, die zu uns herübergekommen war. »Und der Elternbeirat war der Ansicht, dass das kein richtiger Beruf sei.« Sie guckte Petersen an. »Zumindest kein rechtschaffener, den ein Schüler dieser Schule ernsthaft für sich in Erwägung ziehen sollte.«

Petersen zuckte entschuldigend mit den Schultern, ehe er es auf einmal ziemlich eilig hatte und sich wieder nach vorne zu seinem Pult trollte.

»Ich mag deinen Onkel und deine Tante«, sagte ich zu Sophia. Sie grinste. »Ich auch. Und in der Bäckerei ist es tatsächlich viel cooler als bei meiner Mum in der Abteilung. Ich war einmal dort, und es ist sterbenslangweilig.«

»Wo gehst du denn hin?«, fragte ich sie und deutete auf ihren Zettel.

»Zu Noahs Mum in die Parfümerie. Schade, ich wäre gerne zu euch ins *B&B* gekommen, deine Mum ist nämlich echt cool.«

»Ja, meine Mum ist wirklich –« Ich wirbelte zu Pauline herum und knuffte sie in die Seite. »Wer hat meinen Namen gezogen?«, zischte ich ihr zu. Denn fast noch wichtiger als mein Praktikum war ja, wer aus meiner Klasse die nächsten beiden Wochen bei uns zu Hause rumhängen würde. Hoffentlich nicht Mattis, der würde Mum wahrscheinlich in einen Dauerschlaf labern. Oder Robin, der schaffte es bis heute nicht, sich morgens ordentlich zu waschen und sauber anzuziehen. Oder Jonas mit den vielen Piercings.

»Das wird dir nicht gefallen«, sagte Pauline.

»Ich weiß, nun sag schon. Jonas? Oder Robin?«

Pauline schüttelte den Kopf. »Claire.«

Claire.

Ich guckte nach vorne in die erste Reihe, wo sich gerade Claire Cloppenburg, die Superzicke unserer Klasse, ihre langen blondierten und superplatt geglätteten Haare über die Schulter warf.

Na, das konnte ja heiter werden. Arme Mum!

Betreff: Sicherheitsfragen für Vicky
Von: Pauline [Pauline.Superhirn@gmail.com]
An: Konstantin; Nikolas; Vicky
Datum: 12.Juni, 20:51

Hallo zusammen,

hier kommen die Sicherheitsfragen für Vicky. Weil von euch leider nicht so viele brauchbare Vorschläge kamen (besser gesagt, gar keine!?), gebe ich eben vor.

Jeder möchte diese bitte unverzüglich auswendig lernen und danach diese Mail löschen (ja, genau, wie in Mission Impossible).

1) Was ist die Wurzel aus 110889?
   (Antwort: 333)

2) Was ist die zehnte Stelle hinter dem Komma von Pi?
   (Antwort: 5)

3) Was ist 99 hoch 3?
   (Antwort: 970299)

Also, auswendig lernen.
Und dann löschen.

Ich denke, das müsste genügen. Ich will euch ja für den Anfang nicht überfordern.

Pauline

5.

Natürlich war die Auslosung der Praktikumsplätze *das* Gesprächsthema Nummer eins in der Mittagspause. Allem Anschein nach waren Pauline und ich die Einzigen, die tatsächlich vorhatten, während des Praktikums etwas zu tun, beziehungsweise etwas zu lernen.

»Und ich hatte mich so auf zwei Wochen Freibad gefreut!«, sagte Steffi gerade, die vor mir in der Schlange zur Essensausgabe stand. »Aber das kann ich jetzt natürlich vergessen. Jetzt muss ich zu den Dannemanns in die Postfiliale. Richtig *arbeiten*! Dank des *Elternbeirats*!«, giftete sie und guckte verärgert zu Claire, die hinter Pauline und mir in der Reihe stand.

Überflüssig zu erwähnen, dass Claires Eltern im Beirat saßen. Und dass sie – sagen wir mal so – für das, was sie wollten, sehr überzeugende Argumente hatten. Beziehungsweise sehr durchsetzungsvermögende Argumente. (Erwähnte ich schon, dass die Cloppenburgs a) stinkreich, b) die allergrößten Nervensägen unseres Ortes und c) von sich selbst sehr eingenommen waren?) Wie ich sie einschätzte, hatten sie die anderen Entscheidungsträger bezüglich ihrer Praktikums-Vorstellungen einfach ins Koma gequatscht und damit gewonnen.

»Apropos, Claire – wo musst du denn hin?«, fragte da Susa.

Unwohl guckte ich auf den Tablettstapel vor uns.

»Ich werde in Meg Kings *Bed & Breakfast* arbeiten«, sagte sie und bedachte mich mit einem Blick, der sagte: *Wage es, dich über mich lustig zu machen, und ich mach dich kalt.*

Mir schauderte schon beim Hingucken.

Susa allerdings nicht. »Musst du dann jeden Tag Vickys Bett machen und ihr Zimmer aufräumen?«, fragte sie grinsend.

»Davon träumt sie wohl nachts«, knurrte Claire und sah mich böse an.

»Hey, ich hab doch überhaupt nichts gesagt!« Also wirklich.

Aber Susa kicherte immer noch. »Nein, ich glaube, Vicky träumt von jemand anderem«, sagte sie und zwinkerte mir zu.

»Hast du eigentlich ein Bild von ihm an deinem Bett stehen?«

Ich unterdrückte einen Hustenanfall. Das musste jetzt ja echt nicht sein. Denn Claire war (außer der Tatsache, eine arrogante Nervensäge zu sein) auch noch ziemlich in Konstantin verknallt. Aber sie hatte bei ihm nicht landen können, obwohl sie es während der letzten Wochen immer wieder hartnäckig versucht hatte. Und seit ich mit ihm zusammengekommen war, hasste sie mich.

Aber ehe ich antworten musste, kam unerwartet Rettung. Leonard schob sich durch die Schlange zu uns und legte Claire lässig seinen Arm über die Schulter, den sie sofort mit angewidertem Blick abzuschütteln versuchte.

»Rate mal, wer bei deinem Vater sein Praktikum absolvieren wird«, raunte er ihr ins Ohr, und Claire wurde stocksteif.

»Das ist nicht dein Ernst!«

»Aber sicher, meine Schöne, schau doch!«, sagte er und fummelte den verknitterten Zettel von der Verlosung aus der Tasche, auf dem Claires Name stand.

»Und nur für den Fall, dass es dich interessiert – er wird unglaublich zufrieden mit mir sein. Ich werde der absolute Superpraktikant werden. Die Festanstellung nach dem Abi habe ich praktisch schon in der Tasche.«

»Sei dir da mal nicht so sicher«, zischte sie, »mein Vater hat sehr hohe Ansprüche an seine Mitarbeiter. Sehr, sehr hohe.« Pauline und ich wechselten einen Blick. Ich wusste leider aus einem meiner Sprünge in die Parallelwelt, dass Claires Eltern nicht nur an ihre Mitarbeiter sehr hohe Ansprüche stellten, sondern auch an ihre Tochter.

Fast tat sie mir ein bisschen leid in diesem Moment, aber dann sagte sie zu Leonard: »Und ich glaube nicht, dass du mit deinem Notendurchschnitt diesen Anforderungen auch nur im Entferntesten gerecht werden kannst.«

Und da war es schon wieder vorbei mit meinem Mitleid. Wer so hochnäsig und von oben herab über andere sprach, hatte es nicht anders verdient.

Ich war nur gespannt, wie sie mit meiner Mum zurechtkam. Die war zwar zu allen Menschen grundsätzlich supernett, aber Arroganz konnte sie auf den Tod nicht ausstehen.

Mittlerweile hatten wir unser Essen bekommen. (Es gab Spargelquiche und danach Crème brûlée mit Himbeermousse. In solchen Moment liebte ich es, auf eine teure Privatschule zu gehen. Die Gebühren übernahm mein Dad, und Mum ließ das zu, weil sie genau wie er die bestmögliche Ausbildung für mich wollte.) Pauline und ich schoben uns durch die immer noch meckernde Meute zu unserem Stammplatz am anderen Ende des Raumes, wo wir uns mit dem Rücken zur Wand hinsetzten, um alles im Blick zu haben.

»Also, Claire bei euch zu Hause. Das kann ja was werden«, sagte Pauline und nahm einen Schluck von ihrem Orangensaft. »Ich bin gespannt, wie sie mit meinen Großeltern klarkommt. Oder mit dem Röschen! Und mit echter Arbeit. Mum wird sicherlich nicht zimperlich mit ihr sein.« Und während ich mir gerade vorstellte, was Claire für ein Gesicht machen wird, wenn meine Mum ihr unseren Staubsauger in die Hand drückt und sie durch die Gästezimmer schickt, waren am anderen Ende der Cafeteria ein Haufen Zehntklässler aufgetaucht, darunter Konstantin und Nikolas, die sich suchend umguckten. (Ich habe die ganze letzte Woche gebraucht, mich daran zu gewöhnen, dass sie tatsächlich nach *uns* Ausschau hielten. Einfach unglaublich.) Ich hob die Hand und winkte ihnen zu, und nachdem sie sich ihre Tabletts vollgeladen hatten, kamen sie zu uns herüber.

Dann war es mit meinem Mut aber auch schon wieder vorbei. Denn kurz bevor sie sich an unseren Tisch setzten, steckte ich mir schnell ein Stück Quiche in den Mund, um Konstantin zur Begrüßung bloß nicht küssen zu müssen, hier, in aller Öffentlichkeit. (Ich gab mir gleichzeitig gedanklich einen Tritt in meinen feigen Popo. Ich führte mich auf wie eine Fünfjährige. Dabei wusste die halbe Schule, dass wir beide seit vorletztem Wochenende zusammen waren. Was unter anderem die neidischen Blicke der anderen Mädels um mich herum bewiesen, allen voran die von Claire und ihre beiden Klon-Freundinnen Chiara und Charlotte. Die guckten besonders biestig.)

Konstantin schien weder von meiner Kuss-Panik noch von den schmachtenden Weibern etwas mitbekommen zu haben, denn sobald er sich hingesetzt hatte, beugte er sich verschwörerisch nach vorne und senkte seine Stimme, damit die Truppe am Nachbartisch nicht mithören konnte.

»Mir ist heute Nacht noch etwas eingefallen. Wegen Vickys Springerei. Sollten wir nicht irgendetwas vorbereiten, was ihrem zweiten Ich das Leben hier ein bisschen leichter macht? Ich meine, das große Durcheinander gab es immer nur, weil die andere überhaupt nicht wusste, was in dieser Welt gerade los ist. Dabei ist es gar nicht so schwer.« Er sah mich an. »Du hast doch neulich auf der Party auch mit deinem zweiten Ich kommuniziert, auf diesem Notizblock.«

Das hatte ich in der Tat. Beim Fest der Cloppenburgs vorletztes Wochenende war für kurze Zeit die Parallelwelt-Springerei aus welchem Grund auch immer ziemlich aus den Fugen geraten – ich bin praktisch jede Minute gesprungen. Manchmal hatte ich schon selbst nicht mehr gewusst, wer oder wo ich eigentlich war. Aber meine allerbeste Pauline war auf die Idee gekommen, dass ich – in meiner echten Welt – einen Block mit Stift in der Hand halten sollte. Darauf konnte ich dann Fragen an mein zweites Ich notieren, die sie bei einem Sprung sofort würde lesen können. Denn sie schlüpfte ja in meinen Körper. Und der wiederum hielt den Block in der Hand. Ein ziemlich geniales System, das mir in dem ganzen Kuddelmuddel sehr geholfen hatte.

»So was Ähnliches könnte es doch auch wieder sein«, fuhr Konstantin fort. »Ein Schriftstück, das die Parallel-Vicky praktisch finden *muss*, wenn sie hier ist. Ich dachte da an so eine Art Leitfaden.« Er lächelte mich an. »Quasi eine Gebrauchsanweisung für dein Leben.«

Am liebsten wäre ich ihm um den Hals gefallen, wenn ich mich getraut hätte (natürlich traute ich mich nicht, aber ich grinste ihn bis über beide Ohren an, was meiner Dankbarkeit hoffentlich wenigstens ansatzweise Ausdruck verlieh). Wegen seines Vorschlags, aber noch viel mehr, weil er an mich gedacht hatte. Nachts! Er wollte, dass ich es leichter hatte. Plus: Er hat *wir* gesagt – was wohl bedeutete, dass er noch nicht die Nase voll hatte von mir.

»Das ist eine ganz hervorragende Idee«, sagte Pauline anerkennend und schnitt ein Stück von ihrer Quiche ab. »Es könnte zum Beispiel einfach ein Brief an sie sein, den Vicky irgendwo deponiert.«

»Ein Brief an ihr eigenes Ich«, murmelte Nikolas. »Abgefahren.« Und an Pauline gewandt fragte er: »Schreibst du mir auch mal einen Brief?«

»Warum sollte ich?«, fragte sie genervt, guckte dann aber angestrengt auf ihren Nachtisch. Ein bisschen *zu* angestrengt, fand ich.

»Weil ich immer so nett zu dir bin. Obwohl du mich so garstig behandelst.«

»Ich behandle dich überhaupt nicht garstig!«, zischte sie, und als Konstantin, Nikolas und ich gleichzeitig anfingen zu grinsen, rollte sie mit den Augen und stellte ihre leeren Teller zusammen.

»Ich muss vor Chemie noch kurz mit Frau Brandmeier reden. Wegen meiner Versuchsreihe für das Sommerfest. Wir sehen uns im Klassenzimmer, Vicky«, sagte sie, schnappte sich ihr Tablett und eilte Richtung Geschirrrückgabe.

»Ist sie nicht süß, wenn sie durcheinander ist?«, sagte Nikolas zu uns, ehe er aufstand und ihr nacheilte.

Während ich noch darüber nachdachte, ob Nikolas mit seiner Masche tatsächlich Paulines harte Schale knacken konnte, griff Konstantin nach meiner Hand. Mittlerweile saßen wir alleine am Tisch, und die Cafeteria leerte sich langsam, denn die nächste Stunde fing bald an. Umso bewusster wurde mir seine plötzliche Nähe, und ich wurde schon wieder nervös.

»Ich wollte dich noch etwas fragen.«

O Gott! *Etwas fragen?*

Warum ich mich so blöd anstellte?

Warum ich mich nicht küssen lassen wollte?

Warum ich überhaupt nicht wusste, was ich mit ihm tun sollte?

Ich schluckte.

Tief durchatmen, Vicky.

»Was denn?«, piepste ich.

»Wir sind jetzt seit genau neun Tagen zusammen«, fing er an, und ich spürte, wie mir die Hitze in den Kopf schoss.

»Und eine Sache haben wir noch gar nicht gemacht.«

Eine Sache? Um Himmels willen, ich war doch noch nicht mal fünfzehn. Konnte es sein, dass er meinte, was ich dachte? Etwas, das ich für meinen Teil ganz und gar nicht wollte? Also, noch sehr, sehr lange nicht, zumindest?

Während ich mir im Kopf in kürzester Zeit ungefähr dreiundvierzig Ausreden einfallen ließ, warum ich diese *eine Sache* mit ihm unter gar keinen Umständen machen konnte, sagte er in meine Gedanken hinein: »Ich will ein Date mit dir.«

Ich stieß erleichtert die Luft aus, die ich die ganze Zeit angehalten hatte. »Ein Date?«
»Genau. Mit dir alleine. Eine richtige Verabredung.« Er grinste, fast ein bisschen schüchtern. »Nur du und ich.«
»Oh. Ähm. Gut. Okay«, sagte ich und hoffte, er würde die Steine nicht hören, die da gerade von meinem Herzen polterten.
»Okay?«, fragte er mit hochgezogenen Augenbrauen, und ich musste lachen.
»Ich komme sehr gerne mit dir auf ein Date.«
»Cool, ich überleg mir was.«
Und ein gesittetes Küsschen später machte ich mich mit einem völlig debilen Grinsen auf den Weg zur nächsten Stunde.

Ein Date.

Mit Konstantin!

Bis dahin musste ich zwar irgendwie herausfinden, was man so tat als feste Freundin und meine Aufregung ein bisschen in den Griff kriegen. Aber ansonsten schwebte ich gerade im siebten Himmel.

*** Gebrauchsanweisung für Vickys Leben – TEIL 1

Liebe Victoria (so wirst du wohl von allen genannt, oder?), willkommen in meiner Welt. Wie du ja mitbekommen hast, ist da letzten Samstagvormittag etwas sehr Merkwürdiges passiert. Mit dir. Und deswegen auch mit mir.
Und zwar Folgendes – kommen wir direkt zum Punkt:
Du bist in eine Parallelwelt gesprungen und hast mit einer anderen Version deines eigenen Ichs den Körper getauscht.
In diesem Fall also mit mir, Victoria King, geboren am 24.07. vor fünfzehn Jahren in London, Haarfarbe Braun, Augenfarbe Grün, im Sommer mit Sommersprossen auf Nase und Wangen, im Winter mit einem flauschigen blauweißen Schal um den Hals, den mir meine Mum selbst gestrickt hat. Ob du auch einen blauweißen Schal hast, weiß ich natürlich nicht, aber der Rest ist der Gleiche, da bin ich mir ganz sicher.
Denn wir sind ein und dieselbe Person.
Klingt verrückt, oder? Aber es ist wahr.
Ich habe selbst eine halbe Ewigkeit gebraucht, um es zu glauben, beziehungsweise habe ich mir die Beweise erst direkt vor meine Nase halten müssen (in Form eines Personalausweises). Und trotzdem kann ich es manchmal immer noch nicht fassen, obwohl bei mir das Ganze schon über drei Jahre so geht.
Aber es ist tatsächlich so. Wir leben nicht in einem Universum, sondern in ganz vielen, in einem Multiversum. Das bedeutet, dass es nicht nur eine Welt gibt, sondern mehrere. Wahrscheinlich sogar Hunderte. Oder Tausende.

Irgendwie erschreckend.
Aber auch ein kleines bisschen spannend, oder?
Muss jetzt erst mal Schluss machen, aber Fortsetzung folgt, versprochen!

6.

Innerhalb von gerade mal drei Tagen seit ihrer Ankunft hatte das Röschen es geschafft, meine Mum in ein nervliches Wrack zu verwandeln. Und das, obwohl die schon fast ihr ganzes Leben mit meinen Großeltern unter einem Dach wohnt.

»Hast du mit Raimund gesprochen? Wann erlöst der uns endlich von seiner Gruseltante?«, fragte ich sie, als wir gerade dabei waren, unserem speziellen Gast die ungefähr fünfte Käseplatte mit Gürkchen herzurichten. Innerhalb von zwei Stunden, wohlgemerkt.

»Schschschscht!«, zischte Mum und deutete auf den Telefonhörer, der neben unserem Apparat in der Küche lag.

»Was haben Sie gesagt?«, schnarrte es sofort aus dem Lautsprecher, und ich zuckte zusammen. Himmel, das war Überwachung pur. »Ich sagte, was hat Raimund nur für einen Dusel mit seiner Tante!«, sagte ich laut.

Mum flüsterte jetzt: »Bis Montag nächste Woche müssen wir noch durchhalten.«

O Gott, das waren ganze sechs Tage. Sechs lange Tage, in denen uns die alte Hexe über unser eigenes Haustelefon herumkommandieren würde, und zwar zu jeder Tages- und Nachtzeit. Seit sie nämlich herausgefunden hatte, dass sie gar nicht mehr die Treppe herunterkommen musste, um uns zu piesacken, war es mit ihr noch schlimmer geworden.

»Und ich brauche mehr Handtücher, wie oft soll ich Ihnen das noch sagen? Ich möchte jetzt endlich baden.«

»Die passt doch gar nicht in die Wanne«, rutschte es mir heraus, und auf Röschens entrüstetes »Was?!« quietschte Mum sofort ins Telefon: »Die kommen gleich, keine Bange!«

Tja, Mum hatte wirklich ein bisschen Angst vor ihr.

»Nun, das wäre es für den Moment«, tönte es hoheitsvoll aus der Anlage. »Stellen Sie alles vor die Tür.« Und dann legte sie auf.

Mum ließ sich für einen Moment in den Küchenstuhl fallen und sah ähnlich erschöpft aus wie ihre Parallelversion bei meinem letzten Sprung.

»Pass auf, Mum«, sagte ich. »Ich bringe der Ollen den Käse und die Handtücher, und du verziehst dich schon einmal hoch in Tante Pollys Zimmer. *Doctor Who* wartet nicht gern!«

»Wirklich, Süße?« Mum sah zweifelnd zu mir hoch.

»Wirklich«, sagte ich so überzeugend ich konnte. Für meine Mum würde ich tatsächlich alles machen.

Sogar mich um das Röschen kümmern.

Eine Viertelstunde später ließ ich mich neben die beiden auf Tante Pollys Bett sinken und beschloss, das Röschen so schnell wie möglich zu verdrängen, obwohl sie der Grund war, warum wir uns vor den kleinen Fernseher in Pollys Zimmer quetschen mussten.

»Rutsch doch mal ein Stück«, sagte Mum zu ihrer Schwester und knuffte sie in die Seite, bis Polly sich auf ihrem Bett zwei

Zentimeter nach links bewegte und mir wiederum mit ihrem Ellbogen einen schmerzhaften Stoß versetzte.

»Autsch!«, entfuhr es mir. »Vorsicht auf die Nichte.« Tante Polly grunzte. »Schon gut, nix passiert.«

»Du hast leicht reden«, murmelte ich, rieb mir die Rippen und wünschte mir unseren großen Fernseher und ein Röschen-freies Wohnzimmer zurück.

»Ruhe jetzt!«, zischte Mum und stellte den Ton lauter.

Dienstagabend war unser traditioneller Serienabend, und zurzeit vergötterte Mum *Doctor Who*. (Zumindest den aus der neunten Staffel, und das vermutlich auch nur so lange, bis sie einen neuen Leinwand-Liebling hatte. Sie war schon süchtig nach *Downton Abbey*, *Inspector Barnaby* und *Mad Men*, obwohl Letzteres in Amerika produziert wurde und nicht in Großbritannien, aber sie fand January Jones so toll, allein des Namens wegen. Und falls mal keine aktuelle gute Serie in Aussicht war, wurden die ganzen ollen Kamellen von vor zwanzig Jahren herausgeholt, wo ich dann jedes Mal ausstieg. Ich meine, wer bitte schön sah sich heutzutage noch die alten Folgen von *Melrose Place* an oder *Ally McBeal*? Alleine die Frisuren damals waren ein Verbrechen.)

Endlich hatten wir uns zurechtgeruckelt, aber wie immer schaffte es Tante Polly, nur bis zur Werbung stillzuhalten.

»Wenn es weitergeht, schalte ich sofort wieder um!«, versprach sie und hatte Mum im gleichen Moment schon die Fernbedienung aus der Hand gerissen.

»Du guckst dir das doch nicht im Ernst an, oder?«, fragte Mum, als Tante Polly durch das Programm zappte und bei einem ziemlich unseriös aussehenden Astrologie-Sender hängenblieb.

»Doch, das tue ich«, sagte sie. »Und wage nicht, es schlechtzureden.«

Man muss dazu wissen, dass Tante Polly ein höchst intelligenter Mensch ist, auch wenn das manchmal nicht so wirkt. Sie hat sogar, von Pauline sehr beneidet, einen Doktortitel in Physik. Allerdings wurde sie kurz nach ihrer Promotion von der Uni verwiesen, was vermutlich mit ihrem Hang zu merkwürdigen Experimenten zu tun hatte, den sie in ihrer kleinen Werkstatt weiterverfolgte und der vor kurzem zu ihrem Wohnungsbrand geführt hatte. (Seitdem hatte Mum ihr strengstens verboten, weiter an ihren Gerätschaften zu schrauben. Weder hier noch anderswo.)

Doch trotz ihrer Intelligenz glaubt Tante Polly an diesen Astrologie-Hokuspokus – Horoskope, Sternbilder, Mondkalender, das ganze Programm eben.

»Ich will einfach nicht, dass du enttäuscht wirst«, sagte Mum seufzend.

»Enttäuscht?« Tante Polly lachte kurz auf. »Ganz im Gegenteil. Die Sternenkunde ist ein hochkomplexes Thema. Schaut mal, ich beweise es euch.« Sie wandte sich an mich. »Vicky, wann hat Konstantin Geburtstag?«

War ja klar, dass ich wieder herhalten musste.

»Äh, ich glaube, am sechsundzwanzigsten Oktober.«

»Welches Jahr?«

»Vor sechzehn Jahren.«

»Ein Skorpion, soso.« Sie kritzelte auf ihrem Notizblock herum. »Und weißt du auch, um wie viel Uhr er geboren wurde? Der Aszendent ist nämlich ziemlich wichtig für die Berechnungen.«

»Ich hab nicht den leisesten Schimmer.« Woher auch? Ich kannte ihn ja noch nicht so lange und wusste deswegen bedauerlicherweise noch nicht mal, was seine Lieblingsfarbe war oder sein Lieblingsfilm. Oder sein Lieblingsgericht. (Wobei ich ihn in der Cafeteria schon mehrmals beobachtet hatte, wie er Tomaten aus seinem Salat aussortierte. Die waren es also schon mal nicht. Aber bei allem anderen musste ich tatsächlich passen.)

»Na schön, wird schon gehen. Und wann war noch mal dein Geburtstag?«

»Sag bloß, du weißt den Geburtstag deiner einzigen Nichte nicht«, sagte Mum und drehte sich einen von Tante Pollys Papilloten ums Handgelenk, die aus irgendeinem Grund in ihrem Bett herumlagen.

»Ich hab den ganzen Tag so viel im Kopf, da kann man schon auch mal was vergessen«, verteidigte Polly sich.

»Vierundzwanzigster Juli. Um 13.14 Uhr«, fügte ich hinzu. Die Antwort war mir irgendwann in Fleisch und Blut übergegangen, weil Tante Polly mir mindestens einmal im Monat irgendwelche Voraussagungen machte, die dann nie eintrafen.

»Sehr gut. Dann los.« Sie fing an, in dem Stapel Blätter zu wühlen, der auf ihrem Nachttisch lag.

Dann legte sie sich ihren karierten Notizblock auf die Knie und fing an, mit verschiedenfarbigen Filzstiften darauf herumzukritzeln. Kreise, Pfeile, Verbindungslinien ... ich hatte keinen Schimmer, was das alles sollte.

»Was sind das da für Sternchen?«, fragte ich sie, als Polly ungefähr ein Dutzend davon an den Rand kritzelte.

»Die sind nur Deko, weil ich gerade nachdenke.«

Ah ja. Nachdenken musste man also auch noch bei dem Ganzen. Ich war der Meinung gewesen, die Sterne würden diesen Part für einen übernehmen.

Fünf Minuten später kritzelte sie noch mehr Linien auf den Block, umringelte unser beider Geburtsdaten mit kleinen Kreisen und schließlich einem großen Herz. Und hielt mir das Blatt dann direkt vor die Nase.

»Seht ihr, ich hatte recht. Konstantin und du seid wie füreinander geschaffen. Willst du auch mal, Meg? Wann hat Kenneth noch mal Geburtstag?«

»Ich bin nicht mehr mit Kenneth zusammen«, sagte Mum leise und presste die Lippen aufeinander.

Ich schluckte. Kenneth ist mein Vater. Mein Dad, den ich über alles liebhabe. Und Mum musste es auch mal ähnlich gegangen sein, aber die beiden hatten sich vor ungefähr zehn Jahren getrennt. Für meine Mum war das ein ziemlich schwieriges Kapitel, sie sprach überhaupt nicht darüber. Niemals.

»Ja, ja, ich weiß. Aber laut den Sternen *solltest* du mit ihm zusammen sein«, sagte Tante Polly. »Ich bin das bestimmt schon hundertmal durchgegangen.« Sie blätterte in ihrem Block und hielt meiner Mum schließlich ein anderes, komplett vollgekritzeltes Blatt vors Gesicht.

»Siehst du? Ihr beide seid die ideale Kombination. Er der starke Wassermann und du ganz die zarte Waage.«

»Danke für deine Einschätzung!« Mum griff nach der Fernbedienung. »Aber ich werde mein Leben nicht aufgrund von irgendwelchen Glitzerdingern am Himmel über den Haufen schmeißen.«

»Ich schon«, sagte Tante Polly, und blätterte in ihrem Block ein paar Seiten weiter. »Seht ihr? Das ist meine Übereinstimmungsberechnung mit meinem Traummann.«

Bei dem Wort seufzten Mum und ich unisono auf. Das Gespräch musste unweigerlich auf ihn kommen, das war jedes Mal so. Auf seine Weise gehörte Tante Pollys Traummann nämlich quasi mit zur Familie.

Vor vielen Jahren, da war ich vielleicht fünf oder sechs Jahre alt, hatte Tante Polly angefangen, von ihm zu reden. Ihr Traummann war ein Typ, den sie scheinbar mal an der Uni getroffen, es aber verpasst hatte, mit ihm Handynummern zu tauschen (falls es so etwas damals überhaupt schon gab).

Sie hatte nicht mehr von ihm als eine Erinnerung, ein Gesicht, ein Lachen, ein paar graue Augen und graue Strähnen an den Schläfen. Keinen Namen, keine Adresse, nur ein paar Initialen auf seinem Laborkittel, an die sie sich aber nicht richtig erinnerte, und damit so gut wie keine Chance, ihn wiederzufinden.

Aber Tante Polly war der felsenfesten Überzeugung, dass sie ihn treffen würde, wenn sie im richtigen Moment am richtigen Ort wäre. Und unter dem richtigen Mond oder Stern stand, mit dem richtigen Aszendenten im Wendekreis des Polarsterns oder irgend so was in der Richtung (Mum erzählte mir einmal, dass damals auch Pollys Interesse an diesem ganzen Sternenkram angefangen hatte, aus heiterem Himmel).

In den ersten Wochen und Monaten hatte meine Mum meiner Tante in jeder freien Minute geholfen, nach diesem Typen Ausschau zu halten. Sie fragte Polly immer wieder, ob ihr nicht doch noch irgendetwas einfiel, was mehr über seine Person verraten könnte, und sie fuhren so oft wie möglich zur Uni. Leider ohne Erfolg, aber Tante Polly weigerte sich, ihn zu vergessen. Stattdessen etablierte sie ihn so in unser Leben (und im Leben der halben Stadt, denn beinahe jeder im Ort hatte sich die Geschichte schon anhören müssen), dass ich fast das Gefühl hatte, diesen Mann persönlich zu kennen.

Meine Tante sprach wirklich oft von ihm, schrieb ihm Briefe (die sie nie abschickte), hängte ihm zu Nikolaus einen Strumpf an den Kamin, den sie füllte (und dann selbst wieder leerfutterte), und sie buchte auch immer ein Doppelzimmer, wenn sie in Urlaub fuhr. Er war wie ein unsichtbares Familienmitglied, den meine Großeltern nicht leiden konnten (wobei sie fast niemanden leiden konnten), und den Mum alleine deswegen gernhatte, weil er ihrer Schwester so den Kopf verdreht hatte.

Aber er blieb ein Mann ohne Gesicht und ohne jegliche Spuren, so dass wir alle irgendwann an seiner Existenz zweifelten.

Alle, außer Tante Polly.

Mum nahm eine von Pollys dicken Haarsträhnen und steckte sie ihr hinter ihr Ohr. »Meinst du nicht, dass es vielleicht langsam an der Zeit ist, loszulassen? Und dich auf etwas anderes zu konzentrieren?« Egal, wie unwahrscheinlich die ganze Angelegenheit war, sie machte sich nie über Pollys Traummann lustig.

Tante Polly rückte ein Stück von Mum ab. »Was soll ich loslassen?«

»Na ja ...« Sie biss sich auf die Unterlippe. »Diesen Mann. Oder eher, diese *Vorstellung* von einem Mann.«

»Ich denke gar nicht daran! Wisst ihr eigentlich, was für ein Gefühl das ist? Mein Häuschen wäre um ein Haar komplett abgebrannt und ich fast noch dazu, meine Eltern nörgeln noch mehr als sonst an mir herum, und jetzt hat auch noch meine kleine Nichte vor mir einen Freund! Wenn das mal nicht ungerecht ist, weiß ich auch nicht. Nichts für ungut, Vicky, dein Konstantin ist wirklich süß, den darfst du schon behalten, alleine der Sterne wegen. Aber trotzdem«, sagte sie und verschränkte die Arme vor der Brust. Und obwohl sie gerade aussah wie ein schmollender Teenager in ihrem schwarzgelb-geblümten Secondhandkleid und ihrer explodierten Löwenmähne, begriff ich, dass ihr das alles tatsächlich ziemlich zu schaffen machte. Was mich bei meiner sonst so souveränen Tante überraschte.

Und plötzlich musste ich wieder an meinen letzten Sprung in die Parallelwelt denken. Die Welt, in der ich mit Mum bei Tante Polly wohnte, obwohl dort eigentlich für drei Leute gar kein Platz war. Völlig selbstlos hatte sie geholfen, offenbar, weil Mum und ich aus irgendeinem Umstand heraus kein eigenes Dach über dem Kopf hatten.

Ohne nachzudenken schlang ich meine Arme um sie und kuschelte mich ganz fest an sie, und sie gab mir einen Kuss auf den Kopf.

»Ach Schätzchen. Das wird schon wieder.«

»Kann ich irgendetwas tun?«, bot ich spontan an. »Soll ich dir bei der Suche nach diesem Mann noch einmal helfen?« Ich überlegte kurz. »Was sagen denn die Sterne, wie die Chancen gerade stehen?«

»Gut, dass du fragst!« Sie schob mich ein Stück von sich und holte wieder ihren Notizblock hervor. »Und schön, dass wenigstens eine aus der Familie meine stellaren Berechnungen nicht ins Lächerliche zieht. Schau mal, das sind meine Ergebnisse für diesen Juli.« Sie hielt mir einen Zettel vor die Nase.

»Das ist eine ziemlich steile Kurve da in deinem Diagramm.«

»Genau. Das ist die Wahrscheinlichkeit, ihn zu treffen. Siehst du, seit dieser Woche geht es nach oben. Mitte Juli ist dann der Spitzenwert erreicht.« Sie fuhr mit ihrem Finger die Linie nach. »Es wird passieren, Vicky. Da bin ich mir hundertprozentig sicher.«

»Okay, super. Schön. Und wie kann ich da helfen?«

Tante Polly beugte sich nach vorne und fummelte in ihrer Nachttischschublade herum. Dann hielt sie mir feierlich ein anderes Blatt hin, und sogar Mum reckte den Hals, um etwas erkennen zu können.

»Halt die Augen offen. Das ist er. Hab ich erst letzte Woche gebastelt, weil ich mal wieder von ihm geträumt habe.«

Ich guckte ziemlich dämlich. »Das ist – echt jetzt?«

In der Hand hielt ich eine Fotocollage. Darauf war ein Männerkopf, der aus ganz vielen unterschiedlichen Teilen bestand. Anscheinend hatte Tante Polly aus verschiedenen Zeitschriften Fotos von Prominenten ausgeschnitten und die jeweiligen Körperteile neu zusammengesetzt.

»Ich erkenne die Augen von George Clooney. Und Stirn und Haare ... ist das Viggo Mortensen?«

Sie nickte. »*Herr der Ringe*, erster Teil. Streicher, nicht Aragorn. Dann die Nase von Brad Pitt und der Mund von Jake Gyllenhaal.«

»Und wessen Brust ist das?«, fragte ich und deutete auf einen nackten, jungen, durchtrainierten Oberkörper, der so gar nicht zu den Altherren-Ausschnitten vom Kopf passte. Einen sehr, sehr viel zu jungen Oberkörper für meine Tante.

»Das ist Channing Tatum. Nur für mich zum Angucken, weil er so nett aussieht«, sagte sie und tätschelte mit der Hand den aufgepappten Sixpack. »Den echten Oberkörper konnte ich bei meinem Traummann natürlich nicht sehen, als ich ihn getroffen habe. Da trug er ja seinen Laborkittel.«

Ich guckte mir das Bild noch einmal genauer an. Wenn man die Augen ein bisschen zusammenkniff und die Gesichtszüge dadurch verschwammen, konnte ich mir in etwa vorstellen, wie der Typ ausgesehen haben könnte. Ziemlich alt, keine Frage, zumindest für mich. Aber Tante Polly ging ja auch schon stramm auf die vierzig zu.

»Na schön. Ein Mortensen-Pitt-Clooney-Gyllenhaal-Verschnitt, idealerweise mit dem Oberkörper von G. I. Joe. Ich halte die Augen offen. Und wie war das noch mal mit seinen Initialen?«

»Also, da bin ich mir ziemlich sicher – zu neunzig Prozent, oder achtundachtzig, dass sein Name mit F anfängt. Also, der Vorname. Und der Nachname beginnt mit einem V. Oder einem D. Oder einem B, das konnte ich leider nicht genau erkennen. Da war irgendwie ein Fleck auf seinem Laborkittel, wenn ich mich recht erinnere. Und es könnte sein, dass er einen kleinen Hund hat. So einen kleinen Mischling, Malteser-Irgendwas vielleicht.«

Na ja, das waren zwar nicht so viele Informationen, wie ich mir gewünscht hätte, aber immerhin etwas.

Mum war still geworden. Es passte zu ihr, dass sie nicht als Spielverderberin dastehen und meiner Tante damit vielleicht den letzten Hoffnungsschimmer rauben wollte. Oder zumindest den letzten Nerv. Aber dass sie ihren geliebten *Doctor Who* für sie sausen ließ (der inzwischen natürlich längst zu Ende war), das rechnete ich ihr noch höher an.

Sie erhob sich seufzend. »Okay, dafür schuldest du uns was, Polly«, sagte sie mit einem bedauernden Blick auf die Fernbedienung. »Aber um elf wird ein alter Pilcher-Film wiederholt.«

»Nur über meine Leiche.«

»Sieh es als Bezahlung für das *B&B*-Zimmer an«, zwinkerte sie und verließ kichernd das Zimmer.

Tante Polly verstaute erstaunlich gewissenhaft ihr zusammengeklebtes Bild in einer Plastikhülle, ehe sie es zurück in ihre Nachttischschublade legte. Und plötzlich witterte ich meine Chance – auf etwas ganz anderes.

»Sag mal, Tante Polly ... darf ich dich was fragen?«

»Nur wenn die Frage nicht lautet, ob es diesen Traummann wirklich gibt.«

»Nein, das ist es nicht«, sagte ich. »Außerdem glaube ich dir.«

Sie zog eine Augenbraue hoch und sah mich von der Seite an. »So?«

»Ja. Weil ich romantischer bin, als ich zugeben möchte.«

»Und weil du gerade selber frisch verliebt bist, da sind die meisten Leute einfach verklärt. Du bist doch verliebt, oder?«

Ich schluckte. »Ich glaub schon.«

Polly musterte mich, und dann nickte sie. »Was willst du wissen? Wie das mit der Verhütung geht? Solche Sachen solltest du lieber mit deiner Mum besprechen ...«

»Nein!« Mir schoss das Blut in den Kopf. »Das ist es nicht.

Außerdem – ich werde doch erst fünfzehn!«, sagte ich und war ehrlich entrüstet. »Ich habe erst letztes Jahr mein Playmobilhaus aus meinem Zimmer geräumt. Da denke ich doch jetzt nicht an – *so was*.« Ich konnte es ja noch nicht mal aussprechen.

»Bei der Jugend heutzutage weiß man nie. Heute sind alle so viel weiter, als wir damals waren«, sagte Tante Polly.

Ich musste schleunigst das Thema in eine andere Richtung lenken. Und endlich zu dem zurückkommen, was mir praktisch unter den Nägeln brannte.

»Tante Polly, ich wollte dich fragen, was du vorletzte Woche im Krankenhaus gemeint hast, als wir alleine waren.«

»Womit gemeint?«

»Als du mich gefragt hast, ob ich öfter nicht ganz bei mir wäre, und dann, dass wir uns ganz dringend mal unter vier Augen unterhalten müssten.« Ich zuckte mit den Schultern. »Also, hier wäre ich.«

Tante Polly blickte mir einen Moment unverwandt in die Augen, ehe sie fragte: »Im Krankenhaus soll ich etwas gesagt haben?«

»Ja, gleich am nächsten Tag, als ich dich besucht habe.«

Sie schien angestrengt nachzudenken, und wie neulich auch, als wir sie in der Küche zur Rede gestellt hatten, machte sie ein sehr unschuldiges Gesicht.

»Ich kann mich nicht erinnern, Liebes. Ich glaube, ich stand ein bisschen unter Schock. Ich soll gesagt haben, dass wir uns mal unterhalten müssen?«

»Genau so hast du es formuliert.«

»Hm.«

Enttäuschung machte sich breit. Aber – Moment mal! War das da gerade nicht ein Augenzucken? Oder ein Zungenschnalzen? Ich stierte Tante Polly ins Gesicht, aber sie zeigte keine Regung mehr. Nein, da hatte ich mich wohl getäuscht.

Tante Polly sah mich *wirklich* unwissend an.

Und damit war unser Verdacht wohl ein für alle Mal widerlegt. Tante Polly hatte noch nicht mal den leisesten Schimmer, dass es so etwas wie Parallelwelten wirklich gab.

Was bedeutete, dass wir wieder ganz von vorne anfangen konnten. Wir hatten nicht den Hauch eines Hinweises auf den Grund meiner Springerei, und ich wusste in diesem Moment nicht, ob ich froh sein sollte, dass meine Tante damit nichts zu tun hatte, oder nicht.

Fest stand nur, dass es wieder passieren konnte.

Und zwar immer und überall.

*** Gebrauchsanweisung für Vickys Leben – TEIL 2

So, liebes anderes Ich, hier geht's wie versprochen weiter! Jetzt kommen wir noch zu den Eckdaten in meinem Leben, ganz kurz und stichpunktartig, damit du in kürzester Zeit möglichst viele Infos kriegst, denn leider weiß man nie, wie lange so ein Sprung dauert. Manchmal sind es nur wenige Minuten.

<u>Familie:</u>
Mum und Dad sind getrennt, seit ich knapp sechs bin, seitdem lebe ich bei Mum im B&B, zusammen mit den Großeltern. Tante Polly lebt auch im Ort, sie führt einen merkwürdigen Geschenkwarenladen, direkt neben der Bäckerei (ihr Haus ist vor kurzem fast abgebrannt, es wird renoviert, solange wohnt sie bei uns). Früher war sie Forscherin an der Uni, ist dann aber rausgeflogen.
Dad lebt im Nachbarort in einem schicken Apartment. Wir sehen uns, sooft es geht. Allerdings wird der genaue Trennungsgrund bis heute absolut totgeschwiegen – und zwar von der ganzen Familie.
Tante Esther und Tante Yvette sind gerade noch auf ihren Reisen, und Dads Familie lebt in Manchester. Mit denen skype ich hin und wieder, und sie laden mich jedes Mal ein, sie in den Ferien zu besuchen. Manchmal mache ich das sogar, meistens im Herbst, aber nur, wenn Dad Zeit hat, mitzukommen. (Ansonsten ist es da nämlich ziemlich langweilig.)

Warum wohnen du und Mum denn bei Tante Polly? Ist das nur vorübergehend? Eher nicht, oder? Ach, wenn wir uns nur mal einfach so unterhalten könnten!

Freunde:
Pauline! Sie ist schon seit der Grundschule meine allerbeste Freundin (ich hoffe sehr, deine auch, denn sie ist einfach die Beste!!!). Sie ist mein Fels in der Brandung und weiß alles über die Springerei, sie wird dir mit Rat und Tat zur Seite stehen, wenn du hier bist. Melde dich am besten sofort bei ihr, wenn du hier bist, Kurzwahl 1 auf meinem Handy.

Schule:
Mittelmaß. Ein gepflegter 2,5-Durchschnitt. Schlechter in Mathe und Physik, besser in Englisch (klar) und Deutsch und Sport. Sitze in jedem Fach neben Pauline. Schülerpraktikum in Ludwigs Bäckerei. (Wo musst du denn hin? Wurde bei euch auch gelost oder durftet ihr einfach mit euren Freunden tauschen?)

Hobbys:
Schwimmen. Bin in der Schulmannschaft und trainiere hin und wieder mit dem Schwimmverein, aber da will ich nicht beitreten. Die würden mich nur dauernd auf Wettbewerbe schicken, und die kann ich nicht leiden.

Jungs:
Bin fest mit Konstantin aus der Zehnten zusammen. Seit genau neun Tagen! Wir küssen uns allerdings nicht oft, und wenn, fängt er an, weil ich ein kleiner Hasenfuß bin. (Hast du einen Freund? Wenn, dann ist es sicher nicht Konstantin, oder? Nach der Aktion neulich am Büfett von Mums Party, hihi ...)
Wenn du also hier bist, sag ihm am besten sofort, dass wir gerade getauscht haben – sonst versucht er, dich vielleicht noch mal zu küssen. Über die Springerei weiß er wie Pauline Bescheid, sprechen kannst du also auf jeden Fall mit ihm darüber.
Ansonsten weiß nur noch Nikolas davon. Mum habe ich nie etwas davon erzählt. Wärst du so lieb und sagst ihr auch nichts, wenn du da bist? Ich glaube, sie würde sich nur aufregen, dabei hat sie gerade so viel um die Ohren. (Hast du eigentlich je Raimund Grafs Tante kennengelernt? Tante Röschen? Die ist gerade bei uns im B&B zu Gast. Unsere Geschichtslehrerin Frau von Biedermann ist nichts dagegen – ja, genau, so schlimm!)

Ich wünsche dir alles Gute für deine Sprünge, ich hoffe, du kommst klar!

Ganz liebe Grüße,
deine Vicky

7.

»Wir könnten einen Kurs für moderne Kreistänze machen«, sagte ich. »Oder in einen Diavortrag über Fauna und Flora auf Spitzbergen gehen. Oder« – ich blätterte weiter in unserer Lokalzeitung – »Einkaufskörbe aus alten Tetrapacks flechten.«
»Warum geht ihr beiden nicht einfach ins Kino, so wie Konstantin vorgeschlagen hat, wie jedes andere frischverliebte Pärchen auch? Da ist es dunkel, man muss sich nicht unterhalten und kann die ganze Zeit knutschen. Oder man kann so tun, als ob man vom Film fasziniert ist, wenn man *nicht* knutschen möchte.«
»Du musst es ja wissen«, murmelte ich und gab der Hollywoodschaukel noch einen Schubs.

Pauline und ich saßen schon seit über einer Stunde auf unserer Veranda, und ich wurde bald seekrank von der ganzen Schaukelei, aber wir waren bisher keinen Schritt weitergekommen. Und anstatt mir zu helfen und für mich das perfekte Date mit Konstantin am Freitag zu planen (beziehungsweise, ihm einen *noch* besseren Vorschlag zu machen als das von mir gefürchtete Kino), tippte sie die ganze Zeit auf ihrem Smartphone herum. Was mich langsam tierisch nervte.

»Ich könnte mit ihm auch einfach Eis essen gehen. Bei Antonio gibt's ein paar neue Sorten. Das Leberwursteis soll super sein, fast noch besser als das Altölsorbet.«

»Hm, gute Idee«, murmelte Pauline und starrte wieder auf ihr Handy. Natürlich hatte sie mir überhaupt nicht zugehört. »Warum ist der Typ eigentlich die ganze Zeit online? Hat der nix anderes zu tun?«

»Lass mich raten. Nikolas?«

»Der hängt praktisch schon den ganzen Nachmittag bei WhatsApp rum. Wem schreibt der denn die ganze Zeit?«

Ich verkniff mir zu sagen, dass Pauline offenbar auch schon die ganze Zeit online war.

»Und jetzt hat er auch noch sein Profilbild geändert!« Sie hielt mir ihr Display vor das Gesicht. »Einen Kussmund!«

»Na, für wen der wohl gedacht ist?«

»Wahrscheinlich für seine zehntausend Verehrerinnen, die ihn jeden Tag in der Schule angaffen und in der Cafeteria auflauern. Und ihn bei WhatsApp stalken.«

Ich gab es auf, ihr schon wieder zu erklären, dass die Mädels vielleicht Nikolas anglotzten, er aber jeden Mittag an *unserem* Tisch saß. Ihretwegen. Denn dass Nikolas in Pauline verknallt war, war mittlerweile so klar wie Opas Vogelbeerenschnaps, den er in der Garage versteckte. Und Pauline war nicht immun gegen ihn, im Gegenteil. Sie wollte es nur nicht zugeben.

Da fühlte ich mich trotz meines Gejammers sehr viel ehrlicher, denn wenigstens gab ich zu, dass Konstantin mich manchmal so durcheinanderbrachte, dass ich kaum noch denken konnte. Seit wir unser Date für Freitag ausgemacht hatten, war ich praktisch ein wandelndes Nervenbündel, aus purer Angst, meinen ersten *Test* als Freundin zu versauen. Schließlich hatte ich nach dem letzten Samstag, an dem er es mit Tigerpfoten-Snoopy und dann mit Parallel-Victoria zu tun gehabt hatte, einiges wieder gutzumachen.

»Wie wär's damit?« Ich griff wieder zur Zeitung mit den Veranstaltungstipps zum Wochenende. »Am Freitagabend ist Stepptanzen für Fortgeschrittene. Oder alternativ dazu *Darabuka – Kennenlernen der orientalischen Vasentrommel*. Was um Himmels willen ist eine orientalische Vasentrommel?«

Pauline konzentrierte sich weiter auf ihr Handy.

»Pauline! Ich brauche ernsthaft deinen Ratschlag!«

»Und ich brauche endlich mal wieder ein anderes Gesprächsthema als Jungs!«, sagte sie, pfefferte ihr Handy auf die Sitzkissen und stöhnte auf. »Ach, Vicky, tut mir leid. Ich muss verrückt sein, dass ich mich überhaupt darüber aufrege. Komm, gib mal her, da wird doch wohl etwas zu finden sein.« Sie nahm mir die Zeitung aus der Hand.

Ich beugte mich vor und gab ihr einen Kuss auf die Wange. »Und ich hole dafür meiner besten Freundin in der Zwischenzeit einen Eistee«, sagte ich und nahm vorsorglich Paulines Smartphone mit, damit wir hier endlich mal weiterkamen.

Aber auf dem Weg in die Küche passierte es wieder.

Der Zimtschneckengeruch war diesmal zwar sehr viel schwächer als beim vorherigen Mal (eine drei auf der Skala, maximal), aber trotzdem leider unverkennbar.

Das Letzte, was ich sah, war Mums Keksdosensammlung auf unserem Küchenbüfett, ehe meine Welt vor den Augen verschwamm, und nach dem Bruchteil einer Sekunde kam ich im Körper meiner anderen Version wieder zu mir.

Diesmal zum Glück nicht in Tante Pollys beengter Wohnung,

sondern in einem anderen Haus. Beziehungsweise, *vor* einem anderen Haus. Einer hübschen, weißen Doppelhaushälfte mit himmelblauen Fensterläden, um genauer zu sein. Die ich sehr gut kannte.

»Hallo, Victoria, schön dich zu sehen!«, sagte in diesem Moment Paulines Mutter zu mir, als sie mir die Haustür aufmachte. »Komm rein. Pauline ist oben.«

»Danke!«, sagte ich strahlend und war so, so dankbar, dass Pauline offensichtlich auch hier Teil meines Lebens war.

Auf dem Weg die Treppe hinauf musste ich nicht erst in den Spiegel an der Garderobe gucken, um zu sehen, dass ich tatsächlich ich war. Ein kurzer Blick an mir herunter (ich trug schwarze schmale Jeans und ein T-Shirt mit einem cool gemalten Eichhörnchen vorne drauf) und die Reaktion von Paulines Mutter genügten mir, um dessen ganz sicher zu sein. Nur die längeren Haarsträhnen, die bis über meine Schultern fielen, waren vielleicht ein kleiner Unterschied. Sonst aber fühlte dieser Körper sich ganz genauso an wie meiner.

»Victoria, bist du das?« Pauline kam mir schon entgegen. »Warte kurz. Ich hole uns nur noch was zu trinken.«

Außer, dass sie mich nicht bei meinem Spitznamen nannte, war sie auf den ersten Blick exakt wie meine Freundin zu Hause. Ich atmete tief durch. Was hatte ihr mein anderes Ich in der Zwischenzeit erzählt? Hatte sie ihr überhaupt etwas erzählt?

Neugierig trat ich in ihr Zimmer und sah mich um.

Wie meine Pauline hatte auch diese hier ein Faible für deckenhohe Bücherregale, die die kompletten Wände ihres Zimmers einnahmen und bis in den letzten Winkel vollgestellt waren.

Sie hatte sogar ein ähnliches Ordnungssystem. Hier vorne die Romane, Comics in der Mitte, und da hinten in der Ecke ihre liebsten Kinderbücher, die sie immer noch nicht hergeben wollte. Den meisten Platz nahmen allerdings die Sachbücher ein, auch wenn ich glaubte, nicht ganz so viele wissenschaftliche Schinken entdecken zu können wie bei uns zu Hause (zumindest keine, die sich normalerweise nur Chemie-, Biologie- oder Medizinstudenten ab dem sechsten Semester zu Gemüte führten).

Im Fach neben den Anatomie-Büchern fiel mein Blick dann auf etwas, das mein Herz sofort aufgehen ließ.

Denn da stand unser gemeinsamer Erinnerungs-Setzkasten.

Pauline und ich hatten uns in der ersten Klasse, nachdem wir in einen bösen Streit mit den Meyer-Zwillingen geraten waren und uns unter Einsatz unseres damals sehr jungen Lebens gegenseitig gerettet hatten, ewige Treue und Freundschaft geschworen. Und für unsere Zimmer Dinge gebastelt, die uns immer wieder daran erinnerten, was wir aneinander hatten.

Was bei mir zu Hause die recht wild aussehende Collage aus Fotos, Zettelchen, Postkarten und sonstigem Kram war, die über meinem Bett hing, war bei Pauline ein schöner, gepflegter Setzkasten. Lauter kleine Holzfächer, die fein säuberlich mit unseren gemeinsamen Erinnerungen gefüllt waren. (Im Gegensatz zu mir war Pauline immer schon ordentlicher und organisierter. Selbst als Sechsjährige. Manchmal frage ich mich tatsächlich, ob nicht ich von einem anderen Stern bin, wegen dieser ganzen verrückten Springerei, sondern sie.)

Sogar hier, in der Parallelwelt, erkannte ich die meisten Sachen wieder. Das kleine Gläschen mit unseren Haarsträhnen, die Steinchen, die wir bei einem gemeinsamen Wanderausflug gesammelt hatten, eine Schwanzfeder von einem Grünspecht, Fotos von uns.

Es gab aber auch ein paar Sachen, die ich nicht kannte, wie dieses Fläschchen mit Sand zum Beispiel. Mit spitzen Fingern, um bloß nichts kaputtzumachen, nahm ich es aus dem Kasten und hielt es mir vor die Augen, um es genauer erkennen zu können. Zu gerne hätte ich die Geschichte gekannt, die dahintersteckt.

In diesem Moment hörte ich Pauline die Treppe nach oben kommen, und ich stellte hastig alles wieder zurück. »Dad hat übrigens gesagt, dass du nicht um halb neun in der Praxis sein musst, es reicht um zehn. Morgens kämen sowieso immer nur die Notfälle, und die wären auch nicht immer appetitlich, meint er, es sei denn, du hast einen robusten Magen oder frühstückst nicht, dann kannst du auch früher kommen. Und du sollst dir belegte Brote und was zu trinken mitbringen, falls ihr Außentermine habt. Bist du eigentlich gegen Tetanus geimpft?«, fragte Pauline, als sie mit zwei Flaschen Limo und Gläsern beladen in ihr Zimmer polterte.

»Ich, äh … denke schon«, sagte ich und nahm ihr die Getränke ab. Ich musterte sie möglichst unauffällig, aber ich merkte schnell, dass es da gar nichts zu gucken gab. Pauline war einfach Pauline. Sie trug die gleichen Klamotten, die sie auch in unserer Welt hatte, und sogar das Pflaster an ihrem linken Daumen, wo sie sich diese Woche im Werkunterricht die Feile hineingerammt hatte, saß genau an der gleichen Stelle. (Sie hatte handwerklich zwei linke Hände. Das war aber auch das Einzige, das mir einfiel, was sie nicht konnte.)

»Jetzt ist diese dämliche Verlosung schon ein paar Tage her, und alle regen sich immer noch wie aufgescheuchte Hühner auf. Vorhin hat mir sogar Valerie per WhatsApp zwanzig Euro geboten, wenn ich mit ihr tausche. Die hat echt einen Vogel. Aber dass ausgerechnet Claire deiner Mum im Rathaus helfen wird, ist doch zu blöd. Die arme Meg tut mir jetzt schon leid!«, sagte sie und ließ sich auf einen ihrer Sitzsäcke plumpsen, die in der Ecke lagen.

»Ja, das kannst du laut sagen.«

Arme Mum. Sie arbeitete also wirklich für den schmierigen Bürgermeister. In dieser Welt schien sie echt ein bisschen Pech zu haben. Ich hätte zu gerne gewusst, welche Abzweigungen im Leben sie hier genommen hatte, die sie in diese Situation gebracht hatten.

Paulines Handy vibrierte, und mit einem entschuldigenden Lächeln zog sie es verstohlen aus der Tasche. Und lächelte noch ein bisschen mehr, als sie sah, von wem die Nachricht kam.

»Ich schreib nur schnell zurück, dann bin ich voll und ganz bei dir«, sagte sie und fing an, hektisch auf dem Bildschirm ihres Smartphones herumzutippen.

»Wer das wohl ist?«, fragte ich kichernd und hoffte, dass ich so unauffällig und lässig gefragt hatte, dass ich auch eine Antwort bekam.

Aber Pauline grinste nur. »Dreimal darfst du raten. Er ist aber auch hartnäckig. Hab ich dir erzählt, dass er mich sogar schon ins Lokal seines Onkels eingeladen hat?«

Aha – es handelte sich tatsächlich auch hier um Nikolas. Der hatte nämlich einen Onkel mit einem Restaurant, ein Grieche, natürlich. Wusste ich es doch!

Ach, ich freute mich schon darauf, *meiner* Pauline davon zu erzählen. Vermutlich würde sie ein Gesicht machen, als ob sie gerade eine von Omas Kohlrouladen probiert hätte (die waren nämlich so ungefähr das Grässlichste, was unsere Küche je hergegeben hatte).

Wie hatte er es hier bloß geschafft, dass sie ihn so offensichtlich an sich heranließ? Wie hatten die beiden sich kennengelernt? Wie –

»Ganz ehrlich, Victoria? Ich glaube heute, es war eine glückliche Fügung, dass mein Tablet vor drei Wochen kaputtgegangen ist und ich es zum Computer-Club gebracht habe, um es reparieren zu lassen.«

»Ja, das ist mal wirklich eine romantische Geschichte«, sagte ich und fühlte mich mit dieser Pauline noch viel mehr verbunden.

In meiner Welt war *ich* es nämlich gewesen, die Konstantin genau auf diese Art und Weise kennengelernt hatte – mein Laptop hatte den Geist aufgegeben, und ich war eines Tages mit dem Teil zur Computer-Sprechstunde in unserer Schule gegangen. (Damals zwar eher deshalb, weil ich einen anderen Jungen aus dem Computer-Club ziemlich toll fand – aber das hatte sich schnell erledigt, nachdem ich Konstantin traf.)

Und wieder einmal dachte ich daran, wie mächtig doch das oft belächelte Schicksal war. Denn dass es so etwas gibt, daran glaubte ich auf jeden Fall, und nach allem, was mir in den letzten

Wochen passiert war (die ganze Springerei und so), noch viel mehr.
Denn was wäre eine Welt ohne Schicksal?
Oder anders gefragt – waren Schicksal und Zufall dasselbe? War es Zufall, dass ich vor ein paar Wochen mit meinem kaputten Laptop in den Computerraum vor Konstantins Füße gestolpert war? Genau wie Pauline in der Parallelwelt? Was wäre passiert, wenn ich eine Stunde früher gekommen wäre? Dann hätte ich ihn womöglich verpasst, und wir würden bis heute kein Wort miteinander reden. Eine schlimme Vorstellung, wo er doch der Grund war, dass ich Tante Pollys Sehnsucht nach ihrem Traummann inzwischen nur zu gut verstehen konnte.
Oder hätte ich ihn dann nur woanders getroffen? Und wenn ja, wo? Oder wäre er mit Claire zusammengekommen? Welche Entscheidung hat letztendlich dazu geführt, dass wir uns kennengelernt haben? Gab es eine Situation in dieser Parallelwelt, in der diese Victoria hier nur eine klitzekleine andere Entscheidung getroffen hat, weswegen sie jetzt immer noch Single ist? Oder würde sie sich irgendwann so oder so in Konstantin verlieben?
Pauline sagt immer, dass ich eine geborene Romantikerin wäre. Und genau das will ich auch sein. Ich will an eine schicksalhafte Fügung glauben, dass ich in *der* Welt zu Hause war, in der Konstantin und ich uns begegnet sind, zu einem Zeitpunkt, der für uns bestimmt war. Dass es so kommen *musste*, und zwar für beide von uns.
Und für mich gehörte Mum ins *B&B* und nicht ins Büro des Bürgermeisters oder sonst irgendwohin, denn das war es, was sie liebte. Und was für *sie* bestimmt war.

Vielleicht war das ja überhaupt der Grund für meine Springerei – damit ich sehen konnte, was alles möglich war. Zum Beispiel die Sache mit Pauline und Nikolas. Wenn die Parallel-Pauline hier augenscheinlich so glücklich war, mit ihm zusammen zu sein – wieso sollte das bei *meiner* Pauline anders sein?

Diesen Gedanken musste ich unbedingt im Hinterkopf behalten, wenn ich wieder zurück war. Mit Betonung auf dem *zurück*, denn jetzt musste ich mich auf das *Hier und Jetzt* konzentrieren – auf meine Nachforschungen in dieser anderen Welt, die meiner wieder so ähnlich war und gleichzeitig doch ganz anders.

Und als Pauline das Handy nach ein paar Minuten zur Seite legte und ihre Limo öffnete, hielt ich es nicht länger aus.

»Pauline, ich werde dir jetzt gleich was total Irres erzählen. Aber du musst mir versprechen, mir zu glauben. Und mich nicht auszulachen. Okay?«, fragte ich.

Ich hatte sofort ihre Aufmerksamkeit. »Was ist?«

Ja, sie würde mir auch hier glauben. Genauso, wie meine Pauline mir zu Hause immer jedes Wort von dieser unglaublichen Geschichte geglaubt hatte.

Und wofür ich sie über alles liebhabe.

»Es ist so: Du siehst mich zwar gerade hier sitzen, aber eigentlich bin ich gar nicht –«

Und da waren sie wieder.

Die Zimtschnecken.

Aber war es so schlimm, dass ich jetzt wieder zurücksprang? Ein Anfang war gemacht. Wenn mein zweites Ich gleich hier meinen Platz einnehmen würde, könnte die andere Victoria die Geschichte zu Ende erzählen.

Ich landete auf meinem Bett, in meinem Zimmer.

»Ich bin wieder da!«, rief ich und unterbrach damit Paulines Redeschwall.

»Na, Gott sei Dank, ich weiß nicht, wie lange ich noch so schnell hätte reden können. Mein Mund ist schon ganz trocken. Aber ich wollte deinem anderen Ich so viele Informationen wie möglich mitgeben.« Sie schnappte nach Luft.

»Und? Hat es geklappt?«

»Was *geklappt*?«

»Na, dass mein anderes Ich jetzt Bescheid weiß.«

»Ich hoffe. Jedenfalls war sie sehr dankbar, glaub ich, aber erst mal natürlich geschockt über das, was da gerade mit ihr passiert. Aber ich habe ihr alles erklärt, so gut das in der Kürze der Zeit eben ging, und sie zwischendrin deine Gebrauchsanweisung lesen lassen. Sie war ziemlich beeindruckt, was wir da alles für sie vorbereitet hatten.«

Erschöpft ließ ich mich nach hinten in meine weichen Kissen fallen. »Und hast du auch was Interessantes rausgekriegt?«

Sie schüttelte den Kopf. »Ich weiß nur, dass sie nicht Vicky genannt werden will, sondern nur Victoria. Und dass es ihr zweiter Sprung war. Der erste war letzten Samstag, also passend zu deinem Verschwinden hier während der Queen-Geburtstagsparty.«

»Sonst nichts?«

Jetzt wurde Pauline doch tatsächlich ein bisschen rot. »Na ja, so richtig viel hat sie nicht gesagt.«

Ach Mensch, Paulinchen!

Ich musste lachen und konnte mir lebhaft vorstellen, wie meine beste Freundin sie einfach nicht zu Wort hatte kommen lassen.

Pauline fing sich wieder. »Vielleicht hab ich sie verschreckt, aber zumindest weiß sie jetzt, womit sie es zu tun hat«, verteidigte sie sich.

Da hatte sie auch wieder recht, und für einen Moment biss ich mir auf die Lippen. Es war ganz schön egoistisch von mir, nur an mich zu denken.

»Stimmt auch wieder«, sagte ich deswegen einlenkend und seufzte. Und dann fiel mir wieder etwas ein.

»Dafür habe ich etwas rausgefunden, in der Parallelwelt. Das wirst du nicht glauben!«

Und als sie mich grinsen sah, legte sie den Kopf schief und sah mich mit zusammengekniffenen Augen an. »Wieso?«

»Es ist etwas Spannendes. Und Überraschendes. Und –«

»Jetzt sag's schon endlich!«

»Du hast in der Parallelwelt auch einen Erinnerungs-Setzkasten.«

Sie guckte mich ungläubig an. »Oh. Aha. Wirklich sehr spannend.«

»Ja, find ich auch. Und da war noch was.«

Ich tat so, als ob ich die Collage über meinem Bett musterte und angestrengt über etwas nachdachte. Ich wusste, dass Pauline vor Neugier bald platzen würde, aber es war so schön, sie einmal zappeln zu lassen. Und vor allem wollte ich zelebrieren, was ich ihr als Nächstes zu erzählen hatte.

Ich räusperte mich. »Und die andere Sache ist – dein anderes Ich ist mit Nikolas zusammen. Ganz offiziell.«

»Das glaub ich nicht«, sagte sie und verschränkte die Arme vor der Brust. »Wie kommst du darauf?«

Ah. Pauline in Abwehrhaltung. Interessant.

»Also, ganz sicher weiß ich es natürlich nicht. Aber in der anderen Welt hat er dich gerade eingeladen. Zu seinem Onkel ins Lokal.«

»Das kann nicht sein!«, sagte sie und zupfte am Saum ihres T-Shirts herum.

»Wieso denn nicht?«

»Weil ...« Sie biss sich auf die Lippe. »Weil sein Onkel total konservativ ist. Und Nikolas sich da nur mit dem Mädchen blicken lassen darf, bei dem er mindestens vorhat, es zu heiraten. Wenn du verstehst, was ich meine.«

»Na, dann ist die ganze Geschichte noch viel romantischer, als ich dachte.«

»Vicky!«

»Ich mein ja nur. Außerdem erzähle ich einfach, was dort war! Sei froh, dass wir neue Informationen haben.«

Pauline nuschelte irgendetwas Unverständliches, was sich ein bisschen wie *doofe Romantik* anhörte, und knibbelte an meiner Bettdecke herum, und ich konnte nicht anders, als meinen Kopf an ihre Schulter zu legen, um sie zu besänftigen. So ratlos und unsicher habe ich sie selten gesehen.

»Es muss ja nicht heißen, dass das hier genauso läuft«, sagte ich versöhnlich. »Schließlich wohnen Mum und ich dort auch bei Tante Polly. Und ganz ehrlich, so gern ich meine Tante hab – das bräuchte ich hier nicht unbedingt.«

»Stimmt auch wieder.«

»Na, siehst du.«

Wir schwiegen eine Weile, und ich dachte noch ein bisschen über die Parallelwelt nach, in der ich gerade gewesen war. So viele Dinge waren anders als bei mir zu Hause – wie die Sache mit Tante Pollys Wohnung oder Mums Job. Und so viele andere Sachen waren wiederum genau gleich.

Und dennoch fragte ich mich, ob es nicht doch einen größeren Unterschied zu meinem anderen Ich gab als die Rufnamen und die Haarlänge.

Was war sie für ein Mensch?

Wie würde sie mit der Springerei umgehen, sollten die Sprünge in diese Welt eine Weile andauern?

Würde sie mich vielleicht in ähnliche Schwierigkeiten bringen wie neulich Tori?

Oder sogar in noch schlimmere?

*** Fragebogen an Vickys zweites Ich

1) Wo lebst du? Beziehungsweise – warum lebst du mit Mum bei Tante Polly?

2) Hat Mum je die Idee gehabt, ein B&B aufzumachen, und wenn nein, willst du ihr das vielleicht vorschlagen? (Mario Grüner von der Plus-Bank steht total auf sie und gibt ihr ein Darlehen, sie muss ihn nur darum bitten, ach ja, und sie muss Herrn Wenzke vom Tourismusverband in Sachen Zuschuss ansprechen.)

3) Sind unsere Eltern in deiner Welt zusammen, und wenn nicht, hast du eine Idee, wie wir sie wieder zusammenbringen könnten?

4) Hat Tante Polly einen Freund, und wenn ja, wo hat sie ihren Traummann gefunden?

5) Hast du einen Freund, und wenn nicht, kennst du Konstantin aus der Zehnten? (In meiner Welt ist er Tutor im Computerraum und mag mich sehr.)

6) Weißt du zufällig, wie man gut küsst und wo man dabei die Arme hintut?

7) Und was tut man, wann man vor Aufregung Schwitzehände hat?

8) Durftest du als Kind eine Katze haben? Wenn ja – wie könnte ich Mum überreden, mir auch eine zu kaufen?

9) Warum wirst du eigentlich von allen Victoria genannt? Magst du keine Spitznamen?

10) Kann ich dir mit irgendetwas helfen, oder brauchst du noch Infos von mir? Schreib mir alles auf, wovon du glaubst, dass ich dir weiterhelfen könnte!

PS: Und was zieht man am besten zu seinem ersten Date an?

8.

Bis Konstantin mich am Freitag zu unserem Date abholte, sprang ich kein einziges Mal mehr, und aus diesem Grund wusste ich auch nicht, was Parallel-Victoria mir in Sachen Anziehen geraten hätte. Vermutlich war sie wie ich der Typ Mädchen, der normalerweise morgens nur zwanzig Minuten im Bad braucht, inklusive Duschen und Haarewaschen.

Aber heute fiel es mir schwer, mich für ein Outfit zu entscheiden. Den Jeansrock mit dem weißen Trägertop? Zu langweilig. Eine schwarze Hose mit der gepunkteten Bluse, die ich von Mum neulich bekommen habe? Zu warm, schließlich war es ein lauer Sommerabend, und ich wollte um keinen Preis auch nur ansatzweise nach Schweiß müffeln (sicherheitshalber hatte ich deswegen schon fünf Schichten Deo aufgetragen).

Doch je länger ich rumprobierte, umso weniger schien mein Kleiderschrank herzugeben, was nicht zuletzt daran lag, dass mein anderes Ich Tori aus der Parallelwelt, in die ich vor ein paar Wochen so oft gesprungen war, deutlich selbstbewusster gewesen war als ich und meine aktuelle Parallel-Version zusammen. Sie hatte unverschämterweise mein Zimmer gründlich ausgemistet und dabei die Hälfte meiner Lieblingsklamotten in die Altkleidersammlung gegeben. (Natürlich würde ich nie im Leben zugeben, dass ich seitdem tatsächlich ein bisschen cooler angezogen war. Nein. Auf gar keinen Fall.)

Meine letzte Rettung war schließlich meine Mum, wie so oft – in modischen Belangen war sie eine bessere Ratgeberin als Pauline, denn die machte sich nicht viel aus Klamotten (wobei Pauline auch in einem lilafarbenen Polyesterjogginganzug lässig aussehen würde).

Mum allerdings erfasste mit einem Blick meine Lage.

»Okay, Schatz, das kriegen wir im Handumdrehen hin. Wie wär's denn mit den süßen Blümchenshorts? Die sind schön luftig, und außerdem ist ein Rock heute Abend unpraktisch, wenn ihr am Boden sitzt. Bei dem müsstest du dauernd so blöd die Beine zusammenkneifen, damit man deine Unterhose nicht sieht. Und dazu das passende grüne Oberteil mit den Flatterärmeln, und noch das hellgraue Strickjäckchen für später, das borg ich dir. Okay?«

Mehr als okay, Mum.

Ach, sie denkt einfach immer an alles!

Und das mit dem *am Boden sitzen* war tatsächlich ein wichtiger Punkt. Denn Pauline und ich hatten schließlich nach langer Sucherei doch noch die perfekte Location gefunden, und es war mir sogar gelungen, Konstantin ganz elegant die neue Idee unterzujubeln.

Wir würden statt ins (viel zu dunkle und intime) Kino auf die Gemeindewiese gehen, denn da war heute *Kino unter freiem Himmel*, was ja praktisch das Gleiche war. Nur eben nicht ganz so zweisam.

Gezeigt wurde *Vier Hochzeiten und ein Todesfall*, ein uralter Schinken, aber ich mochte ihn und konnte ihn stellenweise auswendig mitsprechen (er war einer von Mums Lieblingsfilmen).

Deshalb würde ich auch nichts verpassen, wenn Konstantin und ich während des Films ein bisschen, na ja – redeten. Oder küssten. Oder beides.

Als ich fertig war, packte ich die kläglichen Reste von unserem Fünf-Uhr-Tee-Büfett ein, das Mum für die Gäste hergerichtet hatte (respektive *Gast*, im Moment war Tante Röschen die Einzige im *B&B*, was gut war, denn weitere Gäste hätten sowieso glatt verhungern müssen), und wartete auf Konstantin, der auf die Minute pünktlich vor unserer Haustür stand.

»Auf Wiedersehen, Kahlgusstaff!«, sagte ich, und er rief mir hinterher: »Auf Wiedersehen, Erna!«

Konstantin grinste, als ich ihm die Haustür aufmachte. »Hat die Amsel da gerade *Erna* zu dir gesagt?«

Ich kicherte. »Wir versuchen ihm gerade unsere Namen beizubringen, wenn das Röschen nicht da ist. Er kann schon *Polly* und *Meg* und *Frau Hufnagel*. Und *Erna*, das ist die andere Nachbarin von uns.« Und etwas leiser fügte ich hinzu: »Und Tante Polly hat ihm beigebracht, wie ein Yorkshireterrier zu bellen. Sie hofft, damit das Röschen bald wieder zu vertreiben. Die scheint sich nämlich leider so wohl bei uns zu fühlen, dass sie ein paar Tage länger bleiben will.«

Konstantin lachte und nahm meine Hand. »Na, dabei wünsche ich viel Glück. Bereit für unser erstes Date?«

»Bereit.«

So bereit, wie man eben sein konnte, wenn man sich vor Aufregung fast in die Blümchenhosen machte.

Trotz meiner Nervosität überstand ich den Begrüßungskuss, den mir Konstantin noch vor unserer Haustür gegeben hatte, ohne größere Zwischenfälle. Ich schaffte es sogar, mit ihm Hand in Hand von uns zu Hause bis zu unserer Gemeindewiese zu laufen, ohne über meine eigenen Füße zu stolpern, obwohl ich ihn die ganze Zeit von der Seite anstarren musste.

Aber ich konnte einfach nicht anders. Mit Konstantin zusammenzusein war, wie seinen Lieblingssong auf Dauerschleife zu hören – ich wurde und wurde nicht satt davon und hatte die ganze Zeit nur dieses wohlige, samtige Gefühl in der Magengegend.

Wie immer war er sehr souverän und kein bisschen aufgeregt, wie es schien. Zielstrebig ging er mit mir zur Gemeindewiese und zahlte sogar den Eintritt für mich mit (zum Glück waren es nur zwei Euro pro Person), und dann suchten wir uns einen Platz.

Es war schon ordentlich was los, was mich nicht wunderte. Das Leben in unserem Städtchen ist nämlich manchmal so langweilig, dass Veranstaltungen wie heute Abend alle aus ihren Häusern locken. Viele waren schon vor uns da und saßen entweder auf Decken oder Klappstühlen auf dem Rasen oder holten sich an dem kleinen Stand am Rande der Wiese Popcorn. Am anderen Ende, direkt vor der großen Leinwand, sah ich Mums Freundin Mimi mit ein paar Bekannten sitzen. Aus unserer Schule hatte ich glücklicherweise noch niemanden entdeckt. Obwohl ich nicht unbedingt ganz allein mit Konstantin sein wollte – zu viele bekannte Zuschauer brauchte ich auch nicht.

»Was meinst du – sollen wir uns direkt vor den alten Sigi setzen?«, fragte er und deutete auf die große Steinskulptur.

Sigi heißt eigentlich *Sigismund der Schöne* und hatte irgendwann im Mittelalter nach ein paar Heldentaten, an die sich kein Mensch mehr erinnert, diese Ortschaft gegründet. Ein Künstler hatte ihn in beigefarbenen Sandstein gemeißelt – samt überdimensionaler Hakennase, riesigen Ohren und fliehendem Kinn. Seitdem ziert er die Gemeindewiese.

Das steinerne Schwert, das er ursprünglich hoch über seinen Kopf gestreckt hielt, fehlt allerdings schon seit Jahren. Es passe nicht zu unserem friedvollen Städtchen, hatte mal jemand gesagt, und es kurzerhand verschwinden lassen. Seitdem hatte Sigismund immer mal wieder etwas anderes in seiner Hand. Vor zwei Wochen war es zum Beispiel ein Büschel spätblühender Flieder gewesen (das wusste ich deswegen so genau, weil Konstantin mich darunter das allererste Mal geküsst hatte). Heute prangte aber nur ein alter Reisigbesen über uns.

Sehr romantisch.

Konstantin ließ seinen Rucksack ins Gras gleiten, kramte ein bisschen darin herum und breitete schließlich eine große Picknickdecke aus. Und während ich versuchte, mich möglichst elegant darauf niederzulassen und meine Beine grazil zu drapieren, baute er in Windeseile ein kleines Büfett aus diversen Knabbereien vor mir auf: Kekse, Weintrauben, Chips, Schokolade.

Als Getränke hatte er Wasser dabei und Cola und ... Tee. In einer Thermoskanne.

»Tee? Wirklich?«

Er zuckte mit den Schultern. »Du trinkst doch gerne Tee. Hoffentlich schmeckt er, ich kenn mich da nämlich nicht so aus.«

Ich musste einen Seufzer unterdrücken. Ach, ich würde Konstantins Tee doch auch trinken, wenn er nach Seifenwasser schmeckte. Das war ja so aufmerksam von ihm!

Mein Grinsen bekam vermutlich langsam grenzdebile Qualitäten, während er uns in zwei mitgebrachte Tassen (mit Untertassen) Tee einschenkte und mir dann noch – hach – eine leckere kleine Praline dazugab.

Fast bereute ich es jetzt, nicht mit ihm in einem dunklen Kino zu sein. Aber um den Hals fallen konnte ich ihm ja hoffentlich auch noch nach dem Film.

Da saßen wir also nun, mitten auf einer Wiese im Hochsommer mit Teetassen in der Hand, aber ich für meinen Teil hatte eine Gänsehaut. Konstantin hatte sich ganz dicht zu mir gesetzt und guckte mich so, na ja, abwartend an, und in diesem Moment vergaß ich all meine Unsicherheit und …

»Du-hu, Konstantin?« Ein zartes Stimmchen ließ uns aufblicken. Vor uns stand ein Mädchen, vielleicht zehn oder elf Jahre alt, mit einer großen rotgerahmten Brille auf der Nase, und lächelte uns schüchtern an. Nein, sie lächelte Konstantin schüchtern an. Von mir nahm sie überhaupt keine Notiz.

Hoppla. Seine Verehrerinnen wurden auch immer jünger.

»Was ist denn, Klara?«

»Ich glaub, mein Handy ist kaputt. Kannst du mal gucken?«

Konstantin seufzte, streckte aber trotzdem seine Hand aus.

»Zeig mal her. Vicky, das ist Klara, die Tochter unserer Nachbarn.«

»Und wer bist du?«, fragte die Kleine und guckte mich vorwurfsvoll an.

»Ich bin Vicky«, sagte ich.
»Bist du in Konstantins Klasse?«
»Nein, ich bin ein Jahr jünger.«
»Und wieso sitzt du dann mit ihm hier?«
»Weil ich nicht stehen wollte.«
»Sehr witzig«, sagte sie, während ihr Blick immer wieder zu Konstantin huschte, der gerade den Akku wieder in ihr Handy einsetzte.
»So, jetzt müsste es wieder funktionieren«, sagte er und fing sich dafür ein strahlendes Zahnspangenlächeln ein.
»Danke. Kommst du mal wieder vorbei? Ich verstehe Mathe gerade nicht ...« Ihr Augenaufschlag war ganz klar einstudiert.
»Klar. Viele Grüße an deine Eltern.«
»Jahaaa ... Ciao dann.«
Nach einer halben Ewigkeit trollte sie sich endlich, nicht ohne mir über die Schulter immer wieder böse Blicke zuzuwerfen.
»Die steht auf dich.«
Er zog eine Augenbraue nach oben. »Klara? Die ist doch erst elf.«
»Trotzdem steht sie auf dich. Die Pubertät schlägt ja immer früher zu. Wegen der guten Ernährung der Kinder, weißt du? Sie sind viel besser entwickelt als vor fünfzig Jahren oder vor zwanzig.« O Mann, was redete ich da eigentlich für einen Schwachsinn?
Konstantin grinste. »Bist du etwa eifersüchtig?«
»Doch nicht auf eine Elfjährige.«
Aber auf ganz viele andere. Wie zum Beispiel die beiden Mädels aus Konstantins Klasse, die jetzt ein Stück vor uns auf-

getaucht waren und ihm betont lässig zuwinkten, ehe sie sich dann auf die Wiese setzten.

Und mich unverhohlen musterten.

Wobei – Eifersucht war vielleicht das falsche Wort. Aber es verunsicherte mich einfach. Jedes Mal, wenn so eine Gazelle Konstantin angaffte, schoss mir durch den Kopf, was er überhaupt an mir fand.

Und obwohl ich wusste, dass ich besser nicht fragen sollte (weil die Chance, eine niederschmetternde Antwort zu bekommen, leider durchaus gegeben war), tat ich es trotzdem.

»Wie sieht eigentlich deine Traumfrau aus?«, versuchte ich es so lässig wie möglich und nahm mir noch viel lässiger eine Weintraube, an der ich mich prompt fast verschluckte.

Er grinste und zuckte mit den Schultern. »Na ja, du weißt schon, das Übliche. Groß, blond, langbeinig ...«

Ich guckte an mir herunter. Und sah ein Paar kurze Beine und dunkelbraune Haarspitzen auf meinen Schultern. »Das ist nicht witzig.«

Konstantin lachte. »Doch! Weil man dich so schön auf den Arm nehmen kann.«

»Du lachst mich aus?«

»Nein.« Er rutschte immer noch grinsend ein Stück auf der Decke zu mir und nahm meine Hand in seine. »Ich lache dich an. Und jetzt lass uns nicht über irgendwelche doofen Weiber reden, die mich sowieso nicht interessieren, sondern den Film anschauen, ja? Schau mal, er fängt an.«

Tatsächlich, die Gespräche der Leute um uns herum wurden leiser, und auf der Leinwand verschliefen Hugh Grant und seine rothaarige Mitbewohnerin gerade beinahe die erste Hochzeit. Die Sonne verschwand mit letzten goldenen Strahlen hinter dem Rathaus und hinterließ alles in einer samtigen Dämmerung. Es war wirklich romantisch. Und obwohl ich den ganzen Nachmittag echt aufgeregt gewesen war, fing ich langsam an, mich zu entspannen. Niemand achtete auf uns.

Ich sah zu Konstantin und bemerkte, dass er noch immer seinen Blick auf mich gerichtet hatte. Er lächelte zaghaft, hob meine Hand zu seinem Mund und küsste sie ganz sanft, und dann sahen wir mit fest verschränkten Händen (und klopfenden Herzen – na ja, auf meiner Seite jedenfalls) zu, wie sich ein Haufen schräger Leute auf den vier Hochzeiten verliebte.

Aber ich hätte mir ja denken können, dass der Abend einfach zu perfekt lief. Ich war schließlich ich, und ich hatte anscheinend kein Anrecht darauf, ein schönes, störungsfreies erstes offizielles Date mit meinem Freund zu verbringen.

Denn gerade bei der Szene, als Hugh diese coole Ansprache als Trauzeuge hält, standen wie aus dem Nichts plötzlich meine Großeltern vor unserer Decke.

»Ach, hier seid ihr, na, Gott sei Dank. Und was zum Essen ist auch noch da, hervorragend. Rutscht doch mal ein Stück.«

Konstantin und ich fuhren erschrocken auseinander, denn mittlerweile hatte ich meinen Kopf an seine Schulter gelehnt und beschlossen, mich in den nächsten Stunden keinen Millimeter mehr zu bewegen – bis meine Großeltern dazwischentrampelten. Die setzten sich mit lautem Stöhnen und krachenden Knochen auf unsere Decke und machten sich dabei ganz schön breit.

»Vicky, gib mir mal die Weintrauben und die Cracker. Ihr

seid doch sicher schon fertig mit Essen, oder? Und was gibt's zu trinken?«

Ich war immer noch perplex und entsetzt über ihre Unhöflichkeit, aber Konstantin hatte gute Manieren. Und sich ein bisschen schneller gefasst als ich.

»Hier, bedienen Sie sich. Es gibt auch noch Schokokekse.« Er hielt Opa die kleine Schachtel hin, der sie ihm ohne ein *Danke* aus der Hand nahm und quasi in einem Rutsch aufaß.

»Opa!«, sagte ich entsetzt. »Wir anderen wollten vielleicht auch noch – «

Aber er ließ mich gar nicht zu Wort kommen. »Wisst ihr eigentlich, was zu Hause los ist? Diese alte Tante hat alles aufgegessen, was deine Mutter für heute Abend vorbereitet hat. Könnt ihr euch das vorstellen? Ein Kilo Hackbraten! Und Kartoffelbrei aus zwei Kilo Kartoffeln! Die Frau muss einen Bandwurm haben.«

»Ich dachte, sie hat einen Beo?«, fragte Konstantin, und Oma schnaubte.

»Und der frisst unser ganzes Obst auf.«

Was ja nicht so schlimm war, denn meine Großeltern hatten es nicht so mit Obst. Andererseits, viel zu essen bekam man im Moment bei uns zu Hause wirklich nicht ab.

»Und jetzt sagt mal …« Oma langte hinüber zur Cola. »Was sitzt ihr denn hier auf der Gemeindewiese herum? Was ist denn mit unserem guten alten Kino passiert?« Sie zwinkerte Konstantin zu. »Knutscht man heute lieber in aller Öffentlichkeit herum?«

Ich konnte ein Stöhnen nicht mehr unterdrücken. Womit hatte ich diese Familie nur verdient?

Bis die beiden sich verzogen, hatten Hugh und Andy sich endlich gefunden und gemeinsam drei oder fünf Kinder bekommen. Der Abspann lief, und der Film war zu Ende.

Und unser Date damit leider auch, denn es war mittlerweile ziemlich spät geworden. Denn auch wenn meine Mum die coolste Mutter der Welt ist, hatte ich trotzdem pünktlich daheim zu sein.

Konstantin brachte mich zum Glück noch bis zu unserer Haustüre. Und ich hatte mich wirklich darauf gefreut, dass wir uns jetzt hoffentlich bald mal küssen würden. *Ohne* Familienanschluss.

»Endlich alleine«, murmelte er da auch schon und zog mich an sich. Doch gerade, als ich die Arme um seinen Hals geschlungen hatte und mich auf die Zehenspitzen stellte, wurde – na? Könnt ihr euch denken, was dann passiert ist?

Richtig. Die Haustür wurde aufgerissen.

Vom Röschen.

Die in einem lindgrünen Bademantel und Lockenwicklern im Haar dastand und uns aus zusammengekniffenen Augen musterte, ehe sie sagte: »Ihr ungezogenen Kinder!«

Und diesmal konnte sogar Konstantin sein Seufzen nicht unterdrücken. Er hauchte mir trotzdem einen sekundenschnellen Kuss auf die Lippen, ehe er sich von mir losmachte und langsam zu seinem Fahrrad ging.

Ich konnte leider nichts anderes tun, als ihm nachzusehen, mit dem Röschen an meiner Seite, das irgendwas von »wollte mir nur schnell die Füße vertreten« und »schreckliche Jugend heutzutage« murmelte.

Falls Konstantin mich jemals noch einmal einlud, würden wir auf jeden Fall in einen abgeschlossenen Raum gehen. Der großeltern- *und* röschensicher war.

Und dann würde ich ihn ganz bestimmt auch mal von mir aus küssen.

9.

Sein Schülerpraktikum in einer Bäckerei absolvieren zu dürfen, ist eine ziemlich coole Sache. Den ganzen Tag ist man von duftenden Köstlichkeiten umgeben, darf ganz viel probieren und bekommt abends noch ein paar Reste für zu Hause mit. Im Gegensatz zu zwei Wochen in einer Steuerberaterkanzlei oder in einer miefigen Parfümerie ist das wie ein Sechser im Lotto. Allerdings hat es auch einen gravierenden Nachteil: Man muss früh aufstehen. *Sehr, sehr* früh aufstehen. Was ich als passionierte Langschläferin kaum verkraftete, als ich mich am Montag nach unserem Kinoabend um halb fünf Uhr morgens aus dem Bett quälte.

Noch dazu war Konstantin das Wochenende mit dem Ruderclub im Trainingscamp gewesen (auf dem Sommerfest gab es jedes Jahr ein Rennen zwischen verschiedenen Schüler- und Lehrerteams, für das beide Parteien erbittert trainierten), und mich verunsicherte extrem, dass ich bis auf eine SMS von ihm nichts gehört hatte (in der er sich erkundigte, ob ich am Montag in der Bäckerei für ihn drei Baguettestangen zurücklegen könne, denn seine Eltern wollten am Abend mit Freunden grillen).

Pauline konnte mir da leider nicht weiterhelfen, denn die war am Sonntag mit ihren Eltern beim Wandern gewesen. Deswegen blieb mir nichts anderes übrig, als sie mit Nachrichten zu bombardieren, mit der immer wiederkehrenden Frage, was ich denn jetzt machen sollte. Aber Pauline hatte scheinbar ihren unkommunikativen Tag. Der einzige Ratschlag, den sie mir gab, war genau dreiundachtzig Zeichen lang: *Du musst einfach üben, in der Gegenwart von Konstantin ein bisschen cooler zu sein.*

Fast hätte ich ihr zurückgeschrieben, dass sie mal lieber üben sollte, die Probleme ihrer besten Freundin etwas ernster zu nehmen, aber das war selbstverständlich unfair. Pauline ist wirklich die allerbeste Freundin, die es auf der Welt gibt, und manchmal kann ich sogar verstehen, wenn sie genug von meinem Gejammer hat und stattdessen lieber mit ihren Eltern über einen Naturlehrpfad latscht.

Zu allem Überfluss hatte mich gestern Abend dann auch noch Tante Polly abgefangen, als ich gerade ins Bett gehen wollte. Diese Traummann-Geschichte ließ sie anscheinend wirklich nicht mehr los, was sich in einem extrem hohen Mitteilungsbedürfnis manifestierte.

»Weißt du, wie das ist, wenn man so lang alleine ist? Ich hätte mir einmal beinahe schon eine tasmanische Beutelratte angeschafft, weil ich so verzweifelt war.« Ich versuchte, mir Tante Polly mit einer Beutelratte auf dem Schoß vorzustellen, was mir nicht recht gelang, denn ich wusste noch nicht mal genau, wie Beutelratten aussahen. Geschweige denn tasmanische.

Aber wenn schon mein eigenes Liebesleben nach diesem lausigen Date den Bach runterging, konnte ich vielleicht wenigstens bei Polly noch etwas retten.

Ein konstruktiver Plan musste her.

»Ich hab da noch mal eine Frage zu dieser Sache mit den Initialen. Wie sicher bist du dir, dass es genau ein F beim Vornamen ist und dann ein B, D oder V?«

»Mindestens fünfundachtzig Prozent.«

»Hm.« Zwei beziehungsweise vier Buchstaben waren leider ziemlich dürftig, zumal der Typ ja überall sein konnte. Schließlich war es ja beinahe zehn Jahre her, dass sie ihn gesehen hatte.

»Und sonst fällt dir nichts ein? Irgendetwas, was ihn besonders macht?«

»Na, er ist natürlich Akademiker. Er hat einen Doktortitel.«

»Stand das auch auf seinem Namensschild?«

»Wer in diesem Alter mit so einem gutsitzenden und sauberen Laborkittel in der Fakultät steht, ist kein Student und auch kein Doktorand. Der Mann war der Chef, keine Frage.«

Ein Doktortitel. Nun ja, so richtig Mut machte mir das auch nicht. Die gab es wie Sand am Meer. Aber irgendetwas würde mir schon einfallen. Das versicherte ich Polly, woraufhin sie mich freigab und sich stattdessen mit Röschens Beo unterhielt, aber da war es schon fast Mitternacht gewesen, und am nächsten Morgen hatte ich dann wie gesagt den Salat. Meine Augenringe waren tatsächlich noch tiefer als Tante Röschens Kinnfalten. Nicht mal Mums Abdeckstift half da noch etwas.

Überraschenderweise schaffte ich es trotzdem, pünktlich um fünf Uhr früh vor der Hintertür der Bäckerei zu stehen, wo Frau Ludwig mich überschwänglich begrüßte.

»Guten Morgen, Liebes, immer herein!«

Frau Ludwig kenne ich schon, seit ich ganz klein war. Sie ist einer von diesen Menschen, die fast so zum Leben gehören wie die eigene Familie. In unserer Kleinstadt gibt es nur diese eine richtig gute Bäckerei, und weil sie so schön zentral direkt an der Gemeindewiese liegt und dazu noch neben Tante Pollys Laden und Wohnung, bin ich jede Woche mehrmals dort (und weil Frau Ludwig ein bisschen aussieht wie die Queen – womit sie ja praktisch ein Familienmitglied der Kings war).

Auch heute Morgen hatte sie wieder ihre aschblonden Löckchen kunstvoll auftoupiert, und ihre Wangen leuchteten rosig, als sie mich schnatternd durch die Backstube führte.

»Ich weiß, es ist sehr früh für dich, und eigentlich sollst du ja gar nicht so früh anfangen müssen, aber wir haben gerade einen kleinen personellen Engpass, unser neuer Geselle ist ausgerechnet letzten Freitag krank geworden – Windpocken, kannst du dir das vorstellen? Möchte mal wissen, wo sich ein kinderloser Mann das holt, na ja, aber egal, jedenfalls fällt er für mindestens zwei Wochen aus, und da bist du sozusagen unser Geschenk des Himmels.«

Unglaublich, wie jemand am frühen Morgen so viel reden konnte, noch dazu ohne Luft zu holen.

»Aber komm erst mal rein. Magst du einen Kaffee? Ach nein, dafür bist du ja vielleicht noch ein bisschen jung, wie alt bist du jetzt, vierzehn, fünfzehn? Aber vielleicht einen Tee?«

Und damit hatte sie mich dann.

Obwohl meine Augen immer noch ein bisschen zusammenklebten, wurde es ein schöner Morgen. Frau Ludwig zeigte mir die Backstube, in der ihr Mann gerade mit Feuereifer und hochrotem Kopf zwischen Knetmaschinen und Backöfen hin- und hersprang, die Vorratsräume und das Büro.

»Aber die meiste Zeit wirst du wahrscheinlich vorne im Laden verbringen, und den kennst du ja schon«, sagte sie, als sie mich durch ein kleines Durchgangszimmer in den Verkaufsraum führte. Ja, den Laden kannte ich wirklich, aber die Perspektive von dieser Seite des Tresens war eine ganz andere.

Viel schöner.

Denn von hier hinten konnte man durch die breite Glasfront nach draußen schauen, über die schmale Straße und die langgezogene Gemeindewiese bis auf die andere Seite zum Rathaus. Der gute Sigismund leuchtete im Morgenlicht, und durch die offene Türe strömte kühle, frische Luft herein. Unterwegs war so früh noch keiner, nur ein, zwei Autos fuhren vorbei, und es war einfach nur friedlich.

»Zu schade, dass heute wieder Regen gemeldet ist. Ihr armen Kinder, wo doch jetzt bald die Ferien anfangen.«

»Sind ja noch drei Wochen, bis dahin wird es schon wieder«, sagte ich und wärmte mir die Finger an meiner Teetasse, während Frau Ludwig gedankenverloren nickte.

»Schön. Also, da hinten kannst du dir schon mal die Hände waschen, dann zeig ich dir alles. Und um sechs kommt sowieso die Hennie, die weiß auch über alles Bescheid.«

Die Hennie heißt eigentlich Henriette und ist Frau Ludwigs Cousine. Sie hat vor zwei Jahren einen Spanier geheiratet (was sie zu Frau López machte) und sieht mit ihren kurzen rabenschwarzen Haaren und den goldenen Creolen aus, als ob sie selbst direkt aus Andalusien käme. Dazu ist sie eine liebe Bekannte von meiner Mum, mit der sie einmal die Woche zum Pilates geht, und ich freute mich, knapp zwei Wochen lang mit ihr hier zu arbeiten.

Und arbeiten musste ich. Glücklicherweise keine Brote und Brötchen *backen*, sondern nur Brote und Brötchen *schmieren*. Und zwar Hunderte. Denn ein großes Geschäft der Ludwigs waren die belegten Sandwiches, weil viele Leute in der Frühstücks- oder Mittagspause hier vorbeikamen, um sich zu versorgen.

»Butter, Salami, Schinken, Käse – Emmentaler, Tilsiter und Camembert, hartgekochte Eier, Gurken, Tomaten und Salatblätter«, murmelte ich wenig später vor mich hin, während ich Brötchenhälften zerschnitt. »Von jeder Sorte zwanzig Stück.«

Und ich muss sagen, das Brotschmieren hatte etwas sehr Meditatives. Ich musste nicht besonders viel denken und konnte zügig arbeiten, ohne dass mir jemand dazwischenquatschte. (Wenn ich es mir genauer überlegte, war das hier eigentlich das komplette Gegenteil von Schule. Ich musste unbedingt Herrn Petersen fragen, ob das der Sinn des Praktikums war. Dass wir Schüler lernten, dass es im echten Leben ganz anders war, als sie uns im Unterricht weismachen wollen, meine ich.)

Hennie kam, warf die Kaffeemaschine an und bediente die ersten Kunden, und langsam wandelte sich meine Broteschmier-Meditation allerdings leider etwas. Und zwar in: Langeweile. Deswegen begann ich, neben den vorgegebenen Brötchenbelägen ein bisschen, zu, äh – *variieren*. Ein bisschen Abwechslung konnte schließlich nicht schaden.

»Hier, koste mal, Putenschinken-Schnittlauch«, sagte ich gerade, als mein Handy in meiner Hosentasche vibrierte.

Es war eine Nachricht von Konstantin, die meinen Puls im Bruchteil einer Sekunde auf hundertvierzig raufjagte, mindestens. Denn was er geschrieben hatte, war so lieb. Und wie es aussah, war er mir doch nicht böse.

Er schrieb:

> Liebe Vicky, wie ist dein erster Tag in der Bäckerei? Denk an dich. x K

Dieses x bedeutete doch Kuss, oder? Er wollte mich also immer noch küssen?

Ach, und ich ihn! Also, theoretisch zumindest.

Ich wusch mir in Windeseile Butter und Salamifett von den Fingern und antwortete ihm.

> Alles cool hier, ich schmiere Brote wie eine Irre – bin jetzt quasi die Ober-Pausenbrot-Meisterin. Wenn du mal nicht weißt, was du in der ersten Freistunde essen sollst, frag mich. Was treibst du so? x

Ich war ziemlich stolz auf mich, dass ich auch ein x am Schluss machte. Was ich mich allerdings nicht traute, war zu fragen, wann wir uns wiedersahen. Trotz meiner lästigen Öffentlichkeits-Kuss-Phobie fehlte er mir jetzt schon unheimlich.

Konstantins Antwort kam prompt.

> Gehe später mit Nik noch zum Skaten, und heute Abend ist Computer-Club. Aber ich ruf dich auf jeden Fall an, ok?

Freudig fing ich an zu tippen.

Ok.

Und jetzt noch ein *x* für einen Kuss? Ach nein, ich wollte ihn ja nicht verschrecken. Oder ein Smiley? Ein Zwinkern? Ein Küsschen? Wenigstens ein Grinsen? Nein, alles zu viel. Außerdem war er schon wieder offline. Also schickte ich mein schlichtes *Ok,* damit konnte man schließlich nichts falsch machen, und widmete mich wieder den Brötchen.

Pünktlich um neun schien der halbe Ort Frühstückspause zu haben. Hennie und ich verkauften im Akkord die von mir geschmierten Sandwiches, und sogar meine Meerrettich-Mozzarella-Brezeln und Basilikum-Butterkäse-Stangen fanden reißenden Absatz, was Frau Ludwig begeistert zur Kenntnis nahm.

»Immer weiter so, Liebes, du bist ja wirklich sehr engagiert. Pass vielleicht nur auf, dass die Mischungen nicht zu wild werden, wir sind hier ja in einer Kleinstadt, und die Leute essen lieber das, was sie kennen, weißt du? Ah, wen haben wir da, sieh mal, da kommt deine Freundin. Was hast du denn an, Pauline, bist du unter die Dachdecker gegangen?«, schnatterte sie, und tatsächlich stand plötzlich Pauline im Laden.

»Unter die Maurer, um genau zu sein«, sagte die und stopfte sich ihre Handschuhe in die Taschen. Mit den staubigen Arbeitshosen, den Sicherheitsschuhen und einem gelben Helm unter dem Arm sah sie ein bisschen aus wie eins von unseren alten Playmobil-Figürchen, mit denen wir als Kinder gespielt haben. Fehlte nur noch eine kleine Plastikkelle in der Hand.

Ich musste kichern. »Darf ich bitte, bitte ein Foto machen?«

»O ja!«, kam es da von einem sommersprossigen Typen, der mir bis jetzt noch nicht aufgefallen war, der aber zweifelsohne zu Pauline gehörte. Beziehungsweise zu ihrem Praktikum. »Ich bin Michel und Paulines Aufpasser.« Er legte ihr lässig den Arm um die Schulter, was irgendwie ulkig aussah, denn er war einen halben Kopf kleiner als sie und ungefähr dreimal so alt.

»Bitte lächeln, Pauline!«

Pauline rollte mit den Augen, ließ es sich aber gefallen, und ich beeilte mich, mein Handy aus der Tasche zu ziehen.

»Aber nur eins, und dann brauche ich dringend mindestens zehn belegte Brötchen, ja? Ich sterbe vor Hunger!«

»Na, dagegen können wir was unternehmen, nicht wahr, Vicky?«, sagte Hennie und nahm Michels Bestellung entgegen, die eine ganze Maurer-Kompanie versorgen würde.

»Arbeit an der frischen Luft macht echt so hungrig, das kannst du dir nicht vorstellen«, sagte Pauline, als sie dann noch im Laden in ihr Camembert-Mohnbrötchen biss. »Ich hatte meine Pausenbrote schon alle nach einer Stunde aufgegessen, und mein Magen knurrt trotzdem wie verrückt. Aber Spaß macht es schon irgendwie. Ich durfte sogar den riesigen Kran mit der Fernbedienung lenken.«

Wir plauderten ein bisschen, aber leider kamen um diese Uhrzeit so viele andere Leute in den Laden, dass ich wieder zu Hennie hinter die Theke musste, denn alleine war der Ansturm kaum zu schaffen.

Ich konnte Pauline und ihrem Maurerchef nur noch zuwinken, als sie den Laden verließen, und stürzte mich wieder in die Arbeit.

☙

Die nächste schöne Überraschung stand am frühen Mittag vor mir.

»Dad!«, rief ich und ging um die Theke herum, um ihn zu begrüßen. »Wie schön, dass du mich besuchst!«

»Nichts mache ich lieber.« Er drückte mich fest. »Hallo, Hennie!«

»Hi, Kenneth«, winkte sie, während sie eine frische Ladung Bauernbrote ins Regal an der Rückwand einsortierte. Genau wie meine Mum ist mein Dad schon immer sehr beliebt bei allen in unserem Städtchen, obwohl er ja genau genommen gar nicht mehr hier wohnte, sondern im Nachbarort.

Ich verkaufte meinem Dad einen Milchkaffee und ein Croissant und quetschte mich mit ihm an den kleinen Stehtisch in der Ecke, nachdem Hennie und Frau Ludwig mich genötigt hatten, jetzt endlich auch mal Pause zu machen.

»Sag mal, was machst du in den Sommerferien? Hat Meg irgendetwas Spezielles geplant?«, fragte er, während er sich langsam einen Löffel Zucker in die Tasse rieseln ließ. Trotz ihrer Trennung vor vielen Jahren sprach er den Namen meiner Mutter nie kühl oder gar feindselig aus. Sondern eher – ehrfürchtig? Wehmütig?

»Nein, sie hat nix geplant. Das *B&B* ist im Juli und August ziemlich ausgebucht, was gut ist. Denn im Moment wohnt ja nur Raimund Grafs Tante bei uns.« Ich hatte ihm schon am Telefon vom Röschen erzählt. »Aber ich freu mich schon auf die Ferien zu Hause.«

Dass wir nicht wegfuhren, machte mir tatsächlich nichts aus. Von meinem Dad wusste ich schon, dass er nicht viel Zeit am Stück freihatte. Und Konstantin würde mit seinen Eltern auch nur eine Woche unterwegs sein, was bedeutete, dass ich ihn fünfeinhalb Wochen hier hatte. Und mehr brauchte ich gar nicht, um meine Ferien genießen zu können. »Was meinst du, wir beide können uns doch irgendwo ein schönes Wochenende machen«, schlug Dad dann aus heiterem Himmel vor.

Als ich ein paar Sekunden lang nichts sagte, weil ich gerade nachrechnete, wie viele gemeinsame Stunden mir deswegen mit Konstantin fehlen würden, fing er an zu lachen.

»Du müsstest dein Gesicht sehen. Wir fahren nur, wenn du Lust hast. Oder vielleicht will dein Freund ja mitkommen, ich habe ihn ja bis jetzt sowieso noch nicht kennengelernt. Das wäre doch eine schöne Gelegenheit.«

Mit Dad *und* Konstantin verreisen??? In zehn Jahren vielleicht mal. Frühestens.

»Ich überleg's mir. Aber danke für das Angebot«, sagte ich noch schnell, doch Dad lachte schon wieder.

»Ist ja noch ein bisschen hin. Ich muss jetzt leider weiter, ich habe einen Termin beim Notar, und dann wollte ich Polly noch mal mit ihren Versicherungsunterlagen helfen. Bis bald, Darling.«

Er gab mir noch einen Kuss und drehte sich zur Tür um, wo er beinahe mit jemandem zusammenstieß.

»Passen Sie doch auf, Sie Rüpel!«, kreischte das Röschen, und mein lieber britischer und besterzogenster Dad fing an, sich blumig zu entschuldigen – obwohl er überhaupt nichts getan hatte. Er musste das Röschen sofort erkannt haben, denn ich hatte sie ihm genau beschrieben. Und tatsächlich zwinkerte er mir zu, als er den Laden verließ, und am liebsten wäre ich ihm hinterhergelaufen.

Denn das Röschen stand mittlerweile schnaufend und klimpernd vor der Theke und stierte in die Auslage.

»Haben Sie Bienenstich?«, bellte sie in den Raum, und ich betete, dass sie mich nicht bemerken würde, wo sie mich doch sowieso schon nicht leiden konnte. Blöderweise war Hennie da schon auf dem Weg zum Klo, so dass ich alleine vor dem Drachen stand.

»Äh, nein, Bienenstich leider nicht, den kann nur der Geselle backen, aber der ist krank geworden. Wir hätten Donauwellen, Himbeerschnitten oder Käsesahnetorte. Wenn es etwas Sahniges sein soll, meine ich.«

Das Röschen sah mich mit zusammengekniffenen Augen an.

»Du schon wieder.«

»Ja, schön, nicht wahr? Die Welt ist so klein.«

Na ja, manchmal zumindest, vor allem, wenn ich gerade nicht in die Parallelwelt sprang. Warum eigentlich nicht? Nach Zimt roch es hier sowieso schnell mal, und so ein kleiner Sprung wäre mir gerade recht gekommen. Denn dann müsste ich jetzt der alten Trulla nicht gegenüberstehen und mich so fühlen, als ob ich mal wieder alles falsch gemacht hatte. Wobei – dann hätte die arme Parallel-Victoria es mit dem Röschen aufnehmen müssen. Und das hatte sie wirklich nicht verdient.

»Pack mir vier Stücke Käsesahne ein und noch zwei von dem Erdbeerkuchen.«

Fast wollte ich fragen: *Wie heißt der Satz richtig?* Denn ungefähr das Erste, was meine Mum mir beigebracht hatte, war, dass man *bitte* und *danke* sagte, und zwar immer und in jeder Lebenslage. Ich ließ es dann aber bleiben. Mit der Erziehung war es beim Röschen vermutlich schon lange vorbei.

Ich packte ihre Kuchen ein, und glücklicherweise war Hennie dann auch wieder zurück, um zu kassieren (vermutlich hätte das Röschen mir keinen Cent anvertraut, mir ungezogenem Mädchen), ehe sie mit klirrenden Ketten die Bäckerei verließ. Und mit sechs Stück Kuchen.

»Was ist denn das für eine?«, fragte Hennie und guckte ihr kopfschüttelnd nach.

»Das«, sagte ich, »das ist das Röschen.«

Obwohl mein Praktikumstag bei den Ludwigs spätestens mittags um eins zu Ende gewesen wäre, blieb ich bis nachmittags um drei Uhr. Weil es so viel Spaß gemacht hatte, ich meine Müdigkeit irgendwann nicht mehr spürte, und weil um die Mittagszeit so viel los war, dass ich Hennie nicht alleine im Laden lassen wollte. Ja, gut, an die Kasse ließ mich Frau Ludwig zwar nach ein paar klitzekleinen Patzern beim Wechselgeldausgeben nicht mehr, denn, tja, Kopfrechnen war eben nicht so meine Stärke (»Kind, wegen dir zahlen wir heute Vormittag noch drauf!«). Aber der Rest klappte dafür ganz prima.

Als die Ludwigs mich dann doch irgendwann mit einer Tüte voll leckeren Vollkornbrots nach Hause schickten, schaffte ich es gerade noch bis unter das Vordach des B&B, ehe der vorhergesagte Regen einsetzte.

Genau in diesem Moment fuhr Mum mit Claire im Auto vor und winkte mir freudestrahlend entgegen.

»Ach, Schatz, da bist du ja! Wie war's denn? Oh, ist das Brot für uns? Wie praktisch, dieses Praktikum!«

Aus den Augenwinkeln sah ich, dass eine ziemlich missmutig schauende Claire die Beifahrertür öffnete.

»Wir waren gerade beim Großmarkt, den Wocheneinkauf machen. Komm, Claire, hilf mir schnell, das Auto auszuräumen, bevor es anfängt zu schütten.«

Claire allerdings blieb mit ihren schicken Klamotten, den lächerlich hohen Pumps und ihrem Ich-bin-was-Besseres-als-ihr-alle-zusammen-Gesicht neben Mums Auto stehen und bewegte sich keinen Schritt.

»Ich habe Kopfschmerzen und bin müde«, sagte sie und warf sich theatralisch die blondierten Haare über die Schulter. »Außerdem darf ich nicht schwer heben. Hat mein Orthopäde verboten, ich hatte schon mal was an der Wirbelsäule. Vicky ist ja jetzt da, die kann Ihnen doch helfen.«

Mum lächelte verbindlich. »Nimm einfach das Klopapier und die Küchenrollen, damit schadest du deinem Rücken nicht.«

Claire beim Klorollentragen zugucken und dabei ihren mörderischen Blick ertragen, das wollte ich wirklich nicht, und deswegen machte ich, dass ich nach drinnen kam. Ich verdrückte mich in die glücklicherweise röschenfreie Küche, während

Mum und Claire die Sachen in Vorratsraum und Keller verstauten.

»Ich muss doch noch für das Theaterstück lernen«, maulte Claire auf der Treppe. »Es ist der Höhepunkt des Sommerfests.« Mum ließ sich nicht aus der Ruhe bringen. »Ist das dasselbe Theaterstück, bei dem Vicky die Requisite macht?«

»Ja, der *Sommernachtstraum*. Ich habe natürlich die Hauptrolle«, hörte ich Claire schwadronieren.

»Spielst du die Titania?«, fragte Mum, und ich konnte mir kaum ein Grinsen verkneifen, als ich mit einer Flasche Wasser in mein Zimmer schlich. Titania war die Elfenkönigin in dem Stück und damit ziemlich chefmäßig unterwegs (obwohl meine Lieblingsfigur ja Puck war, der alles durcheinanderbrachte, und die drei kleinen Elfen Motte, Spinnweb und Senfsamen, die waren echt süß, alleine der Namen wegen).

»Nein«, sagte Claire, und vermutlich streckte sie die Nase gerade noch ein bisschen höher, als sie sie sowieso schon trug. »Ich werde die Hermia geben. Sie ist eine hochkomplexe Figur und macht eine enorme Entwicklung während des Stücks durch. Die Rolle der Titania war mir zu anspruchslos, da hätte ich meine schauspielerischen Fähigkeiten nicht mal ansatzweise ausschöpfen können.«

Ich musste mir die Hand auf den Mund pressen, um nicht laut loszulachen. Die Diskussion in der Theater-AG war leicht anders abgelaufen. Denn da hatte Claire sich mit Händen und Füßen gewehrt, die Rolle der Hermia zu spielen (sie hätte sogar fast geheult, ehrlich), denn ihrer Meinung nach war jede Figur, die nicht eine Elfenkönigin war wie Titania, unter ihrem Niveau.

Aber Claire ist einfach die Meisterin im Worte-Verdrehen. Und furchtbar anstrengend.

Genau das Gleiche musste Mum auch gedacht haben, denn ich hörte sie zu Claire sagen: »Na schön, dann war es das für heute. Aber sei morgen bitte pünktlich um acht da, ich benötige deine Hilfe beim Frühstück. Wir brauchen mindestens zwei Bleche Scones.«

Was Claire antwortete, konnte ich leider nicht verstehen.

Dafür Mum: »Wenn ich es richtig in Erinnerung habe, fängt die Schule auch um acht an, und da schaffst du es ja auch. Also dann bis morgen.«

Ja, bis morgen, Claire.

Wir freuen uns schon alle sehr auf dich.

10.

Meine Mum hat einmal gesagt, dass man sich an das frühe Aufstehen am Morgen gewöhnen könnte (eigentlich sagt sie das nach jeden Ferien), und vielleicht stimmt das sogar. Aber ans Aufstehen mitten in der Nacht werde ich mich nie gewöhnen. *Niemals.*

Es war Sommer und trotzdem noch nicht mal hell, als ich mich am nächsten Tag wieder in aller Herrgottsfrühe aus meinem kuscheligen Bett quälte und nach einer kalten Dusche (die auch nichts brachte) durch den Nieselregen drei Straßen weiter zu den Ludwigs schleppte.

Dabei machte die Arbeit in der Bäckerei wirklich Spaß. Immer noch. Ehrlich. Aber mit Hennie hatte ich irgendwie nicht mehr ganz so viel zu lachen wie am Tag zuvor, was daran lag, dass unser Gespräch ständig von meiner Gähnerei unterbrochen wurde. Und vielleicht auch daran, dass ich beim Broteschmieren den Frischkäse mit der extrascharfen Meerrettichcreme verwechselt hatte und die fünfjährige Lulu von den Feldmanns ausgerechnet an diesem Morgen einen Frischkäse-Kresse-Bagel haben wollte. Ich konnte gar nicht schnell genug die Trost-Lutscher ziehen, so sehr weinte sie.

Mein einziger Trost war, dass mich zu Hause im *B&B* ein absolut unspektakulärer Nachmittag erwartete und ich mich allem Anschein nach direkt ins Bett legen konnte. Konstantin war schon wieder bei den Ruderern (dienstags war offizielles Training, sogar nach dem Camp), und Pauline war auf das Richtfest eines Hauses eingeladen, bei dem sie auf der Baustelle mitgeholfen hatte, so dass ich nichts verpassen würde, wenn ich mich direkt nach meiner Arbeit in der Bäckerei in mein Zimmer verkrümelte.

Aber natürlich machte mir auf dem Weg dorthin noch jemand einen Strich durch die Rechnung.

»Vicky, da bist du ja endlich!«

Das war Tante Polly.

Och nö.

Erst mal so tun, als ob ich sie nicht gehört hätte. Und dann an der Küche vorbeischleichen, direkt in mein Zimmer. Und sobald ich da drin war, würde ich sofort die Decke über den Kopf ziehen. Und idealerweise für den Rest des Tages nicht mehr auftauchen.

»Ich kann dich sehen.«

Tante Polly war aber auch hartnäckig.

Seufzend ging ich zurück in die Küche, wo sie an unserem großen Esstisch saß, auf dem sie jede Menge Zettel und Landkarten ausgebreitet hatte.

»Sieht aus, als ob du auf eine Expedition gehst.«

»Das tue ich auch. Und du kommst mit.«

Och nö, die Zweite.

»Äh – warum jetzt gleich noch mal?«

»Weil ich seelische und moralische Unterstützung brauche. Deine Mum kommt auch mit. Sie fährt uns.«

Ich versuchte noch nicht mal, das Gähnen zu unterdrücken.

»Es dauert auch nicht lange. In einer Stunde sind wir wieder da, spätestens«, sagte sie, und damit war die Sache erledigt. Wenn Tante Polly sich etwas in den Kopf gesetzt hat, dann tut man sich sehr schwer, sie noch mal umzustimmen. (Sagen wir, wie es ist: praktisch unmöglich.)
Also ergab ich mich meinem Schicksal – wieder einmal. Manchmal hatte ich das Gefühl, dass ich überhaupt nichts anderes mehr machte in meinem Leben.
Und langsam war das ganz schön anstrengend.

Dass die Aktion länger als eine Stunde dauern würde, hätte ich mir denken können. Gut, dass ich mir vor der Abfahrt noch einen Apfel und ein Rosinenbrötchen eingesteckt hatte, denn sonst wäre mein Blutzuckerspiegel samt meiner Stimmung schon in den Fußraum von Mums Auto gerutscht.

Wir kurvten nämlich seit geschlagenen fünfzig Minuten herum: Mum hinter dem Steuer, ich auf dem Beifahrersitz und hinter uns Tante Polly mit ihren Karten, Notizen und einem offenbar nicht ganz funktionstüchtigen GPS-Gerät (vielleicht lag es auch an meiner seit neuestem weitsichtigen Tante).

»Ich hab dir doch gesagt, dass du eine Brille brauchst!«, sagte Mum. Tante Polly streckte das GPS-Gerät gerade so weit von sich, als ob sie mit dem Ding ein Selfie von sich machen wollte. »Ach was, brauch ich nicht. Auf diesem Display sind bloß die Zahlen so verdammt klein!«

Was dazu führte, dass wir sage und schreibe dreimal um unsere kleine Stadt kreisten und dann durch unzählige Dörfer und Örtchen, ohne unserem Ziel auch nur einen Meter näher zu kommen.

Wobei – konnte man überhaupt von einem Ziel sprechen? Tante Polly hatte einfach behauptet, sie habe Recherchen und Berechnungen angestellt, die drei vermutliche Aufenthaltsorte ihres Traummanns ergeben hätten und die angeblich in der Nähe lagen, was mich misstrauisch werden ließ – schließlich hatte meine Tante ja schon Jahre der Suche hinter sich. Aber die Fakultät der Uni, an der sie ihn getroffen hatte, war auch nicht weit entfernt. Vielleicht war er zwischendurch weg gewesen und jetzt wieder da?

»Da vorne ist es, Meg. Hier links, in den Feldweg, und dann noch ein Stück weiter, bis zu dem Gartentor da vorne.«

Mum lenkte den Wagen über die holprige Straße und hielt unter einem Baum, der vor einem verlassen aussehenden Grundstück stand.

»Bist du dir sicher?«

»Hundertprozentig«, sagte sie, sprang aus dem Auto und strich ihr Kleid glatt (es war ein überraschend schlichtes schwarzes Wickelkleid, das ihr phantastisch stand).

»Wie sehe ich aus?«

»Ganz toll, ehrlich«, beeilte ich mich zu sagen. Vielleicht konnte ich sie ja mit etwas Zuspruch unterstützen, in Zukunft öfter so etwas zu tragen.

»Ich wünschte, ich hätte eins meiner Lieblingskleider anziehen können, aber die sind noch in der Reinigung. In dem hier fühle ich mich total unwohl.«

»Du siehst spitze aus«, sagte Mum und beugte sich zu dem

verwitterten Briefkasten hinunter, der an ein paar morschen Zaunlatten befestigt war.

»*Dr. Fritz Brunnsteiner.* Das hört sich doch tatsächlich mal gut an!«

»Aber es ist keine Klingel da«, sagte ich.

»Es ist auch überhaupt kein Haus da«, stellte Mum fest, und wir alle drei guckten über den windschiefen Gartenzaun auf ein komplett zugewuchertes Grundstück.

»Da hinten wird schon was sein. Keine Zeit verlieren, Mädels, wir sind im Auftrag der Liebe unterwegs!« Mum und ich verdrehten zwar die Augen und kicherten hinter Tante Pollys Rücken, folgten ihr aber trotzdem brav auf das Grundstück.

»Da hinten, ich seh was!«

Wir schlugen uns durch das hüfthohe, wildwuchernde Gras und standen kurze Zeit später in einer Art Obstgarten.

»Ist das da hinten ein Wohnwagen?«

»Sieht eher aus wie ein Plumpsklo«, murmelte ich, als ich die kleine Holzhütte unter einem Zwetschgenbaum sah.

»Hier wird doch allen Ernstes niemand wohnen?«

»Und warum flattert dann frisch gewaschene Wäsche da hinten auf der Leine?«

»Weil heute Waschtag ist!« Eine unbekannte Stimme riss uns aus unserer Unterhaltung, und wir sprangen vor Schreck einen halben Meter in die Höhe.

»Was habt ihr auf meinem Grundstück zu suchen?« Die Stimme gehörte einem kleinen, grantig schauenden Mann, der langsam auf uns zukam. Und wenn ich sage *klein*, dann meine ich auch *klein*. Er war maximal einen Zentimeter größer als ich, und ich wollte ihn am liebsten fragen, ob er wie ich noch manchmal zum Einkaufen in die Kinderabteilung ging. Was ich aber lieber unterließ, denn er guckte ziemlich feindselig, während er immer näher kam. Und man hört ja so viel über unerlaubten Waffenbesitz heutzutage. Den Rechen in seiner Hand bemerkte ich eine Sekunde später und wich instinktiv einen Schritt zurück, genau wie Mum und Polly.

»Wir dachten, hier wohnt ein Bekannter von uns«, fing meine Tante an und hob beschwichtigend die Hände, »aber da haben wir uns wohl geirrt. Schönen Tag noch!« Hastig schob sie uns zurück in die Richtung, aus der wir gekommen waren.

»Polly, bist du ganz sicher, dass er es nicht war?«, flüsterte Mum, während wir uns immer wieder über die Schulter umsahen, um zu sehen, ob er uns folgte.

Aber Tante Polly schnalzte nur mit der Zunge und wedelte mit ihrer Collage herum. Mich juckte es schon überall, und ich hoffte, dass ich mir in dem Gestrüpp keine Zecke geholt hatte. Mitleid konnte ich allerdings nicht erwarten, denn Tante Polly scheuchte Mum und mich sofort wieder ins Auto, um die nächste Station anzufahren.

Im Auftrag der Liebe und so.

Nach einer guten halben Stunde Fahrerei (ja, es ging wieder kreuz und quer durch den halben Landkreis) waren wir an unserem zweiten Ziel angelangt.

Und Mum war kurz vorm Platzen.

»Das ist jetzt nicht dein Ernst, oder?«, fragte sie, nachdem sie an der vorgegebenen Stelle geparkt hatte. »Hier? Und das wusstest du nicht vorher?«

Tante Polly bekam allerdings nicht mit, dass Mum auf hundertachtzig war, sie war nämlich schon längst ausgestiegen.

Fakt war, dass wir zwei Stunden nach unserem Aufbruch von zu Hause, tausend Umwegen und noch viel mehr falsch abgelesenen GPS-Koordinaten direkt vor Tante Pollys Haus gelandet waren. Na ja, nicht exakt, aber es war wirklich nicht weit entfernt. Wir standen in der kleinen Straße, die hinter ihrem Haus und der Ludwig'schen Bäckerei lag. Also quasi nur drei Straßen von unserem Zuhause entfernt und vor dem Eingang zur Kinderarztpraxis von Dr. Florian Voss, in die Tante Polly vor einer Minute verschwunden war.

Mum und ich sahen uns an. Und dann setzten wir uns in Bewegung. Fast ohne zu seufzen und zu jammern.

Zumindest, bis wir an die Praxistür im Treppenhaus kamen. Denn da hing ein großes Schild:

Bei ungeklärtem Hautausschlag des Kindes bitte auf keinen Fall einfach die Praxis betreten, sondern laut klopfen. Wir haben eine Windpocken-Epidemie.

»Hattest du jetzt damals Windpocken oder waren das doch die Röteln?«, murmelte Mum besorgt, als wir die Praxis betraten, und zog mich hinter sich her.

Meine Tante stand schon an der Empfangstheke und diskutierte angeregt mit einer brünetten Sprechstundenhilfe, die erleichtert guckte, als sie Mum und mich sah.

»Hallo, Meg, hallo, Vicky«, sagte sie lächelnd. »Polly möchte unbedingt den Doc sprechen, aber ihr habt leider keinen Termin, und bei uns ist die Hölle los wegen der Windpocken.«

»Aber es ist wichtig. Lebenswichtig!«, sagte Tante Polly und wedelte mit ihren Zetteln. »Die Sterne sagen, dass ich hier ganz in der Nähe meinen Traummann finde, den ich schon einmal verloren habe. Du willst doch nicht, dass das noch mal passiert, oder?«

»Und wie soll der Doktor dir da helfen?«

»Er kennt ihn.«

»Ehrlich?«, fragte ich, denn das wäre ja mal wirklich ein Licht am Ende des Tunnels.

»Ziemlich sicher. Also, vermutlich«, sagte Polly, und damit war meine Freude schon wieder ein bisschen gedämpft.

»Du suchst echt hier in unserer Praxis nach deinem Traummann? Das ist ja so romantisch! Fast so schön wie in dieser Fernsehsendung mit dem hübschen dunkelhaarigen Moderator, den find ich ja so was von zum Anbeißen ...«

»Kai Pflaume?«, fragte Mum.

»Nein, dieser andere, du weißt schon, der mit dem Dackelblick.« Die Sprechstundenhilfe guckte Tante Polly prüfend an. »Wisst ihr was? Ich versuche, euch kurz dazwischenzuschieben. Geht schon mal in Zimmer drei, ich schicke den Doktor gleich zu euch.«

Weil Dr. Voss auch mein Kinderarzt war, kannte ich die Praxis ziemlich gut und hüpfte begeistert voraus. Im Behandlungszimmer drei gab es eine coole Carrera-Bahn, die hatte ich früher geliebt, und Mum und ich konnten nicht anders, als uns sofort auf den Teppich zu setzen und ein paar Runden gegeneinander zu fahren, während Tante Polly sich einen der Stühle vor dem Schreibtisch schnappte und noch mal ihre Notizen durchging.

Ich hatte gerade Mums grünen Flitzer an einer wirklich kniffeligen Stelle überholt, als Dr. Voss zur Tür hereinrauschte. »Fast die ganze Familie King, wie komme ich denn zu dieser Ehre? Hat es auch einen von euch mit den Windpocken erwischt?« Er guckte zu Mum und mir herunter. »Wer gewinnt?«

»Ich hoffentlich«, sagte Tante Polly und hielt ihm ein paar von ihren Zetteln hin. »Ich suche jemanden und habe den Tipp bekommen, dass Sie ihn kennen könnten.«

Gut, dass sie nicht sagte, sie hätte diesen Tipp von den Sternen höchstpersönlich bekommen, wenn nicht sogar von dieser schrecklichen Trulla von dem Astrologie-Sender. Sonst hätte der Doktor uns vermutlich sofort rausgeschmissen. Oder untersucht, ob wir vielleicht die Tollwut hätten.

Dr. Voss nahm Tante Polly einen Zettel aus der Hand und guckte ziemlich ratlos darauf.

»Wer soll denn das sein? Ist das hier Prominenten-Raten?«

»Das ist der Mann, den ich suche. Zumindest so ähnlich.« Tante Polly sprach relativ leise, und beinahe hatte ich das Gefühl, dass sie ein kleines bisschen unsicher war. Oder aufgeregt.

»Wenn Sie die Augen zusammenkneifen, so dass alles ein bisschen verschwommen ist, kann man ihn sich leichter vorstellen«, sagte ich, um ihr beizustehen.

Dr. Voss nahm die Brille ab und tat genau das.

»Hm. Könnte sein, dass ich ihn schon mal irgendwo gesehen habe. Aber wo ...«, murmelte er, und wir hingen alle drei an seinen Lippen, die allerdings sonst keine erfreulichen Nachrichten mehr von sich gaben.

Denn nach einer Weile sagte er nur: »Tut mir leid, ich weiß es wirklich nicht. Ist er von hier?«

Mum seufzte leise. »Wir haben leider keine Ahnung. Meine Schwester vermutet, schon.«

»Ich vermute es nicht nur, ich bin mir ziemlich sicher«, sagte Tante Polly, aber sogar sie merkte, dass wir hier nicht weiterkamen.

Als wir zur Tür gingen, holte Dr. Voss ein kleines Fläschchen aus einem Schrank und gab es Tante Polly.

»Fünf Stück, dreimal am Tag. Vielleicht hilft Ihnen das ein bisschen.« Freundlich lächelnd sagte er: »Viel Glück wünsche ich Ihnen.«

»Was hat er dir gegeben?«, fragte Mum, als wir zurück zum Auto gingen.

»Baldrian-Kügelchen«, sagte Tante Polly. »Aber ich brauche keinen Baldrian.«

Ich glaubte tatsächlich auch nicht, dass Tante Polly ein Beruhigungsmittel brauchte. Sie brauchte ein Erfolgserlebnis. Und jemanden, der ihr glaubte und sie unterstützte.

Mum hatte anscheinend gerade das Gleiche gedacht. »Wo sollen wir als Nächstes hinfahren?«

Auf dem Weg zu unserem dritten Ziel machten wir dann doch eine kurze Pause. Mum fuhr mit uns zu einem von ihr normalerweise verhassten Fastfood-Laden, und Tante Polly und ich durften uns aussuchen, was wir wollten (wir nahmen beide das Kindermenü, denn da waren diese putzigen Märchen-Figürchen drin und ein gelber Wasserball). In der Zwischenzeit hatte sich auch Konstantin gemeldet, nachdem ich ihn vorhin in aller Kürze von unserer Mission geschrieben hatte.

> Schon Erfolg gehabt bei der Traummann-Suche?

Ich tippte die Antwort mit fliegenden Fingern.

> Wen meinst du? Mich oder Tante Polly?

> Beide ;-)

Grinsend tippte ich zurück:

> Ja und nein.

> Ja und nein? Jeweils?

> Stellst du dich absichtlich blöd?

> Only fishing for compliments :-)))

Ich musste mir auf die Lippen beißen, um nicht loszukichern.

> Wie war es eigentlich im Rudercamp?

Ich habe bald Oberarme wie King Kong. Wir werden die Lehrer so was von plattmachen. Und wenn wir am Sommerfest mit fünfzig Metern Vorsprung über die Zielgerade gefahren sind, darfst du mich anhimmeln.

Erst dann?

O Gott, jetzt flirtete ich tatsächlich! Und es fühlte sich gar nicht so schlecht an.

Du hast recht, das ist ziemlich spät. Wie wär's mit nächstem Samstag?

Du willst noch ein Date mit mir?

Ich will, dass du mich am Samstag anhimmelst ;-)

Das bekomme ich hin.

Und dazu brauchte er noch nicht mal in einem Ruderboot zu sitzen. Es reichte schon, dass er einfachere Sachen machte, wie zum Beispiel meine Hand zu halten. Oder mich zu küssen. Oder ein- und auszuatmen.

»Erde an Vicky«, hörte ich eine Stimme sagen, und als ich aufsah, waren Mum und Tante Polly schon aufgestanden.

»Komm, wir fahren weiter. Liebe Grüße an Konstantin«, sagte Mum zwinkernd, ehe sie ihr Tablett zur Rückgabestation trug.

»Ist das so offensichtlich?«

»O ja, mein Schatz. Aber keine Sorge. Das muss so sein.«

Als wir zurück zum Auto gingen, blieb ich mit Mum ein paar Schritte hinter Tante Polly.

»Meinst du, wir werden überhaupt irgendetwas finden?«, flüsterte ich ihr zu.

Sie zuckte mit den Schultern. »Egal«, sagte sie. »Hauptsache, es hilft ihr.«

Und das sah ich genauso.

Wie lange wir zur letzten Station brauchten, kann ich gar nicht mehr sagen. Kaum hatte ich mich auf den Sitz sinken lassen, schlief ich ein, und als ich wieder wach wurde, war es schon fast dunkel. Wir waren bestimmt schon Ewigkeiten unterwegs. Mum hatte unser Auto am Rand einer winzigen Straße abgestellt. Sie und Tante Polly standen vor der Motorhaube, um im Licht der Scheinwerfer das GPS-Gerät ablesen zu können.

»Sind wir da?«, fragte ich, als ich ausstieg.

Tante Polly nickte. »Noch etwa dreihundert Meter in diese Richtung«, sagte sie und deutete auf einen schmalen Schotterweg, der sich zwischen Feldern und Wiesen entlangschlängelte und hinter einem kleinen Hügel verschwand.

»Dann mal los«, sagte Mum und hängte sich bei mir und Tante Polly unter. So spazierten wir ein paar Minuten schweigend durch die aufziehende Nacht.

Der Himmel über uns war aufgerissen, und die ersten Sterne schimmerten über uns. Der Weg machte eine scharfe Rechtsbiegung und führte dann eine leichte Anhöhe hinauf. Oben stand ein großer, ausladender Baum. (Ich glaube, es war eine Eiche. Oder eine Buche. Vielleicht auch eine Linde. Oder – na ja, eben ein Laubbaum.)

»Wir sind da«, sagte Tante Polly nach einem letzten Blick auf ihre Notizen.

Doch außer einer Holzbank am Wegesrand war weit und breit nichts zu sehen. Kein Haus oder Bauernhof in der Nähe, noch nicht einmal ein Schuppen.

Ich ging zur Bank, weil ich dort etwas entdeckt hatte.

»Seht mal.« Ich rieb mit dem Finger über das kleine Messingschild, das an der Rückenlehne angebracht war: *Zum Andenken an Dr. Friedemann Bruhn (*1921 †1995). Zu Lebzeiten war dies sein Lieblingsplatz.* Und etwas kleiner: *Gespendet von seiner liebenden Ehefrau Heidrun.*

»Er ist vor über zwanzig Jahren gestorben«, sagte Mum.

»Was beweist, dass es nicht der Richtige war«, sagte Tante Polly. »Denn ich habe ihn vor weit weniger als zwanzig Jahren gesehen. Vor zehn, um genau zu sein.«

Wir setzten uns nebeneinander auf die Bank und guckten nach oben in den Sternenhimmel, jeder mit seinen Gedanken beschäftigt.

Tante Polly schien gar nicht so schrecklich enttäuscht zu sein, dass sie sich – schon wieder – geirrt hatte. Vielleicht lag es aber auch an dem Ort hier. Er hatte etwas sehr Friedliches. Die Grillen zirpten, und es roch nach frisch gemähtem Gras. Und war das da vorne nicht sogar ein Glühwürmchen?

Tante Polly hatte die Beine ausgestreckt, die Arme über die Rückenlehne gelegt und guckte in den Himmel. Vermutlich suchte sie weiterhin dort oben eine Antwort – oder vielleicht auch nach Fragen, die sie noch nicht gestellt hatte?

Mum, die zwischen uns saß, war genauso still geworden, schlug allerdings immer abwechselnd die Beine übereinander, als ob sie keine bequeme Sitzhaltung fand. Ich hatte beinahe den Eindruck, dass sie auf einmal innerlich ziemlich aufgewühlt war. Es war fast so, als ob –

»Ich muss euch etwas sagen!«, entfuhr es ihr, und Tante Polly und ich zuckten gleichzeitig zusammen.

»Musst du mal?«, fragte meine Tante. »Meine Blase ist nämlich auch schon langsam voll, ich glaube, da vorne ist ein Busch, hinter den ich gleich mal …«

»Ich bin mit dem Bürgermeister zusammen!«

Mum hatte diesen Satz fast in die Nacht hinausgerufen, und jetzt hing er über uns wie eine Seifenblase, die sofort platzen würde, sobald einer von uns sich bewegte.

»Du bist was?«, fragte Tante Polly, und wir starrten beide meine Mutter an, die nervös an ihren Fingern knibbelte.

In meinem Magen bildete sich ein Stein.

»Ich wollte es euch die ganze Zeit sagen. Es ist einfach so passiert, er hat mich ja die ganze Zeit schon umworben, und – ach, ich weiß auch nicht. Ich glaube, ich habe mich in ihn verliebt.«

Polly und ich guckten einander an, dann meine Mutter. Aber ich konnte in diesem Moment gar nichts dazu sagen. Ich war einfach nur geschockt. Geschockt und enttäuscht. Sosehr ich meine Mum liebte und ihr alles Glück dieser Welt wünschte – der Bürgermeister gehörte sicher nicht dazu. Dass der Typ Dreck am Stecken hatte, wusste ich zwar nur aus der Parallelwelt, in die ich vor einer Weile gesprungen war, aber ich ließ mich nicht von meiner Meinung abbringen, dass sich trotz multipler Welten und damit theoretisch unendlicher Möglichkeiten der Charakter eines Menschen nicht wesentlich änderte. Ich glaube vielmehr, dass ein Mensch von Grund auf immer den gleichen Charakter hat und dass die Nuancen ausschließlich durch Erziehung und gesammelte Erfahrungen zustande kommen.

Dieser Mann war jedenfalls nichts für meine Mutter.

Und obwohl ich mir sicher war, dass Tante Polly meine Ansicht teilte, sagte sie: »Das ist doch schön, Meg, ich freue mich für dich. Herzlichen Glückwunsch.«

War das ihr Ernst? Wo sie doch sonst die ganze Zeit versuchte, meine Mum davon zu überzeugen, dass mein Dad der einzig Richtige für sie ist? Wollte sie dabei zusehen, wie Mum in ihr Unglück rannte?

Ich würde das nicht tun. Aber ich hatte auch keine Lust, darüber zu reden, nicht an diesem Abend.

Deswegen sagte ich nur: »Können wir jetzt bitte nach Hause fahren? Ich muss morgen wieder ganz früh aufstehen.«

Mit Sicherheit war Mum enttäuscht, dass ich mich nicht mehr für sie freute, aber sie ließ es sich nicht anmerken. Mir war es jedenfalls egal.

Ich musste den Bürgermeister nicht gut finden.

Und würde es auch nicht tun, nicht in hundert Jahren.

Und vielleicht hatte Tante Polly trotzdem recht.

Vielleicht war Dad tatsächlich der einzig Richtige für Mum.

11.

Ja, es ging noch schlimmer. Die Sache mit dem frühen Aufstehen, meine ich. Am dritten Tag meines Schülerpraktikums war ich so erschlagen, dass ich morgens mit verquollenen Augen drei Teebeutel in meine Tasse hängte. Normalerweise wäre ich mit dieser Portion Koffein wie Tante Polly bei Vollmond durch die Gegend gehüpft. Aber wenn man die dritte Nacht in Folge nur ungefähr fünf Stunden geschlafen hatte (und einem die eigene Mutter derart nervenaufreibende Eröffnungen am Abend zuvor gemacht hatte), dann forderte der Körper irgendwann seinen Tribut.

Will heißen, dass ich an diesem Tag nur ungefähr anderthalbmal über Frau Ludwigs Witze lächeln konnte und exakt zwei Sorten Brötchen hinbekam (einmal Käse pur, einmal Käse-Schinken – Pauline und ihr Maurer-Michel guckten ganz enttäuscht, als ich sie in ihrer Mittagspause an der Theke bediente, wobei ich die Theke hauptsächlich als Stütze nahm, denn sonst wäre ich umgefallen). Nachmittags um zwei fiel ich dann wie ein Baby ins Bett und schlief sogar ein, während das Röschen und meine Oma sich mal wieder gegenseitig an den Kragen gingen (das Letzte, was ich hörte, war »Sie blöde Pomeranze, Sie!«).

Das abendliche Schwimmtraining, zu dem ich normalerweise mindestens einmal die Woche ging, hatte ich im Praktikum sowieso abgeschrieben – die Gefahr, vor Müdigkeit dabei zu ertrinken, war einfach zu groß. Ich schaffte es ja noch nicht einmal, mit Mum in Ruhe ein paar Worte zu reden, obwohl sie es sich bestimmt gewünscht hätte, nachdem ich am Abend zuvor so einsilbig gewesen war.

Und trotzdem wurde ich am späteren Nachmittag noch einmal wach.

Und zwar hellwach.

Denn als ich die Augen aufschlug, guckte ich in das Gesicht einer französischen Bulldogge, die fiesen Mundgeruch hatte.

»Das war's dann. Die kleine Poppy ist kerngesund. Du kannst sie loslassen, Victoria, ich bin fertig mit der Untersuchung.«

Der Hund japste und ich mit ihm, während mein Puls beinahe durch die Decke schnellte wegen dieses abrupten Szenenwechsels.

Die Stimme (und der ganze Rest, der jetzt ins Bild kam), gehörte Paulines Vater.

Ihr wisst, was das bedeutete, oder?

Richtig.

Ich war mal wieder dort.

In der Parallelwelt.

Wo ich mein Schülerpraktikum in der Tierarztpraxis von Paulines Vater absolvierte und nicht in der Bäckerei. Anscheinend war im Schlaf der Geruchssinn ausgeschaltet, ich hatte nicht mal von Zimtschnecken geträumt.

Das Coole an der ganzen Sache heute allerdings war – hier hatte ich endlich mal wieder einen ausgeschlafenen Körper.

Und das fühlte sich zur Abwechslung verdammt gut an. (Zur Sicherheit hüpfte ich gleich mal ganz leicht auf und ab und machte eine Kniebeuge, ob ich wirklich fit war. Perfekt. Keine bleiernen Beine und Augenlider, keine Gähnattacken. Ich war frisch wie der Frühling.)

»Alles in Ordnung?«, fragte die Besitzerin der Dogge (die ihr um die Mundpartie herum wie aus dem Gesicht geschnitten war, bis auf den Sabber, der am Kinn herunterlief), und ich nahm mich zusammen.

»Ja, danke. Ich dachte nur gerade, dass mir die Füße eingeschlafen wären.«

Sie guckte mich mit hochgezogener Augenbraue an, aber der kleine Vierbeiner fing auf einmal an zu zappeln, so dass sie sich endlich abwandte und mich in Ruhe ließ.

Paulines Dad verabschiedete die Hundemutti samt Poppy und ging sich am Waschbecken in der Ecke die Hände waschen.

»Du kannst jetzt auch Schluss machen, Victoria, wir sind hier für heute durch. Ich muss zwar später noch zu Bauer Vincent fahren, seine trächtige Kuh ist ein bisschen unruhig, aber das wird zu spät für dich. Wir sehen uns dann morgen Vormittag um neun, ja?«

»Alles klar. Dann bis morgen!«, sagte ich und wusch mir ebenfalls die Hände, denn wer wusste schon, welche Tiere ich hier alles angepackt hatte.

Ich verließ die Praxis und stand dann für einen Moment ziemlich unschlüssig auf dem Gehsteig vor dem Haus, das ein paar Straßen von der Gemeindewiese entfernt lag. Der Himmel war wolkenverhangen, und es sah mal wieder verdächtig nach Regen aus. Von Sommer also auch hier keine Spur. Und von einem Plan, was ich am besten anstellen sollte, leider auch nicht.

In Gedanken ging ich die verschiedenen Optionen durch, die ich hatte.

Erstens: Herausfinden, ob das hier dieselbe Parallelwelt war wie neulich beim Sprung in Tante Pollys Wohnung. Dazu würde ich allerdings genau dorthin fahren müssen – und vermutlich meine Mum treffen, beziehungsweise ihr Parallel-Ich. Aber wollte ich das jetzt überhaupt? Dass meine echte Mum uns gestern Abend eröffnet hatte, dass sie jetzt fest mit dem Bürgermeister zusammen war, hatte mich ziemlich überrumpelt. Und jetzt mit ihr in der Parallelwelt zu sprechen, überforderte mich.

Zweite Möglichkeit: Ich konnte zum *B&B* fahren, beziehungsweise zum Haus meiner Großeltern. Wer weiß, ob sie dort überhaupt wohnten. Allerdings konnten die beiden mich vielleicht in ein Gespräch verwickeln, oder ich musste mit ihnen drei Stunden lang *Monopoly* spielen, was neulich schon so furchtbar gewesen war, und für so was hatte ich hier wirklich keine Zeit. Also kam auch diese Option nicht in Frage.

Drittens: Ich konnte zu Pauline fahren. Ja, keine schlechte Idee, aber ich hatte eine noch bessere.

Nämlich viertens: Konstantin suchen. Und mir war es piepegal, dass die Victoria in dieser Welt nicht mit ihm zusammen war. Die echte Vicky hatte ihn nämlich die ganze Woche noch nicht gesehen und hielt es kaum noch aus vor Sehnsucht. Wenigstens aus der Ferne wollte ich ihn hier ein bisschen anhimmeln. Oder nur ein paar ganz lockere Sätze mit ihm wechseln. Oder –

Ja, und da kam mir eine Idee.

Eine ziemlich gute sogar.

Ich schnappte mir Mums altes Fahrrad, das in dem Ständer vor meiner Nase stand und zum Glück hier das gleiche war wie in meiner Welt (sie hatte es unverkennbar in Blau-Weiß-Rot lackiert und einen Union-Jack-Wimpel an den Gepäckträger geklemmt), und radelte los.

Der Pausenhof war wie ausgestorben, was so kurz vor den Ferien an einem späten Mittwochnachmittag kein Wunder war. Außer mir war kaum jemand in der Schule unterwegs.

Ich lief mit schnellen Schritten zum Haupteingang und wandte mich dann nach links Richtung Altbau.

Denn ich hatte eine Mission.

Auf die mich eigentlich Pauline gebracht hatte, als sie sagte, ich solle doch einfach üben, mich in der Gegenwart von Konstantin cool zu verhalten.

Und – jetzt mal ehrlich – wo ging das besser als in der Parallelwelt? Das hier war doch der perfekte Trainingsplatz: Ich konnte in dieser Welt meine Schüchternheit überwinden und ihn ansprechen, vielleicht ein paar neue Sachen über ihn herausfinden – und wäre dann bei mir zu Hause eine viel bessere und interessantere Freundin als bisher. Und gleichzeitig verhalf ich Parallel-Victoria zu neuem Glück. Denn er würde sich in sie verlieben, davon war ich überzeugt.

Ach, ich fand mich gerade ziemlich genial!

Abgesehen davon, dass ich natürlich nicht sicher war, ob er sich um diese Tageszeit wirklich hier in der Schule aufhielt, genauer gesagt, im Computerraum. Aber dort war er zumindest in meiner Welt recht oft, weil er unter anderem mittwochs die Computer-Sprechstunde betreute. Und außerdem musste ich schließlich irgendwo anfangen zu suchen.

Auf dem Weg in den dritten Stock begegnete ich nur meinem Mathelehrer Herrn Ulbricht und einer Referendarin, deren Name mir nicht einfiel, aber keiner von beiden nahm Notiz von mir. Ich glaube, die Lehrer gingen davon aus, dass wir Schüler hier unheimlich gerne Zeit verbrachten – wegen teurer Privatschule und so. In Wahrheit war es hier vermutlich genau wie in allen anderen Schulen auch – die meisten machten, dass sie so früh wie möglich nach Hause kamen.

Was wohl an diesem Tag auch für Konstantin galt. Tatsächlich war außer vier Mädels, die sich um einen Arbeitsplatz drängten und tuschelten, überhaupt niemand da, als ich kurze Zeit später im Computerraum im dritten Stock stand, und ich wollte mich schon umdrehen und wieder gehen, als es in der Ecke raschelte.

Und plötzlich tauchte Davids Kopf hinter einem der Monitore in der letzten Reihe auf.

Die Sache mit David ist eine längere Geschichte, die ich hier gar nicht erzählen will. (Im Nachhinein ist es mir nämlich ein bisschen peinlich. Also, dass ich mal ziemlich für ihn geschwärmt habe, meine ich. Aber zu meiner Verteidigung kann ich sagen: Das war auch, *bevor* ich Konstantin kennengelernt habe. Und ab da fand ich David dann gleich gar nicht mehr so toll.)

Jedenfalls – David ist ein guter Freund von Konstantin und Nikolas. Und vielleicht sollte ich das einfach mal ausnutzen.

Kurz entschlossen ging ich zu ihm hinüber und setzte mich auf den freien Platz neben ihm. »Hallo, du bist doch David, oder?

Weißt du, wo dein Freund Konstantin gerade ist? Ich müsste ihn ganz dringend sprechen.«

David guckte noch nicht mal von seinem Computer auf, als er mir antwortete. »Wieso?«

So ein Stoffel war er auch in meiner Welt.

»Weil – also, eine Freundin von mir wollte ihn wegen des Sommerfestes etwas fragen.« Nicht die einfallsreichste Ausrede, vor allem, weil ich überhaupt nicht wusste, ob es das Sommerfest hier überhaupt gab. Das Fest wäre bei mir zu Hause gerade ein gutes Thema, weil es in der Schule für viel Gesprächsstoff sorgte. Ich ging einfach mal davon aus, dass es das hier auch gab. Die Vorbereitungen dafür liefen in meiner Welt jedenfalls auf Hochtouren, und ich war nur froh, dass mein Part, ein bisschen Kulisse für die Theatergruppe anpinseln, schon so gut wie erledigt war.

»Ich geb dir nicht seine Handynummer, falls du das denkst«, sagte er.

»Ach, das brauchst du auch nicht, die hab ich – äh, sie – schon.«

Ups. Na ja, also, in *meiner* Welt hatte ich sie schon.

Solche blöden Versprecher passierten mir in der Parallelwelt leider immer wieder, wenn ich mich nicht richtig konzentrierte.

»Warum rufst du ihn dann nicht an? Wenn sich deine *Freundin* schon nicht traut?«

»Weil ich schüchtern bin.«

»Mir kommst du gerade nicht schüchtern vor.«

Ach – jetzt konnte er auf einmal reden.

»Tja, so kann man sich täuschen, aber die meisten Leute unterschätzen mich, weil ich so klein bin, dabei bin ich fast fünfzehn und kann schneller schwimmen als so ziemlich jeder hier in der Schule.«

David guckte mich an, als ob ich ein hochansteckender Computervirus wäre. Und ich hörte, wie die vier Mädels hinter meinem Rücken anfingen zu kichern.

Ich wirbelte zu ihnen herum. »Ich wüsste nicht, was daran so witzig ist.«

»*Du* bist witzig«, sagte eine von ihnen, die sich wohl für ziemlich mutig hielt. »Du hast doch gar keine Freundin. Du stehst doch selber auf ihn.«

»So wie ihr vier hier auf David steht, oder was?«

Sie verstummten alle gleichzeitig und wurden rot. Ha! Mit mir sollte man sich wirklich nicht anlegen, vor allem nicht in der Parallelwelt. Denn hier war Vicky stark und selbstbewusst und unerschütterlich und –

»Woher kennen wir uns eigentlich?«, fragte David plötzlich, und mein Hochgefühl verflog.

»Wie bitte?«

»Na, du tust so, als ob wir uns schon ewig kennen würden.«

Tun wir doch auch, wollte ich sagen, aber da konnte ich mir noch rechtzeitig auf die Zunge beißen. Na ja, zumindest nicht ewig, aber seit ein paar Monaten. Ich hatte ihm in meiner Welt sogar einen Nachmittag lang seine Englisch-Hausaufgaben gemacht, weil er keinen Schimmer hatte. (Ja, gut, und weil ich mich bei ihm einschleimen wollte. Ich war damals nicht besser gewesen als die vier Mädels hier.) Zum Dank hatte er dann ein paar Wochen später tatsächlich Interesse an mir, aber da hatte

ich mich schon längst in Konstantin verguckt. (Ihr seht, meine letzten Wochen waren wirklich ziemlich aufregend!)
»Wie heißt du noch mal?«
»Vicky, äh, Victoria«, sagte ich, diesmal ein bisschen kleinlauter. Mir war gerade siedend heiß eingefallen, dass ich hier im Namen von Parallel-Victoria stand. Und ich durfte deshalb nicht allzu viel blödes Zeug verzapfen. »Ich bin die Freundin von Pauline, du weißt schon, die von Nikolas.« Uff, das war mir jetzt aber gerade noch so eingefallen. »Und der erzählt natürlich immer viel von dir. Weil ihr so gut befreundet seid.«
David guckte immer noch ziemlich skeptisch, aber zumindest an Pauline schien er sich zu erinnern.
»Also – weißt du vielleicht, wo Konstantin ist?«
David tippte auf einem der Rechner herum, stand dann auf und ging zu den Druckern.
»Was willst du denn machen, wenn du weißt, wo er ist?«, fragte er, während er einen Stapel Papier aus einem Fach nahm und ihn in eine leere Kassette einlegte.
»Na, natürlich hingehen. Mit meiner Freundin, meine ich. Oder sie alleine hinschicken, wenn sie sich traut, aber sie ist genau wie ich ein bisschen schüchtern.«
»Und wer ist deine Freundin?«
Öh, ja, wer war sie denn?
Mir wurde immer heißer. Ich musste anständig aus der Nummer herauskommen, sonst würde mir Parallel-Victoria das nie verzeihen. Zu Recht!
»Ach, die kennst du, glaub ich, nicht. So eine große Blonde. Immer ein bisschen dolle geschminkt, aber das macht sie eigent-

lich auch nur, weil sie unsicher ist. Ohne Make-up ist sie nämlich noch viel hübscher.«

O Gott, was schwafelte ich denn da? David musste das Gleiche gedacht haben, denn er guckte mich mit seinen schokofarbenen Rehaugen an, als ob ich den Verstand verloren hatte.

»Und hat sie auch einen Namen?«

»Wer?«

»Na, deine Freundin.«

»Oh, die – äh, ja, also – ihr Spitzname ist Poppy.«

Für diese Lügerei würde ich wahrscheinlich in der Hölle schmoren.

»Wenn du es mir verrätst, helfe ich dir auch mal in Englisch«, sagte ich schnell, damit er lieber nicht so lange darüber nachdachte, was ich da gerade faselte.

»In Englisch?« Sein Adamsapfel hüpfte aufgeregt, und ich hörte die vier Nervensägen hinter mir rascheln. Wahrscheinlich hatten sie sich heimlich angepirscht, um live mitzuerleben, wie ich mein armes zweites Ich gerade noch vollends lächerlich machte. Vor schlechtem Gewissen bekam ich schon Bauchschmerzen, aber ein Zurück gab es nicht mehr. »Ja, in Englisch, da bin ich richtig gut, du weißt schon, zweisprachig aufgewachsen und so. Und hatte Nikolas nicht erzählt, dass du nicht ganz so – na ja, also, nicht ganz so *gut* warst? Oder verwechsele ich das jetzt?«

O Gott, das wurde ja immer schlimmer. Auch wenn es in meiner Welt stimmte, da war David in Englisch wirklich mies.

»Ich meine, nur wenn du willst, ich kann dir mal mit einem

Referat helfen oder einer Buchbesprechung oder so. Wäre kein Thema, ehrlich.«

David schob sich wieder an mir vorbei zu seinem Computerplatz, und ich folgte ihm wie eine Klette.

»Wenn ich dir sage, wo er ist – lässt du mich dann endlich in Ruhe?«

»Alles, was du willst!«, sagte ich, und die vier doofen Hühner lachten mich doch jetzt tatsächlich aus.

So eine Frechheit! »Ruhe jetzt da hinten! Habt ihr schon einmal darüber nachgedacht, dass wir nicht ewig Zeit haben?«, fragte ich. »Habt gefälligst mal ein bisschen Respekt. Respekt vor der Liebe! Unser Leben ist begrenzt, und sollten wir da nicht jede Minute ausnutzen und unser Möglichstes versuchen, um unserer großen Liebe einen Schritt näher ...«

Ja, und da waren sie wieder.

War ja klar.

Die Zimtschnecken, ausgerechnet jetzt.

Wo ich noch nicht mal Gelegenheit hatte, mir einen einigermaßen coolen Ausweg aus dieser blöden Situation auszudenken.

O Gott, es tut mir so leid, andere Victoria!

Wie hatte ich nur so einen Blödsinn reden können? Ich wusste doch schließlich, wie schrecklich es war, wenn einem das andere Ich im Leben herumpfuschte. Hatte ich mich nicht vor wenigen Wochen selber auch darüber aufgeregt? Und jetzt war ich kein bisschen besser.

Herrje!

Ob ich das wohl jemals wiedergutmachen konnte?

Liebe Vicky,

danke noch einmal für deine Gebrauchsanweisungen und alles, was du für mich vorbereitet hast. Ich bekomme zwar trotzdem bei jedem dieser Sprünge beinahe einen Herzinfarkt, aber zumindest wusste ich so recht schnell, was mit mir passiert. Wie schlimm muss es für dich gewesen sein, so lange im Dunkeln zu tappen! So richtig viel mehr Ahnung habe ich zwar auch nicht, aber es fühlt sich wenigstens so an, als ob ich nicht alleine wäre, und das ist schön.

Ich dachte, ehe ich jetzt deine Fragen beantworte, schreibe ich dir einen Brief, das ist viel persönlicher.

Zuallererst: Ich werde hier wirklich von allen Victoria genannt. Vicky nennt mich nur mein Dad, aber der wohnt seit ein paar Jahren wieder in Manchester, und wegen der ganzen Scheidungssache sind hier alle so sauer auf ihn, dass sie möglichst nicht an ihn erinnert werden wollen. Deswegen nennen mich auch alle mit meinem ganzen Namen. Komisch, oder? Ich vermisse ihn, total. Wir telefonieren ganz oft, aber das ist natürlich nicht dasselbe. Deine Pauline hat gesagt, dass unsere Eltern auch in deiner Welt getrennt sind, aber wenigstens lebt Dad in der Nähe. Sei froh! Und dass ihr ein B&B habt, in Omas und Opas Haus, das ist so cool! In meiner Welt haben meine Großeltern das Haus untervermietet und touren gerade mit einem Wohnwagen durch Kanada. Mum und ich haben in einer total süßen Wohnung gewohnt, aber leider wurde uns vor zwei Jahren wegen Eigenbedarf gekündigt. Das kam ziemlich plötzlich, deswegen mussten Mum und ich uns übergangsweise was suchen beziehungsweise bei Tante Polly unterkommen, aber tausend DANK für die Tipps in Sachen Bank und Unterstützung, ich weiß noch nicht, wie ich es anbringen soll, habe aber fest vor, es anzugehen!

Apropos Mum: Das mit der Katze hat bei mir auch nicht geklappt, dafür hatte ich ein Meerschweinchen namens Coco Chanel, als ich fünf oder sechs war. Es starb an einer Überdosis Anisbonbons von Tante Polly.

Und, was Jungs betrifft, hey, du fragst hier ja jemanden, der sie vor Schreck in Torten schubst! Ich hab nur ein einziges Mal einen Jungen geküsst, und das war so ein Depp von einer auswärtigen Schwimmmannschaft. Ich hab keine Ahnung, was man mit seinen Händen beim Küssen macht, vielleicht hinter seinem Nacken verschränken? Da hast du mehr Erfahrung.

Ich kann mir echt nicht vorstellen, Konstantin anzusprechen. Jeden Tag hängen dem so viele Mädels an der Backe, dass er schon gar nicht mehr in die Mensa zum Essen geht, weil es ihn so nervt. Das hab ich zumindest von Nikolas gehört, als er neulich mit Pauline und mir in der Kantine saß. Außerdem hat er erzählt, dass Konstantin bald seine Mittwochsaufsicht als Tutor im Computerraum aufgibt, wenn er weiter so gestalkt wird. Aber ehrlich gesagt – obwohl er Nikolas bester Freund ist und der und Pauline praktisch unzertrennlich sind, habe ich ihn bisher kaum getroffen geschweige denn ein paar Worte mit ihm gewechselt. Hat sich einfach nicht ergeben. Sind Nikolas und Pauline in deiner Welt auch schon zusammengekommen? Bestimmt, oder? Ich finde ja, die beiden sind wie füreinander geschaffen!!!

Um noch mal auf Konstantin zurückzukommen – ich fürchte, dass da nichts ist, schon gar nicht mit ihm. Erwähnte ich schon, dass ich schüchtern bin? Ich meine, so richtig SCHÜCHTERN!!! Da sieht man mal, wie unterschiedlich Parallelwelten sein können. Was ist in deinem Leben passiert, dass du so viel cooler und selbstbewusster bist als ich?

Mum hat mich sogar dazu überredet, dieses Jahr eine Rolle beim Schultheater zu übernehmen. Damit ich lerne, selbstbewusster zu werden und so. Ich habe mich lange dagegen gesträubt, aber sie hat gewonnen (wie immer). Die Helena, aus dem Sommernachtstraum.

→

12.

Am nächsten Tag nutzte ich die erstbeste Pause in der Bäckerei, um meinen Dad anzurufen. Ich musste ihn unbedingt sehen. Ich hatte nämlich nach meinem Rücksprung auf meinem Kopfkissen einen Brief von meinem Parallel-Ich gefunden. (Wahnsinn, dass diese Art der Kommunikation echt funktioniert! Auch wenn sie, glaube ich, leider nicht ganz fertig geworden ist vor dem Rücksprung, aber egal.) Jedenfalls hatte Parallel-Victoria unter anderem geschrieben, dass mein Parallel-Dad Deutschland verlassen hatte und wieder in England wohnte. (Mir trieb es jedes Mal die Tränen in die Augen, wenn ich nur daran dachte. Ich meine, auch wenn ich meinen Dad nicht täglich sah, war er mir doch so wichtig! Und die Vorstellung, ihn nicht treffen zu können, wann ich wollte, hatte mich zutiefst erschüttert.)

Es hatte aber auch noch einen anderen Grund.

Ich wollte meinem Dad nicht am Telefon sagen, dass Mum mit dem Bürgermeister zusammen war. Irgendwie hatte ich das Gefühl, dass das etwas war, was er lieber persönlich hören sollte.

Ja, und außerdem musste ich dringend raus aus dem B&B. Dieser Beo und sein Röschen brachten mich schon bald um den Verstand. Der Vogel konnte mittlerweile unsere sämtlichen Handyklingeltöne imitieren, was täglich zu jeder Menge Missverständnissen führte und zu noch mehr Streitereien.

»Woher weißt du eigentlich, dass unser Fernseher kaputt ist?«, fragte ich Dad, als wir schließlich am Abend durch die Glasschiebetüren den großen Elektronikmarkt der nächstgrößeren Stadt betraten.

»Polly hat mich angerufen. Sie hat sich beschwert, dass ihre Schwester und ihre Nichte ständig in ihrem Zimmer herumhängen und sie vom Arbeiten abhalten«, sagte Dad und versuchte, sich in dem Labyrinth von Schildern und Gängen zu orientieren.

»Wohl eher abhalten vom Astro-TV gucken«, sagte ich. »Ich wusste außerdem gar nicht, dass sie wieder arbeitet.«

»Zumindest versucht sie, sich neu zu orientieren.« Gemeinsam gingen wir vorbei an Staubsaugern, Waschmaschinen und Digitalkameras, bis wir an der gegenüberliegenden Seite des Ladens vor ungefähr hundert Flachbildschirmen stehen blieben, die an die Wand montiert waren.

Auf jedem lief ein Live-Mitschnitt eines André-Rieu-Konzerts. Mit Ton.

»Fast so schlimm wie jeden Tag das Röschen bei uns zu Hause«, stöhnte ich.

»Wirklich so schlimm?«

Ich nickte seufzend. »Vor allem, weil sie immer noch keine Anstalten macht, abzureisen. Mum hat gestern bei Raimund geklingelt, aber der hat einfach nicht geöffnet. Sogar die Rollläden waren heruntergelassen, am helllichten Tag! Wenn das so weitergeht, sehe ich schwarz fürs *B&B*. Das Röschen hat sich so breitgemacht, dass wir gerade keine anderen Gäste aufnehmen können. Außerdem wollte sie eigentlich nur bis letzten Montag bleiben, aber sie hat mittlerweile schon zweimal verlängert. Keine Ahnung, wann wir die wieder los sind.«

Dad erwiderte nichts. Er schien tief in Gedanken versunken, während er neben mir stand. Und ich vermutete, dass er nur so tat, als ob er Preise verglich. Stattdessen dachte er mit Sicherheit über Mum nach. Und darüber, dass sie keinen Cent von ihm annahm. Ich weiß, dass Dad es ihr immer wieder angeboten hatte, denn er hat schon ziemlich viel Geld. Also, nicht so viel, dass er es dauernd raushängen lässt (wie zum Beispiel Claire und ihre überkandidelten Eltern). Er ist einfach ein sehr guter Anwalt und arbeitet viel und hart, ganz oft auch abends und am Wochenende.

»Na, wenigstens ist Pollys Wohnung bald renoviert, in ein paar Wochen kann sie wieder einziehen«, sagte er schließlich.

»Die hab ich lieber bei uns als das Röschen.«

»Das glaub ich dir gern.«

Wir standen immer noch da und guckten zu, wie der Rieu seine Geige schwang und dabei mit wässrigen Augen in die Kamera schmachtete. Es war wie ein Verkehrsunfall. Man konnte nicht hinsehen, aber weggucken ging irgendwie auch nicht.

Bis jemand fragte: »Can I help you?«

Gleichzeitig drehten wir uns zu einer Verkäuferin um, die sich lautlos an uns herangepirscht hatte. Sie hatte blonde Kammsträhnen (vermutlich schon länger) und glänzende braune Augen (die allerdings erst, seit sie einen Blick auf Dad hatte werfen können).

Lustigerweise ist es mit meinen beiden Eltern immer dasselbe. Kommt Mum irgendwohin, überschlagen sich die Kerle und starten jede Menge peinliche Manöver, um sie auf sich aufmerksam zu machen, und bei Dad ist es genauso. Da wanzt sich auch zu jeder Gelegenheit die halbe Damenwelt heran, und zwar in der Altersklasse Studentin bis Omi. Was zum einen an seinem Aussehen liegt (er sieht von weitem aus wie Colin Firth und – wenn man näher rangeht – von schräg hinten wie Hugh Grant), und zum anderen an seiner typisch britischen Ausstrahlung. Niemand kann so lässig Tweed-Anzüge mit Seideneinstecktuch tragen wie mein Dad. Vor allem nicht im Hochsommer.

»Can I help you?«, fragte sie noch einmal, diesmal lauter, und erst da fiel mir auf, dass Dad und ich die ganze Zeit Englisch gesprochen hatten. Ehrlich gesagt merke ich das überhaupt nicht, es ist einfach so. Viele beneiden mich darum, und ich muss zugeben – ich finde es auch richtig cool, zweisprachig aufgewachsen zu sein.

»Wir brauchen einen Flachbildschirm, full HD, so ab vierzig Zoll«, antwortete Dad. Wenn er Deutsch spricht, kann man seinen Akzent immer noch ein bisschen hören, was manchmal total ulkig klingt.

»Oh, Entschuldigung«, sagte die Verkäuferin und strich sich mit ihren verlängerten Fingernägeln eine Locke aus der Stirn. »Ich dachte gerade, dass Sie Englisch gesprochen hätten.«

»Haben wir auch«, sagte ich, aber die Trulla guckte mich überhaupt nicht an, sondern hatte schon angefangen, Dad in ein Verkaufsgespräch zu verwickeln, bei dem es anscheinend unbedingt nötig war, immer wieder an seinem Sakkoärmel zu zupfen. Ich an seiner Stelle hätte ihr schon längst einen Klaps auf die Finger gegeben, aber Dad war einfach viel zu höflich. Er würde nachher maximal mit der Kleiderbürste über seinen Ärmel gehen, um mögliche Spuren von Glitzerkralle zu entfernen.

Eine Stunde später verließen wir den Laden mit einem riesigen neuen Fernseher in einem noch riesigeren Karton, den wir gemeinsam in Dads Range Rover wuchteten.

»Ich bringe ihn euch nachher noch ins Wohnzimmer, wenn ich dich nach Hause fahre«, sagte er.

»Aber es könnte sein, dass Oma und Opa da sind. Und das Röschen.« Meine Großeltern ließen meinen Dad leider gerne spüren, dass er nicht willkommen war, und das wollte ich ihm ersparen.

Aber Dad schien das heute total egal zu sein. »Wenn sie wieder fernsehen wollen, dann müssen sie aushalten, mich fünf Minuten zu sehen.«

Auf dem Weg zu Dads Wohnung hielten wir noch kurz vor einem kleinen Buchladen an. Ich musste mir unbedingt eine Ausgabe vom *Sommernachtstraum* kaufen und eines von diesen Textanalyse-Büchern, die normalerweise die Lehrer immer auf dem Pult liegen haben und uns Schülern nie zeigten. Was Theater anging, war ich nämlich eine Niete (ich dachte zum Beispiel bis vor kurzem, dass *Highlander* eine Neuverfilmung von *Macbeth* war). Aber nachdem ich Victorias Brief gelesen hatte, wusste ich, dass ich ihr schuldig war, mich damit auseinanderzusetzen. Die Wahrscheinlichkeit, dass ich genau am Sommerfest in die Parallelwelt sprang und dazu noch exakt während der Aufführung, war zwar objektiv betrachtet relativ gering. Allerdings – bei meinem Glück – würde genau *das* passieren.

Das lag mir echt im Magen, genau wie die Sache mit Mum und dem Bürgermeister. Noch immer hatten wir nicht darüber gesprochen. Und was sollte ich auch sagen über jemanden, der einen so dämlichen Namen hatte (nämlich Laslo Müllerbeck-Albarese), dass ihn nie einer benutzte, sondern er immer nur *Bürgermeister* genannt wurde? (Wie würde er eigentlich heißen, wenn er mal nicht mehr Bürgermeister ist? *Ex-Bürgermeister?* Oder *Altbürgermeister*, auch wenn er gerade erst Mitte vierzig ist?)

Auch mit Dad konnte ich mich darüber nicht austauschen, obwohl ich es eigentlich vorgehabt hatte. Denn als wir endlich in seiner Wohnung waren und ich ihn darauf ansprechen wollte, wurden wir ständig gestört, und zwar abwechselnd von seinem Festnetztelefon und dem Handy, das einfach nicht aufhören wollte zu klingeln, seit er es nach unserem Einkaufsbummel wieder eingeschaltet hatte. Mir war gar nicht bewusst, dass Dad so dermaßen gefragt war. Er musste wahnsinnig viele Klienten haben, die sogar Donnerstagabends dringend eine Beratung von ihm brauchten.

»Vicky, mach's dir doch schon mal bequem, ich komme gleich. Nur noch einen Anruf«, sagte Dad und verschwand mit einem Stapel Akten, die noch in der Küche lagen, in seinem Arbeitszimmer.

Ich schnappte mir den *Sommernachtstraum* aus meiner Tasche und ging hinüber ins Wohnzimmer, wo ich es mir auf einem der schweren Ledersofas gemütlich machte.

Obwohl Dad nicht viel zu Hause war, weil er die meiste Zeit in der Kanzlei verbrachte, war seine Wohnung ziemlich groß. Und pieksauber und aufgeräumt. Gut, ich wusste, dass er eine Putzfrau beschäftigte, und ein einzelner Mensch schmutzt ja nicht so. (Im Gegensatz zu uns im *B&B*. Mum putzt jeden Tag und kommt kaum mit dem Aufräumen hinterher, was aber auch an meinen Großeltern liegt. Neulich hatte ich sogar einen von Omas Büstenhaltern in unserem Frühstücksbüfett-Schrank gefunden, mitten auf den frischen Tellern. Ich wollte noch nicht einmal darüber nachdenken, wie er dort hingekommen sein könnte.)

Ich schlug die erste Seite des Stücks auf – und blieb gleich mal an der Liste mit dem Personenverzeichnis hängen. Herrje, wieder diese Namen, die ich mir nie im Leben würde merken können. Theseus, Egeus, Lysander, Demetrius, Philostrat ... war das römisch? Griechisch? Ah, da hatten wir es ja, Theseus war der Herzog von Athen. Und da war auch Hermia, die, die von Claire gespielt wurde. *Hermia, Tochter des Egeus, in Lysander verliebt.* Und gleich darunter Helena.

Helena, in Demetrius verliebt.

Was mich ein bisschen verunsicherte, war, dass Hermia und Helena ziemlich weit oben genannt wurden. Mich beschlich das dumme Gefühl, dass Helena nicht ganz unwichtig war und vermutlich mehr als drei Sätze Text zu sagen hatte. (Ich hatte bei den Proben nur einmal kurz zugeguckt, als wir die fertigen Kulissenteile vom Werkraum zur Schulbühne geschleppt hatten, deswegen wusste ich über den Inhalt des Stücks peinlicherweise fast gar nichts.) Ich blätterte weiter und überflog die winzige Schrift. Da, wie ich vermutet hatte: Helena tauchte schon auf Seite vierzehn das erste Mal auf. Erster Akt. Und dann immer und immer wieder.

Schöner Mist. Die Aufführung war in einer Woche! Und ich würde es nie und nimmer schaffen, die Rolle zu lernen, geschweige denn zu üben, wie man sie spielte.

Panik kroch in mir auf, als ich hin- und herblätterte und fast auf jeder Seite Helenas Namen las.

Das Klingeln von Dads Handy ließ mich aufschrecken. Er war immer noch in seinem Arbeitszimmer und hörte es nicht, also versuchte ich, mich wieder auf meinen Text zu konzentrieren.

Nur, dass das blöde Klingeln nicht enden wollte. Und zwar überhaupt nicht.

Entnervt stand ich vom Sofa auf und ging hinüber zur Anrichte.

Beatrice Singer ruft an, zeigte das Display. Dieser Beatrice musste es ja recht wichtig sein, dass sie es so lange läuten ließ. Als ich gerade überlegte, ob ich rangehen sollte, verstummte das Telefon.

»Noch mal Glück gehabt, Beatrice«, sagte ich und trollte mich wieder Richtung Wohnzimmer.

Auf halbem Weg ging es schon wieder los.

»Beatrice, er ist nicht da-ha«, sagte ich.

Melanie Klein ruft an.

Ah, also Melanie auch. Was waren das bloß für Frauen, die da abends bei Dad sturmklingelten?

Doch auch die gute Melanie hatte aufgelegt, ehe Dad kurz darauf wieder in die Küche kam.

»Du bist ja ganz schön gefragt«, sagte ich und deutete auf sein Handy. »Ich glaube, diese Damen haben noch nie etwas davon gehört, dass man nach fünfmal Läutenlassen auflegen kann.«

Dad guckte auf die Anruferliste und runzelte die Stirn. »Ich muss kurz zurückrufen«, sagte er. »Aber mach dir doch schon mal Tee, ich komme gleich. Und dann mach ich uns Spaghetti Carbonara.«

Damit war er wieder im Arbeitszimmer verschwunden.

Seufzend nahm ich eine Kanne aus Dads hochglänzendem Küchenschrank und setzte das Wasser auf.

Als – na, was schon – wieder das Telefon klingelte. Diesmal der Festnetzanschluss, Dad hatte sein Smartphone ja mitgenommen. Und diesmal hielt ich das Gebimmel nicht mehr aus. Außerdem war das Telefon zu Hause privat, da konnte ich ohne schlechtes Gewissen hingehen.

»Hier Vicky King«, meldete ich mich.

»Oh, äh, ja ...« *Raschel, raschel.* »Ist dort der Anschluss von Kenneth King?«

»Ja. Wer ist denn da bitte?«

»Äh, ja, also, hier ist Simone. Simone Rieke. Ich müsste bitte Kenneth dringend sprechen.«

»Tut mir leid, er kann gerade nicht, er spricht auf der anderen Leitung. Kann ich was ausrichten?«

»Nur, dass er ... er möchte mich, also ... ach nein, ich versuche es später noch mal.« Und schon war das Gespräch weg. Eine Klientin war *das* jedenfalls nicht.

Seit wann hatte Dad eigentlich so viele Verehrerinnen? Oder hatte ich bisher nur nicht drauf geachtet?

Und schon wieder klingelte das Telefon.

»Praxis für hormonelle Insuffizienz, Britta Gerstengruber mein Name, wie kann ich Ihnen helfen?«, fragte ich.

»Vicky, bist du das?«

»Tante Polly?«

»Wer sonst?«

»Hast du eine Ahnung. Oder besser gesagt – hast du eine Ahnung, wie viele Verehrerinnen Dad hat?«

»Weiß nicht. Zehn vielleicht?«

»Wohl eher hundert«, antwortete ich. »Das Telefon läutet den ganzen Abend, sogar zu Hause.«

»Na, ich bin zur Abwechslung keine Verehrerin. Ich wollte deinen Vater nur fragen, ob er noch was von der Versicherung gehört hat.«

Polly und mein Dad hatten sich schon immer super verstanden. Tante Polly hatte einmal sogar gesagt, dass mein Dad ihr *Alter Ego* sei. Woraufhin Mum ziemlich komisch geguckt hatte und erwiderte, sie wären eher so was wie *Die Schöne und das Biest* (woraufhin Polly sich furchtbar aufregte, weil sie nicht immer das Biest sein wollte).

»Dad telefoniert gerade auf dem Handy. Wahrscheinlich mit irgendeiner Frau.«

»Hast du ihm schon das von deiner Mum erzählt?«

»Nein, hat sich irgendwie noch nicht ergeben«, sagte ich. »Aber warum hast du eigentlich neulich Mum noch gratuliert? Ich dachte, du findest ihn genauso unmöglich wie ich?«

»Psychologie, Vicky, Psychologie. Wenn jeder zu deiner Mum sagt: *Lass bloß die Finger vom Bürgermeister* – wie, glaubst du, würde sie reagieren?«

Ich biss mir auf die Lippe. Sie hatte recht. Mum war manchmal wie ein Teenager. Und in diesem Falle musste man selbst der Erwachsene sein.

»Sie würde ihn absichtlich noch toller finden.«

»Genau. Also – deswegen unterstütze ich sie bei ihrer Wahl.«
»Das tun aber doch schon ganz viele andere. Oma und Opa zum Beispiel.«
»Ach, die haben ja keine Ahnung.«
»Und wenn schon – außerdem kann ich nicht plötzlich so tun, als ob ich damit einverstanden wäre, das würde sie mir doch sowieso nicht glauben. Was ist, wenn der Typ jetzt dauernd bei uns rumhängt? Und mit uns am Tisch sitzt? Und vielleicht auch noch die ganze Zeit total freundlich zu uns ist? Und mein Stiefvater sein will?«
»Wir finden eine Lösung«, sagte Tante Polly.
»Und ich erzähle es sofort Dad«, antwortete ich.
»Eine hervorragende Idee, mein Schatz«, sagte sie und verabschiedete sich.
»Was willst du mir gleich erzählen?« Dad war in der Zwischenzeit zurückgekommen und fing an, in der Küche zu hantieren.
Seufzend setzte ich mich auf einen Barhocker am Tresen.
»Mum. Sie hat uns vor ein paar Tagen eröffnet, dass sie jetzt fest mit dem Bürgermeister zusammen ist.«
Dad hielt in seiner Bewegung inne und guckte mich an.
»Ernsthaft?«
»Wie ein Scherz hat es nicht geklungen. Und er hat ihr schon Blumen geschenkt. Und letzte Woche hat er sogar das Programm vom Open-Air-Kino kurzfristig geändert und Mums Lieblingsfilm gespielt.«
»*Vier Hochzeiten und ein Todesfall?*«
»Du kannst dich daran erinnern?«, fragte ich überrascht, aber Dad sagte nur:

»Ich vergesse nie etwas. Nicht, wenn es mit dir oder deiner Mutter zu tun hat.«

Dann drehte er sich um und fing an, das Abendessen vorzubereiten, und ich war fast ein bisschen perplex.

Dass er mich liebhatte und ich ihm total wichtig war, wusste ich. Und dass er oft an Mum dachte, hatte ich immer angenommen. Aber er hatte es nie so offen ausgesprochen. Ich musste endlich herausfinden, was damals geschehen ist zwischen den beiden – koste es, was es wolle.

Wenn die Sache mit dem Bürgermeister vom Tisch war.

»Und was machen wir jetzt?«, fragte ich ihn.

Normalerweise hätte ich erwartet, dass Dad etwas sagte wie *Wir können nichts tun* oder *Das ist die Sache deiner Mutter* oder so.

Aber er sagte erst eine Weile lang gar nichts. Und dann, nach dieser unheilschwangeren Pause, wie Anwälte sie einsetzen, wenn sie vor Gericht ihr letztes Ass aus dem Ärmel ziehen, sagte er: »Lass mich darüber nachdenken.«

O ja, Dad. Nachdenken ist gut.

Aber denk schnell, bitte.

Und während ich mich fragte, wie ich mich meiner Mum gegenüber von nun an am besten verhalten sollte, klingelte schon wieder das Telefon.

Und diese Verehrerinnen hier musste ich auch in den Griff bekommen.

»Evangelischer Pferdefriedhof, Eingang Nord, Müller?«, meldete ich mich.

Aber zumindest diese hier hatte bereits aufgelegt.

13.

»Wie habt ihr das Monstrum bloß hier reinbekommen?« Konstantin guckte ehrlich beeindruckt auf den riesigen Flachbildschirm, der seit besagtem Shoppingabend in unserem Wohnzimmer stand. »Das ist ja fast wie im Kino.«

»Ach, der war gar nicht so schwer, das ging ruckzuck. Ein Kinderspiel.«

Na ja, das stimmte nicht so ganz. Dad und ich hatten geschnauft wie zwei Walrösser, um das Teil vom Auto die fünf Stufen zu unserer Haustür hinauf und schließlich hier rein zu bekommen. Und meine Arme waren danach so schwach, dass ich kaum meine Teetasse halten konnte.

Typischerweise ließ sich natürlich niemand blicken, als wir wirklich mal Hilfe gebrauchen konnten, wo doch normalerweise alle sofort auf der Matte standen, wenn sich hier unten was regte.

Dafür ging heute Morgen beim Frühstück die Diskussion los, als ich Dads Namen erwähnte. Meine Großeltern, die sich gerade fertigmachten, um zum All-you-can-eat-Sushi-Restaurant zu fahren, waren dabei mal wieder am eifrigsten bei der Sache.

»Dass er sich überhaupt noch hierhertraut, bei dem, was damals passiert ist«, sagte meine Oma, wobei sie meiner Frage, was genau denn das gewesen sei, wie immer aus dem Weg ging. Stattdessen setzte sie sich vor den neuen Fernseher und zappte durch die Programme, bis mein Opa abfahrbereit war.

Ihr Gemecker über Dad nervte mich tierisch. »Um euch einen neuen Fernseher zu kaufen, ist er aber gerade gut genug, oder?«, sagte ich.

Oma und Opa taten so, als ob sie mich nicht gehört hätten. Dabei hätte Dad das Gerät überhaupt nicht kaufen müssen, und eigentlich war Konstantin ja auch unschuldig – im Gegensatz zu meinem anderen Ich. Mein armes, überfordertes anderes Ich, das so überhaupt nichts dafür konnte und einfach reflexartig gehandelt hatte. Konstantins Versicherung hätte den Schaden zwar sicher übernommen, aber Dad wollte nicht, dass seine Eltern die Scherereien hatten, und obendrein hätte es eine Weile gedauert, bis alles geklärt war. Deswegen hatte er kurzerhand einfach einen neuen gekauft, wofür ich ihm sehr dankbar war. (Denn ich schämte mich nach diesem lieben Brief ganz schrecklich für diese blöde Situation, in die ich die andere Victoria gebracht hatte. Aber das konnte ich meinem Dad natürlich nicht sagen, der wusste ja nichts von der Parallelwelt-Springerei.)

Jetzt mussten wir uns jedenfalls nicht mehr in Tante Pollys Bett quetschen um fernzusehen. Außerdem hätte Konstantin sonst wohl kaum den Vorschlag gemacht, sich mit mir heute eine Spielfilmfassung des *Sommernachtstraums* auf DVD anzusehen, um mir bei der Vorbereitung auf das Stück zu helfen. (Wir hatten uns am Tag zuvor noch am frühen Abend im Freibad getroffen, und ich hatte ihm, Pauline und Nikolas sofort von dem Brief erzählt. Und von meiner Panik, die diese Theatersache in mir ausgelöst hat.) Konstantin hatte daraufhin wie immer genau das Richtige getan. Er hatte sich mein Gejammere angehört und war heute mit dem Film in der Hand bei uns aufgekreuzt. War das nicht süß?

Und noch süßer war es, als er sagte, dass unser Date uns ja nicht weglief. Und wir nach der DVD ja trotzdem ein Eis essen gehen konnten.

Bis ich mit einem Tablett voller Knabberzeugs und Tee aus der Küche zurückkam, hatte Konstantin schon den Film gestartet und ließ sich gerade auf meine Lieblingscouch fallen (die mit dem rotgoldenen Blümchenmuster und den besonders weichen Kissen).

Ich setzte mich neben ihn, ganz vorsichtig, um nicht sofort zu tief einzusinken und zu ihm hinüberzurutschen.

»Der Film ist von 1999. Also eigentlich uralt, aber ich habe nix Besseres gefunden, und er soll trotzdem recht gut gemacht sein. Zumindest die Schauspielerinnen wurden sehr gelobt, obwohl die meiner Meinung nach schon ziemlich alt und künstlich aussehen.« Er zupfte mit den Fingerspitzen eine Haarsträhne aus meinem Gesicht. »Ich mag's lieber natürlich.«

»Na, da hast du bei mir heute den richtigen Tag erwischt. Ich habe nämlich meinen extrem natürlichen Bad-hair-Day.« Was so viel bedeutete wie *Vickys-Haare-in-freier-Wildbahn*. Ich hatte vorhin schon überlegt, ob ich mir einen von Mums Hüten aufsetzen sollte, weil sie heute so arg plattgedrückt sind.

»Ich find's schön so, wie es ist.«

Ich konnte nicht anders und musste ihn mal wieder ziemlich debil angrinsen, und ich hoffte, dass niemand außer ihm sehen würde, wie offensichtlich verschossen ich war.

Und trotzdem sah uns jemand anderes so sitzen. Was eigentlich glasklar war, bei dem Betrieb, der bei uns im *B&B* immer herrschte.

Der Beo, der bisher still in seinem Käfig gesessen hatte, hatte den Besucher zuerst gesehen. »Kahlgusstaff liebt Claire!«, krächzte er und hüpfte aufgeregt auf seinen Holzstangen hin und her.

»Na, wenigstens einer«, murmelte ich und hätte mir im nächsten Moment am liebsten die Zunge abgebissen. Immer diese blöden Fettnäpfchen. Denn prompt klapperte es hinter mir, und als ich mich umdrehte, entdeckte ich Claire hinter uns in der Flügeltür zum Flur. Irgendwie sah sie anders aus als sonst.

Konstantin schien es weder zu wundern noch zu stören. Er sagte ganz einfach: »Hi, Claire«, drehte sich wieder zum Fernseher und nahm sich einen Erdnusskeks vom Teller.

Mir war das Ganze schon ein bisschen unangenehmer. Auch wenn es mir letztendlich egal sein konnte, was Claire von mir hielt (da sie mich sowieso nicht leiden konnte), tat sie mir leid. Sie war nun einmal vor ein paar Wochen in Konstantin verliebt gewesen, und ob es funktionierte, sich in dieser kurzen Zeit wieder zu entlieben, das bezweifelte ich. Vor allem nicht von Konstantin.

Um nicht als totaler Stoffel dazustehen, sagte ich zu ihr: »Mum ist, glaube ich, draußen im Garten, wenn du sie brauchst.«

»Ich hab sie schon gefunden«, sagte sie mit einem für meinen Geschmack etwas zu schnippischen Unterton und warf sich die geglätteten Haare über die Schultern, ehe sie zur Haustür hinausrauschte.

»Hatte sie gestern schon so lange Haare?«, fragte ich.

»Wer?«

»Na, Claire.«

Konstantin zuckte mit den Achseln. »Keine Ahnung. Hab nicht drauf geachtet.«

»Richtige Antwort«, grinste ich und entspannte mich ein bisschen.

Der Film hatte mittlerweile angefangen, ich rutschte ein paar Zentimeter weiter zu Konstantin – ganz unauffällig, natürlich (ich tat so, als ob das Kissen in meinem Rücken drücken würde, und kruschelte so lange herum, bis ich ein klitzekleines Stückchen näher neben ihm saß) – und gab dann vor, total gefesselt von den Landschaftsaufnahmen des Vorspanns zu sein. Während ich mit klopfendem Herzen überlegte, ob ich seine Hand nehmen sollte, die locker auf seinem Knie lag.

Und dann tat ich es einfach. Und es fühlte sich gut an, vor allem, weil er sofort seine Finger mit meinen verschränkte.

»Die Musik in dem Film hört sich fast so an wie das Klirren von Röschens Klunkern, wenn sie unsere Treppe herunterkommt«, sagte ich. »Dabei ist das doch die Ouvertüre aus *La Traviata*, oder?«

»Das Röschen klingt wie *La Traviata*?«

»Schön wär's«, sagte ich düster. »Aber die Frau ist nicht Verdi, sondern eher Carl Orff. *Carmina Burana* und so.«

Dad liebt Opern, dadurch kannte ich mich aus.

»Ja, wo ist denn mein Butziputzi-Kahlgusstafflein?«

Och nö, das musste jetzt echt nicht sein. Dabei hatte der Beo sich doch gerade zur Abwechslung so schön still verhalten und mit uns den Film geguckt. Das Vieh sah wirklich aus, als ob es jedes Wort verstehen würde, denn es saß auf seiner Stange, hatte den Kopf schräg gelegt und betrachtete versonnen, was auf dem Bildschirm passierte.

Aber natürlich nur, bis das Röschen ins Wohnzimmer stampfte und mit ihren Wurstfingern umständlich am Käfig herumfingerte.

»Hast du Hunger, mein kleiner Schatz?«

»Ja, ein Cheeseburger wäre nicht schlecht, und ein paar Pommes«, murmelte Konstantin und zwinkerte mir zu.

Aber Röschen drehte sich noch nicht mal um.

»Ach, mein armes Kahlgusstafflein, lassen dich die beiden ungezogenen Kinder auch in Ruhe?«

»Die Frage ist wohl eher, ob er uns in Ruhe lässt«, sagte ich.

»Kahlgusstaff liebt Claire!«, schrie er da, was das Röschen dazu veranlasste, sich wutentbrannt zu uns umzudrehen. »Bringt ihm nicht ständig so einen Unsinn bei!«

»Hey, das waren wir nicht. Vermutlich war es Claire sogar selber!« Wobei ich zugeben musste, dass sie wirklich nett mit ihm umging, sie schien den Vogel tatsächlich zu mögen.

Das Röschen zog es vor, darauf nicht zu antworten. »So, Kahlgusstaff, jetzt bekommst du lecker Hamihami«, wendete sie sich wieder ihrem Vogel zu. Sie holte eine kleine Dose aus dem Fach unter dem Käfig.

»Was bekommt er da?«, flüsterte Konstantin, und ich zuckte mit den Schultern. Bisher hatte ich nur beobachtet, dass er irgendwelches Körnerfutter bekam oder Obst.

Aber was das Röschen jetzt mit unserer besten Silberzuckerzange dem lieben Kahlgusstafflein vor die Nase hielt, war –

Unaussprechlich.

Grauenhaft.

»Ist das etwa eine Heuschrecke?« Konstantin richtete sich auf, um besser sehen zu können. Ich rutschte gegen ihn, war aber zu abgelenkt, um es genießen zu können.

»Ein Heimchen. Eine Grillen-Art.« Das Röschen riss den Mund genau in dem Moment auf, als sie dem Beo das Vieh in den Schnabel stopfte. Mir wurde speiübel.

»Die mag Kahlgusstaff fast so gerne wie Mehlwürmer, aber die waren ausverkauft.«

»Mehlwürmer?« Mir kam gleich mein Tee samt Keksen wieder hoch. Und sogar Konstantin zog ein bisschen seine Nase kraus.

»Beos brauchen Weichfutter, damit sie genug Eiweiß bekommen. Wie wir Menschen auch.«

Während Kahlgusstaff genüsslich auf seiner Heuschrecke herumkaute (oder was Vögel damit eben so machten, so ganz ohne Zähne), verstaute das Röschen die Dose mit den anderen (noch lebenden!) Heimchen wieder im Regal.

In unserem Wohnzimmer.

Und obwohl sie kurz danach die Fliege machte und mit schweren Schritten unsere Holztreppe nach oben polterte, konnte ich nicht anders als nur noch auf die kleine blaue Dose zu gucken.

»Da drin sind sie. Und leben. Ist das nicht furchtbar grausam für die Dinger? Und, äh – nicht auch ein bisschen eklig?« Ich schüttelte mich. »Ich kann mir kaum vorstellen, dass Mum davon weiß. Das würde sie nie und nimmer erlauben.«

Konstantin drückte auf den Pausenknopf vom DVD-Player.

»Vielleicht sollten wir dem Röschen ein paar von ihren Heimchen unters Kopfkissen stecken.«

»Grundsätzlich eine super Idee, aber bitte erst, wenn sie ihren Kopf nicht mehr in unserem Haus bettet. Ich könnte kein Auge mehr zutun, wenn ich wüsste, dass diese Dinger hier frei rumlaufen.«

»Na, dann sollen sie eben draußen frei rumlaufen«, sagte Konstantin, und seine Augen leuchteten wie Tante Pollys Sterne, als er mir zuzwinkerte.

Ich grinste ihn an. »Spitzenidee.«

Gleichzeitig sprangen wir von der Couch auf, und nach kurzem Zögern griff Konstantin nach der Dose.

»Muss ich mitkommen?«, fragte ich zögernd.

Als er nicht antwortete und den Behälter mit spitzen Fingern auf Armeslänge von sich weghielt, war mir alles klar. »Du ekelst dich selber vor den Dingern!«

Aber Konstantin grinste mich nur von oben an und gab mit einem Finger meiner Nase einen Stups.

»Quatsch. Ich möchte nur keine Sekunde heute Abend ohne dich verbringen.«

Ich musste lachen. »Wer's glaubt!«

Wir machten es schließlich gemeinsam (ich hatte vorher noch ein paar Einweg-Gummihandschuhe aus Mums Putzsachen geholt), und als die kleinen Tierchen eilig in Frau Hufnagels Buchenhecke hüpften, während Konstantin und ich aus sicherer Entfernung zusahen, hatte das beinahe was Romantisches.

Aber nur beinahe, denn danach schrubbten wir beide uns bestimmt zehn Minuten mit brühheißem Wasser die Hände, und Konstantin kratzte sich immer wieder mit der Hand über Brust und Nacken.

Als wir zurück ins Wohnzimmer kamen, hatte Kahlgusstaff schon wieder Gesellschaft. Aber wenigstens steckte Tante Polly ihm kein Lebendfutter zu, sondern nur ein Stück von ihrem Apfel. Damit konnte ich besser leben.

»Kahlgusstaff liebt Polly!«, schrie der Beo, und Tante Polly tätschelte mit ihrer Hand im Käfig seinen Kopf.

»Und Polly liebt Kahlgusstaff. Ich würde dich sofort nehmen, wenn du mal einen Tapetenwechsel brauchst. Sag einfach zu deinem Frauchen: *Ich bin ein Beo, hol mich hier raus! Ich will zu Polly!*«

»Ich will zu Polly!«, krächzte der Beo und bekam dafür ein breites Lächeln von ihr und noch ein Stückchen Obst, ehe sie sich wieder zu uns umwandte.

»Und jetzt störe ich euch beiden Turteltäubchen nicht länger.«

Himmel, womit hatte ich diese Familie verdient? Aber Konstantin lächelte. »Danke, das ist echt nett von Ihnen. Wir sind nämlich heute praktisch noch gar nicht zum Turteln gekommen. Stimmt doch, mein Täubchen«, sagte er zu mir und knuffte mich ganz leicht in die Seite.

»Na, dann wird es ja Zeit«, sagte Polly und schob die beiden Schiebetüren zur Küche hinter sich zu.

Jetzt waren wir tatsächlich alleine.

Konstantin ließ sich wieder auf die Couch fallen, legte einen

Arm auf die Rückenlehne und winkte mir. »Komm, mein Täubchen, jetzt lass uns diesen doofen Film angucken, damit wir dann mal loskönnen.«

»Und damit ich in der Parallelwelt nicht ganz so blöd dastehe, wolltest du sagen.«

»Das auch.«

Und weil der ganze Abend schon irgendwie echt aufregend war, hatte ich genug von Nervosität, kuschelte mich in Richtung seiner Armbeuge (die unwahrscheinlich gut roch, ganz frisch und überhaupt ganz anders wie bei den pubertären Jungs aus meiner Klasse) und fühlte mich total mutig.

Ja, und schrecklich verliebt, dem Klopfen meines Herzens nach zu urteilen. Aber bildete ich es mir nur ein, oder ging Konstantins Atem auch ein bisschen unregelmäßig?

Mittlerweile war der Film schon ein ganzes Stück weitergelaufen. Jetzt kam gerade eine Szene, bei der zwei Pärchen durch einen ziemlich schlecht gemachten Filmstudio-Wald irrten, eine davon mit total zerzauster Frisur und einem alten Fahrrad.

Konstantin deutete mit seiner freien Hand auf den Fernseher.

»Das ist übrigens Helena.«

»Die Dürre da mit den fusseligen Haaren? Die die ganze Zeit rummeckert?« Ich hatte zwar nicht genau aufgepasst, was bei ihr gerade nicht so glattlief, aber sie machte auf mich einen ziemlich jammerigen Eindruck.

»Yep. Die Gute scheint wohl eher der Pechvogel der Geschichte zu sein.«

So wie ich gerade.

Denn die Haustür ging schon wieder. Unser *B&B* am Samstagabend war offensichtlich ein beliebterer Treffpunkt als jede Cocktailbar unseres Ortes.

O nein – das waren jetzt doch wohl echt nicht Mum und der Bürgermeister, oder? Und meine Großeltern dackelten auch noch hinterher. Ging es noch peinlicher?

Seit meine Mum nämlich verkündet hatte, dass sie etwas mit dem zwielichtigen Typen hatte, schienen die beiden viel weniger an ihr herumzumeckern als sonst und hängten sich jedes Mal an ihre Fersen, wenn sie die beiden zusammen erwischten.

Glücklicherweise nahmen die vier von Konstantin und mir praktisch keine Notiz, sondern gingen direkt am Wohnzimmer vorbei in die Küche.

»Hier ist ja beinahe so viel los wie am Bahnhof«, sagte Konstantin.

»Ja, aber das einzig Gute ist, dass der Bürgermeister gern und viel erzählt, und das oft stundenlang. Wenn alles gutgeht, dürften sie uns also in nächster Zeit in Ruhe lassen.«

»Hört sich super an«, murmelte Konstantin und beugte sich ein Stück zu mir. »Das heißt, sie würden uns nicht dabei stören, wenn wir uns jetzt küssen würden?«

Ich sah ihn an, wobei ich mich sehr darauf konzentrieren musste, nicht auf seine wunderschönen Lippen zu starren.

»Ähm«, sagte ich, und mein Mund wurde ganz trocken, »vermutlich nicht.«

Konstantin konnte sich ein Grinsen nicht verkneifen. »Na, dann mal los.«

»Vicky liebt Konstantin.«

Das hatte ich jetzt nicht wirklich gesagt, oder? Ich meine, es könnte schon sein, dass ich das gerade in dem Moment gedacht hatte, als Konstantin mein Kinn zu sich zog und mich ganz vorsichtig küsste. Aber es laut auszusprechen, das würde ich doch nicht tun. Also, zumindest nicht nach einer Woche – oder zwei. Oder?

Egal, Hauptsache, er hörte nicht auf. Zur Sicherheit rückte ich noch ein kleines Stück näher und legte ihm meine Hand auf die Wange.

»Vicky liebt Polly.«

»Kannst du bauchreden?«, flüsterte Konstantin zwischen zwei Küssen, und ich hatte keine Zeit zum Antworten, denn ich musste ganz dringend zurückküssen.

»Vicky liebt Claire.«

Das war der Moment, in dem ich mich, wenn auch unfreiwillig, von Konstantin löste.

Aber da war schon wieder diese Stimme, diesmal direkt neben meinem Ohr.

»Kahlgusstaff liebt Claire.«

Wir brauchten beide ein paar Sekunden, ehe wir gleichzeitig die Augen aufrissen.

»Der Beo ist los!«, rief ich, und Konstantin und ich fuhren endgültig auseinander.

Und Kahlgusstaff, der die ganze Zeit auf der Rückenlehne vom Sofa gesessen und uns beim Knutschen zugeguckt hatte, flatterte auf und flog laut kreischend durchs Wohnzimmer, ehe er sich auf der Gardinenstange niederließ.

»Turteltäubchen!«

War ja klar, dass er sich das merken musste.

»Hey, du blödes Vieh, komm sofort da runter!«

»Schnell, Vicky, mach alle Türen zu, damit er nicht entwischt!« Der plötzliche Tumult im Wohnzimmer lockte auch Mum, meine Großeltern, den Bürgermeister und schließlich Tante Polly aufs Parkett. Und Letztere hatte nichts Besseres zu tun, als sich in die Ecke zu stellen, ihr Handy zu zücken und uns zu filmen, wie wir uns auf Beo-Jagd machten, während sie kommentierte.

»Der Beo liegt im Moment noch klar im Vorteil, aber Konstantin hat schon seine Turnschuhe ausgezogen, dicht gefolgt von Vicky. Der Junge wählt einen leeren Kissenbezug, den er von der Schwiegermutter zugeworfen bekommt, um das Tier zu überwältigen, das Mädchen reißt seiner Mum praktisch den Hut vom Kopf. Aber der Vogel ist nicht doof, er fliegt immer von Gardinenstange zu Gardinenstange, und die Kids sind schon bald aus der Puste. Da, das erste Kissen fliegt! Der Vogel steuert den Leuchter an, und die Jäger hüpfen strumpfsockig über die Couchlandschaft, während im Fernseher ein Pavarotti-Verschnitt das Trinklied aus *La Traviata* schmettert.«

Jetzt wurde es richtig hektisch, Kahlgusstaff flog über unsere Köpfe, von links nach rechts und wieder zurück, und kreischte dazu die ganze Zeit »Turteltäubchen!«, die Musik wurde immer lauter, und alles war ein einziges Durcheinander. Aber ich konnte nicht anders und musste laut anfangen zu lachen. Und Konstantin ging es ähnlich, denn während er mit mir herumsprang und seinen Samtkissenbezug schwang, grinste er bis zu den Ohren. Das hier war offensichtlich ganz nach seinem Geschmack.

Seine Sprünge wurden außerdem immer schneller.

Vom Ohrensessel zum Couchtisch.

Dann eine elegante Schrittfolge über Fußhocker, Fensterbank und wieder aufs Sofa, immer dem Vogel hinterher.

Und da, endlich, mit einem triumphierenden »Hab ich dich!«, hatte er dem Ausreißer schließlich den Bezug übergeworfen, so dass der auf dem Sofa zum Sitzen kam und Mum ihn greifen konnte.

»Er hat ihn!«, schrie Tante Polly über die Musik in ihr Handy, wurde dann aber von einem lauten Scheppern übertönt.

Krach!

Konstantin hatte bei seinem letzten Sprung unsere Tischlampe mit dem Porzellanfuß, der aussah wie ein Haufen Zitronen, umgeworfen. Sie landete laut klirrend auf dem Parkett und zersprang in tausend Scherben.

Oje.

Er schaute auch ziemlich bedröppelt, als er da auf dem Tisch stand und das Chaos um sich herum sah, und kratzte sich verlegen am Hinterkopf.

»Tut mir echt leid. Erst der Fernseher neulich, und dann das hier ...«

Aber Tante Polly kam ihm sofort zu Hilfe. »Endlich ist das hässliche Ding kaputt. Ich bin in den letzten Jahren so oft extra nah mit meinen langen Kleidern an dem Teil vorbeigegangen in der Hoffnung, es eines Tages mit dem Rock umzureißen, und nie hat es geklappt. Gut gemacht, mein Junge. Außerdem war es so noch viel spektakulärer. Dein Sprung gerade war eine glatte Eins, hab ein Video davon, soll ich's dir schicken oder gleich bei YouTube hochladen?«

Und sogar Mum schien der Lampe nicht nachzutrauern. »Das

macht wirklich nichts, Konstantin. Hauptsache, unser Kahlgusstaff ist wieder sicher in seinem Käfig. Ich mag mir gar nicht vorstellen, was das Röschen mit uns gemacht hätte, wenn er uns entwischt wäre«, sagte sie und ließ uns unsere Schuhe anziehen, damit wir uns an den Splittern nicht verletzten, ehe wir gemeinsam Ordnung schafften.

Beim Aufräumen klaubte Konstantin etwas Silbernes aus den Scherben, das er mir vor die Nase hielt.

»Sind das deine?«

Ich schaute auf die kleine Dose in seiner Hand. »Bonbons? Noch nie gesehen. Wahrscheinlich hat Oma die hier liegenlassen. Bedien dich, sie wird sie ganz bestimmt nicht vermissen. Kann aber durchaus sein, dass die da schon ein paar Wochen liegen. Oder Jahre.«

Er steckte sich eins von den Dingern in den Mund. »Lecker. Darf ich die behalten?«

»Nach dieser Aktion gerade darfst du sogar meine Erstgeborene behalten«, antwortete Mum und tätschelte ihm die Schulter.

Und die Erstgeborene hatte nicht das Geringste dagegen.

14.

Als die Erde und ihre Atmosphäre vor vielen Millionen Jahren entstanden sind, soll es eine Zeit gegeben haben, in der es ungefähr hunderttausend Jahre lang durchgeregnet hat. Habe ich mal irgendwo gehört. Ein grauenhafter Gedanke, aber so ähnlich fühlte sich das hier auch gerade an.

In den letzten Tagen hatte es immer mal wieder genieselt, aber seit der Nacht von Sonntag auf Montag goss es regelrecht aus Eimern, und es war bitterkalt geworden. Von Sommer keine Spur mehr.

»Ach, das hört bald wieder auf«, sagte Frau López zu mir, als ich mir morgens in der Bäckerei mit einem Handtuch die Haare trockenrubbelte, die klatschnass geworden waren. »Bis zum Wochenende haben wir wieder Sonnenschein.«

Ich seufzte. An das kommende Wochenende wollte ich gar nicht denken. Bis zu unserem Sommerfest waren es nur noch fünf Tage und Nächte, und bis dahin musste ich den Text der Helena in- und auswendig können, wenn ich mein Parallel-Ich nicht vollständig blamieren wollte.

Natürlich hoffte ich, dass ich nächsten Samstag zwischen zwei und vier Uhr nachmittags, wenn die Aufführung war, nicht in die Parallelwelt sprang, aber mal ganz ehrlich – wann hatte ich in letzter Zeit je das Glück, dass so was funktionierte? Ich bin schließlich ich (also, meistens jedenfalls), und mir passierten solche Dinge nun einmal. Nicht, dass ich mich damit abgefunden hätte. Aber ich bin dann doch irgendwo Realistin.

Den letzten Sonntag hatte ich allerdings schon mal ziemlich gut genutzt, wie ich fand. Konstantin war mit seinen Eltern auf eine Grillparty von Freunden eingeladen gewesen (von der er mir ungefähr alle halbe Stunde eine Nachricht schickte, wie viel lieber er jetzt mit mir Text lernen würde und wie blöde alles dort war, weil die Party wegen des Wetters im Wohnzimmer stattfand und die Gastgeber drei kleine Kinder hatten, die ständig auf ihm herumkrabbelten), und Pauline war in der Schule, weil sie im Chemielabor eine ziemlich knifflige Versuchsreihe aufgebaut hatte, die sie auf Sommerfesttauglichkeit testete (hatte was mit Wasserstoff, Sauerstoff und einem Feuerzeug zu tun).

Mir war also der ganze Tag geblieben, um mich in mein Bett zu kuscheln und mir den *Sommernachtstraum* durchzulesen, bis er mir wieder aus den Ohren kam. Oder zumindest, bis ich einigermaßen wusste, worum es ging. Bis zum Abend hatte ich so viel geschafft, dass ich mich ohne schlechtes Gewissen für diesen Nachmittag doch wieder mit Konstantin verabredet hatte, wenn auch nur für ein oder zwei Stunden. Er musste ins Sportcenter, weil er noch für den Ruderclub trainieren wollte, und hatte mich gefragt, ob ich ihn begleiten wollte.

Und ob!

Aber bis dahin musste ich noch ein paar Stunden in der Bäckerei ran. Das miese Wetter schien die Leute hungrig gemacht zu haben, denn im Laden war den ganzen Vormittag richtig was los, ich schmierte Brote wie am Fließband, und selbst Frau Ludwig, die eigentlich ziemlich hart im Nehmen war, fing an zu jammern, dass ihr bald alles über den Kopf wachsen würde, weil ihr Mann eine Sehnenscheidenentzündung in der rechten Hand hatte und der Geselle immer noch mit Windpocken im Bett lag.

Ja, und dann passierte mir auch noch ein böses Missgeschick. Herr Ludwig hatte nämlich irgendwann ein Blech mit frischen Zimtbrötchen aus der Backstube gebracht (ein neues Rezept, sagte er) und mir in die Hand gedrückt, und weil ich mich darüber so erschrak und dachte, ich würde gleich in die Parallelwelt springen, pfefferte ich das ganze Ding mal kurz auf den Boden. Ich redete mich damit heraus, dass ich ganz furchtbar allergisch auf Zimt wäre und dass mir, wenn ich zu nah an das Teufelspulver käme, sofort das Gesicht zuschwellen würde. Ich weiß nicht, ob die Ludwigs mir glaubten, denn sie guckten mich seitdem ab und zu so komisch an, aber ich konnte es nicht ändern. Die Zimtbrötchen waren sowieso hin.

Der rettende Engel war mal wieder meine Mum. Sie brachte uns allen am frühen Nachmittag, also auch den Ludwigs und Frau López, Kartoffelsuppe in einer riesigen Thermoskanne vorbei. Nur von belegten Brötchen konnte ihrer Meinung nach niemand leben, schon gar nicht ihre Tochter im Wachstum.

»Der Bürgermeister kriegt auch noch was, den besuche ich nachher. Der Ärmste hat gerade so viel zu tun, dass er kaum vor die Tür kommt.«

Ich verkniff mir in diesem Moment zu sagen, dass er sehr wohl vor die Tür kam – das Rathaus lag nämlich genau gegenüber von der Bäckerei, und über die Gemeindewiese hatte ich den perfekten Blick dorthin. Heute Morgen zum Beispiel hatte er bestimmt eine halbe Stunde unter dem Vordach gestanden und mit Frau

Thiele, unserer Bibliothekarin, geplaudert, und kurz danach war er mit dem Auto weggefahren. In Sportsachen (seine weißen Turnschuhe hatten über den ganzen Platz geleuchtet). Aber ich wollte nicht als blöde Spielverderberin dastehen und nur über den Bürgermeister meckern. So wenig ich ihn auch mochte – Tante Pollys Strategie, Mum in ihrer Verklärtheit zu unterstützen (ich weigerte mich nach wie vor, von Verliebtheit zu reden), schien mir nach anfänglicher Skepsis doch recht vielversprechend.

Ich schwenkte auf ein unverfängliches Thema um: »Wie schlägt sich denn eigentlich Claire?«, fragte ich.

Mum sprang sofort darauf an und grinste. »Besser, als ich dachte. Es geht inzwischen beim Spülmaschineausräumen viel weniger kaputt als am ersten Tag.«

»Die Cloppenburgs haben vermutlich für so was eine Dienstmagd, die sie herumkommandieren können. Eigentlich kein Wunder, dass Claire so ist, wie sie ist.«

Mum nickte. »Die Ärmste kann einem wirklich leidtun.«

Meinte sie das ernst? »Na, jetzt übertreib mal nicht.«

»Tu ich nicht«, sagte Mum und gab mir noch einen Nachschlag von der Suppe. »Du kennst doch ihre Eltern. Bei denen zählt nur Leistung, sonst nichts. Jetzt spielt das arme Mädchen die Hermia im *Sommernachtstraum* – eine tolle Rolle, keine Frage, aber das ist ihren Eltern nicht gut genug. Ich wette, der Lehrer, der das entschieden hat, hat seitdem nichts zu lachen.«

Tja, das konnte allerdings gut sein. Ich kannte Frau Huppmann zwar als sehr nette, aber trotzdem extrem durchsetzungsstarke Lehrerin, die sich nicht die Butter vom Brot nehmen ließ, wie man so schön sagte. Ich hoffte nur, dass die Cloppenburgs sich nicht später an ihr rächten, nachtragend wie sie waren.

»Jedenfalls habe ich Claire versprochen, heute Abend mit ihr noch ein bisschen Text zu lernen«, fügte Mum hinzu.

»Oh. Das ist ja ... äh ... nett von dir.«

Ich konnte in diesem Moment schlecht sagen, dass ich beinahe ein bisschen eifersüchtig war und sie lieber mit mir lernen sollte als mit Claire. Aber Mum wusste ja nichts von meiner eventuellen Rolle als Helena in der Parallelwelt. Was ich gerade fast ein bisschen bedauerte.

»Ich treffe mich heute Nachmittag mit Konstantin. Er muss noch für den Ruderwettbewerb am Sommerfest trainieren, deswegen fahre ich direkt nach der Bäckerei zum Sportclub.«

Aber Mum hörte mir schon gar nicht mehr richtig zu, denn gerade war die Ladentür aufgegangen, und der Bürgermeister kam herein. Er rauschte, ohne uns eines Blickes zu würdigen, an uns vorbei und baute sich vor Frau López auf, die hinter der Theke stand und frische Johannisbeerschnitten einsortierte.

Mum und ich guckten ihm irritiert nach.

»Die liebe Frau López, strahlend schön wie die spanische Sonne«, dröhnte er, lächelte schmierig und stützte sich auf dem Tresen ab, was wohl lässig und volksnah aussehen sollte (oder wie man das in Politikerkreisen so nannte). Ich fand es allerdings ziemlich eklig, weil er mit seinen schweißigen Händen riesige Flecken auf dem Glas hinterließ.

»Wie geht's denn so?«, fragte er und begann, Hennie eins von seinen (meiner Meinung nach) gähnend langweiligen Smalltalk-Gesprächen aufzudrücken, während er einen Kaffee und eines von den Tomaten-Schinken-Sandwiches bestellte. (Hätte ich vorher gewusst, dass ausgerechnet er es bekommen würde, hätte ich vielleicht irgendwas Unappetitliches unter den Belag gemogelt. Eine tote Fliege oder so.)

»Wolltest du ihm nicht sein Mittagessen ins Rathaus bringen?«, flüsterte ich Mum zu, die mir allerdings schon gar nicht mehr richtig zuhörte.

»Ja, ja«, murmelte sie und begann, ihre Sachen zusammenzupacken. »Hat er vielleicht einfach vergessen. Hallo, Bürgermeister!«, rief sie und ging zu ihm herüber, und ich drehte mich schnell um und guckte aus dem Fenster, weil ich nicht dabei zusehen wollte, wie sie sich begrüßten. Ich meine, Erwachsene waren da bestimmt nicht so schüchtern wie ein knapp fünfzehnjähriges Mädchen, oder? Die knutschten sicher gleich richtig los, wenn sie frisch verliebt waren.

Und Mum war, denke ich, schon ein bisschen verknallt, denn sie hatte diese roten Flecken am Hals bekommen, und die bekam sie wirklich nur, wenn sie aufgeregt war oder zu viel Prosecco getrunken hatte, und Letzteres war ja nun mal gerade nicht der Fall. Ich musste sie bei Gelegenheit unbedingt fragen, ob es ihr beim Bürgermeister so ging wie mir mit Konstantin. So Looping-Achterbahn-Schmetterlings-mäßig, meine ich. Ein unbeschreibliches Gefühl, das ich Mum natürlich auch von Herzen gönnen würde, ehrlich. Nur nicht unbedingt mit dem Bürgermeister, auch wenn ich bisher noch nicht herausgefunden hatte, wie viele uneheliche Kinder oder Frauen oder Leichen er in unserer Welt im Keller hatte.

Aber man kam ja auch wirklich zu nichts! Vor lauter Praktikum, Parallelweltspringerei und *Sommernachtstraum* konnte ich mich gar nicht richtig um meine Mum kümmern.

Das würde dafür auf meiner Sommerferien-To-do-Liste ganz nach oben rutschen: *Den Bürgermeister ausspionieren.*

Der verhielt sich nämlich um einiges abgeklärter als meine Mum. Falls er tatsächlich in sie verliebt sein sollte, konnte er es jedenfalls ziemlich gut verbergen.

Er sagte nämlich nur: »Ach, Meg, so eine schöne Überraschung, ich dachte, wir sehen uns erst heute Abend!«

Ja, und ich habe gehofft, dass Sie bis dahin wegen eines schlimmen Korruptionsskandals die Stadt verlassen haben.

Ich seufzte. Die Hoffnung starb ja bekanntlich immer zuletzt.

Mum lächelte die ganze Zeit nur. Es schien ihr nicht das Geringste auszumachen, dass er vergessen hatte, dass sie ihn mit ihrer Suppe in der Mittagspause im Rathaus besuchen wollte.

Bald waren sie tief in ein Gespräch versunken, das zwar rein inhaltlich nicht besonders viel hergab (das Wetter), aber dafür mussten sie sich gegenseitig ständig am Arm oder an der Hand anfassen.

Und das war der Moment, in dem ich nicht länger zugucken konnte. Ich räumte den Stehtisch ab, ging mir die Hände waschen und trollte mich wieder an meinen Arbeitsplatz.

Der Bürgermeister würde definitiv ein Sommerferienprojekt werden. Und ich würde mir dabei Hilfe holen. Von Pauline und Tante Polly. Und von Konstantin.

Und vielleicht sogar von Dad.

Als ich nachmittags kurz nach drei im Bus saß und darauf wartete, dass der endlich losfuhr und mich zum Sportclub und damit zu Konstantin brachte, dachte ich nicht mehr an den Bürgermeister. Stattdessen stellte ich mir vor, wie Konstantin mich gleich ansehen würde.

Ich stellte mir vor, wie ...

Hm.

Wie es wäre, in diesem Moment nicht die Zimtschnecken zu riechen?

Schöner Gedanke.

Aber leider nicht realistisch, denn ich war genau in diesem Moment aus meinem Körper geschlüpft. Und in Parallel-Tante Pollys Wohnung gelandet. (In Victorias frischen, ausgeruhten Körper: keine hängenden Augenlider, keine schweren Arme und Beine – hurra!) Diesmal brauchte ich nur ein paar Sekunden, um mich zu sammeln und mir zu überlegen, was ich nun am besten anstellen sollte. Ich stürmte in das winzige Zimmer meines zweiten Ichs und schnappte mir Sportklamotten und Regenjacke, ehe ich nach unten rannte und mich auf Mums altes Fahrrad schwang, um zum Sportclub zu radeln.

Und meine Intuition gab mir recht.

Denn im Radständer vor dem Eingang stand Konstantins schwarzes Mountainbike. (Zumindest hoffte ich, dass es seines war. Aber in dieser Parallelwelt waren viele Dinge meiner Welt so ähnlich, dass ich einfach fest damit rechnete.)

Ich atmete einmal tief durch, ehe ich die Stufen zum Eingang hinaufging. Denn egal, wie aufgeregt ich war – ich hatte einen Plan.

15.

Hoch motiviert betrat ich den Sportclub – und stieß sofort auf die erste Hürde: den Empfangstresen. Oder besser gesagt: die junge Frau *hinter* dem Empfangstresen. Sie war schätzungsweise Anfang zwanzig und sah ein bisschen aus wie Miley Cyrus, die man zwei Stunden lang unter der Sonnenbank vergessen hatte. Ja, sie hatte definitiv was von einem Brathähnchen. Einem ziemlich spärlich bekleideten Brathähnchen.

»Hi, ich bin Jo« – sie sprach es englisch aus, wie *Joe* –, »was kann ich für dich tun? Bist du Mitglied bei uns?«, fragte sie, deutete auf ihr Namensschild und lächelte mich mit gebleichten Zähnen an.

In meiner Welt war ich das – praktisch jeder aus dem St.-Anna-Gymnasium hatte sich vor ein paar Monaten angemeldet, weil es zur Neueröffnung einen Schüler-Rabatt gab. Und weil die meisten glaubten, ganz dringend in Zukunft Sport treiben zu müssen, im Cardio-Center, im Kraftraum oder den Gruppenräumen, wo man alles machen konnte von Aerobic bis Zumba. Im Gegensatz dazu interessierte mich hauptsächlich der Fünfundzwanzig-Meter-Sportpool, und auch nur dann, wenn das Schwimmbad unseres Ortes, wo ich am liebsten trainierte, geschlossen war.

Ob mein zweites Ich allerdings angemeldet war, davon hatte ich keine Ahnung. Bei mir zu Hause zahlte mein Dad den

Monatsbeitrag, aber in dieser Welt lebte er ja noch nicht mal in Deutschland. Und Mum und ich alleine, beziehungsweise unsere Parallelwelt-Ausführungen, schienen hier nicht in Geld zu schwimmen, mal vorsichtig ausgedrückt. Das Geld für die teure Schule kratzte sie vermutlich irgendwie zusammen – aber den Mitgliedsbeitrag für einen Sportclub? Wohl kaum.

»Ich bin kein Mitglied, aber ich wollte fragen, ob ich so was wie eine, äh, Schnupperstunde machen könnte? Jetzt?«

»Überhaupt kein Problem«, antwortete Jo, »wir haben da sogar gerade eine Aktion. Du kannst direkt bei mir ein Probe-Abo abschließen – drei Monate für umsonst, und danach bekommst du ein super Angebot von mir, und dann wirst du in null Komma nichts fit und strong!«

Ich wollte weder *fit* noch *strong* werden, sondern einfach so schnell wie möglich Konstantin sehen, ehe ich zurücksprang. Aber so einfach würde ich wohl an Jo nicht vorbeikommen, denn sie war – nun ja, sehr *präsent*. Sie schien den Eingang zu den heiligen Sporthallen so zu bewachen wie Mum unsere Süßigkeitenschublade seit dem Debakel mit dem Tortenguss.

»Ja, ein Probeabo wäre super«, sagte ich deswegen, während ich mich fragte, wofür *Jo* wohl die Abkürzung war. Vielleicht für Jolanda? Josefa? Jocelyn? Jordana? Vermutlich würde ich mich in dem Fall auch einfach *Jo* nennen.

»Great, also, pass auf, du füllst einfach dieses sheet hier aus, und schon bist du member bei uns. Und dann kannst du im Club sofort lospowern.«

Na, das konnte lustig werden. Aber es half ja nichts – ich musste dringend hier weiterkommen, auch wenn es noch nicht wieder nach Zimtschnecken roch, sondern nur nach Linoleumboden, Schweiß und Saunaaufguss. Also nahm ich den Kugelschreiber, den Jo mir hinhielt, und füllte mit *power* meinen Anmeldebogen aus und fühlte mich hinterher schon total *strong*. (Und beruhigte mein Gewissen damit, dass mein anderes Ich ja nach den drei Monaten kündigen konnte, damit sie dann nichts würde bezahlen müssen. Ich durfte nur nicht vergessen, ihr das irgendwie mitzuteilen.)

»Und jetzt zeige ich dir die verschiedenen areas, okay?«, sagte Jo, gab mir einen Spindschlüssel für die Umkleide und bedeutete mir, ihr zu folgen.

Ich musste das hier unbedingt ein bisschen abkürzen und Jo loswerden. Aber die hatte noch lange nicht vor, mich aus ihren Fingern zu lassen, und so wie sie vor mir herstolzierte, in Hotpants und einem enganliegenden Sporttop, sah sie aus, als ob sie jede Sekunde genoss, wie die Leute sie anstarrten. Gut, sie konnte es sich leisten, sie bestand quasi nur aus Sehnen und Muskeln (und knackig brauner Brathähnchen-Haut), aber obwohl sie hier Trainerin war, fand ich es ein bisschen übertrieben.

Die meisten männlichen Besucher des Studios waren da allerdings anderer Meinung als ich.

»Hi, Jo, na, alles fit?«, riefen sie ihr von allen Seiten zu, oder auch: »Hey, Jo, ich bräuchte noch ein paar Tipps für die Schulter, kannst du nachher mal kommen und mir ein paar Übungen zeigen?«

Tipps für die Schulter. Ja, alles klar.

Aber Jo quittierte jede einzelne Anmache mit einem breiten gebleichten Lächeln und wackelte mit ihren knochigen Hüften, während sie mich weiterführte. Offensichtlich genoss sie die Aufmerksamkeit der Jungs hier und sog die Komplimente auf wie ein Schwamm.

Obwohl Jo und ihr ganzes Getue mir ziemlich auf den Zeiger gingen, ließ ich die Führung durch den Sportclub geduldig über mich ergehen, denn sie hatte einen entscheidenden Vorteil: Ich konnte ganz unauffällig nachsehen, ob ich Konstantin irgendwo entdeckte. Aber Fehlanzeige. Er war weder im Cardio-Bereich noch auf der großen Trainingsfläche im ersten Stock und auch nicht im Spinning-Raum.

Dafür entdeckte ich ein paar ältere Jungs aus dem Abi-Jahrgang. Aber selbst wenn sie mich erkannt hätten – sogar sie hatten nur Augen für Jo.

»Hey, Jo, wann gibst du denn den nächsten Iron-System-Kurs?«, fragte einer von ihnen, und seine Kumpels fingen an zu kichern wie vierzehnjährige Mädels.

Echt Wahnsinn, welche Wirkung Jo hatte.

»Morgen Abend um acht. Und ich will jeden Einzelnen von euch dabei sehen.«

Die Typen nickten wie betäubt, und ich vermutete schwer, dass sie das auch getan hätten, wenn Jo ihnen das Versprechen abgenommen hätte, ihre eigene Mutter an sie zu verkaufen.

»Wie machst du das nur?«, fragte ich sie, als wir ein paar Schritte weiter waren, aus wirklich ehrlichem Interesse. Denn ganz egal, wie schräg Jo war, mit ihrem extrem körperbetonten Outfit und ihrer krassen Ausstrahlung – sie hatte offensichtlich etwas, das die Jungs hier beeindruckte.

»Wie mache ich was?«, fragte sie und winkte einem Muskelprotz zu, der daraufhin beinahe in die Knie ging, weil ihm die Hantelstange durch die Finger rutschte.

»Na, das mit den Jungs hier. Die scheinen echt alle auf dich zu stehen.« Und als sie mich daraufhin anlächelte und fragte: »Meinst du ehrlich?«, wusste ich, dass ich den richtigen Ton getroffen habe. Sie war anscheinend nicht nur tiefgebräunt und schmerzfrei, was ihre Klamotten betraf, sondern auch richtig eitel.

Ich witterte meine Chance. »Ja klar, du siehst doch, wie die Typen dir hier zu Füßen liegen. Ich wünschte, mir würde das auch so gehen.« Na gut, das war jetzt ein bisschen übertrieben. Mir würde es ja wirklich reichen, wenn mir *ein* Junge zu Füßen lag, und dass er mich mochte, grenzte sowieso schon an ein Wunder. Aber so ein bisschen mehr Coolness und Selbstbewusstsein im Umgang mit Konstantin wäre schon eine feine Sache, zumal ich ja auch nicht zum Üben kam in der Parallelwelt, wie ich es eigentlich vorgehabt hatte.

Denn von Konstantin fehlte weiterhin jede Spur.

»Das Wichtigste ist«, fing Jo an und platzierte uns taktisch zentral zwischen Crosstrainern und dem Eingang zum Kraftraum, »also, das Wichtigste ist, dass du den Boys zeigst, wie interessiert du bist. Dieser ganze Quatsch von wegen Einen-auf-unnahbar-Machen und warten, bis man angesprochen wird – alles Unsinn. Männer mögen es, wenn man die Initiative ergreift, wenn man flirty und sweet ist.«

»*Flirty und sweet?*«

»Genau, du musst sie einfach ansprechen und irgendwas sagen. Egal was.«

»Egal was?« Ich fühlte mich gerade wie Tante Röschens Beo, der immer alles nachplapperte. Aber dass es so einfach sein soll, konnte ich dann doch nicht glauben. Jedenfalls konnte ich mir nicht vorstellen, dass Konstantin oder überhaupt irgendein Junge, den ich beeindrucken wollte, interessiert daran war, von mir zu hören, dass ich mir zum Beispiel an diesem Morgen in der Bäckerei die Finger an Ludwigs Backblech verbrannt hatte. Oder dass ich heimlich ein glühender Anhänger von schwülstigen Vampirromanen war. Oder dass mir nach dem Schwimmen immer die Kopfhaut juckte.

»Genau, ganz egal. Pass auf, ich zeig's dir.« Jo drückte den Rücken noch mehr durch, als sie es sowieso schon tat, und ging mit geschwellter Hühnerbrust zu einem etwas pummeligen Typen, der gerade an der Wand den Kursplan für die Spinninggruppe checkte.

»Hi, ich bin Jo«, hörte ich sie sagen, »bist du nachher in meinem Kurs? Nicht? Ach schade, ich hatte gehofft, dass wir uns ein bisschen besser kennenlernen, wie heißt du noch gleich? Holger? Heiko?« Dabei legte sie ihm in einer sehr vertraulichen Geste die Hand auf den Unterarm, so dass der Typ zwar immer wieder irritiert dort hinschielte, aber seine Scheu schneller ablegte, als Jo sich ihre kinnlangen Haare lasziv aus dem Gesicht streichen konnte.

»Herbert«, sagte er und lächelte, während er sie ungeniert von oben bis unten musterte.

Jo schien das überhaupt nichts auszumachen. »Ach ja, richtig, wusste ich es doch. Dann tschüssi und bis nachher, Helge.«

Jo kam wieder zu mir zurück, und Herbert hinter ihr war in

ein debiles Grinsen gefallen, ehe er sich umdrehte und beinahe mit zwei älteren Damen zusammenstieß, die auf dem Weg zur nächsten Yogastunde waren.

»Hast du gesehen? Und ganz wichtig dabei: Körperkontakt. Männer lieben es, wenn du ihren body bewunderst und anfasst.«

»Ich soll sie antatschen?«

»Ja klar, und mach immer irgendwas mit deinen Haaren. Und den Augen.« Zur Demonstration zwinkerte sie einem älteren Herrn, der gerade vorbeikam, zu, der daraufhin puterrot anlief. Man konnte sagen, was man wollte – bei ihr schien das tatsächlich alles zu funktionieren, obwohl man beinahe den Eindruck bekommen konnte, dass hier irgendwo eine versteckte Kamera war.

»Okay, also anquatschen. Anfassen. Und anzwinkern.« Wobei mir persönlich anschauen, anschmachten und anhimmeln sehr viel lieber gewesen wäre, und zwar aus der Ferne.

»Genau. Vertrau mir, das kann nicht schiefgehen. Das, ein gutes Körpergefühl und eine Haut, in der du dich wohlfühlst, sind das A und O beim Flirten.«

Sprach die Frau, deren selbige aussah wie das 80er Schleifpapier in Opas Werkzeugkiste.

Aber so oder so, ich brannte darauf, Joes Tipps in die Tat umzusetzen. Natürlich nicht an den Herberts oder Jürgens dieser Welt, sondern an dem einzigen Jungen, an dem ich interessiert war.

Und gleichzeitig würde ich auch noch eine gute Tat tun. Victoria hatte mir ja verraten, dass sie viel zu schüchtern wäre, um Konstantin anzusprechen. Das konnte ich in einem Aufwasch erledigen. Immerhin hatte Tori aus der anderen Parallelwelt vor ein paar Wochen etwas Ähnliches für mich getan, und nun konnte ich meine Erfahrungen weitergeben.

Ich bedankte mich bei Jo mit blumigen Worten, bewunderte noch mal ihr tolles Aussehen und ihre Flirtkünste und entschuldigte mich damit, dass ich jetzt dringend trainieren gehen musste. Wegen Body und Körpergefühl und so.

Tja, und da stand ich dann erst mal ziemlich unschlüssig rum.

Jo hatte sich wieder auf ihren Platz hinter dem Empfangstresen getrollt, und das Studio wurde immer voller, was bei Regenwetter an einem langweiligen Montagnachmittag auch kein Wunder war.

Doch immer noch kein Konstantin. Ich hoffte nur, dass ich ihn während meiner Privatführung nicht verpasst hatte und er schon längst nach Hause gegangen war. Aber nein – nach einem Blick aus dem Fenster im Gang zu den Umkleiden sah ich, dass sein Mountainbike noch da war.

Er war bestimmt gerade dabei, für seinen Einsatz im Ruderachter zu trainieren. Allerdings hatte ich gerade nicht die geringste Lust, währenddessen selber ein paar Übungen zu machen. Lieber würde ich hier in der gemütlichen Sitzecke warten und Zeitschriften angucken, bis er vorbeikam. Und das musste er ja irgendwann.

Und tatsächlich – just, als ich aus einem halbseriösen Klatschblatt erfahren hatte, dass dieses Jahr mal wieder jede Menge Kinder in etlichen Königshäusern erwartet wurden, tauchte er auf.

Von einer Sekunde auf die andere schoss mein Puls nach oben, als ob ich nebenan eine Stunde Aerobic mitgemacht hätte.

Ziemlich geistesgegenwärtig riss ich mir erst einmal die Zeitung vor mein Gesicht, um dann ganz unauffällig seitlich daran vorbeizuschielen.

Da stand er, und auf die Schnelle konnte ich von meinem Beobachtungsposten aus zumindest rein äußerlich keinen Unterschied zu meinem *echten* Konstantin ausmachen. Er trug ein schwarzes T-Shirt und schwarze Shorts und fuhr sich mit beiden Händen durch seine kastanienbraunen Haare. Scheinbar war er gerade erst aus der Männerumkleide gekommen, denn er sah überhaupt nicht verschwitzt aus oder so. Aber vielleicht gehörte er auch zu den Leuten, die nach dem Sport so taufrisch aussahen wie vorher. (Genau wissen konnte ich das leider nicht, denn ich war bis jetzt immer nur schwimmen mit ihm gewesen.) Parallel-Konstantin jedenfalls schien es nicht besonders eilig zu haben, als er Richtung Trainingsfläche schlenderte, denn er guckte immer wieder nach links und rechts, ein bisschen so, als ob er jemanden suchen würde. Er war vermutlich mit den Jungs aus der Rudergruppe verabredet, die trafen sich immer montagnachmittags.

Und schon war er um die Ecke verschwunden, und ich taute aus meiner Erstarrung wieder auf.

Konzentration, Vicky! Du hast hier eine Mission!

Ich pfefferte die Zeitschrift zurück auf den Tisch und hängte mich an Konstantins Fersen – ganz unauffällig natürlich. Schließlich wollte ich mein armes zweites Ich ja nicht schon wieder so blamieren wie neulich im Computerraum, sondern ihr helfen. (Zum Glück hatte Jo mich vorhin genötigt, mir meine Sportsachen anzuziehen, denn eine Verfolgungsjagd in normalen Straßenklamotten wäre ziemlich dämlich rübergekommen.)

Total lässig ging ich deshalb hinter ihm her, blieb hier und da (fast genauso lässig) hinter einer Topfpflanze stehen, um ihm nicht zu nahe zu kommen, aber ich brauchte mir keine Sorgen zu machen. Nachdem er scheinbar niemanden aus seinem Team angetroffen hatte, ging er zu einem der Rudergeräte, tippte ein paarmal auf dem Display herum und fing an zu trainieren.

So weit, so gut. Ich checkte noch mal die Lage – kein Zimtschneckengeruch weit und breit – und legte mir gedanklich einen Plan zurecht, wie ich vorgehen wollte.

Erster Schritt: an das Objekt heranpirschen.

Für den Anfang nicht zu nah, denn ich wollte ja erst mal die Lage sondieren. Die etwas abseitsstehenden Ergometer auf der Rückseite des Cardiobereichs schienen mir dazu perfekt geeignet.

Ich schnappte mir eines von den flauschigen weißen Handtüchern, die hier überall in riesigen Stapeln für die Mitglieder herumlagen, und setzte mich auf ein Trainingsrad.

Gar nicht schlecht, von hier konnte ich – total unauffällig – Konstantin sowohl im Spiegel sehen als auch direkt von schräg hinten, wenn ich mich über meine rechte Schulter weit zurücklehnte.

Konstantin hatte in der Zwischenzeit angefangen, lange, gleichmäßige Armzüge auf dem Gerät zu machen, und er sah dabei ultralässig aus. *Fit* und *sporty* und *strong* und – ach, alles zusammen. Wenn er nur wüsste, wie gut er aussah, dann …

Hm. Bildete ich es mir ein oder sah sich dieser Konstantin hier ganz gerne mal im Spiegel an? Da, schon wieder. Das wäre dann wohl der erste Unterschied zu meinem Konstantin zu Hause – der guckte nämlich nie in einen Spiegel, zumindest nicht, dass ich es mitbekommen hätte. Da war er die Uneitelkeit in Person, selbst wenn ihm seine Haare superniedlich vom Kopf abstanden. Wie er wohl war in dieser Welt, vom Charakter und so? War er auch hier der Typ, in den ich mich verlieben konnte? So witzig und offen und neugierig und abenteuerlustig? War er hier ähnlich aufgewachsen wie in meiner Welt, oder hatte es irgendwelche einschneidenden Ereignisse gegeben, die ihn zu einem völlig anderen machten? Vielleicht einen Langweiler wie David? Das wäre natürlich übel für mein zweites Ich.

Ich verrenkte mir beinahe den Hals, um ihn von meinem Beobachtungsposten aus weiter ansehen zu können, aber blöderweise schob sich ausgerechnet in diesem Moment eine füllige ältere Dame vor meine Pupille und bestieg den Crosstrainer, der zwischen uns stand. Und ihr breiter Po nahm mir endgültig die Sicht.

Ich brauchte einen neuen Platz.

Von einem der Laufbänder da vorne würde ich garantiert besser sehen können. Ich schnappte mir mein Handtuch und wechselte zu einem Gerät, das in einer Reihe mit ungefähr zehn anderen stand und mir freien Blick auf die Rudergeräte bescherte. Damit lief ich zwar Gefahr, dass Konstantin mich entdeckte (also, der Parallel-Konstantin, meine ich), aber ganz ehrlich – was hatte ich zu verlieren? Soweit ich wusste, kannten er und mein zweites Ich sich nur flüchtig vom Sehen, wegen Nikolas und Pauline, wie Victoria mir in ihrem Brief geschrieben hatte. Also war an sich überhaupt nichts dabei, ihm hier zu begegnen.

Und ihn vielleicht ein wenig, nun ja – auszuspionieren. Nur so ein ganz kleines bisschen, meine ich, um eventuell ein oder zwei

Details in Erfahrung zu bringen, mit denen ich in meiner Welt bei ihm punkten konnte.

Alles ganz harmlos.

Und, wie gesagt, unauffällig.

Apropos *unauffällig*: Der Typ auf dem Laufband neben mir, ein etwas untersetzter Typ mit Halbglatze und schweißnassem *Depeche-Mode*-T-Shirt, glotzte mich schon eine ganze Weile ziemlich komisch an.

»Brauchst du Hilfe?«, fragte er dann auch noch.

Beim Stalken des anderen Ichs meines Freundes?

»Nein danke, ich komme klar.«

»Sicher?«

Na klar, Doofmann, außerdem geht dich das überhaupt nichts an.

Zu seiner Entschuldigung muss ich sagen, dass ich bis dahin ziemlich belämmert auf dem Laufband rumgestanden hatte, ohne mich einen Millimeter vorwärtszubewegen.

Ein Anfängerfehler, wenn ich weiter inkognito bleiben wollte. Also gut, ein bisschen Laufen würde ja nicht schaden, ich konnte ja erst mal mit Walken anfangen.

Allerdings wirkte das Display vor mir ziemlich kompliziert. Von wegen, zwei, drei Knöpfe, für langsam, mittel und schnell. Das hier machte eher den Eindruck, als ob man damit die Internationale Raumstation steuern konnte.

Ich versuchte es trotzdem, fand den Einschalter und drückte hier und da auf ein paar Tasten mit Pfeilen.

Woraufhin das Monstrum unter mir zum Leben erwachte – und zwar mit so viel Schwung, dass ich mich mit beiden Händen an den Griffen links und rechts von mir festklammern musste, um nicht wie ein Rodeoreiter vom Pferd abgeworfen zu werden: Das Band unter mir hatte in null Komma nichts angefangen, sich dermaßen schnell zu drehen, dass meine kurzen Beine kaum mitkamen. Schon nach wenigen Sekunden brach mir der Schweiß aus.

Der Typ neben mir guckte immer noch ziemlich komisch (zumindest war es das, was ich aus den Augenwinkeln zu sehen glaubte, ich hatte nämlich weder Zeit noch Gleichgewicht, mich zu ihm umzudrehen) und sagte irgendetwas wie »Angst haben auf Bangen« oder »Lang Sahmman fangen« (die Höllenmaschine machte so viel Lärm, dass ich den genauen Wortlaut nicht verstehen konnte), und ich nickte nur und drückte weiter auf den Knöpfen vor mir herum. Irgendwie musste man das Ding doch zum Stoppen bekommen.

Bekam man auch bestimmt.

Nur ich nicht.

Denn anstatt langsamer zu werden, fing das Teil jetzt an, vorne wie eine Rampe nach oben zu fahren, so dass ich nach ein paar Sekunden nicht mehr einfach nur geradeaus rannte, sondern auch noch bergauf. In einem Affentempo. Und zu allem Übel rutschte mir genau in diesem Moment das Handtuch von der Griffstange, kam kurz auf dem rotierenden Band auf und wurde dann mit einem Riesenschwung nach hinten geschleudert, woraufhin es durch das halbe Studio flog.

Wenn ich nicht so verzweifelt gewesen wäre, hätte ich mich bestimmt geschämt.

Tat ich dann übrigens auch sofort, als ich plötzlich vor mir auf dem Display einen großen, roten und eigentlich gar nicht zu übersehenden Knopf sah, über dem in dicken schwarzen Buchstaben *STOP* stand. War der vorhin schon dagewesen? Mit Sicherheit nicht.

Mit letzter Kraft schlug ich mit der flachen Hand darauf – und das Laufband kam quasi in der nächsten Sekunde zum Stehen. So einfach.

Schwer atmend und mit zitternden Beinen stieg ich vom Gerät und machte mich auf die Suche nach meinem Handtuch. Und wurde dabei natürlich von schätzungsweise zwanzig Augenpaaren angeglotzt, die meinen Auftritt mitbekommen hatten. Ach herrje, nicht schon wieder so eine peinliche Aktion!

Da half nur eins: übertriebenes Selbstbewusstsein. Es musste ja für irgendetwas gut sein, seit Jahren mit Claire Cloppenburg in einer Klasse zu sein. Ich holte noch einmal tief Luft und sagte in bester Claire-Manier zu den beiden Frauen, die neben mir auf den Crosstrainern standen und ganz besonders doof guckten: »Das Band muss dringend repariert werden, das ist ja lebensgefährlich. Kann mal jemand an der Rezeption Bescheid sagen, dass sie ein *Außer-Betrieb*-Schild aufhängen? Ich hätte mir ja sonst was tun können!«

Also, außer mich bis auf die Knochen zu blamieren, meinte ich. Aber das musste ich diesen Gaffern hier ja nicht unbedingt auf die Nase binden.

Ich hoffte nur, dass Konstantin nichts von meinem Malheur mitbekommen hatte. Aber von seiner Position aus hätte er sich ziemlich verrenken müssen, um mich zu sehen, was unwahrscheinlich war, weil er, so wie es aussah, die ganze Zeit weitertrainiert hatte. Deswegen fühlte ich mich gleich ein bisschen besser.

Und mutiger.

Und schwang mich im Taumel meines (sich nach dieser blöden Aktion gerade wieder erholenden) Selbstbewusstseins auf das Rudergerät direkt neben Konstantin. Zum Teufel mit dem Anhimmeln aus der Ferne, damit würde ich zumindest in meinem Leben keinen Blumentopf gewinnen geschweige denn auch nur einen Schritt weiterkommen. Und Victoria auch nicht helfen.

Gut, da saß ich also. Den Po auf dieser komischen Sitzschale, steckte ich die Füße wie Konstantin in die beiden Schlaufen neben dem Display vorne in der Mitte. Und jetzt einfach mit den Händen fest die gummierte Griffstange packen und ziehen.

Na, wer sagt's denn. Ging doch. Mein Trainingsgerät machte ein leises *wusch-wusch-wusch*, während ich in einigermaßen gleichmäßigem Tempo mit dem Hintern vor- und zurückrutschte und dabei mit den Armen die Ruderbewegungen ausführte.

Auf meinem Display leuchtete eine kleine rote Eins, und diesmal nahm ich mir sogar die Zeit, um herauszufinden, was das bedeuten konnte.

Level, stand daneben. Aha. Ich ruderte also auf niedrigster Stufe, während Konstantin – ich schielte hinüber zu ihm – bei Stufe siebenundzwanzig war. *Siebenundzwanzig?*

Der musste ja denken, ich wäre aus Zucker, wenn ich so weitermachte. Ein bisschen cool wollte ich schon vor ihm dastehen.

Ich unterbrach mein Training und machte mich wieder am Display zu schaffen. Wenn Konstantin auf Siebenundzwanzig trainierte, schaffte ich doch bestimmt mindestens Fünfzehn. Oder Achtzehn. Ich tippte mit dem Pfeil nach oben, bis die entsprechende Zahl vor mir aufleuchtete.

So, das war schon besser.

Ich griff wieder nach meiner Zugstange und wollte dann eben mal so ganz locker weitertrainieren – aber als ich gerade Schwung holen wollte, konnte ich den Klöppel keinen Millimeter bewegen, sondern blieb ziemlich unsanft mitten in der Bewegung stecken.

Hm.

Hatte ich vielleicht aus Versehen eine Bremse aktiviert? Nein, alles normal. Also noch mal.

Ich kreiste ein paarmal mit den Schultern und ließ meinen Kopf einmal nach links und einmal nach rechts hängen, um mich zu lockern, und legte dann wieder los. Diesmal mit ein bisschen mehr Schwung.

Wobei sich allerdings die Zugstange wieder nicht vom Fleck rührte, sondern lediglich meine Ellbogengelenke merkwürdig knackten.

Neben mir hörte ich Konstantin hüsteln. Hoffentlich wurde er nicht krank, diese Klimaanlage hier im Studio kam mir sehr kühl vor.

Und gerade, als ich es ein drittes Mal versuchen wollte, sagte jemand: »Vielleicht hast du den Widerstand zu groß eingestellt.« Die Stimme kam von links und gehörte einem kleinen, zierlichen Männchen, der auf dem Gerät zu meiner anderen Seite trainierte. Und den ich bis jetzt überhaupt nicht wahrgenommen hatte. »Probier es mal mit einem niedrigeren Level.« Er hatte einen Ansatz von Segelohren und ganz offensichtlich die lästige Eigenschaft, sich ungefragt in Dinge einzumischen, die ihn nichts angingen.

»Aber ich trainiere immer auf Achtzehn. Minimal auf Siebzehn«, sagte ich deswegen extra laut, schon allein, weil ich mir vor Konstantin nicht die Blöße geben wollte – selbst wenn es nur eine Parallelversion von ihm war.

»Mädchen, ich bin siebenunddreißig Jahre alt und Elektrikermeister – und ich trainiere seit Monaten auf Dreizehn und schaffe nicht mehr.«

»Na, dann sollten Sie Ihre Muskeln vielleicht mal ein bisschen differenzierter fordern, wenn da nix vorwärtsgeht. Crosstraining heißt das, glaube ich, wenn man immer wieder andere Sportarten macht, oder? Wenn man ständig das Gleiche macht, kommt man ja nicht weiter. Deswegen können viele Marathonläufer auch ganz schlecht Rad fahren oder schwimmen, weil sie das nicht trainieren, obwohl sie sonst total fit sind. Es sei denn, sie machen auch Triathlon, natürlich, dann ist das was anderes.«

Der Typ guckte mich ein paar Sekunden lang mit offenem Mund an, ehe er sich wieder fing.

»Mädchen, stell einen leichteren Widerstand ein. Du tust dir sonst noch weh.«

Ich wollte ihm gerade an den Kopf werfen, dass ihm auch bald was weh tat, wenn er mich nicht in Ruhe ließ, besann mich dann aber doch eines Besseren. Er meinte es ja vielleicht wirklich nur gut, und außerdem kam ich mit der Achtzehn hier tatsächlich nicht weiter.

Also beugte ich mich nach vorne und tippte so lange auf dem

Display herum, bis die Zahl deutlich niedriger wurde. Bei Level sechs versuchte ich es noch einmal.

Diesmal schaffte ich zwar die richtige Ruderbewegung auszuführen, aber im Tempo einer Schnecke, weil es immer noch viel zu schwer für mich und meine dünnen Schwimmerärmchen war. »Bei dem Gerät, das wir zu Hause haben, sind die Einstellungen ganz anders, da schaffe ich locker achtzehn. Sogar Fünfundzwanzig«, murmelte ich, allerdings mehr zu mir selbst, denn der Typ neben mir hatte sich schon wieder in sein Training vertieft oder einfach beschlossen, nicht mehr mit mir zu reden.

Zum Glück hatte Konstantin das alles scheinbar nicht mitbekommen – oder zuckten da etwa gerade seine Lippen? Nein, da hatte ich mich wohl getäuscht. Als ich unauffällig zu ihm hinüberschielte, stierte er nur geradeaus und ruderte stoisch vor sich hin, so dass sich tatsächlich ein paar Schweißperlen auf seiner Stirn bildeten. (Bei Level siebenundzwanzig, wohlgemerkt. Da konnte der doofe Elektriker wirklich einpacken.)

Was sollte ich als Nächstes tun? Die Zeit hier musste doch zu etwas anderem gut sein, als mich dauernd nur auf irgendwelchen Sportgeräten lächerlich zu machen.

Was hatte Jo noch mal gesagt? *Ansprechen. Und anfassen.* Aber in welcher Reihenfolge noch mal? Erst sprechen, dann antatschen? Oder war es andersherum?

Und roch es hier nicht ein klitzekleines bisschen nach Zimt? Nein, schon wieder vorbei. Das musste wohl das Parfüm der älteren Dame in der pinkfarbenen Leggins gewesen sein, die gerade vorbeigewackelt war.

Zurück zum Flirten. Also, das Brathuhn hatte vorhin diesem

Typen die Hand auf den Arm gelegt und ihn dann angequatscht. Und er war dabei geschmolzen wie die Schokolinsen in meiner Hosentasche neulich.

Schön. Was die konnte, konnte ich schon lange.

Ich holte einmal tief Luft, sah meinem Spiegelbild noch mal fest in die Augen, um ihm stumm Mut zuzusprechen, und streckte dann die rechte Hand aus, um sie auf Konstantins Schulter zu legen.

Der daraufhin vor Schreck den Ruderpömpel losließ, so dass dieser sich laut scheppernd aufrollte und in die Halterung unter dem Display knallte.

»Was ist?«, fragte er, und starrte mich schwer atmend von der Seite an.

»Äh, Entschuldigung, ich dachte ...«

Ich dachte nicht, dass du so schreckhaft wärst.

Und ich besser sofort im Boden versank.

Tat ich natürlich nicht. Was hatte ich mir nur dabei gedacht, ihn einfach so anzuquatschen? Jetzt musste ich zusehen, wie ich da wieder rauskam. Für mein anderes Ich. Jetzt galt es zu retten, was zu retten war!

»Ich dachte ..., dass da eine Spinne ist, so eine mit diesen langen zittrigen Beinen, die bei uns zu Hause manchmal in den Ecken sitzen, aber vielleicht war es auch ein Haar, hier fliegen in der Umkleide ja jede Menge Haare rum, aber es föhnen sich ja auch alle, vielleicht war es also das, und wenn es nicht dein Haar war, dann war es wenigstens höchstwahrscheinlich frisch gewaschen ...«

Parallel-Konstantin starrte mich an, als ob ich den Verstand verloren hatte. Ja, schön, hatte ich wohl kurzzeitig auch, denn ich hätte niemals auf die unsinnige Idee kommen dürfen, dass Jos Anmachtaktik auch bei mir funktionierte, geschweige denn bei Konstantin.

»Ein Haar?«, fragte er und guckte mich immer noch fassungslos an.

»Oder eine Spinne. Je nachdem. Vielleicht auch nur ein Fussel. Ist aber auf jeden Fall jetzt weg.«

Genau wie ich gleich hier.

Ganz ehrlich, Leute, Parallelwelt hin oder her – das mit dem Anmachen war einfach überhaupt nicht meins, da waren Victoria und ich haargenau gleich. Selbst wenn ich hier das perfekte Übungsobjekt in Form von Parallel-Konstantin vor mir hatte – noch peinlicher ging es wohl kaum.

Deswegen machte ich zum ersten Mal an diesem Tag etwas Vernünftiges – ich stand auf und sagte zu Konstantin: »Rudern ist wohl doch nicht mein Ding. Schönen Tag noch!«, ehe ich mir mein Handtuch über die Schulter warf und mich verdrückte.

Und falls es tatsächlich so etwas wie Schicksal gab (und ich glaubte immer noch fest daran, denn irgendjemand oder irgendetwas musste sich ja meine launigen kleinen Abenteuer ausdenken), dann meinte man es zumindest jetzt gut mit mir.

Denn kaum hatte ich die Damenumkleide erreicht und mich erschöpft auf die kleine Bank vor meinem Spind fallen lassen, kam der Zimtschneckengeruch und beförderte mich zurück nach Hause.

16.

Das schlechte Gewissen packte mich direkt, nachdem ich zurückgesprungen war.

Wegen der ganzen Aufregung hatte ich nämlich – mal wieder – keine Sekunde darüber nachgedacht, was mein anderes Ich zu Hause in meiner Welt gerade getrieben haben könnte und ob SIE wohl das gleiche Chaos in meiner Welt anstellte wie ich in ihrer. Aber dieses andere Ich, mit dem ich zurzeit den Körper tauschte, war zur Abwechslung eine sehr viel bessere Version meiner selbst.

Während ich nämlich an ihrer Stelle diese uncoole Aktion im Sportclub gestartet hatte, hatte Victoria es offenbar geschafft, sich komplett unauffällig in mein Leben einzufügen. Sie war, ganz, wie ich es geplant hatte, auch in den Sportclub gefahren und hatte sich dort offenbar brav auf einen Ergometer gesetzt, ganz gemütlich vor sich hin gestrampelt (auf Level eins!) und eine Zeitschrift gelesen. Zumindest vermutete ich das, denn niemand guckte sie – beziehungsweise jetzt wieder mich – schief an, lachte mich aus oder sonst etwas.

Ich war wirklich ein Hornochse. Und musste mir dringend eine Möglichkeit überlegen, mich bei ihr zu bedanken. Obwohl sie gerade einen ellenlangen Artikel über Justin Bieber in einem dieser Skandalblättchen gelesen hatte. (Was sollte mir das sagen? War sie allen Ernstes ein Fan von ihm? So perfekt, wie ich dachte, war sie wahrscheinlich doch nicht. Aber sie war schließlich ich. Also, zumindest ein bisschen. Und ich war von Perfektion weiß Gott weit entfernt.

Ach, es war so schön, wieder ich selbst zu sein. In einem Leben, wo ich mich nicht von hinten an Konstantin heranpirschen musste, um ihn aus der Ferne anzuhimmeln.

Konstantin! Der musste doch hier auch irgendwo sein!

Ich schielte an meinem Magazin vorbei, und tatsächlich – da saß er auf dem Rudergerät und grinste mich genau in diesem Moment an.

Und aus dem Grinsen wurde ein Strahlen, das mich bis in mein Innerstes wärmte wie eine Tasse heißer Earl Grey mit Sahne an einem eisigen Wintertag. Nur Konstantin hatte diese Wirkung auf mich, und ich bezweifelte, dass es je ein anderer Junge schaffen würde, mich das Gleiche fühlen zu lassen.

Und dass er jetzt auch noch vom Rudergerät aufstand und zu mir herüberkam, ließ mich vor Freude von meinem unbequemen Fahrradsitz rutschen. Ich rannte ihm förmlich entgegen.

»Ich habe dich eben gar nicht gesehen, als ich reingekommen bin! Bist du schon länger da?«, fragte er, und seine Augen leuchteten im Licht der Neonröhren so grün wie die Blätter der Yucca-Palme hinter uns. Ich musste es mir verkneifen, erleichtert aufzuseufzen.

»Nö. Gerade erst gekommen.« Also, so quasi. Gott sei Dank hatte er sich scheinbar verspätet, so dass Victoria Nummer zwei ganz unbehelligt vor sich hin radeln konnte, ohne dass sie vorher von Konstantin angesprochen worden war.

In diesem Fall durfte ich zur Abwechslung mal sagen: Danke, liebes Schicksal. Dass du es heute ausnahmsweise mal gut mit mir und meinem zweiten Ich gemeint hast. (Zumindest, solange sie in meiner Abwesenheit hier war. Ich hoffte, dass sonst niemand aus meiner Schule so genau beobachtet hatte, was da heute im Fitnessclub der anderen Welt so alles lief. Schieflief, meine ich.)

»Stell dir vor – ich bin gesprungen«, wisperte ich, damit die Leute, die an uns vorbeigingen, es nicht hören konnten. »Also, ich meine, ich bin gerade erst zurückgekommen. Hast du was mitbekommen von meinem anderen Ich?«

Er schüttelte den Kopf. »Nein, bin selber gerade erst reingekommen.« Er räusperte sich leise. »Aber weißt du was? Ich lass heute das Training sausen. Verschwinden wir hier, und du erzählst mir in Ruhe, was passiert ist.« Er berührte mit den Fingerspitzen meine Handfläche, und reflexartig schloss ich meine Hand um seine.

Wurde er da gerade ein bisschen rot? Nein, das war sicher nicht meinetwegen, das musste am Rudern gelegen haben.

Dummerweise tauchte genau in diesem Augenblick Jo auf der Bildfläche auf. Die gab es also auch hier. (Ich war ihr bei meinen vorigen Besuchen im Sportclub noch nie begegnet. Wobei ich zugeben muss, dass ich auch erst höchstens dreimal da war, und jedes Mal nur beim Schwimmen.)

»Na, wenn das nicht unser lieber Konstantin ist«, gurrte sie, und ich hätte ihr am liebsten sofort an den Kopf geworfen: *Nicht* unser *lieber Konstantin,* sondern meiner!

Aber ganz so kindisch war ich dann doch nicht.

»Für heute schon fertig?« Mann, war die aufdringlich.

Doch Konstantin war scheinbar nicht in Plauderlaune. Er grinste Jo nur schief an, was die allerdings sofort veranlasste, ihr automatisches Flirtprogramm abzuspulen: Haare schütteln, Kopf schieflegen, gebleichte Zähne zeigen. (Hatte die eigentlich schon mal was von Belästigung Minderjähriger gehört?) Da griff Konstantin aber meine Hand noch fester und zog mich Richtung Umkleidekabinen, ohne sich noch einmal nach ihr umzudrehen.

»Diese Vorturnerin ist ganz schön lästig«, sagte er, als wir außer Hörweite waren, und ich musste kichern. Es hörte sich fast so an, als ob er ein bisschen Angst vor ihr hatte. Vielleicht hatte sie ihn schon mal als Anmachopfer auserkoren. Der Ärmste.

»Ja, allerdings. Mit der hatte ich auch zu schaffen – dort. Aber ob du es glaubst oder nicht – sie hat mehr Verehrer als man meint.«

»Ich gehöre jedenfalls nicht dazu. Ich finde sie eher gruselig.«

Und ich fand ihn noch toller als sonst, weil er das gerade gesagt hatte.

🥀

Ein paar Minuten später trafen wir uns beide umgezogen und frisch gemacht wieder vor den Umkleidekabinen. Meine gute Stimmung wurde allerdings ein bisschen durch den Blick auf die Uhr getrübt. Es war mittlerweile schon sieben vorbei – ich war diesmal ziemlich lange in der Parallelwelt gewesen.

»Vicky?«, fragte Konstantin, als ich mir auf die Lippen biss. »Ist was nicht in Ordnung?«

»Doch, alles wunderbar. Super.« Nur leider hatte mich gerade die Wirklichkeit eingeholt. Ich musste gähnen. Und gleichzeitig an den verdammten *Sommernachtstraum* denken, dessen Ausgabe in meiner Tasche wartete.

Konstantin sah mich fragend an. »Aber?«

»Aber ich muss eigentlich lernen, du weißt schon, die Sache mit dem Theaterstück. Gestern hab ich zwar schon was geschafft, aber ich bin leider noch sehr weit davon entfernt, die Rolle zu können. Und ich will meinem zweiten Ich wenigstens den Hauch einer Chance geben, dass ich mich in ihrem Namen nicht komplett lächerlich mache. Das hätte sie nämlich nicht verdient.« Vor allem nach meiner missglückten Aktion eben gerade im anderen Fitnessstudio. »Weißt du, ich glaube, sie ist wirklich nett. Irgendwie – na ja. Lieb. Nett. Zuvorkommend.«

»Und Süß. So wie du.«

»Süß?«

»Ja. Und lustig.«

»Du findest mich lustig?«

»Du dich nicht?«

»Keine Spur. Wann, bitte, bin ich lustig?«

Konstantin musste sich ein Grinsen verkneifen, das konnte ich ihm ansehen.

»Zum Beispiel, wenn du nervös bist und hoffst, es merkt niemand. Dann zupfst du an deinem linken Ohrläppchen.«

»Das mach ich nicht.«

»Doch, das machst du. Und du kratzt dich an der Schulter.«

»Ich kratze mich an der Schulter? Sag mal, beobachtest du mich heimlich?«

»Wieso heimlich? Wenn dich jemand beobachten darf, dann bin ich das. Ich bin schließlich dein Freund, schon vergessen?«

Nein, das könnte ich nie vergessen. Niemals.

»Und als mein Freund darfst du mich einfach so beobachten?«

»Ich beobachte dich nicht, ich sehe dich an.« Er grinste. »Eben weil du so süß bist. Und lustig.«

»*Lustig* in Verbindung mit *süß* hört sich für mich eher nach tollpatschig an. Wie ein Hundewelpe. Oder wie Kevin, Stuart und Bob von den Minions. Aber die Minions sind dämlich!«

»Sind sie nicht. Und jetzt lenk nicht weiter vom Thema ab. Musst du wirklich schon nach Hause? Ich hatte da nämlich gerade eine Idee und würde dir gerne was zeigen.«

»Ich sollte aber …« Doch mein Widerstand schwand schon ziemlich dahin, ach was – er war praktisch nicht mehr da. Konstantin merkte das natürlich, mein Beobachter-Freund, dem offensichtlich nichts entging.

»Es dauert auch nicht lange. Bitte.«

Und als er mich so ansah und dabei lächelte, konnte ich ihm sowieso nichts abschlagen. Ich wäre ihm in diesem Moment wahrscheinlich überallhin gefolgt.

Ich lächelte zaghaft zurück. »Na gut. Aber nur eine Stunde. Sonst gibt es morgen in der Bäckerei Rosinenbrötchen mit Senfgurke.«

Konstantin grinste triumphierend. »Versprochen.«

Ich weiß nicht, was ich erwartet hatte. Vielleicht einen Ausflug in ein romantisches Café oder so was. Aber sicherlich nicht, dass Konstantin meine Hand nahm und mich schnurstracks über die Straße zur Schule ziehen würde.

»In die Schule? Seit wann bist du unter die Streber gegangen, die noch am Montagabend in der Bibliothek hocken?« Dann kam mir ein anderer Gedanke. »Oder willst du mich in den Computerraum locken, um mit mir in der dunklen Ecke bei den Druckern rumzuknutschen?«

Er wurde für einen Moment langsamer und sah mich von der Seite an. »Das hatte ich eigentlich nicht vor. Obwohl es gar keine schlechte Idee ist.«

Nein, fand ich tatsächlich auch nicht. Und ich war irre stolz darauf, diese Idee erstens ausgesprochen und zweitens dabei nicht vor Angst in die Hose gemacht zu haben. Das fühlte sich mal zur Abwechslung richtig gut an. »Wo gehen wir dann hin?«

Aber er schüttelte nur den Kopf und schwieg, als wir weiter über den Campus liefen und den schmalen Fußweg neben dem alten Sandsteinbau nahmen, in dem die Schulverwaltung untergebracht war.

Schließlich blieb er vor einer kleinen Seitentür stehen.

»Die Hausmeisterwohnung?«

»Warte kurz, ja?«, sagte er, gab mir einen hauchzarten Kuss auf die Wange und verschwand hinter der Tür. Keine Minute später war er zurück, nahm wieder meine Hand und zog mich weiter zum Westflügel des Neubautraktes.

»Immer von Vorteil, die richtigen Leute zu kennen«, sagte er und hielt mir etwas kleines Silbernes vor die Nase.

»Der Schlüssel zum Herzen des Hausmeisters?«

Konstantin grinste. »Der Schlüssel zu unserem perfekten Date heute Abend.«

Helena war vergessen, als er mich durch einen dunklen Technikeingang in unsere Schule führte. Hey, ganz ehrlich – im Moment konnte er mich bringen, wohin er wollte. Das hier war einfach nur aufregend und cool und (bisher zumindest) irrsinnig romantisch, obwohl ich noch keinen Schimmer hatte, was er plante.

Ein paar Minuten später standen wir in unserem Festsaal. Obwohl es draußen noch hell war, war er komplett verdunkelt. Für die Proben der Theateraufführung waren schon seit Tagen alle Jalousien heruntergelassen, und so lag der Raum düster und einsam vor uns. Keine Menschenseele weit und breit.

»Ich hoffe, es wird dir gefallen«, murmelte Konstantin, ließ mich im Dunkeln stehen und huschte in Richtung Regieraum, von dem aus man die Beleuchtung im Saal regeln konnte. Und nach ein paar Sekunden fand ich mich in einem Traum wieder.

Im *Sommernachtstraum*.

Denn Konstantin hatte die Bühnenbeleuchtung angeschaltet, und vor mir tauchte in schummrigem Licht unsere Theaterbühne auf, besser gesagt die Kulissen eines verwunschenen Waldes, in dem ein Teil des *Sommernachtstraums* spielte.

Bisher hatte ich die Bühne samt Bühnenbild nur tagsüber gesehen, und da fand ich sie ganz in Ordnung. Meine Arbeitsgruppe hatte Bäume und Hintergrund aus Holz und Pappe gebaut, mit verschiedenen Stoffen bezogen, angemalt und mit hunderten winzigen LED-Spots verkabelt, die in unterschiedlichen Grün- und Blautönen leuchteten (was eine Heidenarbeit gewesen war, wir alle hatten über unsere Kursleiterin Frau Huppmann gestöhnt).

Aber jetzt wusste ich, wieso sie auf die Details bestanden hatte.

Die Wirkung des Waldes war einfach phänomenal: düster, aber gleichzeitig romantisch, geheimnisvoll und doch poetisch. Das hier war der perfekte Ort für ein noch perfekteres Date. Es war wunderschön.

Genau wie mein Freund. Der plötzlich gar nicht mehr so selbstbewusst und cool war, sondern ein bisschen nervös wirkte.

»Du hast gesagt, du musst noch für das Stück lernen.« Er machte eine ungewohnt zaghafte Bewegung mit seinem freien Arm. »Da dachte ich, dass das ein ganz guter Platz wäre.«

»Das ist ... also ... ich ... wirklich perfekt«, stammelte ich.

Und es war sogar mehr als das. Wenn ich nicht schon unwiderruflich in Konstantin verliebt gewesen wäre – spätestens jetzt wäre ich ihm verfallen.

Er ließ mich los und kletterte in einem eleganten Sprung den knappen Meter nach oben auf die Bühne, ehe er mir die Hand hinhielt und mir hinaufhalf.

Und da standen wir nun, mitten im Zauberwald des *Sommernachtstraums*, unter vielen leuchtenden Sternchen und einem künstlichen Mond (der übrigens super aussah, total realistisch – ich hatte ihn höchstpersönlich angemalt und sogar ein paar kleine Kraterschatten angedeutet). Für einen Moment dachte ich, dass Konstantin mich bestimmt küssen würde, denn er stand ganz nah vor mir – so nah, dass ich sogar die Wärme spüren konnte, die von ihm ausging. Seine Augen wanderten über mein Gesicht, bis sie an meinem Mund hängenblieben. Aber aus irgendeinem Grund überlegte er es sich anders und brachte wieder etwas mehr Abstand zwischen uns.

Er schnappte sich seinen Rucksack und holte eine Ausgabe des Textes heraus. Also war wohl wirklich Lernen angesagt, und ich war ein klitzekleines bisschen enttäuscht. Aber vermutlich hatte er recht. Es würde mich nur wieder eine schlaflose Nacht kosten, wenn ich weiterhin so herumschluderte.

Deswegen tat ich es ihm gleich, holte mein schon etwas mitgenommenes Exemplar aus der Tasche und schlug die Seite auf, in die ich mir ein Eselsohr gemacht hatte.

»Zweiter Akt, erste Szene vielleicht, so etwa Seite 29? Da habe ich gestern aufgehört.«

Konstantin nickte und blätterte zu der entsprechenden Stelle.

Ich räusperte mich, ehe ich anfing, laut zu lesen (denn auswendig konnte ich natürlich noch kein einziges Wort):

»Und eben darum lieb ich euch nur mehr! –
Ich bin Eur' Hündchen, und, Demetrius,
Wenn ihr mich schlagt, ich muss euch dennoch schmeicheln ...«

»Moment mal«, sagte ich, nachdem ich zu Ende gelesen hatte. »Sie will, dass er sie behandelt wie ein Hündchen?«

»Scheint nicht gerade vor Selbstbewusstsein zu strotzen, die Gute«, sagte Konstantin und blätterte in seinem Text ein bisschen hin und her. Er hatte sich in der Zwischenzeit auf den Boden gesetzt, während ich vor ihm auf und ab lief.

»Auch wenn diese Helena echt eine jammerige Nervensäge

ist – aber sich von diesem Schnösel treten und schlagen lassen wollen? Und überhaupt, dieser Demetrius, was sagt er da gleich noch als Nächstes?

Erreg nicht so den Abscheu meiner Seele!
Mir ist schon übel, blick ich nur auf dich.

Ihm ist übel? Was für eine Frechheit! Und außerdem, was waren das im sechzehnten Jahrhundert nur für Flegel, die Hündchen und arme verliebte Mädels so behandelten? Ich meine, kann ja sein, dass die gute Helena ihm ziemlich auf die Nerven gegangen ist, so wie sie ihn stalkt und ihm sogar in den Wald hinterherrennt ...« Ich kam ins Stocken.»... also, wie sie sich anbiedert und ...«

Äh, ja.

Die dumme Helena.

Und die dumme, dumme, dumme, dumme Vicky. Hoch zehn.

Denn da stand ich nun, mitten auf unserer Schulbühne, in einer total romantischen Kulisse, und hörte mich gerade über mich selbst reden und nicht über eine Shakespeare-Figur.

Denn – war ich auch nur einen Deut besser als Helena? Bei der Show, die ich eben in der Parallelwelt abgezogen hatte?

Parallel-Konstantin ist das perfekte Übungsobjekt.

Hatte ich sie eigentlich noch alle? Was hatte ich mir nur dabei gedacht, ihm so hinterherzuspionieren und ihn durch das halbe Sportstudio zu verfolgen? Ganz zu schweigen davon, meinem zweiten Ich so eine megapeinliche Aktion einzubrocken.

Himmel, ich hatte ja nicht mal vor Jos Flirttipps haltgemacht!

Dabei wusste ich doch von meinem Konstantin, dass er billige Anmachen nicht ausstehen konnte. Und ich konnte es eigentlich auch überhaupt nicht ausstehen, mich so zu verstellen, um einem Jungen zu gefallen. Das war nicht ich. So konnte das nicht weitergehen. Ich musste endlich anfangen, ein bisschen mehr Selbstbewusstsein an den Tag zu legen.

So stand ich eine Weile sinnierend auf der Bühne, während Konstantin zwei Meter von mir entfernt im Schneidersitz auf dem Holzboden saß, im Textheft blätterte und schließlich sagte: »Also, Helena bekommt es noch ganz schön ab. Die Elfen verpassen diesem Demetrius-Schnösel gleich einen Liebeszauber, so dass er sich dann doch in sie verliebt, was sie natürlich nicht glauben kann und denkt, er mache sich über sie lustig. Und dann kommt da noch dieses andere Pärchen und ständig irgendwelche Feen, die da noch mitmischen ...«

Wieder vertiefte er sich in den Text und sah partout nicht zu mir auf, obwohl ich so dicht vor ihm stand, was mir irgendwie komisch vorkam. Als ob ihn diese ultraromantische Kulisse eingeschüchtert hätte.

Komischerweise hatte sie bei mir plötzlich genau die gegenteilige Wirkung. Ich fühlte mich auf einmal sehr viel stärker als noch vorhin in der Parallelwelt.

Hatte ich es wirklich nötig, Konstantin hinterherzulaufen? Die Shakespeare'sche Antiheldin hatte mir doch eben vor Augen geführt, wie viel besser es war, sich einfach auf sich selbst zu verlassen. Warum tat ich nicht genau das, wonach ich mich fühlte?

»Wie gefällt dir eigentlich das Bühnenbild?«, fragte ich ihn ganz unschuldig und kniete mich zu ihm auf den Boden.
»Hm, ganz okay. Ziemlich grün«, murmelte er, guckte aber weiterhin in sein Buch.
»Den Mond hab ich gemacht, ganz alleine.«
»Cool. Schön ... rund.«
Weil er weder Anstalten machte, aufzusehen, geschweige denn, mich in den Arm zu nehmen, legte ich vorsichtig eine Hand auf sein Bein, was ihn zusammenzucken ließ. Aber damit hatte ich seine Aufmerksamkeit. Er hob den Kopf und sah mich an, und in seinen Augen spiegelten sich winzig klein der Vollmond und die vielen hundert Sternchen, die über dem Wäldchen standen.

Und Überraschung.

»Danke für das tolle Date«, sagte ich leise, und ich war froh, dass ich auf dem Boden hockte. Spätestens jetzt wären mir die Knie weich geworden.

Denn Konstantin hielt zwar immer noch das Buch in der Hand, aber jetzt lächelte er. Und es war nicht dieses schelmische, fast überlegene Grinsen, das er so gut draufhatte, sondern eines, das ich vorher noch nie bei ihm gesehen hatte. Ein schüchternes, zaghaftes Lächeln, als ob er abwartete, was jetzt passieren würde.

Mein Herz klopfte mir bis in die Haarspitzen, als ich es ihm zeigte.

Ich hob meine Hände, strich ihm seine weichen Haare aus der Stirn und legte sie ihm dann auf die Wangen, schloss sein Gesicht ein, so wie er es auch schon bei mir getan hatte. Er sollte wissen, wie gut sich das anfühlte.

Im Hintergrund wechselte die Waldbeleuchtung von gelbgrün zu einem noch schummrigeren Rotviolett, aber ich hatte das Gefühl, dass Konstantins Augen noch heller leuchteten als die Sternenlichter über uns. Bis er die Augen schloss, als ich mich noch ein Stück weiter nach vorne beugte, um ihn zu küssen.

Und Mond und Sterne waren uns ab diesem Zeitpunkt dann auch völlig egal.

17.

»Kannst du dich mit deiner guten Laune nicht woandershin verziehen?« Claire funkelte mich mit hochgezogenen Augenbrauen über unseren schweren Eichenküchentisch hinweg an.

Aber ich hatte tatsächlich gute Laune, ausgesprochen gute sogar, um genau zu sein. Und die würde ich mir von Claire nicht so schnell vermiesen lassen. »Ich wohne hier, schon vergessen?« »Und ich arbeite hier.«

»Deinen Praktikumsbericht schreiben nennst du arbeiten?« Ich schielte schräg über den Tisch auf ihr Blatt. »Das ist ein vorgedruckter Fragebogen, bei dem man nicht viel mehr ausfüllen muss als Name, Praktikumsort und ein paar Stichpunkte zum Job. Jeder normale Mensch würde das zehn Minuten vor der Abgabe schnell auf den Zettel schreiben.«

»Tja, ich bin eben nicht normal. Ich habe da einen höheren Anspruch an mich. Wenn ich etwas mache, dann hundertprozentig.«

Blöderweise war das gar nicht so weit weg von der Wahrheit. Nach ein paar Anfangsschwierigkeiten, während Claire sich an den Gedanken gewöhnen musste, für meine Mum im *B&B* zu arbeiten, hatte sie sich recht schnell gefangen, und Mum hatte, zumindest soweit sie es mir erzählte, weniger an ihr auszusetzen als erwartet.

Wahrscheinlich war sie allerdings auch nur bereit, etwas zu

tun, weil ich den halben Tag in der Bäckerei war und somit nicht Zeuge wurde, wie sie sich hier ihre manikürten Händchen schmutzig machte. Heute allerdings war sie erst am Mittag gekommen, weil sie vormittags einen Termin beim Osteopathen hatte, und deswegen musste sie am Nachmittag länger bleiben und damit Pauline und mich aushalten.

Claire hatte mir offensichtlich angesehen, wie glücklich ich war, und ich konnte mir ausnahmsweise vorstellen, dass es nicht besonders toll war, einer (frisch verliebten) Mitschülerin (die man noch dazu nicht besonders gut leiden konnte) dauernd in ihr grinsendes Gesicht zu schauen.

Aber mir war heute nun mal einfach nach Grinsen, eigentlich schon seit letztem Abend.

Konstantin hatte seine anfängliche Scheu auf der Theaterbühne nämlich ziemlich schnell abgelegt. Nach ein paar Sekunden hatte er sein Textbuch losgelassen, mich dafür zum Glück nicht mehr. Wir knutschten mitten auf der Bühne und hätten vermutlich sehr viel länger weitergemacht als die zehn Minuten, wenn der Hausmeister uns nicht unsanft gestört und nach einer kurzen Moralpredigt nach Hause geschickt hätte.

Mum hatte dann, kaum dass ich durch die Haustür kam, nur einen Blick in mein Gesicht werfen müssen, um mir anzusehen, dass ich gerade ziemlich viel geküsst hatte. Wahrscheinlich waren meine Lippen auch ganz rot, aber das war mir total egal. Und sie hat außer einem augenzwinkernden Grinsen kein Wort darüber verloren.

Ich fühlte mich stark und selbstbewusst und so gar nicht wie diese olle Helena, deren Text ich selbstverständlich wieder nicht gelernt hatte (wann auch?), aber das war mir in dem Moment echt egal.

In Zukunft würde ich nicht mehr so unsicher sein, und wenn es doch etwas gab, was mich beunruhigte oder ängstigte (also, in meiner Beziehung zu Konstantin, meine ich), dann würde ich darüber reden. Idealerweise mit ihm, natürlich, oder zumindest mit Mum. Oder Pauline, aber die steckte ihre Nase lieber in irgendwelche wissenschaftlichen Abhandlungen, wobei man die jugendliche Liebe objektiv gesehen auch als wissenschaftliches ... ach, lassen wir das.

Mein Hochgefühl vom Abend zuvor hatte jedenfalls noch nicht mal einen Dämpfer bekommen, als Tante Polly in mein Zimmer rauschte, während ich mich gerade für die Nacht zurechtmachte, zur Feier des Tages mein oberkitschiges Prinzessinnennachthemd anzog und alle paar Sekunden auf mein Handy sah, ob Konstantin mir vielleicht noch eine Nachricht geschickt hatte (außer den drei, die er mir seit unserer Verabschiedung vorhin geschrieben hatte).

Ach, ich war so happy.

»Wir müssen etwas tun!«, sagte Tante Polly und stemmte die Hände in die Hüften.

»Äh, wogegen?«

»Wofür!«

»Wofür?«

»Für mich. Vicky, die Sterne lügen nicht.«

Hm, ich kannte das nur mit *Tränen lügen nicht*. Oder waren es Dänen? Hyänen? Muränen?

»Es wird bald passieren, aber ich schaffe es nicht alleine.«
»Kannst du bitte mal aufhören, in Rätseln zu sprechen?«, fragte ich sie.
»Mein Traummann ist zum Greifen nahe, das spüre ich.« Sofort wurde mein Herz weich. Ich war so glücklich, und Tante Polly verdiente das auch. Jeder in der Welt verdiente es. »Kann ich noch irgendetwas tun?«, fragte ich.
»Mitsuchen. Egal wie. Ich habe das Gefühl, dass es nur noch eine Frage der Zeit ist, bis wir ihn haben. Und wenn ich mir so anschaue, wie glücklich du bist, wünsche ich mir mehr denn je, dass diese Zeit möglichst kurz ist.«

Deswegen saßen Pauline und ich am Dienstagnachmittag bei Claire an unserem Küchentisch, bewaffnet mit Notizblock (ich) und iPad (Pauline), um Tante Pollys Problem nicht länger nur mit Hilfe der Sterne anzugehen, sondern mit dem Internet und gesundem Menschenverstand.

Für den hauptsächlich Pauline zuständig war.

»Also, fassen wir noch mal zusammen, was wir haben: ein Typ – Aussehen jetzt erst mal egal –, der eine Professur und einen Doktortitel hat, vielleicht sogar zwei. Und dessen Vorname mit einem F anfängt. Und der Nachname?«

»Ein V. Oder D. Oder B.«

»Hm.« Pauline fing an, auf dem iPad herumzuwischen, während ich auf meinem Spiralblock kreuz und quer die eben genannten Buchstaben malte.

»Ihr solltet das einen Profi machen lassen und einen Privatdetektiv engagieren«, sagte Claire, was mich nicht überraschte. Bei den Cloppenburgs wurde jede Arbeit *outgesourct*, wie es so schön hieß. Der Gärtner kümmerte sich um den Garten, die Köchin ums Essen, und vermutlich hatten sie noch irgendwo eine medizinisch-technische Assistentin herumstehen, die ihnen morgens und abends die Zähne putzte.

»Wir sind besser als ein Privatdetektiv«, sagte Pauline, und tippte auf dem Bildschirm herum. »Hier haben wir doch schon mal was: *Dr. Fridolin Brettschneider, Urologe.* Wohnt im übernächsten Ort. Oder der andere hier: *Dr. Franz Doblinger, Orthopäde.*«

»Aber Tante Polly ist sich doch sicher, dass er Wissenschaftler ist.«

»Vielleicht arbeiten sie ja zusätzlich zu ihren normalen Jobs in der Forschung.«

»Hm, kann sein.« Ich kritzelte auf meinem Block herum, aber eigentlich glaubte ich selbst nicht, dass es Frodo Beutlin oder Franz Beckenbauer sein könnten.

»Und da ist noch einer!«, rief Pauline hochmotiviert. »*Dr. Friedhelm Vogelsang, Facharzt für Innere Medizin.*«

»Den kenne ich«, mischte Claire sich da ein. Scheinbar war ihr Praktikumsbericht doch nicht so wichtig. »Der ist ein Freund meines Vaters, sie spielen jeden zweiten Sonntag im Monat Golf zusammen. Ein sehr kultivierter Mann«, sagte sie und fügte eine Spur arroganter hinzu: »Und ganz ehrlich, Vicky, ich glaube kaum, dass Dr. Vogelsang das geringste Interesse an deiner Tante hat. Er hat einen ausgezeichneten Geschmack. Und eine entzückende Ehefrau.«

»Was für eine Frechheit!«, wollte ich sagen, kam aber nicht dazu. Denn jemand hatte die Worte schon vor mir ausgesprochen. Und beim Anblick meiner Tante Polly, die plötzlich im Türrahmen stand, wurde Claire dann doch ein bisschen blass.

»Ich meine, also, ich meinte nicht, dass ...«, stammelte sie, doch Tante Polly redete einfach weiter.

»So eine Frechheit von der Baufirma! Erst versprechen sie mir, nächste Woche mit der Sanierung fertig zu werden, jetzt verschiebt es sich doch noch mal um zwei Wochen.«

Von Claire und ihrem fiesen Ausspruch gerade nahm sie gar keine Notiz, obwohl ich mir sicher war, dass sie es gehört haben musste. Claire saß auch ziemlich kleinlaut auf der Bank und steckte die Nase auf einmal wieder tief in ihren doofen Bericht, und als Tante Polly, ohne auf eine Reaktion unsererseits zu warten, durch die Hintertür hinaus auf die Veranda verschwand, atmete sie sichtlich auf.

»Das hat ja jetzt nicht sein müssen«, sagte ich zu Claire, die ausnahmsweise mal nichts sagte, sondern nur mit den Achseln zuckte und auf ihrem Blatt herumkritzelte. Sollte sie vielleicht doch so etwas wie ein Gewissen haben?

»Aber schaut sie euch doch an. Mit ihren komischen Klamotten und der Achtziger-Jahre-Frisur wäre es echt ein Wunder, wenn der Typ auf sie stehen würde. Also, *überhaupt* irgendein Typ.«

Nein, ein Gewissen hatte sie doch nicht, da hatte ich mich wohl getäuscht.

Ich sah durch das Küchenfenster nach draußen, wo Tante Polly in ihrem Märchenhexenkleid mit dem Rücken zu uns auf unserer überdachten Veranda stand und in den Nieselregen blickte. Ja, wahrscheinlich hatte Claire sogar recht. Sie war so extravagant, dass viele Männer sich entweder über sie lustig machten oder von ihr eingeschüchtert waren.

»Reibt sie sich gerade die Augen?«, flüsterte Pauline neben mir, die ebenfalls hinaussah, und tatsächlich – Tante Polly wischte sich mit dem Handrücken über das Gesicht.

»Denkst du, sie weint?«

»Ich hab Tante Polly noch nie weinen sehen«, flüsterte ich zurück, wobei Claire uns natürlich zugehört hatte und ebenfalls hinaussah. Aber wenigstens hielt sie dieses eine Mal die Klappe, sonst hätte ich sie vermutlich an ihren perfekt geglätteten Haaren über den Tisch gezogen.

Tatsächlich sah meine Tante so elend aus wie nie zuvor, und mein Magen krampfte sich ein bisschen zusammen. Erst an diesem Morgen hatte sie ähnlich resigniert vor ihrem Häuschen an der Gemeindewiese gestanden (das hatte ich von der Bäckerei aus sehen können), und dann noch Claire mit ihrem doofen Kommentar …

Pauline und ich sahen uns an, und wieder einmal dankte ich Gott oder dem Schicksal oder wer immer dafür verantwortlich war, dass sie meine beste Freundin war, denn wenn es wichtig wurde, dachte sie dasselbe wie ich.

»Na schön, dann fahren wir jetzt gleich los. Als Erstes zu Dr. Brettschneider, dann zu den anderen.«

Ich sah auf mein Handy, das in meiner Tasche gerade vibriert hatte, und grinste verlegen.

»Und wie es aussieht, bekommen wir für die Suche sogar noch Verstärkung.«

Wir trafen Konstantin und Nikolas vor dem Copy-Shop. Pauline war nämlich der Ansicht, dass wir am besten zweigleisig fuhren und von Tante Pollys Traummann-Gesichts-Collage mehrere Kopien anfertigen und einfach den Leuten, denen wir so begegneten, unter die Nase halten sollten. So wie in diesen Polizeiserien aus dem Vorabendprogramm. Das hatte vielleicht nicht wirklich System, aber ein Glückstreffer war letztendlich auch nicht auszuschließen.

»Da seid ihr ja endlich!«, sagte Pauline, nachdem wir bezahlt hatten und wieder vor der Tür standen. Ich hatte mir schon den Hals verrenkt, wo die beiden wohl blieben. Pauline drückte jedem einen Stapel Blätter in die Hand. »Wenn wir fertig sein wollen, bevor es richtig anfängt zu regnen, sollten wir uns sputen.« Sie rauschte an uns vorbei zu ihrem Fahrrad.

Konstantin machte keinerlei Anstalten, mich ordentlich zu begrüßen – beziehungsweise so, wie es sich für einen festen Freund gehörte. Und vor allem nicht, wenn man bedachte, wie toll und kussreich unser Date am Abend zuvor verlaufen war. Aber heute – kein Kuss, noch nicht mal einen auf die Wange, keine Umarmung. Und weil ich mich vor Pauline und Nikolas nicht traute, mich ihm wie gestern Abend einfach so an den Hals zu werfen, nahm ich nur seine Hand und drückte sie kurz.

Was er erwiderte – ehe er sie wieder wegzog und in seine Hosentasche stopfte. Ich versuchte, das komische Gefühl in meiner Magengegend zu ignorieren und mir einzureden, dass er vielleicht tatsächlich ein bisschen verlegen war und doch nicht so gerne in der Öffentlichkeit knutschte, wie ich gedacht hatte.

Glücklicherweise gab Pauline mir keine Zeit, länger darüber

nachzugrübeln, denn sie hatte die übrigen Kopien in ihren Fahrradkorb gepackt und war schon im Begriff, loszufahren.

»Auf geht's, Leute! Zuerst zu Dr. Brettschneider, der wohnt im Nelkenweg.«

»Und was ist das gute Doktorchen von Beruf?«, fragte Nikolas, der sich schon an Paulines Fersen, pardon, Rücklichter geheftet hatte.

»Urologe.« Sie grinste. »Ist doch super, dann kennst du wenigstens schon einen, wenn du ihn mal brauchst.«

Nikolas verzog das Gesicht. »Ich werde ganz sicher nicht zum Urologen gehen. Niemals.«

»Das weiß man nie. Mein Opa hatte neulich erst Hämorrhoiden, und dann hat der Arzt aber auch noch was anderes gefunden. Die Prostata war nämlich …«

»Stopp!«, rief Nikolas, und ich musste kichern. So cool er sich gerne gab, vor allem vor Pauline, war Nikolas doch ein kleines Weichei. Allerdings ein sehr nettes Weichei. (Das erfuhr man auch erst, wenn man ihn besser kannte. Ansonsten dachte man nämlich, dass er ein wahnsinnig hübscher Halbgrieche mit Teddybären-Gesicht war, der nichts anderes als Flirten im Kopf hatte.)

Letztendlich blieb das Vergnügen, Dr. Brettschneider zu befragen, natürlich an Pauline und mir hängen. Selbstverständlich banden wir ihm Tante Pollys Traummann-Geschichte nicht direkt auf die Nase, sondern hatten eine *Verschleierungstaktik*, wie Pauline es ausdrückte. Während sie nämlich den Herrn Doktor auf charmanteste Art und Weise in ein Gespräch über ein fiktives Schulprojekt verwickelte, für das sie eine Umfrage machte und bei dem es um das Für und Wider von Schulärzten ging, würde ich unauffällig neben ihr stehen und noch unauffälliger ein Foto mit meinem Handy von ihm machen. Wer wusste schließlich, wie gut Tante Pollys Gesichtscollage wirklich geraten war – so wie ich sie kannte, hatte sie gerne mal eine andere Wahrnehmung von den Dingen als wir. Es erschein mir durchaus möglich, dass ihr Traummann eigentlich ein ein Meter sechzig kleiner Glatzkopf mit Schnauzbart war und nicht der Clooney-Gyllenhaal-Verschnitt, den wir erwarteten.

Dr. Brettschneider war weder Clooney noch ein Glatzkopf, sondern ein älterer, dicklicher Herr mit Hosenträgern und einer Pfeife im Mundwinkel. Und ziemlich sicher nicht der Traummann, denn er hatte einen kleinen Ring in seinem linken Ohrläppchen, und ich wusste, dass Tante Polly das nicht ausstehen konnte.

Und während Pauline versuchte, ihr Gespräch über die Schularztgeschichte möglichst bald zu beenden (weil sie genau wie ich wusste, dass wir hier unsere Zeit vergeudeten), guckte ich immer wieder zu Konstantin und Nikolas. Die beiden standen ein gutes Stück von uns entfernt an der Straße und hatten über den Lenkern ihrer Mountainbikes die Köpfe zusammengesteckt. Worüber die wohl sprachen? Vermutlich, wer von den beiden beim nächsten Doktor würde klingeln müssen, denn so richtig glücklich guckten beide nicht, vor allem nicht Konstantin.

Aber obwohl Pauline den Jungs die in Frage kommende Adresse schon in die Hand gedrückt hatte, schafften es die beiden trotzdem durch ihr dauerndes Getrödel und Getuschel, sich zumindest vor den nächsten Klingel-Aktionen zu drücken, und die Arbeit blieb mal wieder an Pauline und mir hängen. Aber auch bei Dr. Doblinger hatten wir kein Glück, denn der hatte gerade erst seine Doktorarbeit gemacht, war dreißig Jahre jung und wäre vor zehn Jahren, als Tante Polly ihn gesehen hatte, erst im ersten Semester gewesen.

So langsam zog sich der Nachmittag in die Länge. Der Regen hatte wieder eingesetzt, die ersten fünf Adressen, die wir abgefahren waren, hatten sich als Nieten herausgestellt, und allmählich bekam ich Hunger.

Und gerade, als ich überlegte, wie ich meine kleine Reisegruppe ganz unauffällig endlich Richtung Heimat (oder wenigstens Richtung Ludwig'scher Bäckerei) lotsen konnte, hing von einer Sekunde auf die andere ein verdächtig zimtiger Geruch in der Luft.

»Pauline, ich –«, setzte ich an, aber als ich Pauline, die neben mir fuhr, zurufen wollte, dass es eventuell losging, war es schon wieder vorbei, und ich brach mitten im Satz ab.

»Was ist los?«, fragte sie, die es mal wieder schaffte, zu radeln und nebenbei die Checkliste auf ihrem Smartphone zu aktualisieren.

»Jetzt habe ich aber einen riesigen Schrecken bekommen. Bei den Dietrams hat es im Vorbeifahren eben total nach Zimt gerochen. Ich dachte schon, ich verschwinde im nächsten Augenblick. Mein armes zweites Ich wäre euch vermutlich erst mal mit dem Fahrrad vor die Füße gefallen. Alles okay, Konstantin?«, fragte ich, nachdem der einen ziemlich halsbrecherischen Schlenker gefahren war (wahrscheinlich, um einem Schlagloch auszuweichen) und dabei fast die Balance verloren hatte.

»Alles klar«, murmelte er, ehe er wieder kräftig in die Pedale trat, um auf Nikolas aufzuschließen, der ein Stück vorausgefahren war. Was ziemlich geschickt war, denn so waren die beiden direkt an unserem nächsten Stopp bei Professor Dauber vorbeigeprescht, vor dessen Gartenzaun Pauline und ich kurz darauf unsere Räder abstellten.

Der Professor war allerdings wieder ein Fehlschlag, auch wenn er altersmäßig gar nicht so weit von Tante Pollys Angabe entfernt war. Doch er war Asiate.

Also mussten wir unser Glück weiter versuchen.

Konstantin und Nikolas waren in der Zwischenzeit umgekehrt und warteten auf uns an der nächsten Straßenecke. Aus ihrem Getuschel von vorhin war mittlerweile eine ziemlich hitzige Diskussion geworden. Aber als Pauline und ich die Aktion bei dem Professor hinter uns gebracht hatten und wir zu den beiden zurückgingen, verstummten sie.

»Haben wir was verpasst?«, fragte ich, weil Nikolas Konstantin anstarrte und der einen Kaugummifleck vor uns auf dem Bürgersteig, ehe er kurz den Kopf schüttelte und uns dann wieder anguckte.

»Nö. Können wir?«

Der Arme hatte wohl genauso wenig Lust auf das Ganze hier wie ich oder Nikolas oder Pauline.

»Du kannst es ruhig ehrlich sagen, das macht mir nichts aus«, sagte ich zu ihm, woraufhin er mich erschrocken anschaute.

»Was meinst du?«

»Ja, genau, Konstantin, sag es ihr«, warf Nikolas ein, der zur

Abwechslung mal nicht sein Dauergrinsen aufgesetzt hatte, sondern beinahe genervt wirkte. Kein Wunder.

»Ich versteh das«, preschte ich vor, »mir geht es ja genauso. Das ist so sinnlos. Aber Tante Polly hat mir vorhin so leidgetan, dass ich nicht nein sagen konnte und mich auf diese doofe Klingelputz-Aktion eingelassen habe.«

»Die Klingel-Aktion ist nicht das Problem«, sagte Nikolas, und Konstantin guckte ihn böse an.

Ich kapierte gar nichts. »Was denn dann?«

»Ja, was dann?«, mischte sich auch noch Pauline ein, und Konstantins Blick nach zu urteilen, war ihm das alles andere als recht.

Er zuckte mit den Schultern. »Nicht so wichtig«, sagte er und machte Anstalten, weiterzufahren.

»Jetzt sag's ihr schon!«, rief Nikolas.

So richtig gut hörte sich das irgendwie nicht an. Und ich bezweifelte tatsächlich, dass es etwas mit der Aktion Wir-finden-Tante-Pollys-Traummann zu tun hatte. Es musste etwas Wichtiges sein, und vor allem etwas, was mich direkt betraf, sonst hätte Nikolas es nicht so angesprochen.

Mochte er mich vielleicht nicht mehr?

Mein Herz fing an, schwer gegen meine Brust zu schlagen. Nein, das durfte nicht sein. Nicht jetzt, wo ich doch langsam ein bisschen mutiger wurde und nicht mehr wie das sprichwörtliche Reh im Scheinwerferlicht glotzte, sobald ich mit Konstantin allein in einem Raum war.

Oder hatte ich gestern Abend vielleicht doch übertrieben, als ich ihn auf der Bühne geküsst hatte? Aber er hatte doch zurückgeküsst, und ganz ehrlich, er konnte mir nicht erzählen, dass ihm das nicht gefallen hatte.

Ich holte tief Luft. »Was sollst du mir sagen?«, fragte ich ihn und versuchte, so viel Selbstbewusstsein wie möglich in meinen Blick zu legen.

Konstantin klappte den Mund auf, dann wieder zu, seufzte schwer, aber ich ließ nicht locker. Ich sah ihm so fest in die Augen, bis er zuerst wegsah. Und anfing, vor sich hin zu nuscheln.

»Meine Eltern sind von ihrer Geschäftsreise zurück und haben gesagt, dass sie dich kennenlernen wollen«, sagte er, augenscheinlich zu seinem Fahrradlenker, und er wirkte ein bisschen zerknirscht.

»Oh.« Nun ja, was immer ich erwartet hatte – das war es auf jeden Fall nicht. »Das ist – wirklich nett von ihnen.« Glaubte ich zumindest. Eltern, die sich für die neue Freundin ihres Sohnes interessierten, konnten schon mal nicht so schlecht sein. Oder? Herrje, noch so eine Sache, mit der ich null Erfahrung hatte.

Nikolas seufzte. »Ja, das ist wirklich nett von ihnen.«

Konstantin lächelte mich schief an, und Pauline rollte mit den Augen.

»Kinders, jetzt reißt euch mal zusammen. Wir haben noch einige Adressen vor uns. Die Sache mit den Eltern haben wir ja jetzt geklärt.«

Ja, das hatten wir.

Was wir allerdings noch nicht geklärt hatten, war, warum Nikolas Konstantin immer noch so komisch ansah.

Und die Frage, wie man bei den Eltern seines Freundes einen richtig guten Eindruck hinterließ.

18.

Zu der Sache mit dem guten Eindruck bekam ich am nächsten Tag viele und vor allem sehr unterschiedliche Vorschläge.

Frau López zum Beispiel erklärte mir, dass es einzig und allein Sache des Mannes sei, eine Frau zu umwerben – und das Beeindrucken der Schwiegereltern gehöre da ganz klar dazu.

»Mein Xavier ist damals vor meiner Mutter auf die Knie gegangen. Auf den harten Terrakotta-Fliesen in unserem Wintergarten, zwischen dem Ficus und dem Oleander. Dabei hatte er damals schon zwei Bandscheibenvorfälle und Probleme mit dem Meniskus.«

»Und dann?«, fragte ich und versuchte, mir Herrn López in eben jener Position vorzustellen, was mir nicht so recht gelang.

»Dann durfte er zum Kaffeetrinken bleiben.« Sie lächelte versonnen. »Und mich zehn Jahre später heiraten.«

Aber auf meinen Einwurf, dass Konstantin und ich für Letzteres viel zu jung seien und das Treffen nachher überhaupt gar nicht in diese Richtung gehen sollte, sagte sie nur: »Vicky, für die große Liebe ist man nie zu jung oder zu alt. Wer weiß, was noch aus euch beiden wird? Ich kenne jedenfalls Paare, die sich in eurem Alter kennengelernt haben und für immer zusammengeblieben sind.«

Nun ja, daran wollte ich gerade mal nicht denken (obwohl das ein wirklich schöner und vor allem unglaublich romantischer Gedanke war). Mir war jetzt erst mal wichtig, wie ich mich schlagen würde, wenn ich vor seinen Eltern stehen und vermutlich vor Aufregung keinen vernünftigen Satz herausbringen würde.

Als ich am Nachmittag zu Hause ratlos vor meinem Kleiderschrank stand und vor Aufregung schon beinahe mein neugewonnenes Selbstvertrauen komplett wieder verlor, hatte Mum alle Hände voll zu tun, mich zu beruhigen.

»Mach dir keine Sorgen, das schaffst du mit links. Sei einfach du selbst, dann kann nichts schiefgehen«, sagte sie und meinte es dabei mit Sicherheit nur gut.

Aber Ich-selbst-Sein schien mir im Gegensatz zu Mum keine Garantie dafür, dass alles glattging. Allerdings – versuchen, *nicht* ich selbst zu sein, wie neulich bei meinem Flirt-Testlauf in der Parallelwelt, war auch keine Option. Man hat ja gesehen, wohin das führt. Mein Auftritt im Sportclub neulich jedenfalls verbuchte ich auf das Konto *Dinge, die ich niemals jemandem erzählen werde, noch nicht mal Pauline oder Mum, und am allerwenigsten Konstantin.*

Aber wer oder wie wollte ich dann sein?

»Sei freundlich, wie ich es dir beigebracht habe, und mach ein bisschen Konversation. Weißt du vielleicht, was Konstantins Mutter gerne mag, ein Hobby oder so? Oder sein Vater? So was ist immer ein toller Einstieg in ein Gespräch, die Leute freuen sich, wenn andere ihre Interessen ernst nehmen.«

Tja, auch da hatte ich leider keine Ahnung. Alles, was ich von Konstantins Eltern wusste, war, dass sie am anderen Ende des Ortes in einem Haus mit großem Garten wohnten. Und einen wahnsinnig tollen Sohn hatten – für mich bisher völlig ausreichende Informationen. Das war's dann auch schon.

»Als ich in deinem Alter war, da war ich ähnlich schüchtern wie du. Was mir irgendwann geholfen hat, war –«

Der Zimtschneckengeruch kam schlagartig und natürlich genau in dem Moment, als das Gespräch mit meiner Mutter endlich interessant wurde. Wenn Mum anfing, aus dem Nähkästchen zu plaudern, war das oft hilfreich – entweder in die eine oder andere Richtung. (Manchmal waren echt gute Tipps dabei, manchmal aber auch Beispiele, wie man es besser nicht machen sollte. Meine Mum war ziemlich impulsiv, und offenbar lag es in unserer Familie, ganz gerne mal in das sprichwörtliche Fettnäpfchen zu treten.)

Aber wie gesagt – heute war wohl mal wieder nicht mein Tag, denn Mums Tipps gingen an mir vorbei. Vielleicht konnte Victoria profitieren, mit der ich gerade den Platz getauscht hatte. Denn ich sprang von meinem Zimmer im *B&B* direkt in mein Harry-Potter-Gedenk-Kämmerchen in Parallel-Tante Pollys Wohnung.

Gleich nach meiner Ankunft checkte ich – ganz ausgefuchste Weltenspringerin, die ich mittlerweile war – erst mal die Lage. (Leider bekam ich trotzdem immer noch ziemlich Herzklopfen, wenn ich sprang. Obwohl ich mich damit abgefunden hatte, dass mir das nun mal passierte, konnte sich mein jeweiliger Körper scheinbar nicht so recht daran gewöhnen. Der schickte hartnäckig Adrenalinschübe durch meine Adern, und es dauerte immer ein paar Augenblicke, bis ich wieder ruhig durchatmen konnte.)

Ich war in meinem beziehungsweise *ihrem* Zimmer gelandet, das wirklich richtig klein war, aber trotzdem kuschelig. Der Abstand zwischen Bett und Schrank war größer als gedacht, und der kleine Arbeitsplatz unter der Dachschräge hatte bei genauerer Betrachtung sogar etwas Gemütliches.

Außer den leisen Straßengeräuschen von draußen war nichts zu hören, in der Wohnung war es komplett still. Was ich fast bedauerte, denn ich hätte gerne noch ein Weilchen mit Mum geplaudert, oder wenigstens mit Tante Polly.

Vielleicht konnte ich ja Pauline erreichen! Ich griff nach dem Smartphone meines zweiten Ichs, das auf dem kleinen Schreibtisch lag (sie hatte zum Glück dasselbe Modell wie ich zu Hause), und scrollte durch das Adressbuch.

Da war Pauline, sie hatte auch dieselbe Nummer, aber ich erwischte nur die Mailbox.

Mist, Mist, Mist.

Doch gerade, als ich mich aufs Bett hatte fallen lassen und an die niedrige Decke starrte, vibrierte das Telefon in meiner Hand.

> Ich bin doch heute noch mal beim Zahnarzt. Ist etwas passiert?

O ja, Pauline, allerdings.

> Bin wieder gesprungen. Also, ich bin praktisch Parallelvicky. Hallo ;-)

Paulines Antwort kam innerhalb von Sekunden.

> Ausgerechnet, wenn ich nicht da bin! Ich hab so viele Fragen an dich! Wo bist du? Aber erst mal – willkommen! ☺ ☺ ☺

Ach, meine Pauline war einfach die Beste, egal ob zu Hause oder hier. Warum musste sie bloß ausgerechnet in diesem Moment unterwegs sein? Wir tippten eine Weile hin und her, aber leider musste sie bald aufhören, weil sie aufgerufen wurde.

Und da saß ich dann wieder und dachte an Victoria und ihr Gespräch mit Mum. Und da fiel mir etwas ein. O Gott, hoffentlich sprang ich überhaupt heute Nachmittag noch zurück! Die arme Victoria wäre vermutlich noch überforderter von der Eltern-Aktion als ich! Wo *ich* doch schon keinen Schimmer hatte, was ich machen sollte. Wenn ich wenigstens gewusst hätte, was Konstantins Eltern interessieren könnte oder was sie von Beruf waren. Oder wenn –

Da kam mir eine Idee. Eigentlich hätte ich vorsichtiger sein müssen, nachdem schon zwei meiner grandiosen Ideen in der Parallelwelt in die Hose gegangen waren, aber an diesem Nachmittag überwog meine Verzweiflung. Ich durfte mich nicht noch mal vor Konstantin so kolossal zum Deppen machen, aber genau das würde geschehen, wenn ich nachher unvorbereitet vor seiner Tür stehen würde. (Ich glaubte fest daran, vorher wieder zurückzuspringen. Es war sozusagen alternativlos.)

Deswegen machte ich es also ein drittes Mal – ich verließ die Wohnung und machte mich mit dem Fahrrad auf den Weg. Zum Haus von Konstantins Eltern.

Aber diesmal wusste ich ganz genau, was ich tun würde.

Konstantin konnte nicht zu Hause sein, ich wusste ja aus Victorias Briefen, dass er auch hier Tutor im Computerclub war, der an diesem Nachmittag Sprechstunde hatte.

Wenn ich also gleich vor der Tür stehen würde, konnte ich relativ sicher sein, ihn nicht zu treffen. Stattdessen würde ich ein paar Worte mit seiner Mutter (oder mit seinem Vater) wechseln, dabei zwei, drei Informationen herausfinden, die ich hoffentlich für meinen Besuch später in der echten Welt gebrauchen konnte, und mich dann verabschieden.

Und das ganz ohne mich lächerlich zu machen.

So einfach war das.

Konstantin und seine Eltern wohnen am anderen Ende unseres Städtchens in einem gemütlichen Holzhaus, das umrahmt ist von einem halbhohen Staketenzaun und jeder Menge gepflegter Rosenbüsche, die in allen erdenklichen Farben blühten. Zumindest Parallel-Konstantins Mutter hatte, was Blumen anging, einen ganz ähnlichen Geschmack wie meine Mum.

Auf der Fahrt hierher hatte ich mir meine Ausrede perfekt zurechtgelegt und im Geiste geübt. Ich würde vorgeben, Redakteurin unserer Schülerzeitung zu sein, die einen Beitrag über das Sommerfest nächste Woche schreiben wollte. Und Konstantin in seiner Funktion als Mitglied im Ruderclub hatte sich (selbstverständlich freiwillig) für ein Interview zur Verfügung gestellt. (Dass er auch hier im Ruderclub war, musste ich leider auch auf gut Glück annehmen. Aber, dass er wie neulich bei Level siebenundzwanzig am Rudergerät trainierte, war doch auf jeden Fall schon mal ein ziemlich sicheres Zeichen.)

Genauso erklärte ich es ein paar Minuten später seiner Mutter, die mir wie erwartet die Tür aufgemacht hatte. Von ihr hatte er offensichtlich sein gutes Aussehen geerbt, denn sie hatte glänzende, kastanienbraune Haare, die locker auf ihre Schultern fielen, und ein strahlendes Lächeln.

»Ach, das ist ja nett von Konstantin«, sagte sie. »Aber leider ist er noch nicht zu Hause, mittwochs ist er immer im Computerclub.« Sie guckte ziemlich bekümmert, und beinahe tat mir meine Lüge leid.

Ich versuchte, genügend gespielte Enttäuschung in meiner Stimme mitschwingen zu lassen, als ich antwortete: »Das ist aber schade. Na ja, dann versuche ich eben, ihn morgen in der Schule zu erwischen. Ist ja nicht ganz so dringend.«

»Aber ich werde ihm ausrichten, dass du da warst.«

»Nicht nötig!«, beeilte ich mich zu sagen, »er hat genug um die Ohren.« *Seine alberne Freundin ertragen, zum Beispiel.* »Ich werde ihn einfach –«

»Konstantin!«

»Genau, ich werde Konstantin einfach morgen –«

»Da ist er ja.«

»Ja, wie gesagt, morgen, wenn er in der Schule ist, werde ich ihn einfach kurz befragen.«

»Zu was befragen?«

Die Stimme seiner Mutter war auf einmal so anders. Tiefer. Und irgendwie – männlicher.

Und kam von hinten.

»Konstantin!«, wiederholte sie.
Ja, genau. Konstantin.
Ich brauchte mich gar nicht umzudrehen, um zu sehen, dass mein ach-so-toller Plan mal wieder mit Schwung in die Hose gegangen war.
Verdammter Mist.
»Zu was willst du mich befragen?«, fragte er noch einmal und schob sich seitlich in mein Blickfeld.
Ich war kurz davor, vor Scham meinen Kopf gegen den Türrahmen zu donnern. Und ich war noch nicht mal sicher, in welchem von beiden danach eine größere Delle sein würde.
»Das Interview zum Ruderrennen!«, sagte seine Mutter und strahlte übers ganze Gesicht. »Ich dachte, du hättest es vergessen. Kommt rein. Wie war doch gleich dein Name?«
»Victoria«, antwortete Konstantin für mich, und ich nickte nur resigniert. In diesem Augenblick passte es mir irgendwie gar nicht, dass sich unsere Parallelversionen durch Pauline und Nikolas vom Sehen kannten. Denn irgendwie war das so noch peinlicher.
Parallel-Konstantin schien das Ganze allerdings nicht zu stören, denn er war total unaufgeregt. Und erstaunlich zutraulich. »Ein Interview, aha. Na, dann los«, sagte er und hielt mir sogar ganz gentlemanlike die Tür auf. Er führte mich einen schmalen Flur entlang und dann nach rechts in ein Esszimmer, das durch einen offenen Durchgang direkt mit der Küche verbunden war.
So wie meine Mum auf alles Britische stand und unser Haus dementsprechend aussah, waren Konstantins Eltern offensichtlich mehr die nordischen Typen, denn hier war alles eher in

Weiß, Blau und Grau gehalten. Die einzigen Farbtupfer waren die vielen gerahmten Bilder, die an der Wand links vom Esszimmertisch hingen.

»Oh, das sind ja alles Kinderbilder!«, rief ich und ging ein paar Schritte darauf zu, um einen genaueren Blick auf sie zu werfen. Es waren allesamt Fotos von knuffeligen, pausbäckigen Babys und Kleinkindern, in allen möglichen Situationen. Mum wäre ausgerastet, sie liebt Kinder über alles. Na ja, Konstantins Mutter auch, so wie es aussah.

»Sind die süß«, sagte ich, denn – die waren wirklich richtig süß. »Bist du das?«, fragte ich Konstantin und deutete auf eine besonders putzige Aufnahme, auf dem ein Kleinkind knietief im Matsch stand und frech in die Kamera grinste.

»Das ist meine Cousine Marlene«, sagte er und deutete mit dem Finger auf das Bild. »Sie hat ein rosageringeltes Oberteil an.«

»Na und, wer sagt denn, dass du so was nicht auch anhattest, als du klein warst? Hätte dir bestimmt gut gestanden. Außerdem hat meine Mum mir zum Beispiel eine ganze Zeitlang ausschließlich dunkelblaue Sachen angezogen, vor allem Latzhosen, weil sie kurz vor meiner Geburt so ein süßes Kinderlabel aus London gefunden hatte, die aber leider nur Jungsklamotten hatten. Hat sie scheinbar nicht gestört, und für die Leute aus unserem Ort war ich ganz lange der kleine Victor. Irgendwann war diese Phase vorbei, genauer gesagt, als Pink wieder in Mode kam. Dann wurde ich über Nacht Prinzessin. Also, rein klamottentechnisch, meine ich«, fügte ich hinzu, weil Konstantin angefangen hatte, mich breit anzugrinsen.

»Prinzessin?«

»Ja, du weißt schon – rosa Tüllröckchen mit Glitzer und so. Und wahrscheinlich hat meine Mum damals damit maßlos übertrieben, denn ich wollte so was später nie wieder haben. Zumindest ist das heute mein Argument, wenn sie hin und wieder an meinen Klamotten rumkrittelt.«

O Gott, was redete ich da?

»Was gibt's an deinen Klamotten auszusetzen?«, fragte er, und ich wand mich innerlich vor seinem leider viel zu aufmerksamen Blick, mit dem er mich von oben bis unten betrachtete. Als ob er sich mich genau einprägen wollte.

Möglichst lässig zuckte ich mit den Schultern und vergrub die Hände tief in den Taschen meiner grauen Röhrenjeans. »Na ja, mein Styling ist eben nicht besonders weiblich.« Das hatten nämlich mein aktuelles Parallel-Ich und ich selbst gemeinsam – wir trugen am liebsten Jeans und T-Shirt.

»Ich finde es weiblich genug.«

Weiblich genug?

Was meinte er denn bitte schön damit?

Und – war das jetzt eher gut oder schlecht?

Ich kam nicht mehr dazu, ihn danach zu fragen, denn in diesem Moment kam seine Mutter zu uns in die Küche und machte sich an der Kaffeemaschine zu schaffen.

»Victoria, du bleibst doch noch auf ein Stück Kuchen?«

»Äh, ja klar«, sagte ich. »Gerne.« Ich hatte zwar keine Ahnung, ob Parallel-Konstantin etwas dagegen haben könnte, aber zumindest machte der gerade nicht den Eindruck, dass es ihm total gegen den Strich ging.

Er sagte nur: »Bin gleich wieder da«, und dann hörte ich seine Schritte auf der Treppe nach oben.

Umso besser, dann konnte ich mich jetzt wenigstens auf seine Mutter konzentrieren. Was hatte Mum gesagt, kurz bevor ich hierhergesprungen bin? *Betreibe Konversation. Finde heraus, welche Interessen seine Eltern haben, und lobe sie dafür.* Gut, dann mal los.

»Ein schönes Haus haben Sie. Vor allem die Rosen sind echt toll«, fing ich an, und scheinbar war es genau der richtige Einstieg, denn Konstantins Mutter drehte sich mit einem strahlenden Lächeln zu mir um. Sie hatte in diesem Moment große Ähnlichkeit mit Natalie Portman. Ich mochte sie auf Anhieb.

»Ja, nicht wahr? Das Haus war ein echter Glücksgriff. Wir sind ja erst vor einem Jahr hierhergezogen, und ich hatte wirklich Angst, dass es vor allem Konstantin schwerfallen würde, sich einzuleben, nachdem er unsere gewohnte Umgebung verlassen musste und seine alten Freunde. Aber hier muss man sich einfach zu Hause fühlen.«

Sie plauderte munter weiter, und ich fing tatsächlich an, mich zu entspannen. Das lief ja besser als geplant. Und während sie Milch aufschäumte, erzählte sie mir ihre komplette Lebensgeschichte und die ihrer Familie: wie sie und Konstantins Vater sich kennengelernt hatten (mit achtzehn auf einem Konzert), von ihrer Hochzeit und gemeinsamen Campingurlauben, bei denen Konstantin jedes Mal etwas angestellt hatte.

Ich machte mir gedanklich jede Menge Notizen. (Ich geriet sogar in Versuchung, unter dem Tisch das Handy meines anderen Ichs zu zücken und einfach auf *Aufnahme* zu drücken. Aber das half mir ja nichts, wenn das Handy nicht auch ein Parallelspringer war. Und bei aller Offenheit gegenüber Weltenspringerei und so – *das* war nun wirklich nicht realistisch.)

Konstantins Mutter redete und redete und war dabei so herzlich und lieb, dass ich noch nicht einmal ablehnen konnte, als sie mir freudestrahlend ein Stachelbeertörtchen auf meinen Teller schob. (Leider verabscheute ich Stachelbeeren. Und zwar seit dem Tag, an dem meine Tante Polly mal zu Halloween ein Büfett gemacht hatte, bei dem sie Stachelbeeren als Zombie-Augen missbraucht hatte. Das und der leicht pelzige Geschmack ließen mich seitdem immer leicht würgen, wenn die Dinger nur in meine Nähe kamen.)

Aber wie hieß es so schön? Ich war im Auftrag der Liebe unterwegs, also Augen zu und durch. Deswegen schloss ich selbige und spülte meinen ersten Bissen Törtchen mit einem bitteren Schluck Kaffee runter. (Ja, genau, den mochte ich auch nicht. Ich trank Tee. Und zwar *nur* Tee. Kaffee war meiner Meinung nach was für alte Leute oder für solche, die auf Magenschleimhautentzündungen standen.)

Als Konstantin wenig später zurück in die Küche kam, hatte ich jede Menge Infos von seiner Mutter bekommen, die ich bei meinem offiziellen Besuch hoffentlich würde nutzen können.

»Du bist ja noch da«, sagte er und guckte irgendwie abgelenkt, auch wenn er sonst ziemlich genauso aussah wie das Parallel-Exemplar bei mir zu Hause. Er trug ausgewaschene Jeans und ein weißes T-Shirt mit V-Ausschnitt, was toll zu seiner leicht gebräunten Haut aussah. Ich musste mich zusammenreißen, um ihn nicht anzustarren, vor allem nicht vor seiner Mutter.

»*Du* bist ja auch noch da«, antwortete ich deswegen genauso schlau, und seine Lippen zuckten kurz, als er sich eine monstergroße Bechertasse aus dem Schrank nahm und unter die Kaffeemaschine stellte.

»Ich lasse euch jetzt alleine, dann könnt ihr in Ruhe euer Interview machen«, sagte da seine Mutter, und ich riss mich widerwillig von Konstantins wunderschönem, sportlichen, breiten-aber-nicht-bulligen Rücken los.

Ach ja, das blöde Interview.

»Ach ja, das blöde Interview«, sagte Konstantin. »Dann mal los, damit wir es bald hinter uns haben.«

Äh, ja. Der wahnsinnig spannende Ruderclub unserer Schule barg vermutlich genauso viele Geheimnisse wie Heidi Klums Liebesleben.

Um Zeit zu schinden, holte ich aus meiner Tasche einen leeren Notizblock, den ich in der Eile vorhin gerade noch eingepackt hatte, und einen Kuli. Und überlegte fieberhaft, was ich ihn jetzt fragen konnte.

Wie kommt es, dass du am Mittwochnachmittag nichts Besseres zu tun hast, als zu Hause zu sitzen?

Wie machst du es, mich anzulächeln, als ob dich die Situation hier gerade überhaupt nicht nerven oder langweilen würde?

Wieso hast du diese süßen Grübchen, die ich ständig anstarren muss und am liebsten küssen würde, obwohl du gar nicht mein Konstantin bist, sondern seine Parallel-Version?

Und warum bin ich nur so schrecklich verliebt in dein Parallel-Ich, dass ich schon halluziniere und denke, dass du mir gerade zugezwinkert hast, wie du es zu Hause manchmal tust?

Moment mal.

Da kam mir ein Gedanke.

Hatte ich nicht selbst daran gedacht, dass ich durch meine Aktionen hier etwas bewirken wollte? Was, wenn es mir trotz der Katastrophen geglückt sein sollte? War Parallel-Konstantin vielleicht drauf und dran, sich in mein anderes Ich zu verlieben?

Ich meine, wenn es sogar möglich war, dass er sich in *meiner* Welt in *mich* verliebt hatte, wäre das hier doch gar nicht so weit hergeholt, oder?

Schließlich war Victoria – das musste ich ganz klar zugeben – eine bessere Version meiner selbst. Sie war lieb, mitfühlend und vorausschauend, und das, obwohl ihr die Sterne allen Anschein nach weniger gewogen waren als mir, was ihre gesamte Lebenssituation anging. Zumindest, soweit ich das bisher mitbekommen hatte. Trotzdem hatte sie mich noch nicht ein einziges Mal in Schwierigkeiten gebracht.

Ich riss mich zusammen. Okay, ich musste dafür sorgen, dass sie aus der Nummer hier gut herauskam, wenn sie wieder zurücksprang.

Schnell kritzelte ich auf meinen Block.

Interview für Schülerzeitung – Der Ruderclub in der Vorbereitung zum Rennen am kommenden Schulfest

Konstantin hob fragend eine Augenbraue: »Du hast nichts vorbereitet?«

»Ist alles hier drin«, sagte ich und tippte auf meine Stirn.

Mein riesiger Vogel, zum Beispiel.

Ich räusperte mich. »Frage eins: Was sind deine Ziele für das Rennen am Samstag?«

»Soll ich gleich darauf antworten?«

»Wenn du hier schnell fertig werden willst, wäre das ideal«, sagte ich lässig und zückte meinen Stift.

»Ziel ist es, zu gewinnen, ganz einfach. Wie jedes Jahr wollen wir den Lehrer-Achter plattmachen.«

»Schön. Dann Frage zwei: Wie bereitest du dich auf das Rennen vor?«

»Ich esse Stachelbeertörtchen mit netten Mädels, anstatt mich im Sportclub abzumühen.«

»Das ist Blödsinn, eigentlich müsstest du im Computerclub rumhängen«, sagte ich.

»Woher weißt du das?«

Weil du das immer am Mittwochnachmittag machst. »Weil das deine Mutter vorhin gesagt hat.« Ging doch. Wenn ich versuchte, mich ein wenig zu konzentrieren, lief es gar nicht so schlecht.

Konstantin sagte nichts und grinste mich nur an, dass ich seine Grübchen wieder sehen konnte. Und ja, selbstverständlich musste ich dämlich zurückgrinsen. Aber was soll's. Grinsen war immer noch besser, als irgendeinen Blödsinn zu verzapfen.

Und jetzt zurück zum Interview.

»Frage drei: Wie wird euer Boot dieses Jahr aussehen?« So komisch sich diese Frage las, so aktuell war sie dennoch. Denn es würde keine gewöhnliche Regatta sein, die am kommenden Samstag stattfand, sondern ein Drachenbootrennen. Drachenboote waren an Bug und Heck ganz nach chinesischer Tradition festlich geschmückt, geschnitzt oder bemalt und damit sehr viel besonderer als normale Ruderboote.

Konstantin setzte gerade zu seiner Antwort an, als ich den feinen Zimtgeruch wahrnahm.

Jetzt war es also so weit.

Nach einem letzten Blick auf meinen Block verschwand ich aus Konstantins Esszimmer und landete daheim in meinem Zimmer.

Mein anderes Ich würde sich jetzt alleine durchkämpfen müssen. Aber durch meine Notizen dürfte sie recht schnell kapieren, in welcher Situation sie gerade gelandet war. Und ich hoffte sehr, dass Parallel-Konstantin ihr jetzt erst mal ähnlich lang und breit erklären würde, was sein Team sich Besonderes hatte einfallen lassen für das Boot. Das hatte er nämlich neulich bei mir auch getan.

🌹

Gott sei Dank hatte Mum mir (beziehungsweise meinem anderen Ich) offenbar in der Zwischenzeit mit meinem Outfit geholfen, was gut war, denn ich hatte nur noch zwanzig Minuten Zeit. Ich trug ein grünes Hemdblusenkleid und Leggins und sah darin gar nicht mal so übel aus. Ich wollte schon instinktiv zum Notizblock greifen, als ich mich zusammenriss. Hier in dieser Welt war ich ja so eingeladen und musste mir keine Interviewfragen aus den Fingern saugen.

Pünktlich stand ich geschniegelt und gebügelt vor der Tür des geschmackvollen Holzhauses – und stellte panisch fest, dass es hier keine einzige Rose im Garten gab. Da war nur Wiese, die eher aussah wie ein Acker. Ich musste mir ganz dringend einen neuen Gesprächseinstieg ausdenken! Dabei hatte ich mir auf dem Weg hierher noch einmal alles, was ich gerade erfahren hatte, ins Gedächtnis gerufen. Die Kinderbilder. Eben die Rosen. Cousine Marlene. Urlaubsgeschichten vom Campingplatz. Hoffentlich waren die Rosen der einzige Unterschied.

Nachdem ich dann doch irgendwann geklingelt hatte, öffnete mir diesmal nicht Konstantins Mutter die Türe, sondern er selber, mit einem lässigen Grinsen im Gesicht.

»Da bist du ja endlich!«

Ich kam gar nicht dazu, ihm zu erzählen, dass es gar nicht so selbstverständlich war, dass ich hier war – von wegen unkontrollierter Parallelweltspringerei und so weiter –, da hatte er schon meine Hand genommen und führte mich durch den Flur zum Esszimmer, genau wie sein anderes Ich vorhin.

Ich war ein bisschen überrascht, dass neben seiner Mum auch sein Vater zu Hause war. Die beiden saßen am Tisch und tranken gemeinsam Kaffee. Und hielten doch tatsächlich Händchen, als wir hereinkamen.

»Vicky, das sind meine Eltern«, sagte Konstantin und blieb mit mir im Türrahmen stehen.

»Freut mich sehr!«, sagte ich mit meinem besten Sonntagslächeln und hob die Hand zu einem Gruß, weil ich nicht sicher war, ob ich jetzt einfach ins Zimmer marschieren und ihnen die Hand hinstrecken sollte. Außerdem hielt Konstantin mich immer noch fest, so dass ich mich von ihm hätte losreißen müssen, und wenn ich es mir genauer überlegte, wollte ich das um nichts auf der Welt.

»Hallo, Vicky. Schön, dass du uns mal besuchst«, sagte seine Mum, die genauso nett aussah wie ihr zweites Ich.

Ich überlegte gerade fieberhaft, wie ich sie in ein Gespräch über Campingurlaube oder Stachelbeertörtchen verwickeln konnte, als Konstantin sagte: »Wir sind dann mal oben!« Und schon hatte er mich wieder durch die Tür geschoben und bugsierte mich die Treppe hinauf.

»Ich dachte, deine Eltern wollten mich kennenlernen.«

»Haben sie doch gerade.«

»Wir waren keine zwei Minuten da unten. Nicht mal eine.«

»Na und? Sie fanden dich sehr sympathisch.«

»Nach einer Minute? Woher willst du das wissen?«

»Ich kenne sie eben.« Er sah mich von der Seite an. »Außerdem dachte ich, dass du vielleicht lieber mit mir in mein Zimmer gehen würdest.«

»Aber ich wollte ihnen doch Komplimente machen! Und Konversation!« Wozu hatte ich schließlich gerade in der Parallelwelt geübt und mir dieses scheußliche Törtchen mitsamt dem bitteren Kaffee hineingezwungen?

»Komplimente und Konversation?« Konstantin hob amüsiert eine Augenbraue.

Mist. Hatte ich das jetzt wirklich laut ausgesprochen?

Möglichst cool antwortete ich: »Ja, genau. Komplimente. Damit sie mich mögen. Die bekommt nämlich jeder gerne.«

»Sie mögen dich auch so.«

»Das kannst du nicht wissen«, wiederholte ich mich, diesmal einen Hauch muffiger. Er sollte bloß nicht mitbekommen, wie mich das alles hier aus der Bahn warf.

Aber Konstantin ließ sich nicht aus der Ruhe bringen, während er neben mir die Treppe nach oben ging.

Und dann sagte er etwas, sehr leise – aber es reichte, um mir komplett den Wind aus den Segeln zu nehmen: »Doch, ich weiß es. Außerdem reicht es doch sowieso, dass *ich* dich mag.«

Ja, das tat es tatsächlich. *Hach.*

Eine kluge Antwort darauf fiel mir leider nicht ein, und ich musste mich für einen Augenblick am Treppenpfosten festhalten, weil meine Beine kurz davor waren, wie Wackelpudding nach unten ins Erdgeschoss zu fließen. Und ich wurde ziemlich rot. Was er hoffentlich nicht sah, denn wir waren bei seinem Zimmer angekommen.

Konstantin hatte ein typisches Jungszimmer (nicht, dass ich große Vergleichsmöglichkeiten hatte, aber es war zumindest genauso, wie ich es mir vorgestellt hatte): ein breites Bett an einer Seite der Wand (sogar mit schönen, einfarbigen Bezügen und nicht mit irgendeiner peinlichen Fanbettwäsche), ein Einbauschrank, ein Schreibtisch mit jeder Menge Zettelkram und einem großen Bildschirm drauf. Es wirkte insgesamt eher leer und war damit so ziemlich das Gegenteil von meinem kleinen Reich bei uns zu Hause, das bis oben vollgestopft ist mit *sentimentalem Kram* (O-Ton Mum).

Ich stand unschlüssig in der Mitte des Raumes, als Konstantin die Tür hinter uns schloss und sich dagegenlehnte. Ich hatte das Gefühl, dass er irgendetwas sagen wollte, sich aber nicht traute, und auf einmal sah er gar nicht mehr so lässig aus. Sondern eher wieder so unsicher wie neulich auf der Theaterbühne. Wurde er neuerdings immer unsicher, wenn wir allein waren?

»Sollen wir wieder runtergehen?«
»Warum?«
»Nur so eine Idee«, sagte ich. »Weil du vor Freude ja gerade zu platzen scheinst, dass ich hier bin.«
»Ich freue mich.«
»Ja. Das merkt man.« Ich setzte mich vorsichtig auf die Bettkante. »Aber es ist ja auch nichts dabei.«
»Wobei?«
Herrje, manchmal war er wirklich schwer zu durchschauen.
»Dass wir hier oben in deinem Zimmer sind. Alleine. Außerdem hattest du doch sowieso schon –« Ich brach mitten im Satz ab und biss mir auf die Lippe.
Denn da lag tatsächlich der Hund begraben. Konstantin hatte nämlich schon mal eine Freundin gehabt und damit sehr viel mehr Erfahrung als ich, das hatte er mir selbst erzählt. An seinem früheren Wohnort, ehe er mit seinen Eltern hierhergezogen ist.
»Was hatte ich schon?«, fragte er und strich sich eine Haarsträhne aus der Stirn.
Aber ich versuchte, das Ganze möglichst locker zu nehmen. Ich hatte mir ja versprochen, in Zukunft ehrlich zu sein.
»Du hattest schon eine Freundin. Vermutlich schon ganz viele. Mit denen du alleine in deinem Zimmer warst.«
»Nicht ganz viele«, antwortete er leise. »Nur eine.«
Wenigstens etwas, auch wenn alleine der Gedanke an diese eine schon weh tat. Und ehe ich es verhindern konnte, fragte die Masochistin in mir: »Und, wie war sie so?«
Er guckte mich an, als ob er nicht sicher war, was er antworten

sollte. Schließlich sagte er: »Es war schon Schluss, ehe wir letztes Jahr hierhergezogen sind.«

Das hatte ich zwar nicht gefragt, trotzdem war ich froh über die Antwort.

»Wie war ihr Name? Ach nein, sag nichts. Ist total egal«, beeilte ich mich zu sagen, denn ich wollte es wirklich gar nicht wissen. Vermutlich würde ich sonst die ganze Zeit an sie denken. Unglaublich, was so ein Herz mit einem anstellen konnte.

Jetzt war ich schon auf jemanden eifersüchtig, den ich noch nicht mal kannte und aller Wahrscheinlichkeit nach (und zum Glück) auch niemals kennenlernen würde.

Das Klingeln von Konstantins Handy riss mich aus meinen Gedanken. Er nahm ab und stöhnte gleich darauf ins Telefon.

»Muss das jetzt sein?«

Ich zuckte zusammen. Ich hatte keine Ahnung, wer der Anrufer war oder was er wollte, aber es passte Konstantin anscheinend nicht besonders.

»Sag ihm, er hat einen Knall!«

Na ja, *nicht besonders* war noch gelinde ausgedrückt.

»Okay. Ist ja gut. Dann bis gleich«, sagte er schließlich und klickte das Gespräch weg.

»Du musst weg?«, fragte ich.

Konstantin seufzte, als er das Handy wieder in seine Hosentasche steckte. »Sieht so aus. Tobi von den Ruderern hat ein Extra-Training anberaumt, weil sich die Aufstellung des Lehrer-Achters noch mal geändert hat. Jetzt rudern anscheinend *alle* Sportlehrer und nicht nur drei wie vermutet. Deswegen müssen wir auch noch mal ran.«

Enttäuschung machte sich in mir breit. »Oh, aha. Schade. Aber da musst du natürlich hin, ist ja klar.«

»Ist das okay für dich?«, fragte er.

»Ja, natürlich. Aber nur unter der Bedingung, dass ihr die Lehrer beim Sommerfest so richtig fertigmacht. Etwas anderes ist keine Option!«

Er grinste schelmisch, als er mir die Tür aufhielt und mich wieder nach unten begleitete.

»Das versteht sich von selbst, Süße.«

Hey, Vicky, wie war's bei Konstantins Eltern? Konntest du sie um den Finger wickeln? Aber vorher warst du wieder DORT, oder???

Ja, kurz bevor ich zu K gefahren bin. Hattest du Kontakt mit IHR?

Ja, deswegen schreibe ich. SIE ist ja so nett! Hat mich sofort angerufen, als sie angekommen ist, aber wir konnten leider nur ganz kurz sprechen, weil deine Mum dauernd in dein Zimmer gekommen ist, wegen der Klamotten. Musste ihr haarklein erzählen, was du am Nachmittag vorhast, damit sie gewappnet ist. Sie ist ganz schön vorausschauend!

Ja, scheint so.

Und was war bei dir los? Wo bist du gelandet?

Erzähl ich dir gleich in Ruhe. Lust auf Eis?

Bin in zehn Minuten da!!!

19.

Am nächsten Morgen konnte Konstantin sich gar nicht oft genug entschuldigen, und das, obwohl er für den abrupten Abbruch unseres Dates gestern nichts konnte. Aber es hatte auch sein Gutes gehabt. Ich hatte mich den Rest des Abends in die blöde Helena vertieft, und zwar mit Erfolg. Zwei Tage vor der Aufführung war ich endlich soweit, dass ich erstens wusste, worum es in dem Stück ging, und zweitens ziemlich genau den Text wiedergeben konnte, dank der stark gekürzten Fassung, die Frau Huppmann für unsere Theatergruppe gemacht hatte. (Blieb natürlich nur zu hoffen, dass es dieselbe Fassung auch in der Parallelwelt gab.) Die Passagen, die ich nicht wörtlich beherrschte, würde ich auf jeden Fall sinngemäß hinbekommen. Um einen Parallelwelt-Sprung auf die Bühne zu überstehen würde es allemal reichen.

Konstantin war den Rest der Woche beim Ruderteam eingebunden. Die Jungs taten so, als ginge es um den Deutschland-Achter bei den Olympischen Spielen, mindestens. Pauline lebte inzwischen schon fast im Bio-, Chemie- oder Physiklabor (wahlweise) unserer Schule und bereitete ihre Ausstellung für das Sommerfest vor. Allerdings nicht ohne mir ungefähr alle zwei Stunden eine Nachricht zu schicken, um mir zu sagen, wie nett sie mein anderes Ich fand und wie cool generell diese ganze Springerei sei und dass sie in den Sommerferien endgültig herausfinden musste, was dahintersteckte.

Ich hatte nicht so hohe Ziele, zumindest im Moment nicht. Dazu war ich leider nach zwei Wochen Praktikum in der Bäckerei (sprich: nach zwei Wochen Schlafentzug) viel zu gerädert. Aber an diesem Tag war mein letzter Praktikumstag bei den Ludwigs, und ich wäre sicher ein bisschen traurig gewesen, wenn ich nicht ständig hätte daran denken müssen, dass ich ab morgen wieder ausschlafen durfte.

Außerdem glaube ich, dass auch Frau Ludwig ein bisschen hin- und hergerissen war, ob sie sich freuen sollte, dass ich endlich weg war, oder nicht. Doch ohne mich hätte sie sicher nicht so endcoole Kreationen wie Erdnussbutter-Putenschinken-Brötchen oder Senf-Sesam-Camembert-Schnitten im Angebot. Die gingen weg wie nix. (Und dass ausgerechnet an meinem letzten Tag die Schublade aus der Kasse gefallen und ein Großteil des Wechselgeldes unter den Verkaufstresen gekullert war – dafür konnte ich wirklich nichts. Glaub ich.)

Zur Feier des Tages holte mein Dad mich nach meinem Dienstschluss am Mittag aus der Bäckerei ab und lud mich zum Essen ein, in ein schickes italienisches Restaurant in unserem Nachbarort, wo es sogar zum Lunch vier Gänge gab und blütenweiße Stoffservietten.

Allerdings war ich ein kleines bisschen enttäuscht, dass er scheinbar noch nichts in Richtung Bürgermeister unternommen oder wenigstens in Erfahrung gebracht hatte.

»Ich denke noch darüber nach«, hatte er gesagt, während wir uns über unseren superleckeren Antipasti-Teller hermachten. Als guter Anwalt konnte er seine Geheimnisse für sich behalten, und manchmal, so wie heute, fand ich das ausgesprochen doof.

Ich würde wetten, dass er mir nicht alles sagte, aber er wechselte sofort das Thema, als ich versuchte nachzubohren, und irgendwann musste ich aufgeben.

Eine gute Stunde später waren wir wieder auf dem Heimweg.

»Oh, schau mal. Das Haus von der alten Frau Glockengießer ist schon verkauft.«

Ich drückte meine Nase an die Scheibe von Dads Auto, als wir an dem großen Grundstück vorbeifuhren, das ein Stück weiter unsere Straße hinunter lag. Das Schild des Immobilienhändlers, das eine ganze Weile am Gartenzaun gehangen hatte, war verschwunden.

Bevor Frau Glockengießer ins Altersheim gezogen war, hatten wir sie oft dort drüben besucht. Mum liebte das Haus total, vor allem den Garten. Sie hatte unseren extra ein bisschen ähnlich angelegt, obwohl er etwas kleiner war und nicht so gut geschnitten.

»Ich fand ihren Swimmingpool immer schon so toll«, sagte ich wehmütig.

»Du meinst den mit den türkisen Mosaikfliesen? Daneben ist doch auch der kleine Pavillon mit dem Grillplatz.« Mein Dad bog in die Einfahrt ein. »Wie ein richtiges Wohnzimmer im Garten, oder?«

Ich guckte ihn erstaunt an. »Woher weißt du das?«

Dad zuckte mit den Schultern, als er vor unserem Haus in eine Parklücke fuhr. »Ich habe der Lady mit ihren Erbschaftsangelegenheiten geholfen.«

Ich wollte gerade sagen, wie lieb ich es von ihm fand, dass er bei alten gebrechlichen Damen sogar Hausbesuche machte, als ich jemanden aus unserer Haustür kommen sah. Jemanden, der dort meiner Meinung nach nichts, aber überhaupt nichts zu suchen hatte.

»Ist der Bürgermeister jetzt oft hier?«, fragte Dad, als er den Motor abstellte.

»Bisher hat es sich in Grenzen gehalten. Aber wenn du mich fragst – jedes einzelne Mal ist schon zu viel.«

Dad nickte versonnen, ehe er murmelte: »Komm, ich bring dich noch zur Tür.«

Und ehe ich protestieren und so etwas Dämliches sagen konnte wie *Ich bin fast fünfzehn, ich finde alleine rein* war mein Dad schon ausgestiegen und ging schwingenden Schrittes auf den Bürgermeister zu.

Bis ich zu ihm aufgeschlossen hatte, waren die beiden schon im Gespräch, Dad ganz locker, mit den Händen in den Anzugshosen, der Bürgermeister nicht ganz so sehr.

Aber gegen meinen Vater sahen überhaupt alle Männer uncool aus. Manche Leute mögen über die Steifheit und Traditionen der Briten lachen, aber so wie er in diesem Augenblick hier stand, würde er jeden eines Besseren belehren. Noch nicht einmal der Bürgermeister konnte ihm in seiner Lässigkeit das Wasser reichen, obwohl beide, rein äußerlich, ähnliche Typen waren: groß, dunkle Haare, dunkler Anzug mit weißem Hemd. Aber Dad sah trotzdem viel besser aus – fast wie ein Model aus Mums Modezeitschriften.

Der Bürgermeister wirkte dagegen wie ein etwas zwielichtiger Gemischtwarenhändler. Obwohl er uns beide schleimig mit Handschlag begrüßt hatte, schielte er zu seinem tiefergelegten Sportwagen, als ob er sich danach sehnte, endlich einsteigen und wegfahren zu dürfen.

Aber Dad war heute besonders gesprächig.

»Gibt es schon etwas Neues bezüglich der Spenden für den neuen Wald-Kindergarten? Frau Piper-Haase ist eine Mandantin von mir und hat erzählt, dass es da im Rathaus zu Verzögerungen kam.«

»Es ist alles geregelt«, sagte der Bürgermeister mit seinem eingemeißelten Grinsen. »Die Gelder werden bis Ende des Monats an die dafür vorgesehenen Stellen weitergeleitet.«

Dad lächelte verbindlich. »Das dachte ich mir, ich habe Frau Piper-Haase gleich gesagt, dass es sicher ein Missverständnis war«, sagte er. »Sehen wir uns denn morgen Abend bei der Stadtratssitzung? Ich bin sehr gespannt auf Ihren Vorschlag zur Finanzierung der Sanierung der Grundschule am Birkenplatz. Das Konzept hätte ja schon vor ein paar Monaten vorgelegt werden sollen, habe ich gehört. Aber schön Ding braucht ja bekanntlich Weile, oder wie sagt man das hier?«

»Ja, gut Ding will Weile haben«, murmelte der Bürgermeister und machte ein paar Schritte rückwärts, als wollte er einen Sicherheitsabstand zwischen sich und Dad bringen. Eigenartiger Typ. Keine Ahnung, was der für ein Problem mit Dad hatte. Außer vermutlich, dass er mal mit meiner Mum zusammen war.

»Auf Wiedersehen«, sagte Dad und gab mir einen Abschiedskuss auf die Wange. »Bis bald, Darling.«

»Mach's gut, Dad. Und danke für den tollen Lunch.«

Er zwinkerte mir noch einmal zu, ehe er sich umwandte und in sein Auto stieg.

Der Bürgermeister und ich schauten ihm nach, wie er sein riesiges Schiff geschmeidig aus der Parklücke lenkte und hinter der nächsten Ecke verschwand.

»Und, Vicky, wie war's denn heute in der Schule?«, fragte der Bürgermeister, der sich offenbar gleich wohler fühlte, nachdem Dad weg war. Und sofort wieder rumschleimte.

»Ich war nicht in der Schule.«

»Aber es sind doch noch keine Ferien, oder?«

»Nö. Aber ich bin trotzdem nicht hin.« *Weil ich heute noch Praktikum hatte, du doofer Hanswurst. Und wenn du Mum zugehört oder in der Bäckerei die Augen aufgemacht hättest in den letzten beiden Wochen, wüsstest du das auch.*

»Ach so, hm, na ja, schön, schön«, murmelte er. »Ich muss dann mal wieder. Also dann, bis demnächst.«

Ja, genau. Bis in fünfzig Jahren oder so. Vorher brauchte er sich von mir aus hier nicht mehr sehen zu lassen.

Was fand Mum bloß an ihm? Das musste ich sie jetzt echt mal fragen. Ganz lieb und freundlich, selbstverständlich. Oder ich bat Tante Polly, das für mich zu übernehmen, die konnte das im Zweifelsfall noch ein bisschen besser und authentischer rüberbringen als ich.

Als ich in unsere Küche kam, war es gerade Zeit für den Fünf-Uhr-Tee. Und für das typische Chaos im King'schen *B&B*. Heute mit Tante Polly und dem Röschen in den Hauptrollen, die sich gerade ziemlich in den Haaren lagen. (Statisten waren Mum, Oma, Opa – und Claire. Die mit offenem Mund das Schauspiel vor ihrer Nase verfolgte, anscheinend war sie so etwas nicht gewöhnt. Ihre Hausangestellten jedenfalls gingen sicher nicht so, na ja – *rau* miteinander um.)

»Jetzt regen Sie sich bloß nicht so auf, ich war das nicht!«, sagte Tante Polly, als ich durch die Tür kam.

»Was warst du nicht?«, fragte ich, während ich zu Mum ging und ihr einen Kuss auf die Wange gab.

Das Röschen hatte einen hochroten Kopf, als sie mit ihrem fleischigen Zeigefinger auf Tante Polly zeigte und stotterte: »Mein ... mein Beo hat vorher nie Geräusche gemacht wie ... wie ... Flatulenz!«

»Was ist Flatulenz?«, fragte ich, und Tante Polly fing an zu kichern.

»Ihr Beo macht Pupsgeräusche.«

»Können Vögel das denn?« Über das Verdauungssystem von Vögeln wusste ich praktisch gar nichts. Vielleicht hatten wir so was in Bio schon mal durchgenommen, aber vermutlich hatte ich da gerade nicht aufgepasst.

»Nur solche, die menschliche Geräusche imitieren.« Tante Polly kringelte sich vor Lachen beinahe auf unserem Fliesenboden, was das Röschen allerdings überhaupt nicht witzig fand.

»Sie machen jetzt sofort, dass er damit aufhört!«

»Wie denn, bitte schön? Der Vogel macht nur das nach, was er den ganzen Tag hört. Und anscheinend hört er eine ganze Menge. Nicht wahr, Kahlgusstaff?«, rief sie durch die offene Tür ins Wohnzimmer, wo der Beo in seinem Käfig flatterte und abwechselnd Pupsgeräusche und Tante Pollys Handyklingelton von sich gab.

»Sie, Sie ...«

»Sie was? *Sie Pupserin?*«

Ich konnte nicht anders und musste mit Tante Polly mitlachen. »Darf ich Kahlgusstaff am Montag mit in die Schule nehmen?«, fragte ich das Röschen. »Der wäre *die* Sensation.« Ich konnte sehen, dass Mum sich vorsorglich weggedreht hatte. Und irrte ich mich, oder zuckten Claires Lippen auch schon verdächtig? Na, das konnte eigentlich nicht sein, denn ich kannte niemanden, der weniger Humor hatte als Claire.

Das Röschen hatte die Lage zwischenzeitlich richtig erkannt und war mit rauschendem Wallekleid und klimpernden Ketten aus der Küche gedampft. Hier konnte sie wirklich nichts mehr gewinnen.

Ich nahm mir eine Tasse Tee und setzte mich zu Claire und meinen Großeltern an den Tisch, die ungefähr fünfhundert Postkarten vor sich liegen hatten und mit Briefmarken beklebten.

»Und was macht ihr so? Briefe an den Weihnachtsmann?«

Opa grunzte irgendwas und schob sich heimlich eine Praline in den Mund, als Oma gerade nicht hinsah, aber Oma war völlig in ihrem Element.

»Ein Preisausschreiben!«

»Oh. Aha.« Mir war gar nicht klar, dass es so etwas überhaupt noch gab. Lief heutzutage nicht alles online, per Newsletter und Gewinnspielaktionen über QR-Codes?

»Und zwar eines, das wir gewinnen werden.«

Ich guckte auf den riesigen Haufen Karten. »So, wie das aussieht, schon. Was ist denn der Hauptpreis?«

»Eine Schlager-Kreuzfahrt nach Namibia!« Sie strahlte übers

ganze Gesicht.»An Bord werden alle Stars sein, hautnah und zum Anfassen, sozusagen. Und jeden Abend ein Konzert an Bord. Matthias Reim, Ireen Sheer, Anna Maria Zimmermann – und Chris Roberts!!!«

Sie sang etwas, das sich anhörte wie *Ich bin verliebt in die Liebe* und pappte die letzten Briefmarken auf die ausgefüllten Karten.

»Ja, na dann – viel Glück.« Ob beim Gewinnen oder Verlieren, konnten sie sich dann selber aussuchen.

»Komm, Dietrich, lass uns schnell zur Post gehen, damit das mit dem Einsendeschluss noch hinhaut.«

Mein Opa erhob sich grunzend von der Eckbank und hinterließ beim Verlassen der Küche eine Spur aus glänzenden Pralinenpapierchen, die Mum seufzend wieder einsammelte.

»Für das viele Porto, das die beiden da gerade verbraten haben, hätten sie die Reise vermutlich auch regulär buchen können«, sagte sie.

Mein Blick fiel auf Claire. Eigentlich war doch auch ihr letzter Praktikumstag. Trotzdem saß sie noch hier, mit einem dampfenden Becher Tee vor sich, und knibbelte an ihren mit Glitzersteinchen besetzten Fingernägeln rum.

Ich wollte sie gerade fragen, ob Mum ihr Überstunden aufgebrummt hatte, als unser Telefon klingelte. Und nach einem Blick auf das Display wurde Mums Stimme eine halbe Oktave höher, als sie sagte:»Ich bin gleich wieder da!«

»Na, wer da wohl dran ist«, murmelte ich, eher zu mir selbst.

»Der Bürgermeister.«

Ach, Claire konnte ja doch sprechen.

»Dabei ist der doch gerade erst gegangen, oder?«

»Ja, das stimmt«, sagte Claire und nahm mit spitzen Lippen einen Schluck von ihrem Earl Grey. Vermutlich, um ihren korallefarbenen Lippenstift nicht zu verwischen. Oder weil sie beim Trinken ihren Unmut über unsere kindischen Teetassen kundtun wollte, das machte sie schon seit dem ersten Tag ihres Praktikums. (Heute hatte sie die Tasse mit: HAT DIE BLUME EINEN KNICK, WAR DER SCHMETTERLING ZU DICK.)

»Komischer Typ.«

»Da sind wir ausnahmsweise ja mal einer Meinung«, sagte ich.

Aber Claire überhörte meine zynische Bemerkung. »Unselbständig wie ein kleines Kind.«

»Wer jetzt, der Bürgermeister?«

»Wer denn sonst?«, fragte sie und rollte mit den Augen.

Jetzt stand ich aber doch auf dem Schlauch. »Also, mir wären da auf die Schnelle ein paar andere Adjektive eingefallen. Aufgeblasen. Überheblich. Selbstüberschätzend.«

»Der Typ ist total abhängig von Leuten, die ihm sagen, was er tun soll. Ein echter Politiker eben«, sagte Claire.

»Wie kommst du denn darauf?«

»Weil er keine Entscheidung alleine treffen kann. Er braucht immer jemanden, der ihn berät. Mein Vater übernimmt das nämlich hin und wieder«, fügte Claire selbstgerecht hinzu, und jetzt war ich es, die mit den Augen rollte.

»Aha. Na gut, aber was hat das mit meiner Mum zu tun?«

»Weil er sie jetzt vermutlich um irgendwas bittet. Und ich deswegen wieder alleine meinen Text lernen kann.« Sie verschränkte die Arme vor der Brust und sah plötzlich aus wie eine schmollende Fünfjährige.

Und trotzdem wurde ich schlagartig hellhörig. »Ist das denn schon mal passiert?«

»Praktisch fast jeden Tag, seit ich hier bin.«

Ich schwieg betroffen. Ich war die ganze Zeit so mit meinem Praktikum und der Springerei und mit Konstantin beschäftigt gewesen, dass ich meine Mum in den letzten beiden Wochen vollkommen aus den Augen verloren hatte.

Aber das war nicht gut. Gar nicht gut.

Als sie wieder in die Küche kam und uns verkündete, dass sie leider sofort noch mal losmusste, es wäre gerade Not am Mann im Rathaus, wusste ich, dass ich mich nicht länger nur um mich kümmern durfte. Sondern auch um Mum. Jetzt musste langsam mal ein Plan her.

»Es tut mir so leid, Claire, aber es ist dringend. Können wir das mit deinem Text auf morgen verschieben?«

Sie wartete die Antwort gar nicht ab, sondern war schon im Flur und schlüpfte in ihren Regenmantel.

»Ja. Morgen«, murmelte Claire, und wir saßen beide ziemlich bedröppelt am Tisch, als wir die Haustür ins Schloss fallen hörten. Mum hatte uns im wahrsten Sinne des Wortes einfach sitzenlassen.

»Morgen ist die Generalprobe«, sagte Claire. Und ich hätte schwören können, dass ihre Stimme dabei ein kleines bisschen zitterte, als ob sie mit den Tränen kämpfen würde.

Und plötzlich wurde ich von einer riesigen Welle Mitleid überrollt (die mir eigentlich so gar nicht in den Kram passte, denn es ging schließlich um Claire). Aber natürlich saß sie hier bei uns. Weil bei ihr zu Hause vermutlich niemand auf sie wartete. Und weil meine Mum mit ihr Text lernen wollte (zumindest theoretisch – wenn nicht der ätzende Bürgermeister dazwischengefunkt hätte). Weil Mum sich für sie interessierte. Weil sie eben so war, und der Rest meiner Familie auch, so schräg sie auch sein mochte.

Ja, und ich auch.

Deswegen hörte ich mich auch sagen: »Dann lerne ich mit dir.«

»Das sagst du doch nur so!«

»Wenn du es anzweifelst, kann ich es mir gerne auch noch mal überlegen«, sagte ich.

»Du willst mit mir meinen Text durchgehen?«, fragte Claire ungläubig.

O Mann, hatte ihr wirklich noch nie jemand einfach so spontan Hilfe angeboten? Vermutlich nicht, schoss es mir durch den Kopf. Und prompt bestätigte sich meine Vermutung.

»Was willst du dafür?«, fragte sie.

»Hä? Wofür?«

»Dass du mit mir den Text wiederholst?«

»Nichts?« Herrje, bot sie jedem, der ihr einen Gefallen tat, eine Gegenleistung an? War das eine Sache, die sie sich von ihren Eltern abgeguckt hatte?

»Na gut, gib mir einfach deinen Nagellack mit dem Glitzerzeugs drin, dann sind wir quitt«, sagte ich.

»Aber du hasst Nagellack!«

»Schnellmerkerin. Also, gib schon das Textheft rüber, Hermia, damit wir hier mal weiterkommen.«

Und so schlug ich an diesem Nachmittag unerwartet noch zwei Fliegen mit einer Klappe:

Ich war ein guter Mensch und lernte mit Claire *und* konnte währenddessen unauffällig den Text der Helena wiederholen. Das war so genial, dass ich mir die ganze Zeit in Gedanken auf die Schultern klopfte. Und langsam begann ich, mich richtig auf das Sommerfest zu freuen.

Denn so schnell würde mich da ganz bestimmt nichts aus der Bahn werfen.

20.

Obwohl der Nachmittag samt Textlernen mit Claire überraschend harmonisch verlief, ließ sie sich das am nächsten Tag in der Schule nicht anmerken. Nicht ein ganz kleines bisschen. »Hättest deinen Praktikumsbericht mal lieber früher gemacht«, höhnte sie nämlich, als ich am Freitagmorgen vor Schulbeginn mit meinem Berichtsblatt auf den Knien in unserem Klassenzimmer saß und mit fliegendem Stift die Fragen beantwortete, die teilweise, unter uns gesagt, auch selten dämlich waren. Möchte mal zu gerne wissen, wer sich das ausgedacht hat:

Hast du in den letzten beiden Wochen etwas gelernt?

Äh, nein, hab nur in die Luft geguckt.

Hat das Berufspraktikum dich in deiner zukünftigen Berufswahl beeinflusst?

Ja, hat es. Ich werde nie einen Beruf ergreifen, bei dem ich so früh aufstehen muss. Das war einfach nur die Hölle.

Gibt es etwas, das in deinem Praktikumsbetrieb deiner Meinung nach nicht zulässig war? Möchtest du im Anschluss an das Praktikum ein Gespräch mit dem Vertrauenslehrer vereinbaren?

Hä? Nach was suchten die, nach Verbrechern? Der Fragebogen hier klang ganz nach den Cloppenburgs, die sich ja dieses Jahr in Sachen Praktikum so engagiert hatten.

Apropos. Ich drehte mich nach rechts, wo über den Gang

Leonard saß und sich gerade mit Ben einen Schwertkampf mit Linealen lieferte.

»Hey, Leonard, wie war's denn so bei den Cloppenburgs?«

Leonard ließ das Geodreieck sinken, das ihm als Schild gedient hatte, und drehte sich grinsend zu mir um. »Super. Ich war praktisch in jeder Abteilung, hab da echt jede Menge Leute kennengelernt.«

»Ja, genau, weil niemand es mit dir länger als einen Tag ausgehalten hat!«, zischte Claire, die sich unbemerkt zu unserer Tischreihe gepirscht hatte. »Mein Vater war alles andere als begeistert.«

»Ach, das hat er dir vielleicht gesagt. Mich hat er jedenfalls gelobt. Er hat gesagt: ›Leonard, so eine Nervensäge wie du wird sicher mal ein guter Vertreter.‹«

»Das war kein Kompliment.«

»O doch, das war es. Mein Onkel ist nämlich auch Vertreter, für Haushaltsgeräte und Staubsauger, und der hat mittlerweile seinen dritten Porsche.«

»Weil er die ersten beiden zu Schrott gefahren hat.«

»Na und? Porsche ist Porsche.«

Gott sei Dank ging in diesem Moment die Schulglocke, und der Unterricht begann. Eine keifende Claire ist nämlich wahnsinnig anstrengend, das hält außer Leonard kaum jemand aus unserer Klasse aus. Aber der hat drei Schwestern und ist offensichtlich Kummer gewohnt.

Der Vormittag verging ziemlich langsam, was vielleicht daran lag, dass eine Woche vor den Ferien nicht mal die Lehrer mehr Lust hatten, uns etwas beizubringen und wir die ganze Zeit nur irgendwelche langweiligen Filme angucken mussten. Nachmittags hatte ich die Wahl, mich von Pauline beziehungsweise von ein paar hochexplosiven Stoffen in die Luft jagen zu lassen (sie hatte von unserer Direktorin grünes Licht für ein paar etwas heiklere Geschichten bei ihrem Chemie-Versuchsaufbau bekommen) oder nach Hause zu gehen, wo Oma, Opa und das Röschen auf mich lauerten. Mum war wieder im Rathaus und Konstantin in streng geheimer Mission unterwegs (sein Team versuchte, dem Drachenkopf am Bug ihres Bootes die Gesichtszüge ihrer Geschichtslehrerin Frau von Biedermann zu geben, was niemand wissen durfte).

Also entschied ich mich lieber für den Festsaal, um bei der Generalprobe des *Sommernachtstraums* zuzuschauen. Dann konnte ich auch gleich mal sehen, ob Claire die beiden Textpassagen beherrschte, die am vergangenen Abend noch nicht so gut gesessen hatten. (Was sie tierisch aufgeregt hatte. Am Ende waren sogar Schweißperlen durch die vielen Schichten Make-up durchgekommen. Ein erstaunlicher Anblick.)

Die Fenster des Festsaals waren wie neulich in Vorbereitung auf die Vorführung am Samstag schon komplett verdunkelt. Nur die Bühnenbeleuchtung war angeschaltet und ein paar einzelne Strahler an der Rückwand des Saals, wo gerade noch die letzten Stühle aufgestellt wurden.

Ich setzte mich auf eine Holzkiste neben der Bühne, wo sich auch schon etliche andere aus der Theater-AG versammelt hatten – die Leute aus der Beleuchtungs- und Tontruppe, die Mädels, die sich um Kostüme kümmerten, und natürlich die Darsteller, die leise ihren Text vor sich hin murmelten.

Froh, dass ich hier nichts mehr zu tun hatte (zumindest nicht in dieser Welt), sah ich mich um. Genau wie neulich funkelte der Wald geheimnisvoll und irgendwie magisch, und ich musste sofort wieder an den Abend denken, als Konstantin mich hierhergebracht hatte. Das war das Romantischste, was ich je in meinem Leben erlebt hatte, und plötzlich vermisste ich ihn noch mehr als sowieso schon, denn wir hatten uns nicht mehr gesehen, seit ich bei ihm zu Hause gewesen war.

Ich zog mein Smartphone aus der Tasche und tippte eine Nachricht an ihn.

> Bin gerade wieder im Sommernachtswald. Diesmal ist es hier leider sehr viel voller als letztes Mal. Lange nicht so schön.

Seine Antwort kam keine Minute später.

> Nicht so schön wie mit mir? Das will ich doch schwer hoffen :-)

Ich wollte ihm gerade antworten, dass grundsätzlich alles schöner war, solange er nur dabei war, hielt aber dann doch inne. Keine Frage, ich war mutiger geworden, aber um ihm so eine Liebeserklärung zu schreiben, fühlte ich mich noch nicht gewappnet. Das war Verliebtsein für Fortgeschrittene. Außerdem machte man Liebeserklärungen doch eher persönlich, oder? Also, ich würde so was auf jeden Fall sehr viel lieber direkt aus seinem hübschen Mund hören (den man dann hinterher auch noch küssen konnte), als es vom Display meines Handys abzulesen. Für den Fall, dass ich jemals die Wahl haben sollte, meine ich.

> Ich fand es auch schön mit dir. Sehr sogar.

Ich grinste bei seiner Nachricht. Nein, es zu lesen hatte trotzdem was.

Langsam wurde es wirklich Zeit, dass die Sommerferien anfingen. Die blöde Schule samt diesen ganzen Terminen war für meine frische Beziehung zu Konstantin nicht besonders förderlich.

Als ich wieder von meinem Handy aufsah, sah ich Konstantins Freund David ein paar Meter neben mir stehen. Er hielt ein iPad in der Hand und schien damit die Beleuchtung auf der Bühne zu steuern. Man konnte ja über ihn sagen, was man wollte (zum Beispiel, dass er zwar ein sehr gutaussehender, aber leider total langweiliger Computernerd war) – von Technik hatte er echt Ahnung. Die indirekten Strahler wechselten in diesem Moment ihre Farbe von Purpurrot über Dunkellila zu Lavendelblau, und das, ohne die geringste Spur kitschig zu wirken.

»Sieht echt cool aus, David«, sagte ich zu ihm, und er zuckte unwillkürlich zusammen.

»Hallo, Vicky.« Na, immerhin grüßte er mich noch, obwohl ich ihm vor vier Wochen einen Korb gegeben und mit Konstantin zusammengekommen war.

»Machst du das alles nur mit dem iPad?«, fragte ich.

Er nickte. »Ist ein total neues Programm, läuft momentan noch als Beta-Version in Deutschland und gibt's noch gar nicht als echte App, und ich hab sogar das aus den USA, das läuft sowieso stabiler und hat noch ein paar extra Features für die Moving Lights und Gobos ...«

Und schon verstand ich mal wieder kein Wort. Trotzdem ließ ich ihn ein bisschen reden, weil ich wusste, dass er es gern tat und sich darüber freute, wenn ihm jemand dabei zuhörte. Als Wiedergutmachung für neulich, sozusagen.

Und während David weiter irgendwelche Sachen von Lumen und Lichtfarben vor sich hin murmelte, kam Claire an uns vorbei, mit ihren beiden Freundinnen Chiara und Charlotte im Schlepptau. Heute waren die drei nicht ganz so drillingshaft wie sonst, was aber vielleicht daran lag, dass sie sich schon auf ihre jeweilige Rolle einstimmten. Claire war die Hermia, Chiara eine der Elfen (Motte, glaube ich), und Charlotte spielte die Helena.

War das da ein angedeutetes Lächeln auf Claires Gesicht, als sie an mir vorbeiging? Konnte eigentlich nicht sein. Ich lächelte trotzdem zurück, denn Mum sagte immer, dass ein nettes Lächeln die perfekte Waffe gegen so ziemlich alles sei (außer gegen Windpocken vielleicht).

Charlotte schien am angespanntesten von den dreien. Sie war käsebleich und knibbelte die ganze Zeit an ihren Fingern herum, während ihre Lippen sich lautlos bewegten.

Nein, nicht ganz lautlos. »Ich sag *Hallo*, ich sag *Hallo*, ich sag einfach *Hallo* ...«, murmelte sie wie ein Mantra vor sich hin, und ich folgte ihrem starren Blick. Vielleicht konnte ich ja sehen, *wem* sie einfach Hallo sagen wollte.

Aber da war nur David ein paar Schritte entfernt, der auf seinem Tablet herumtippte.

Moment mal – David? Ich sah wieder zu Charlotte. Die verschämt auf den Fußboden sah, als sie bemerkte, dass ich sie ertappt hatte. Ja, ganz klar, sie meinte *ihn*.

»Hey, Charlotte«, sagte ich deswegen und winkte sie zu mir. Widerstrebend raffte sie ihr wallendes himmelblaues Helena-Kleid und ging einen Schritt auf mich zu.

»Was ist?«, fragte sie, und ich rollte innerlich mit den Augen. Sie imitierte Claire ja wirklich bis ins letzte Detail. Sogar den überheblichen Tonfall hatte sie am Leib.

Egal, an diesem Tag wollte ich einfach nur nett sein. Weil ich so ein Glück hatte und Konstantin mein Freund war. Und weil das Leben deshalb gleich so viel schöner war. Und weil ich eine Idee hatte, wie ich mein schlechtes Gewissen gegenüber David ein kleines bisschen mildern konnte.

Ich beugte mich verschwörerisch zu Charlotte vor, die mich immer noch argwöhnisch musterte. »Du findest David gut, oder?«, flüsterte ich, und sie riss vor Schreck die Augen weit auf.

»Das ist nicht wahr«, wisperte sie und guckte ängstlich, ob er uns gehört haben konnte. Hatte er aber mit Sicherheit nicht, er war längst wieder in seine Lichtprogrammierung vertieft.

»Ich könnte dich ihm vorstellen, ich kenne ihn gut.« *Na ja, ein bisschen jedenfalls.* »Wäre keine große Sache«, sagte ich.

»Das wirst du schön bleiben lassen!«

Aber ich tat so, als ob ich ihren Protest nicht hörte.

»Hey, David«, rief ich zu ihm hinüber, »Charlotte hier hat gerade auch gesagt, wie toll sie deine Beleuchtungssteuerung findet. Stimmt doch, oder?«

Charlotte wurde knallrot und nickte schließlich wie ein Schaf, als sie merkte, dass David zu uns herübersah.

»Magst du ihr vielleicht mal dein neues Programm auf dem iPad zeigen? Charlotte interessiert sich nämlich total dafür. Außerdem ist sie aufgeregt wegen der Generalprobe und muss sich ablenken, nicht wahr?«

Charlotte wollte mir gerade einen von diesen Wenn-Blicke-töten-könnten-Blicken zuwerfen, als David auf uns zukam.

Wir hatten vor einer Weile in der Schule dieses Phänomen mit den Reizwörtern durchgenommen – dass bestimmte Wörter oder Phrasen bei Menschen ganz bestimmte Reaktionen hervorriefen –, und wenn man zu David einen Satz mit seinem Namen, *Computer* (austauschbar mit jedem beliebigen technischen Equipment) und *zeigen* sagte, löste das bei ihm einen Automatismus aus, den niemand mehr stoppen konnte.

In null Komma nichts stand er neben uns und hielt Charlotte sein iPad unter die Nase, während er darauf herumtippte und ihr irgendwas erklärte.

Und Charlotte wusste anscheinend nicht, ob sie mich böse oder dankbar anschauen sollte, aber die glühenden Wangen unter der Theaterschminke verrieten mir, dass sie sich ehrlich freute. Und sie war übrigens sehr gut darin, ein interessiertes Gesicht zu machen. Ich glaube nicht, dass mir das neulich so gut gelungen war wie ihr.

Die zwei hatten allerdings nicht lange Gelegenheit, sich *kennenzulernen* (oder was David eben darunter verstand), denn da scheuchte Frau Huppmann die Akteure zusammen, weil sie endlich mit der Generalprobe anfangen wollte. Aber der erste

Schritt war gemacht, und wer wusste schon, was daraus noch werden würde?

Dementsprechend entspannt war ich, als ich bei den Proben zuguckte. (Mein Helena-Text saß. Bombenfest. Sogar noch besser als bei Charlotte, obwohl die wirklich nicht schlecht war, aber ein bisschen abgelenkt wirkte.)

Und eine gute Stunde später konnte ich mich beschwingten Schrittes in Richtung Chemielabor aufmachen, wo ich mit Pauline verabredet war.

Meine beste Freundin war mal wieder ziemlich in ihrem Element, so wie das hier aussah. Auf dem Versuchstisch vor ihr reihten sich Reagenzgläser, Lötkolben und geschätzt eine Million kleiner Glasfläschchen mit unterschiedlichen Flüssigkeiten – viel mehr als in jeder Chemiestunde, die ich bisher in meinem Leben hatte.

»Nichts anfassen!«, sagte Pauline, als ich zur Tür hereinkam, und nahm ihre Schutzbrille ab.

»Als ob ich lebensmüde wäre.«

»So schlimm ist es nicht, *ich* weiß schließlich ganz genau, was ich da mache«, sagte sie. »Allerdings sind die Versuche nichts für Laien.«

Obwohl Pauline und ich beide seit drei Jahren gemeinsam Chemieunterricht hatten und theoretisch auf dem gleichen Wissensstand hätten sein sollen, hatte sie recht. Ich dümpelte auf einer Drei dahin, während sie wahrscheinlich mehr wusste als unser Chemielehrer.

»Aber gut, dass du da bist«, fuhr sie fort. »Ich wollte dir gerade eine Nachricht schreiben, dass wir unbedingt sprechen müssen.« Ich setzte mich auf einen der Tische vor dem Versuchsaufbau und ließ die Beine baumeln.

»Worüber sprechen?«

»Über dich.« Sie sah über die Schulter, ob wir auch wirklich alleine waren, ehe sie fortfuhr: »Und über deine Springerei. Ich habe eine neue Theorie, was der Auslöser sein könnte, und diesmal glaube ich, dass ich richtigliege.«

»Ehrlich?« Mein Bauch fing vor Aufregung an, ganz leicht zu kribbeln. »Was ist es?«

»Ich habe noch mal alle Aufzeichnungen durchgesehen und auf verschiedene Parameter überprüft. Vor allem die Aspekte von Luftdruck und Temperaturschwankungen während der Zeit deiner Sprünge sind mir dabei besonders ins Auge gefallen, und daraufhin habe ich angefangen, mich in die Meteorologie einzuarbeiten, woraufhin ich entdeckt habe, dass es spezielle Klimamodelle gibt, auf Grund derer ich –«

»Pauline!«, unterbrach ich sie, »jetzt sag's schon, und zwar so, dass ich's auch verstehe!«

»Es liegt am Wetter«, sagte sie. »Jedes Mal, wenn du gesprungen bist, beziehungsweise, als neulich die Sprünge wieder angefangen haben und du in einer neuen Parallelwelt gelandet bist, hat sich auch das Wetter geändert. Ich bin mir ziemlich sicher, dass das der Auslöser dafür ist. Anhand deiner Logbuchdaten konnte ich das auch für die früheren Sprünge verifizieren. Ich bin zu neunzig Prozent sicher, oder nein: zu fünfundneunzig Prozent.«

»Das Wetter?«, fragte ich ungläubig. Pauline nickte nur. »Und da ist noch etwas. Ein Hochdruckgebiet namens Elfriede erreicht uns über Nacht, und deswegen vermute ich, dass du ab morgen früh ordentlich unterwegs sein wirst. Also stell dich mal lieber darauf ein.« Sie lächelte. »Ach, ich bin ja so ein Genie!«

Ja, Pauline mochte ein Genie sein.

Aber in diesem Fall wäre es mir ausnahmsweise einmal ziemlich recht, wenn sie sich doch irren würde.

Denn die Aussicht, am nächsten Tag ständig hin- und herzuspringen war wirklich alles andere als verlockend.

21.

Trotz Paulines unheilschwangerer Vorhersage habe ich in der Nacht vor dem Sommerfest geschlafen wie meine Oma, wenn sie heimlich eine halbe Flasche Eierlikör getrunken hat – nämlich tief und fest und traumlos und absolut erholsam.

Denn erstens war ich der Meinung, dass Pauline diesmal die wissenschaftlichen Pferde samt ihrer Phantasie durchgegangen waren. (Ich meine, hallo – meine Springerei sollte am Wetter liegen? Genauer gesagt an einem Hochdruckgebiet namens Elfriede? Ganz ehrlich, ich liebte Pauline über alles, aber ihre Meteorologie-Theorie war einfach nur ganz weithergeholt. Damit konnte sie mich nicht mal ansatzweise überzeugen.)

Und zweitens war ich so oder so vorbereitet.

Vor dem Schlafengehen hatte ich den Text der Helena noch dreimal wiederholt, und mittlerweile beherrschte ich auch die Rolle von Hermia, Demetrius und Lysander noch dazu. Ich war der lebendig gewordene *Sommernachtstraum*, ein wandelndes Textheft und damit die perfekt gewappnete Parallelweltspringerin. Sogar den Brief, den Victoria mir geschrieben hatte, hatte ich mir vorsorglich in meine kleine Umhängetasche gesteckt, damit ich ihn nachher noch mal überfliegen konnte.

Das hatte ich am Morgen in der Hektik nicht mehr geschafft. Es herrschte nämlich mal wieder Chaos in unserer Küche, was eigentlich nicht erwähnenswert war, weil morgens *immer* Chaos in unserer Küche herrschte, aber heute war Tante Polly ganz besonders gut in Fahrt und machte uns noch wahnsinniger als sonst.

»Polly, wenn du mir jetzt nicht augenblicklich aus dem Weg gehst, bekommst du nur Knäckebrot zum Frühstück«, meckerte meine Mum, während sie gerade noch rechtzeitig die Packung Eier auffangen konnte, die meine Tante mit ihrem Ärmel von der Arbeitsplatte gefegt hatte.

Aber die hörte gar nicht zu, denn sie hatte ihre Nase in ihrem Notizblock stecken, auf dem sie sogar im Stehen herumkritzelte.

»Die Sterne sagen, dass es bald passieren wird«, murmelte sie immer wieder vor sich hin, »bald ist es so weit.«

Wir ersparten uns die Frage, was passieren sollte. Wir wussten es ja ohnehin.

»Ruft ihr mich, wenn die Eier fertig sind?« Und damit war sie nach nebenan verschwunden und hatte den Astrologie-Sender angeschaltet.

»Lass sie«, flüsterte ich, und Mum zuckte die Schultern.

»Aber wenn sie eine von diesen zwielichtigen Wahrsagerinnen anruft, schreite ich ein«, erwiderte sie düster.

Hoch Elfriede machte seinem Namen alle Ehre, denn das Wetter hatte sich über Nacht tatsächlich schlagartig gebessert. Als ich mein Fahrrad auf dem Campus abstellte, war ich froh, auf Mum gehört zu haben und das luftige Pünktchen-Kleid zu tragen, das sie mir im Frühling genäht hatte.

Als ich ankam, herrschte bereits ziemlicher Betrieb. Mit dem

Sommerfest des St.-Anna-Gymnasiums ist es nämlich ähnlich wie mit jedem anderen Fest, das bei uns im Ort stattfindet: Es kommen alle, egal, ob sie selbst viel mit der Schule zu tun haben oder nicht – denn man könnte ja etwas verpassen.

Was ich persönlich ein bisschen übertrieben fand, denn es ist und bleibt nun mal ein Schulfest. Aber trotzdem strömten auch diesmal schon vormittags um kurz vor elf Uhr eine Menge Leute mit mir über den weitläufigen Campus Richtung Hauptgebäude und Festsaal, wo das Programm mit einem Konzert unseres Schulorchesters losging.

Das mich ehrlich gesagt gar nicht so interessierte.

Mich interessierte nur Konstantin, der wie verabredet vor dem Haupteingang auf mich wartete.

Und *wie* er wartete. Ein Bein lässig an die Sandsteinmauer gestützt, die Hände in den Taschen seiner Shorts vergraben und die Augen geschlossen stand er da in der Sonne und schien genau wie alle anderen die Rückkehr des Sommers in vollen Zügen zu genießen. Und zwar, ohne sich bewusst zu sein, wie toll er dabei aussah. (Eine Menge Leute sah das allerdings durchaus. Vor allem der weibliche Teil: Sie glotzten ihn unverhohlen an und tuschelten und kicherten aufgeregt, als sie an ihm vorbeigingen. Aber mittlerweile war ich das ja gewöhnt.)

Umso stolzer war ich, dass Konstantin tatsächlich mein Freund war. *Mein* Freund. Und bei dem Gedanken schwoll mein Herz an, bis ich das Gefühl hatte, gleich wie ein Heißluftballon vom Boden abzuheben.

Ich blieb ein paar Schritte vor ihm stehen, weil ich ihn nicht stören und erst noch ein bisschen anschauen wollte. Waren mir vorher schon je seine langen Wimpern aufgefallen? Oder der sanfte Schwung seines Halses über dem Schlüsselbein? Die wunderschönen Unterarme? So musste er schlafend aussehen, so entspannt, so ...

»Beobachtest du mich heimlich?«, fragte er, und ich grinste ertappt.

»Eher unheimlich.« Ich blieb vor ihm stehen. »Wartest du schon lange?«

»Keine fünf Minuten.« Er streckte seine Arme aus, und instinktiv legte ich meine Hände in seine und ließ es zu, dass er mich zu sich zog und mir einen Kuss auf die Lippen hauchte. Ich schmolz wie die Schokoglasur von Queen Elizabeths Geburtstagstorte neulich.

»Du siehst süß aus heute. Cooles Kleid«, murmelte er und schob mir eine Haarsträhne hinters Ohr.

»Ach das ... hab heute Morgen einfach irgendwas aus dem Schrank gezogen ...« O Mann, er küsste einfach wahnsinnig gut.

Und anscheinend machte ich mich auch nicht ganz so schlecht, denn er ließ mich erst dann los, als ich etwas Nasses auf meinem Kopf spürte.

»Ganz schön heiß hier«, sagte Nikolas, der zusammen mit Pauline neben uns stand, und grinste übers ganze Gesicht. Und das vermutlich schon eine ganze Weile (das Rumstehen, meine ich – na gut, vielleicht auch das Grinsen), denn ich konnte gerade noch sehen, wie Pauline ihre Wasserflasche wieder zuschraubte und in ihrer Umhängetasche verschwinden ließ. Wenn ich nicht ein paar Zentimeter über dem Boden schweben würde, wäre ich vielleicht sogar sauer auf sie geworden, wegen der Dusche.

Aber so strahlte ich nur mit Konstantin um die Wette, als wir uns unseren Weg Richtung Festsaal bahnten.

Wir suchten uns einen strategisch guten Platz: Direkt am Gang in einer der letzten Reihen waren noch zwei Stühle frei, perfekt. So hatten wir den Eingang im Blick und konnten uns sogar zur Not während des Konzertes wieder hinausstehlen, ohne jemandem auf die Füße treten zu müssen. Der Raum füllte sich langsam, und ich hatte auch schon Mum entdeckt, die mit dem Bürgermeister ganz vorne vor der Bühne stand und mit unserer Direktorin plauderte.

Ich kramte in meiner Umhängetasche.

Konstantin, der neben mir saß und mit den Jungs aus seinem Ruderclub per WhatsApp chattete, schaute hoch. »Was suchst du?«

Ich zog Victorias Brief hervor.

»Das hat aber nichts mit dem Theaterstück zu tun, oder?«, fragte er.

»Nö. Aber mit Paulines neuester Theorie«, sagte ich und strich die Falten aus dem Papier.

»Welcher Theorie?«

»Dass ich heute praktisch den ganzen Tag in die Parallelwelt springen werde. Pauline hat mir gestern einen langen Vortrag gehalten über ihre neuesten Erkenntnisse. Ich will dich damit nicht langweilen, außerdem bekomme ich die Details sowieso nicht mehr zusammen. Aber es läuft ihrer Meinung nach alles auf das Wetter hinaus. Meteorologie, kannst du dir das vorstellen?«

Konstantin fand das im Gegensatz zu mir scheinbar nicht ganz so lächerlich, denn er fragte mit todernster Miene: »Inwiefern?«

»Ach, irgend so ein Hochdruckgebiet soll anscheinend schuld daran sein, dass ich gerade wieder öfter springe. Zuerst dachte sie ja, dass nach der Cloppenburg'schen Party Schluss wäre. Aber dann ging es wieder los, und diesmal soll das Wetter daran schuld sein. Das Wetter! Ist das nicht total unglaublich?«

»Ja, unglaublich«, murmelte Konstantin und starrte abwesend auf den Brief in meiner Hand.

»Und heute soll es weitergehen. Hätte es eigentlich schon längst müssen, ihrer Theorie nach sollte es gleich heute früh anfangen, aber jetzt ist es ja schon bald Mittag, und wie du merkst, bin ich immer noch hier. Also, ganz ehrlich, ich hab schon gestern gedacht, dass sie danebenliegt. Aber jetzt bin ich ganz sicher.«

»Und wozu dann der Brief von deinem anderen Ich?«

»Reiner Aberglaube. Wenn ich mich nämlich nicht darauf vorbereiten würde, würde ich mit Sicherheit gleich springen.«

»So nach dem Motto: *Feuer mit Feuer bekämpfen*?«

»Eher nach dem Motto: *Der Ironie des Schicksals eins auswischen.*«

»Glaubst du an Schicksal? Dass es alleine Schicksal ist, dass du springst, und es sonst keinen anderen Auslöser dafür gibt?«

Konstantins Frage traf mich ein bisschen unvorbereitet, und fast hätte ich ihm eine Antwort gegeben, die das Thema ein bisschen ins Lächerliche zog. Weil er mich aber so intensiv anschaute, als ob er sofort merken würde, wenn ich nicht ehrlich zu ihm war, sagte ich nur:

»Ja, ich glaube daran.«

Und weil er weiter still blieb und mich musterte, versuchte

ich, es ihm zu erklären: »Ich glaube, dass manche Dinge einfach so sind, wie sie sind, und dass sie auch genau so sein müssen. Und die Parallelweltspringerei ist dazu das beste Beispiel. Pauline beharrt zwar darauf, dass es für das alles eine wissenschaftliche Erklärung gibt, aber ich bin da mittlerweile anderer Meinung. Ich glaube, es soll ganz einfach sein, dass ich das erlebe, und es wird schon einen bestimmten Grund haben. Vielleicht nicht die vernünftigste Meinung zu dem Thema, ich weiß, aber das denke ich trotzdem.« Ich zuckte mit den Schultern. »Und was ist mit dir?«

»Was soll mit mir sein?«

»Glaubst du denn an Schicksal?«, fragte ich ihn, und er rutschte komisch auf seinem Stuhl hin und her.

»Ich glaube, ich … komm gleich wieder.«

Und damit war er aufgesprungen und durch den Ausgang hinter uns nach draußen verschwunden.

Ich glaube, er musste ganz einfach noch mal dringend wohin. Aber schön, dass ihm wenigstens auch mal was peinlich war, das war sowieso selten genug. Obwohl Konstantin sogar toll aussah, wenn er in gewissen Nöten war. Ich versuchte, ihm nicht allzu lange nachzuschmachten, nachdem ich mich über all die Mädels um mich herum schon so aufregte. Bis er wieder zurück war, konnte ich mich zumindest in aller Ruhe meinem Brief widmen. Aber – Moment mal, was war denn das?

Ich hielt mir das Papier dicht vor meine Nase. Am unteren Ende des Zettels, in der rechten Ecke, war ein Pfeil, der mir vorher noch nie aufgefallen war. Dabei war er noch nicht mal so klein und mehrmals mit Kugelschreiber nachgemalt.

Plötzlich kribbelte mein Nacken ganz komisch, als ich das Blatt umdrehte – und folgende Sätze las, die klar und deutlich in meiner Handschrift geschrieben waren:

Vicky, was hältst du davon, wenn wir ab jetzt Informationen über unsere Smartphones austauschen? Ich habe alleine zehn Minuten gebraucht, um in deinem Zimmer einen funktionierenden Kuli zu finden. Ich schreibe ab jetzt alles in die Notiz-App, und am besten machst du es genauso. Das ist unauffällig, und die Handys haben wir ja sowieso immer dabei. Liebe Grüße, Victoria

Von einer Sekunde auf die andere rauschte mir das Blut vom Kopf in die Beine, und meine Hände zitterten, als ich mit klammen Fingern mein Handy aus meiner Tasche fummelte und die Notiz-Funktion aufrief.

Und tatsächlich.

Dort warteten drei Nachrichten auf mich.

Drei Nachrichten.

Ungelesen, seit fast zwei Wochen.

Und ich wusste ja, was in zwei Wochen passieren konnte. Ach was, in einer Woche. In ein paar Tagen, ein paar Stunden!

Ich musste hier raus. Das Orchester hatte mittlerweile auf der Bühne Platz genommen, aber ich brauchte jetzt ganz dringend frische Luft. Und Ruhe, um diese Nachrichten zu lesen.

Meine Tasche in der einen und das Handy in der anderen Hand machte ich, dass ich aus dem Festsaal kam. Ich schob mich durch schwatzende Grüppchen von Eltern und Schülern, bahnte mir meinen Weg über den breiten Flur zum Foyer und hielt erst an, als ich im Innenhof unseres Hauptgebäudes angekommen war.

Das war einer meiner Lieblingsorte, denn hier war es fast immer schön ruhig, sogar wenn Schule war. Ich setzte mich auf eine der Holzbänke, die rechts von mir entlang der Sandsteinmauer aufgestellt waren, und öffnete mit immer noch zitternden Fingern die Notiz-App meines Smartphones.

Und nach einem Klick auf die erste Nachricht – vor zehn Tagen – begann ich, mit klopfendem Herzen zu lesen.

Mittwoch, 22. Juni, 16.07 Uhr

Das ist also der erste Eintrag. Ich weiß nicht genau, wie viel Zeit mir hier bleibt, denn ich bin ja bestimmt schon eine halbe Stunde hier und habe bis jetzt den Brief geschrieben. Aber ich versuche, mich kurzzufassen.

Habe Mum überredet, mit dem Bankberater zu sprechen. Sie wollte erst nicht und hat irgendetwas davon erzählt, dass der Bürgermeister den nicht mag, aber ich habe mich durchgesetzt. Dafür war das mit Konstantin wirklich hilfreich zu wissen. So ganz leicht ist es nicht, mit Nikolas und Pauline, ihm komplett aus dem Weg zu gehen, aber ich hab ganz bestimmt nicht vor, mich an deiner Stelle küssen zu lassen! Ich würde sterben.

Außerdem finde ich ja schon, dass Konstantin ab und zu ein kleines bisschen arrogant rüberkommt. Aber das ist er vielleicht nur in meiner Welt. Ist er in deiner netter?

Ja, in meiner war er tatsächlich netter. Wobei ich den aus ihrer Welt auch nicht so viel anders fand. War er wirklich arrogant? Gut, er hatte im Sportclub vielleicht ein bisschen oft in den Spiegel geschaut, aber sonst konnte ich keine größeren Unterschiede entdecken. Er war ja schließlich trotzdem er selbst, war bei den gleichen Eltern aufgewachsen und wohnte in beiden Welten sogar im gleichen Haus. Die Ausgangssituation war also quasi identisch.

Im Innenhof war es mittlerweile sehr still geworden, nur ganz leise konnte ich klassische Musik hören. Das Konzert hatte angefangen. Ich öffnete die zweite Nachricht, diesmal von vor fünf Tagen.

Montag, 27. Juni, 15.11 Uhr

Jetzt bin ich schon wieder du. Dabei ist der letzte Sprung doch erst ein paar Tage her. Wie oft passiert das denn normalerweise? Gibt's da ein Schema? O Gott, aber das hättest du mir vermutlich schon gesagt, wenn du es wüsstest.

Auf jeden Fall sitze ich gerade im Bus zur Schule, und ich habe Pauline eine Nachricht geschrieben, dass wir wieder getauscht haben und wo wir uns treffen können. Ich bin so gespannt, wie sie hier ist, und ich habe so viele Fragen an sie!

Tja, zu früh gefreut. Pauline hat gerade eine Besprechung mit Frau Brandmeier wegen ihrer Sommerfest-Versuchsreihe. So was Blödes! Sie hat mich stattdessen nach nebenan in den Sportclub geschickt, ich soll dort auf sie warten. Wie öde!

So, jetzt sitze ich hier und habe mich hinter einer Zeitschrift verschanzt, damit mich niemand sieht. Denn ganz ehrlich, mir macht diese Springerei eine Heidenangst. Ich habe überhaupt keine Ahnung, wie ich mich verhalten soll. Schließlich stecke ich ja in deinem Körper, und ich will auf keinen Fall etwas tun, was dich in irgendeiner Weise kompromittiert, also, dir schadet, du weißt schon.

Mein Herz sank, als ich das las. Mein zweites Ich war wirklich eine so viel bessere Version meiner selbst.

Aber bevor ich es vergesse: Neulich, bei unserem letzten Sprung, bin ich direkt in unserem Computerraum gelandet. Was wolltest du denn dort? Interessierst du dich für Computer? Oder musstest du etwas im Internet nachschauen? Ich bin in den letzten drei Schuljahren nur einmal dort gewesen, denn ich finde die Leute da ziemlich eigenartig, vor allem diesen nerdigen Typen aus der Zehnten, der mit den braunen Haaren und den Rehaugen. Pauline sagt immer, dass der gar kein Mensch sei, sondern ein Android, weil er die ganze Zeit nur von Technik redet. Wobei er neulich, als ich nach dem Sprung direkt vor seiner Nase gelandet war, gar nicht geredet hat. Er hat mich noch von oben herab angeguckt, und dann ist er gegangen. Und ein paar Mädels haben gelacht, ich vermute, über irgendeinen Witz.

Ah, jetzt kommt dieser komische Geruch wie–

Ich schluckte, nachdem ich den Eintrag zu Ende gelesen hatte. Ich dankte Gott, dass mein anders Ich nicht mitbekommen hatte, wie sehr ich mich im Computerraum in ihrem Namen zum Idioten gemacht hatte. Hoffentlich hatte sie nicht später noch erfahren, was wir wirklich geredet hatten, David und ich. Wo sie doch andersherum so darauf bedacht war, hier alles richtig zu machen.
Ich scrollte in den Notizen weiter nach unten und öffnete den letzten Eintrag.

Mittwoch, 29. Juni, 16.23 Uhr

Schon wieder ich. Heute bin ich aus meinem Zimmer verschwunden, und ich hoffe sehr für uns beide, dass ich auch genau dort wieder landen werde, wenn ich zurück bin!
Mir sind nämlich ein paar merkwürdige Sachen zu Ohren gekommen, die eigenartigerweise genau dann passiert sein müssen, als wir gerade getauscht hatten.
Oder wie erklärst du es dir, dass in der Mensa ein paar Mädchen jedes Mal kichern, mit dem Finger auf mich zeigen und »Habt Respekt vor der Liebe« rufen, wenn ich an ihnen vorbeigehe?
Und dass mich neulich diese Tussi aus dem Sportclub

angesprochen hat, als ich beim Einkaufen war, und mich gefragt hat, ob das mit dem Flirten geklappt hat?
Ganz ehrlich, Vicky – ich weiß ja nicht, was du hier in meinem Namen so alles treibst, aber vergiss bitte nicht, dass das alles auf mich zurückfällt. Und dass ich das niemals machen würde, zumindest nicht absichtlich. Und ich dachte eigentlich, du auch nicht, denn sonst hättest du dir ja auch nicht so viel Mühe mit der Gebrauchsanweisung und so gemacht, so dass ich mich gut bei dir zurechtfinde.
Oder?

Oder?
O Gott, am liebsten wäre ich vor Scham gestorben.
Wie konnte ich nur so dumm sein und so egoistisch?
Was hatte ich bloß angestellt???
Obwohl es mittlerweile nach Mittag war und richtig heiß, fröstelte ich, und eigentlich wollte ich gar nicht weiterlesen, aus Angst, was mich noch erwartete.

Auf jeden Fall bitte ich dich inständig, dass du vernünftig bleibst und mich nicht in Schwierigkeiten bringst.

Und als ich diesen letzten Satz der Nachricht las, sank mein Herz vollends.
Ich hatte es total verbockt. Ich war eine doofe Kuh, die nur an sich gedacht hatte in den letzten Wochen. Und wenn ich denn mal tatsächlich vorgegeben hatte, in Victorias Interesse zu

handeln, dann hatte ich nur Chaos angerichtet. Als die Tori von vor ein paar Wochen sich sogar in meine Date-Suche für Claires Party eingemischt hatte, hatte ich sie (zumindest kurzzeitig) gehasst dafür. Dabei war das, was *ich* angestellt hatte, eigentlich viel schlimmer.

Deswegen wusste ich auch nicht, ob ich lieber lachen oder weinen sollte, als es ganz plötzlich nach Zimtschnecken roch und ich nur einen Wimpernschlag später in den Körper meines anderen, so viel netteren Ichs geschlüpft war.

Die andere Victoria (oder *die gute Victoria*, wie ich sie ab jetzt nennen würde) hatte anscheinend keine Lust auf das Konzert des Orchesters, sondern guckte sich lieber die Ausstellung in unseren Kunsträumen an.

Ich atmete einmal tief durch.

Auch gut.

Sehr gut sogar, denn hier war gerade praktisch nichts los, obwohl es mich schon ein bisschen wunderte, dass sich mein anderes Ich für hässliche Tonreliefs und Pappmachémasken von Fünftklässlern interessierte. Aber wenigstens konnte ich mich so erst mal ungestört sammeln.

In Ermangelung von Alternativen und Ideen machte ich mich wieder auf den Weg zum Innenhof, wo ich mich auf dieselbe Bank fallen ließ, auf der ich (hoffentlich immer noch) in meiner Welt gerade saß.

Fest stand, dass ich ab jetzt nichts mehr tun würde, was mein gutes Ich in Schwierigkeiten bringen könnte. Jetzt war Schadensbegrenzung angesagt.

Ich zog das Handy aus der Umhängetasche und checkte die Uhrzeit. Es war 12.17 Uhr, knapp zwei Stunden vor der Theateraufführung. Auf dem Weg hierher hatte ich auf einem Programmzettel nachgesehen, um wie viel Uhr der *Sommernachtstraum* in dieser Welt aufgeführt wurde – Gott sei Dank zur gleichen Zeit wie zu Hause. Das war schon mal gut. Frau Huppmann hatte nämlich gestern bei der Generalprobe gesagt, dass sie alle Darsteller frühestens eine Stunde vor Beginn des Stückes sehen wollte – sonst würden sich alle noch viel mehr verrückt machen vor Aufregung als sowieso schon.

Damit hatte ich ab jetzt eine Dreiviertelstunde Zeit, um der anderen Victoria eine Nachricht zu hinterlassen.

Um mich bei ihr zu entschuldigen.

Und um ihr zu sagen, dass sie eine tausendmal bessere Version meiner selbst war. (Was ihr hinsichtlich meiner Fehltritte in ihrem Namen letztendlich auch nicht helfen würde, aber zumindest würde es ihr schmeicheln. Möglicherweise. Hoffentlich.)

Ich rief die Notiz-App in ihrem Smartphone auf und fing an zu schreiben.

Samstag, 2. Juli, 12.21 Uhr

Liebe Victoria,
ich weiß gar nicht, wo ich anfangen soll. Vermutlich aber damit, dass ich erst heute den kleinen Pfeil auf dem Brief gesehen und damit auch erst heute deine Nachrichten gelesen habe.

Tja, und was jetzt?

Ich muss dir schnell was beichten? Sorry, dass ich mich in deinem Namen aufgeführt habe wie die sprichwörtliche Axt im Wald? Dass ich dich komplett lächerlich gemacht habe?

Aus den Augenwinkeln sah ich eine Bewegung im Innenhof. Aber ich hatte keine Zeit aufzusehen, denn ich musste unbedingt die Gelegenheit nutzen, um mich bei meinem zweiten Ich zu entschuldigen.

Es tut mir schrecklich leid, dass ich dich mit meinem Verhalten in Schwierigkeiten gebracht habe.

Die Bewegung, die ich vorhin wahrgenommen hatte, entpuppte sich als Mensch. Der sich gerade neben mich auf die Bank setzte.

War das etwa … Konstantin? Beziehungsweise dessen Parallel-Ich?

Das konnte jetzt echt nicht sein, oder?

Verbissen guckte ich weiterhin auf das Display meines Handys, aber logischerweise konnte ich keinen klaren Gedanken mehr fassen. Was machte der denn jetzt hier? Das konnte doch eigentlich nur ein irrwitziger Zufall sein, oder?

»Hi.«

Und jetzt redete er auch noch. Etwa mit mir, äh, IHR?

»Vicky?«

Zögernd sah ich auf.

»Ja?«, piepste ich und bemühte mich sehr um einen neutralen, lässigen Gesichtsausdruck. Einen, der sagte: *Wir kennen uns zwar von Pauline und auch von neulich, von diesem Interview, als ich in eurer Küche gesessen habe, aber das hatte nichts zu bedeuten, ehrlich. Ich war nur ganz kurz nicht bei Sinnen.*

»Hi.« Konstantin hatte seine Hände im Schoß und knibbelte komisch an seinen Fingern herum.

»Hallo«, antwortete ich und hoffte, genauso cool zu klingen, wie ich wollte. So, als ob ich mich nicht darauf konzentrieren musste, mich gerade total zusammenzureißen, um wieder Ordnung in Parallel-Victorias Leben zu bringen.

»Ich wollte mal mit dir reden.«

Oh, oh. Das klang leider gar nicht gut. Sicher war das wegen dieser bescheuerten Interview-Geschichte.

»Reden, öh, okay. Worüber denn?«

»Also, über dich. Und mich.«

Ja, das hatte ich befürchtet. Würde ich an seiner Stelle wahrscheinlich auch machen. Aber während ich einmal tief durchatmete und mich innerlich gegen seine (logischerweise berechtigten) Vorwürfe wappnete, stutzte ich.

Denn dafür, dass Konstantin meinem anderen Ich gerade sagen wollte, dass ihn das Gestalke nervte und ich ihn gefälligst in Ruhe lassen sollte, wirkte er ziemlich nervös. Was irgendwie süß war. Außerdem zupfte er ständig mit der Hand an seiner Armbanduhr herum (mein Konstantin trug im Gegensatz zu ihm keine Uhr).

»Also, weißt du –«

»Schon gut«, unterbrach ich ihn, obwohl das natürlich nicht

die feine Art war – aber ich wollte diese ungute Szene so schnell wie möglich hinter mich bringen. Auch im Sinne meines Parallel-Ichs, damit die Sache aus der Welt war, wenn wir demnächst wieder die Plätze tauschen würden. Und damit ich wenigstens einmal etwas richtig gemacht hätte.

»Ich weiß schon, was du sagen willst«, sagte ich.

Er stutzte. »Ach ja?«

»Ja, natürlich. Ich meine, es war ja auch ziemlich offensichtlich.«

Parallel-Konstantin schien ehrlich überrascht zu sein, denn er sagte nichts und fing an, auf seiner Unterlippe herumzukauen.

»Wirklich so offensichtlich?«

»Ja, na ja, klar«, fing ich an, »ich hätte dich nicht einfach so anquatschen sollen, alleine die Geschichte mit dem Interview für die Schülerzeitung. Ich meine, das war schon echt peinlich. Und noch mal würde ich so was auch bestimmt nicht machen!«

»Würdest du nicht?« Konstantins Miene war immer noch ernst, aber seine Augen strahlten so hell, als ob sie mich auslachten. Was ein bisschen irritierend war.

»Nein, würde ich nicht. Und ich sage meiner Freundin Poppy, dass sie sich ab jetzt selbst um ihre Dates kümmern soll.«

»Wer ist Poppy?«

Meine erfundene Freundin natürlich. Die, von der dir David bestimmt schon brühwarm erzählt hat.

Ach, ich war schon ein kleiner Feigling. Aber ich konnte ihm doch schlecht die Wahrheit sagen, von wegen, ich käme aus einer Parallelwelt und hatte ihn nur als Übungsobjekt benutzt, damit ich bei mir daheim dann mutiger sein würde. Dann doch lieber eine imaginäre Freundin, die auf ihn stand. »Poppy ist meine Freundin und schon ganz lang verliebt in dich«, sagte ich deshalb mit echt ernster Miene, und Konstantin zog verwundert eine Augenbraue hoch.

»Ich kenne keine Poppy.«

»Nein, natürlich nicht, denn sie ist ja auch sehr unscheinbar, im Gegensatz zu dir. Dich dagegen kennt jeder, alleine schon, weil du aussiehst, wie du aussiehst. Die Hälfte der Mädels aus der Schule steht ja schon nur wegen deiner Grübchen auf dich.«

»Echt jetzt?« Er grinste übers ganze Gesicht. Natürlich *mit* Grübchen.

Ach je, er war also wirklich eingebildet. Hatte Victoria mir ja auch schon geschrieben.

»Na ja, vielleicht nicht ganz so viele. Aber meine liebe Freundin Poppy hat es ganz arg erwischt mit dir, also, ich meine, so rein verliebtheitstechnisch, und nachdem sie mich wochenlang bekniet hat, dass sie dich besser kennenlernen will, habe ich mich irgendwann breitschlagen lassen und mir diese dämliche Interview-Geschichte aus den Fingern gesaugt. In ihrem Namen, natürlich.«

»In ihrem Namen.«

»Ja, genau. Damit sie ein bisschen vorbereitet ist, wenn sie dich bald persönlich anspricht. Damit sie weiß, was du magst und was nicht.«

»Ich mag es auf jeden Fall nicht, wenn man mich ausspioniert.«

Ja, das hatte ich jetzt auch verstanden. Und ich schämte mich wirklich immer noch ganz schrecklich. »Das weiß Poppy jetzt auch.«

»Und wo ist Poppy gerade?« Wieso grinste der Typ jetzt eigentlich immer noch? Um mir zu zeigen, warum wirklich die halbe Schule auf ihn stand?

Aber ich ließ mich von seinem Filmstar-Lächeln natürlich überhaupt nicht beeindrucken. »Die ist schon vorgegangen in den Festsaal, wir wollen nachher das Theaterstück anschauen. Am besten, ich gehe sie gleich mal suchen.« Höchste Zeit, das Ganze hier mal ein bisschen abzukürzen. Denn die Botschaft war ja angekommen, auf beiden Seiten.

Ich beugte mich nach unten, um die Umhängetasche aufzuheben, die mir vorhin auf den Boden gerutscht war.

Und da spürte ich es. Oder nein, sie. Konstantins Hand, auf meiner Schulter.

Mein Kopf schoss wieder nach oben, und Konstantin guckte komischerweise genauso erschrocken, wie ich mich fühlte.

»Eine Spinne«, sagte er.

»W-was?«, stotterte ich.

»Da war eine Spinne. Auf deiner Schulter.«

Unwillkürlich zuckte ich zusammen, so dass Konstantin seine Hand wieder zurückzog, was mir irgendwie gar nicht recht war. Aber bei dem Gedanken an eine Spinne auf mir konnte ich leider nicht anders. Ich drehte mich nach allen Seiten um und versuchte, im Efeu, der an der Wand hinter unserer Bank wuchs, den Übeltäter zu entdecken.

»Ich glaube, da ist nichts.«

»Vielleicht war's auch nur ein Haar. Je nachdem. Oder ein Fussel. Ist aber auf jeden Fall jetzt weg.«

»Na hoffentlich, ich kann Spinnen nämlich nicht ausstehen. Noch schlimmer finde ich fast nur Heuschrecken. Hast du schon mal was von Heimchen gehört? Das sind so grillenähnliche Dinger, widerlich, und stell dir mal vor, die werden in kleinen Boxen lebend verkauft, als Futter für exotische Vögel.«

»Hört sich ziemlich eklig an«, sagte er, grinste aber wieder.

»Ja, genau, richtig eklig. Deswegen muss ich jetzt leider sofort rein, mich juckt es schon am ganzen Körper, wenn ich nur daran denke.« Ich stand auf. »Also, wie gesagt – sorry noch mal für diese komische Aktion von neulich. Wird nicht wieder passieren. Tschüss!«

Und obwohl ich gerne noch länger Parallel-Konstantins Anwesenheit genossen hätte, ging ich, ohne mich noch einmal umzusehen, zurück ins Schulgebäude.

Wo mich auf der Schwelle zum Festsaal plötzlich der Zimtschneckengeruch umgab und mich wieder nach Hause brachte.

22.

Na, wenn das kein gutes Timing war. Endlich mal etwas, das in meinem armen, chaotischen Leben funktioniert hatte!

Ich hatte mich bei Parallel-Konstantin entschuldigt und mich dabei noch nicht mal ungeschickt angestellt – ich glaubte sogar, dass ich ziemlich glaubwürdig rübergekommen war, zum Glück. Nur schade, dass ich zurück in meine Welt gesprungen war, ehe ich meinem anderen Ich davon berichten beziehungsweise als Nachricht in ihrem Smartphone hinterlassen konnte. Aber alles war halt nicht drin.

Ich war wieder zurück in den Innenhof gesprungen, auf exakt die gleiche Bank, auf der die andere Victoria offenbar (vorbildlich wie immer) auf ihren Rücksprung gewartet hatte. Oh, und mir wieder eine neue Nachricht hinterlassen hatte!

Weil ich aber gerade bemerkt hatte, dass die Theateraufführung in nicht mehr allzu weiter Ferne lag, beschloss ich, lieber schnell in den Festsaal zurückzugehen, Konstantin suchte mich bestimmt schon – die Nachricht konnte ich auch unterwegs lesen.

Ich stand auf und ging zurück ins Foyer, während ich mich durchtippte, bis ich beim neuesten Eintrag von diesem Tag angekommen war.

Samstag, 2. Juli, 12.18 Uhr

Sei froh, dass ein paar Tage vergangen sind seit unserem letzten Sprung. Denn ich bin so sauer, Vicky, so, so sauer, und vermutlich hätte ich sonst auch mal ein paar ganz furchtbare Sachen angestellt, damit du siehst, wie das ist. Was hast du dir nur dabei gedacht, als du einfach so zu Konstantins Haus marschiert bist und dich in meinem Namen als Reporterin der Schülerzeitung ausgegeben hast? WAS HAST DU DIR DABEI GEDACHT? Ich vermute mal, gar nichts. Sag mal, ging es eigentlich noch peinlicher? Schülerzeitung – was Besseres ist dir nicht eingefallen? Das ist doch ungefähr die plumpeste Anmache, die man sich nur vorstellen kann, und dann auch noch bei ihm zu Hause!!! Dann hättest du ihn auch gleich fragen können, ob ihr nicht ein bisschen knutschen wollt, weil du sehen willst, ob er es genauso macht wie sein anderes Ich.
O Vicky, ich bin echt enttäuscht von dir. Ich saß an seinem Küchentisch wie der letzte Vollidiot! Und dann hat er auch noch die ganze Zeit so blöd gegrinst, als ob du vorher was tierisch Lustiges gemacht hättest.
Was hast du getan?

Ich muss jetzt nicht extra erwähnen, dass mir mein Herz schon wieder in die Knie gerutscht war, als ich die letzten Zeilen las, oder? Mittlerweile war ich im Festsaal angekommen und fühlte mich nur noch schrecklich. Meine Knie zitterten sogar so sehr, dass ich es gerade so bis in die letzte Stuhlreihe schaffte und mich wie vorhin auf den äußersten Platz fallen ließ.

Und obwohl es im Saal schon ziemlich voll war und wirklich laut, weil alle durcheinanderredeten, fühlte ich mich mutterseelenallein.

Trotzdem musste ich natürlich weiterlesen.

Ich mag mir gar nicht ausmalen, was du sonst noch so getrieben hast in meiner Abwesenheit.
Aber noch mal zurück zur Springerei. Mir ist da was Merkwürdiges aufgefallen. An Konstantin. Kann es sein, dass er

Dass Konstantin *was*?

Dummerweise war die Notiz genau hier zu Ende. Ich scrollte ein Stück nach unten, doch tatsächlich, mehr gab es nicht.

Aber das reichte ja wohl auch. Zumindest, um mich völlig ratlos zurückzulassen.

Was war mit Konstantin? Was hatte sie herausgefunden?

»Hier bist du, ich hab dich schon überall gesucht.« Und da war er auf einmal. Und diesmal endlich wieder der Richtige.

»O Konstantin!« In diesem Moment war ich so froh, ihn zu sehen, dass ich ohne den leisesten Anflug von Scham aufsprang und ihm um den Hals fiel.

»Ich freue mich auch, dich zu sehen«, murmelte er lächelnd und gab mir einen Kuss auf den Kopf, und in diesem Moment war die Welt wieder in Ordnung. Na ja, zumindest ein kleines bisschen mehr als noch vor einer Minute.

Endlich war jemand da, der mich verstand und dem ich mich anvertrauen konnte.

»Du wirst nicht glauben, was gerade passiert ist!«, setzte ich an, aber Konstantin raunte mir fast gleichzeitig ins Ohr: »Vicky, wir müssen dringend reden.«

Die Lichter im Saal wurden gelöscht, und unsere Direktorin ging auf die Bühne, um das Theaterstück anzumoderieren.

»Ich kann jetzt aber nicht weg«, murmelte ich.

»Bitte, es ist wirklich wichtig!« Konstantin flüsterte mittlerweile so laut, dass das ältere Ehepaar auf den Plätzen neben uns missmutig guckte und genervt den Kopf schüttelte.

»Und für mich ist es wichtig, dass ich weiß, wo wir beim *Sommernachtstraum* gerade stehen, für den Fall, dass ich noch mal springen sollte«, zischte ich zurück. Ich würde jetzt auf keinen Fall nachgeben. »In zwei Stunden gehöre ich ganz dir, versprochen, aber im Augenblick muss ich mich mal kurz konzentrieren. Denn sollte gleich der –«

Zimtschneckengeruch kommen, wollte ich eigentlich sagen.

Sagte ich aber nicht.

Denn eben jener hatte mich von einer Sekunde auf die andere umhüllt, ja, praktisch umgehauen (auf Paulines Geruchs-Intensitäts-Skala aus dem Logbuch wäre es eine glatte Zehn gewesen) und mich in die Parallelwelt katapultiert.

Weg von Konstantin und meiner sicheren Welt, in der ich nur Zuschauer war, direkt in die Höhle des Löwen.

Na gut, keine Höhle, sondern nach wie vor der Festsaal in der Schule – was sich aber leider trotzdem ähnlich unangenehm anfühlte.

Allerdings schien hier, trotz der absolut gleichen Uhrzeit, die in beiden Welten herrschte, der Zeitplan ein paar Minuten hinterherzuhinken, denn die Zuschauer hatten sich noch nicht alle hingesetzt, sondern standen noch in den Gängen herum und plauderten. Und von der Direktorin, die schätzungsweise auch hier die Anmoderation machte, war keine Spur zu sehen. (Vielleicht saß sie ja in dieser Welt gerade noch auf dem Klo. Oder rauchte heimlich eine Zigarette auf dem Parkplatz hinter den Turnhallen – dabei hatten Pauline und ich sie nämlich schon einmal erwischt.)

So oder so war ich aus tiefstem Herzen dankbar für die Verzögerung, denn das gab mir noch ein paar Minuten, um hinter die Bühne zu sprinten. Frau Huppmann rang sicher schon die Hände, wo ihre Helena blieb.

»Entschuldigung, darf ich mal durch – danke!«

Warum musste ich ausgerechnet in der vom Bühneneingang am weitesten entfernt liegenden Ecke landen? Vor allem – was hat mein anderes Ich da gemacht? Vielleicht wollte sie noch mal mit Mum plaudern oder Pauline ihr tolles Kostüm zeigen, das sie –

Ich schlitterte ein Stück über den glatten Hallenboden, als ich an mir heruntersah – und wäre vielleicht sogar hingefallen, wenn ich nicht zufällig in eine ziemlich korpulente Dame hineingelaufen wäre.

»Kannst du nicht aufpassen, wo du hinläufst!«, meckerte die auch sofort los, aber ich hörte gar nicht hin. Denn ich hatte jetzt ein ganz anderes Problem.

Ich hatte nämlich noch nicht das blaue Flatterkleid an, das die gute Helena auf der Bühne trug. Und das, wo die Aufführung jeden Moment losgehen konnte! Was hatte die andere Victoria denn bitte schön die ganze Zeit gemacht? Löcher in die Luft geguckt? In der Nase gebohrt?

Ich rannte die letzten Meter bis zur Tür, was gar nicht so einfach war, denn es waren wirklich richtig viele Leute da, die alle offenbar nichts Besseres zu tun hatten, als mir im Weg zu stehen (und dann beschwerten sie sich, dass ich sie schubste, als ich mich an ihnen vorbeidrängelte).

Aber da, endlich, geschafft.

Ich riss die Holztür links von der Bühne auf (wurden da gerade die ersten Lichter im Saal gelöscht?) und rannte ein Stück den Gang entlang. Gleich hatte ich es geschafft, da vorne war schon die Garderobe.

Mit einem Schwung riss ich die Türe auf und stolperte mitten in das Schulensemble, wobei ich dem Darsteller des Lysander aus Versehen mit dem Ellbogen rammte und der Elfe Motte den Flügel ein bisschen verbog.

»Pass doch auf!«, motzte die mich ganz unelfenhaft an, steckte ihre Nase dann aber wieder in ihr Textheft.

»Schnell, das Kleid, ich schaffe es noch, ich bin sofort fertig!«, rief ich und suchte den Raum nach Ariane aus der Elften ab. Ariane half in unserer Welt mit den Kostümen, und ich hoffte einfach darauf, dass es hier auch so war.

»Vicky.« Irgendjemand tippte mir auf die Schulter.

»Ich kann jetzt nicht«, sagte ich und stellte mich auf die Zehenspitzen, um bis zum anderen Ende der Garderobe sehen zu können. Da vorne, da war ein Mädchen, das aussah, als ob sie Helenas Kleid anhatte. Komisch.

Ich drängelte mich in ihre Richtung.

»Vicky, jetzt warte mal.« Diese Stimme ...

Ich drehte mich um, während ich weiterging. »Konstantin?« Der schon wieder.

»Wir müssen ganz dringend sprechen«, sagte er und folgte mir wie ein Hündchen durch den Raum.

»Ich kann jetzt nicht, ich bin im Stück. Wo ist denn nur Ariane?«, murmelte ich wieder und bahnte mir weiter meinen Weg in Richtung himmelblauen Chiffon.

»Noch fünf Minuten!«, rief irgendwer durch die Tür, und alle um mich herum murmelten nur noch aufgeregter ihren Text und wünschten sich schon mal Glück.

Verflixt, das wurde wirklich richtig eng.

Da, da war das Kleid.

Und in dem steckte – Charlotte?

Ah – sie hatten wahrscheinlich gedacht, ich käme nicht mehr, und schon einmal die Zweitbesetzung angekleidet.

»Ich bin da, ich übernehme«, keuchte ich. »Tut mir leid, ich bin spät dran. Charlotte, du kannst das Kleid ausziehen, ich schaffe das.«

Parallel-Charlotte guckte erst mich mit offenem Mund an, dann zu Parallel-Konstantin, der wie eine Klette an meiner Seite hing und mir ins Ohr zischte: »Vicky, du musst wirklich mitkommen!«

Jetzt reichte es aber!

»Gar nichts muss ich! Ich hab gleich meinen Auftritt, und ich brauche das Kleid!« Ich blaffte Charlotte an: »Gib es her. Ich kann spielen, ich bin kerngesund, ehrlich!«

Obwohl ihr mich alle gerade anguckt, als ob ich völlig durchgeknallt wäre.

Aus der Ferne war in diesem Moment dumpfer Applaus zu hören, danach die Stimme der Direktorin. Ihre Anmoderation konnte maximal zwei Minuten dauern, dann ging es los mit dem *Sommernachtstraum*. Ein Musikstück, dann ein kurzer Prolog, der erste Akt dauerte auch nicht so lange, und dann war ich schon dran.

»Schnell, schminken kann ich mich selbst, aber ich brauch jetzt diesen blöden Fummel!«

Konstantin zerrte und zerrte.

»Was willst *du* denn überhaupt hier? Wir kennen uns doch eigentlich gar nicht.« Langsam wurde ich echt ungeduldig.

»Würde ich so nicht sagen«, sagte er und zerrte weiter. »Los, wir müssen uns unterhalten.«

»Uns unterhalten? Ist das jetzt ein schlechter Witz oder was?«

»Kein Witz. Los jetzt.«

»NEIN!«

Konstantins anderes (und im Augenblick sehr viel garstigeres) Ich funkelte mich an. »Ich kann dich auch wegtragen.«

»Das wagst du nicht.«

»Ja, genau, bring die Irre hier raus«, sagte irgendwer, und ich wusste auf einmal nicht mehr, ob ich lachen oder weinen sollte. So eng, wie mein Hals gerade wurde, konnte es beides sein, und bei dem ganzen Adrenalin im Körper würde der Übergang dazwischen wohl auch eher fließend sein.

»Wag es bloß nicht, mich anzufassen«, sagte ich und hielt abwehrend die Hände hoch.

Aber Konstantin ließ sich nicht die Bohne einschüchtern. »Jetzt mach hier keine Szene«, zischte er, obwohl niemand hören konnte, was er Irrwitziges da von sich gab. Alle waren schon damit beschäftigt, Richtung Bühne zu gehen und ihre Plätze einzunehmen.

»Ich werde ganz sicher nicht gehen, ich hab hier eine Aufgabe!«

»Hast du nicht. Charlotte ist die Erstbesetzung für Helena.«

»Wie bitte?«

»Du musst nicht spielen, ganz sicher, und jetzt komm endlich.« Seine Augen funkelten mittlerweile schon fast gefährlich, ehe er mich am Handgelenk packte und zur Tür zog.

In meiner Verzweiflung tat ich das Einzige, was mir in diesem Moment einfiel – ich trat ihm mit aller Kraft auf den Fuß.

»Herrgott, Vicky!«

Und im nächsten Moment fand ich mich kopfüber auf seiner Schulter wieder.

»Lass mich sofort runter!«, schrie ich und zappelte, aber Konstantins Hände hielten mich mit eisernem Griff fest, als er mich aus dem Bühnenbereich trug und den dunklen Gang entlang weg vom Festsaal.

»Ich werde gekidnappt, zu Hilfe!«, rief ich.

»Keiner kann dich hier hören, und jetzt gib Ruhe!«

Ruhe?

Na warte.

Ich holte mit beiden Armen aus (so gut es eben kopfüber ging) und schlug so fest ich konnte auf seinen Allerwertesten.

Schien ihn aber irgendwie null zu stören. Vielleicht hatte er es auch gar nicht gespürt, denn sein Hintern war ziemlich fest, soweit ich das nach der einen Sekunde Berührung beurteilen konnte.

Vor gar nicht allzu langer Zeit hätte ich mich nie im Leben getraut, ihm auf den Po zu hauen. Aber bisher hatte er mich ja auch nicht einfach gepackt und kopfüber irgendwo hingetragen.

Ja, wohin denn eigentlich genau?

Er war um eine Ecke gebogen, so viel hatte ich mitbekommen. Dummerweise war ich hier noch nicht gewesen, denn in diesem Teil des Gebäudes waren meines Wissens nur ein paar Lagerräume, in denen wir Schüler nichts verloren hatten.

Parallel-Konstantin allerdings schien sich hier ziemlich gut auszukennen, denn er blieb vor einer der Türen stehen, öffnete sie und ging zielstrebig in den Raum hinein.

Und erst, als er die Tür von innen wieder geschlossen hatte und nach dem Lichtschalter tastete, ließ er mich los und stellte mich wieder auf die Beine.

Die leider ziemlich wackelig waren, obwohl ich an allererster Stelle erst mal sauer auf ihn war.

Und wie.

»Und jetzt verrate mir doch mal bitte schön, warum du mich« – ich sah mich um, ehe ich ihn wieder giftig anfunkelte –, »warum du mich in eine Putzkammer verschleppt hast. Und warum Charlotte die Helena spielt.« Ich versuchte, nicht zu schreien und meine Stimme unter Kontrolle zu halten, aber selbst in meinen Ohren hörte ich mich hysterisch an.

»Charlotte ist die Erstbesetzung, das hab ich doch schon gesagt. Es ist alles gut. Zumindest auf der Bühne da draußen.«

Konstantin hatte sich mit dem Rücken an die Tür gelehnt, vermutlich, damit ich nicht fliehen konnte. Offenbar schienen unsere Parallel-Ausgaben unseren eigenen doch relativ ähnlich zu sein – denn von hier zu flüchten stand gerade ziemlich weit oben auf meiner Wunschliste. Doch die Chancen darauf waren im Augenblick tatsächlich gleich null, denn die Putzkammer war klein, nur ein paar Quadratmeter groß und ohne Fenster, und mein Entführer versperrte den einzigen Ausgang.

Mir blieb also nichts anderes übrig, als die Arme vor der Brust zu verschränken (damit er nicht sehen konnte, wie mir die Hände zitterten) und ihn böse anzustarren.

»Und, was ist jetzt?«

Aber Konstantin sagte nichts, sondern guckte mich nur an. Seine Brust hob und senkte sich schnell, vermutlich, weil er mich so lange rumgeschleppt hatte, und seine Haare hingen ihm zerzaust in der Stirn. Aber diese Augen – diese Augen sahen mich an, als ob er mir in diesem Moment bis auf den Grund meiner Seele gucken konnte, und plötzlich fühlte ich mich schutzlos und beinahe nackt vor ihm.

Da half nur die Flucht nach vorne.

»Wenn du jetzt nicht sofort damit rausrückst, was das hier soll, fange ich wieder an zu schreien!«

Und als er keine Anstalten machte, etwas zu sagen, reichte es mir langsam endgültig.

»HIIILF–«

Aber schneller als ich gucken konnte, hatte er einen Satz auf mich zu gemacht und mir die Hand auf den Mund gedrückt.

»Bitte nicht.«

Er stand so nah vor mir, dass ich die grünen Sprenkel in seinen Augen sehen konnte und die kleine Schweißperle, die ihm die Schläfe herunterrann. Und er roch so gut, nach frisch gewaschener Wäsche und nach Abenteuer und Sommer.

»Hmpfrprkrch.«

»Vicky, ich muss dir etwas sagen. Was ich dir schon längst hätte sagen sollen.«

O Gott! Was könnte Parallel-Konstantin meinem Parallel-Ich sagen wollen? Außer dieser doofen Interview-Geschichte hatten die beiden doch überhaupt nichts miteinander zu tun! Oder hatten sie sich in den letzten beiden Tagen seit dem letzten Sprung vielleicht doch besser kennengelernt?

Mit klopfendem Herzen und immer noch seiner Hand auf meinem Mund guckte ich ihn an.

Konstantin schluckte. »Vicky, ich ... ich bin auch ... also, ich ... ich springe auch.«

Ich schüttelte den Kopf, weil ich das Gefühl hatte, dass er auch meine Ohren zugehalten hatte, denn sie rauschten auf einmal ganz furchtbar.

»Krchhrgrmprfr?«

»Ich bin nicht Parallel-Konstantin. Ich bin der echte.« Er räusperte sich. »Ich bin *dein* Konstantin.«

Und damit hatte er mir mit nur einem Satz den Boden unter den Füßen weggezogen.

Und mein Herz fiel ins Bodenlose.

23.

»Ich nehme jetzt die Hand weg, ja? Nicht schreien.«

Aber ich wäre gar nicht in der Lage gewesen zu schreien, denn jeglicher Sauerstoff war von einer Sekunde auf die andere aus meinen Lungen gewichen. Ich fühlte mich wie ein alter, schlapper Luftballon.

Nachdem Konstantin seinen Griff gelöst hatte, taumelte ich einen Schritt zurück, bis ich an einen Spindschrank stieß, und sank zu Boden, weil meine Beine mich nicht mehr tragen wollten.

Ich springe auch.
Ich springe auch.
Ich springe auch.

Konstantins Worte hallten in meinem Kopf wie ein nicht enden wollendes Echo, und ich schlang die Arme um meine angezogenen Knie, denn sie waren das Einzige, woran ich mich in diesem Moment festhalten konnte.

Konstantin hatte sich wieder mit dem Rücken an die Tür gelehnt, so als ob auch er Abstand zwischen uns bringen wollte, und starrte abwechselnd auf mich und auf seine Turnschuhe.

Ich weiß nicht, wie lange wir so verharrten, ehe mein logisches Denkvermögen sich noch einmal aufbäumte und gegen das rebellierte, was ich gerade gehört hatte.

»Beweise es«, sagte ich zu ihm.

Konstantin hob ruckartig den Kopf.

»Ich glaube dir nicht. Beweise es.«

Er seufzte, mehrmals, ehe er sich schließlich mit beiden Händen durch die Haare fuhr und leise fragte: »Was ist die Quadratwurzel aus 110 889?«

Und wir sahen uns an und flüsterten gleichzeitig: »333.«

Und damit war es klar.

Klar, dass er es wirklich war, denn es war praktisch unmöglich, dass unsere Parallel-Versionen von Paulines bescheuerten Sicherheitsfragen wissen konnten.

Es bedeutete, dass er wirklich *mein* Konstantin war.

Dass er auch ein Weltenspringer war.

Die Frage war nur –

»Wie lange schon?« Meine Stimme war kaum mehr als ein Wispern, obwohl ich am liebsten geschrien hätte.

»Im Sportclub. Das war das erste Mal.«

Im Sportclub.

Bilder von durchdrehenden Laufrädern, fliegenden Handtüchern und meinen schwitzigen Händen, die ihm am Arm rumfummelten, schossen mir durch den Kopf.

»Und von da an jedes Mal, wenn du auch gesprungen bist«, flüsterte er.

Jedes Mal.

Dann wusste er *alles*.

Von meinem Interview bei ihm zu Hause. Und meinem Auftritt gerade in der Garderobe der Theatergruppe.

Das war der Moment, an dem ich mich in Luft auflösen wollte, sofort. Oder in ein Loch im Erdboden versinken und frühestens in Neuseeland wieder herauspurzeln.

Stöhnend ließ ich den Kopf auf die Knie sinken, denn ich konnte ihm einfach nicht mehr in die Augen sehen.

Deshalb wusste ich auch nicht, was Konstantin dann tat, aber er war nähergekommen, das konnte ich hören. Seine Sneaker quietschten leise auf dem Linoleumboden.

»Ich hätte es dir früher sagen sollen«, murmelte er, seine Stimme ziemlich nah an meinem Kopf. Er musste sich direkt vor mich hingesetzt haben. Ich bewegte mich nicht, deswegen sprach er weiter.

»Aber ich war doch selbst erst mal total überfordert. Ich meine, du bist da so viel cooler, du hast das schließlich schon oft genug gemacht, aber ich … ich hab auf einmal die Zimtschnecken gerochen, und im nächsten Moment stand ich am Empfang des Sportclubs, vor dieser komischen Jo. Ein Wunder, dass ich nicht direkt umgekippt bin vor ihr. Ich glaube, ich hab dann erst mal eine Stunde lang in der Männerumkleide gesessen, bis meine schlotternden Beine sich wieder einigermaßen erholt hatten.«

Er hatte Angst gehabt? Der mutige Keine-Rampe-ist-mir-zu-steil-Skateboarder Konstantin? Der abenteuerlustigste Mensch, den ich kannte?

»Nachdem ich vergeblich auf den Rücksprung gewartet hatte, bin ich raus auf die Trainingsfläche. Die anderen Leute haben mich schon komisch angeguckt, weil ich ewig da saß und in den Spiegel geglotzt habe. Aber ich konnte es einfach nicht glauben.«

Deshalb hatte er also auch beim Rudern dauernd in den Spiegel geschaut!

»Und dann hab ich dich gesehen. Auf dem Laufband. Ich war so neugierig auf dein zweites Ich, aber ich habe mich erst gar nicht zu dir rübergetraut. Und dann bist du so schnell gerannt auf dem Ding, und dann kam das Handtuch geflogen.«

»Das hast du alles gesehen?«, quiekte ich dumpf, denn ich hatte mein Gesicht vor Scham immer noch auf meine Knie gedrückt. Mein schlimmster Albtraum war wahr geworden.

»Und plötzlich hast du dich auf das Rudergerät neben mir gesetzt. Ich hatte so Herzklopfen, dass ich dachte, du müsstest es hören. Ich war so aufgeregt.«

Er war aufgeregt gewesen? Na, das war ja dann doch ein bisschen süß.

»Und dann hast du mich sogar angesprochen. Aber ich hatte ja keine Ahnung, dass du *du* bist. Ich dachte, dass ich es mit der Parallel-Vicky zu tun habe, aber die war so süß, genauso süß wie du, und wie sie sich da um Kopf und Kragen geredet hat mit der Spinne und den Haaren ... ich habe eine ganze Weile gebraucht, um zu kapieren, dass du auch gerade gesprungen bist und wir beide gleichzeitig in der Parallelwelt gelandet waren. So richtig sicher war ich mir allerdings erst beim nächsten Sprung, als du bei meinen Eltern vor der Tür standest. Und alles so ausführlich auf dem Block aufgeschrieben hast, für den Fall, dass du mitten im Interview wieder zurückspringen würdest.«

Ich saß immer noch da wie versteinert, ich glaube sogar, ich hielt die ganze Zeit über die Luft an.

Plötzlich ergab alles einen Sinn.

Konstantin hatte sich ständig im Spiegel angesehen, damals im Sportclub. Klar, weil es sein erster Sprung gewesen war. Das hatte ich damals bei einem meiner ersten langen Sprünge nicht viel anders gemacht.

Und er war am Mittwochnachmittag trotz seines Tutorjobs im Computerclub sofort nach Hause zu seinen Eltern gefahren. Vermutlich, weil er wissen wollte, wie er in der Parallelwelt lebte. Aber so oder so – als die Gewissheit mich übermannte, dass Konstantin alles wusste, wirklich *alles*, was ich in letzter Zeit in der Parallelwelt getrieben hatte, wollte ich am liebsten sterben. Auf der Stelle.

Denn weiterleben mit dem Wissen, dass er alle meine unendlich peinlichen Aktionen mitbekommen hatte, war keine Option.

»Ich habe es sogar Nikolas erzählt. Der wollte eigentlich, dass ich es dir sofort sage. Vor allem, weil ich tatsächlich genau dann gesprungen bin, wenn du auch weg warst. Aber ich habe mich nicht getraut, damals, als wir wegen dem Typen von deiner Tante die Adressen abgefahren haben. Die Sache mit meinen Eltern war nur erfunden, also, dass sie dich kennenlernen wollten, meine ich, ziemlich blöd, ich weiß, aber das war das Einzige, was mir in dem Moment eingefallen ist. Und als wir dann zusammen hier in der Schule waren, in der Theaterkulisse, da hab ich mich schon so schrecklich geschämt, dass ich dich gar nicht mehr ansehen konnte. Vicky, was sagst du dazu? Schau mich doch bitte mal an.«

»Ich kann dich nicht anschauen. Nie wieder.« Mir entwich ein leises Wimmern.

»Hey, Vicky, nicht doch …«

»Geh weg. Lass mich bitte alleine, denn ich muss ganz dringend sterben. Jetzt sofort.«

»Nein, Vicky, bitte nicht. Hör mir zu«, sagte er und legte mir vorsichtig die Hand an den Unterarm. Die Stelle wurde sofort warm.

»Bitte.« Er zog mich sanft am Ellbogen, so dass ich doch meinen Kopf ein Stück hob, gezwungenermaßen.

Tatsächlich kniete Konstantin vor mir, ganz nah, und sah mich so offen und ehrlich und liebevoll an, dass ich am liebsten sofort losgeheult hätte.

»*Ich* bin doch der Depp in dem ganzen Spiel. Und es tut mir so leid. Aber ich war total überfordert, und dann warst du da und hast dich im Studio sogar neben mich gesetzt. Und ich wollte erst gar nicht nett zu ihr sein, weil ich dachte, dass ich dich dann irgendwie mit deinem zweiten Ich betrügen würde. Also, ich … Vicky, was ist denn? Weinst du etwa?«

Tatsächlich waren mir die Tränen gekommen, aber ich hatte es noch nicht einmal bemerkt.

»Du dachtest, du betrügst mich?«, fragte ich mit belegter Stimme.

Konstantin rutschte unruhig vor mir hin und her.

»Na ja, ich meine … im Grunde ist die andere Vicky ja eine komplett Fremde, die konnte ich nicht einfach anquatschen. Dabei hätte ich das schon im Sportclub so gerne gemacht.«

»Obwohl ich mich da …?« Ich konnte es nicht mal aussprechen.

Konstantin schüttelte den Kopf und grinste mich schüchtern an. »Du warst so süß. Wie du dich mit dem Typen neben dir angelegt hast.«

Ich schniefte. »Der komische Elektriker. Wollte mir erzählen, wie ich trainieren soll.«

»Und dann hast du mich angesprochen, und ich war so perplex, dass ich mich wahrscheinlich verhalten habe wie ein Idiot.

Dabei warst du so, so –« Er schluckte, was ich genau sehen konnte, weil er immer noch direkt vor mir kniete. »Du warst perfekt.«
Und damit zog er mir zum zweiten Mal an einem Tag den Boden unter den Füßen weg. Und als die Tränen dann endlich richtig anfingen zu fließen, konnte ich rein gar nichts dagegen tun.
»Aber du hast alles gesehen«, murmelte ich, während ich mir über die Wange wischte. »Du hast alles gesehen, was ich so getrieben habe. Und sprichst trotzdem noch mit mir. Und magst mich noch.« Letzteres sagte ich mehr zu mir selber, denn ich konnte es immer noch nicht glauben, dass wir diese Unterhaltung gerade wirklich führten.
»Natürlich spreche ich noch mit dir«, sagte Konstantin, und nahm zaghaft meine Hand, die auf meinem Knie lag. »Und ich mag dich. Sehr sogar. Sehr viel mehr als sehr. Ach, Vicky, ich bin so sehr in dich verliebt, dass ich kaum noch weiß, wo oben und unten ist!«
Und da war es wieder, das Fallen und Fliegen, das ich damals gespürt hatte, als *ich* mich in Konstantin verliebt habe. Ach was, das ich die ganze Zeit spürte, wenn ich mit ihm zusammen war.
Und wie er jetzt gerade vor mir kniete, mit diesem aufrichtigen Ausdruck in den Augen und seiner Eröffnung, dass er trotz allem, was ich angestellt hatte, in mich verliebt war, also …
»Darf ich dich küssen?«, flüsterte ich, und Konstantins erleichtertes Lächeln gab mir den Rest. Ich zog seinen Kopf zu mir und küsste ihn, bis mir schwindelig wurde.
Und das ganz ohne Zimtschneckengeruch.

Ich habe keine Ahnung, wie lange wir so in der kleinen Putzkammer hockten. Es musste allerdings schon eine Weile gewesen sein, denn als wir uns nach dem Geknutsche voneinander lösten, waren mir die Beine eingeschlafen, und auch Konstantin machte ein paar ulkige Schritte, als er aufstand und mich anschließend auf die Füße zog.

»Und was machen wir jetzt?«, fragte er und fuhr sich mit den Händen durch die Haare, die irgendwie noch zerzauster aussahen als sonst.

»Keine Ahnung. Einfach weiterküssen?«

Konstantin grinste und legte seine Hände um meine Taille. »Keine Sorge. Aber meinst du nicht, dass wir sowieso gleich wieder zurückspringen? Wir sind jetzt schließlich schon« – er sah kurz auf seine Armbanduhr – »seit zwei Stunden hier. Wie lange dauert so was denn?«

»Das weiß man vorher nie. Der längste Sprung, den ich hatte, hat ein paar Stunden gedauert. Wir könnten so lange einfach hierbleiben.«

»Gute Idee. Ich überlege nur, was wir mit unseren Parallel-Versionen machen.«

An die hatte ich tatsächlich wegen der ganzen Aufregung überhaupt nicht mehr gedacht.

»Was sie wohl gerade treiben?«, fragte ich und versuchte, mir mein anderes Ich vorzustellen, die vermutlich versuchen würde, während ihres Aufenthalts in meiner Welt möglichst unauffällig zu bleiben. Die Gute.

»Ich hoffe jedenfalls, sie haben sich endlich besser kennengelernt«, sagte Konstantin.

»Na ja, nachdem sie sich neulich beide in eurer Küche wiedergefunden haben, vermute ich mal ganz stark, dass sie das haben. Mussten sie ja quasi.«

»Ich meine, so kennengelernt, wie wir uns kennen«, murmelte er und gab mir zum besseren Verständnis noch einen sanften Kuss.

»Vielleicht sollten wir einfach noch ein bisschen nachhelfen«, nuschelte ich, weil er mich immer noch küsste und ich keinen Zentimeter von ihm abrücken wollte.

Aber Konstantin schaute auf, und seine Augen begannen zu leuchten.

»Na, das ist doch *die* Idee!«, sagte er und begann seine Hosentaschen nach seinem Handy abzusuchen, während er mir seinen Plan verriet.

Ein wirklich guter Plan.

Und damit taten wir heute zum ersten Mal (außer dem Knutschen) etwas richtig Sinnvolles.

Unser Rücksprung erfolgte etwa zwanzig Minuten später. Wir waren den Rest der Zeit im Putzraum geblieben, und trotz der nervenaufreibenden letzten Stunden schwebte ich auf Wolke sieben, als ich in meinen echten Körper und in meine eigene Welt zurücksprang. Außerdem hatte es mich tierisch erleichtert, dass die Sache mit dem Theater tatsächlich ein Missverständnis war, wie mich Konstantin noch aufgeklärt hatte. Das hatte er nämlich in der Parallelwelt herausgefunden: Parallel-Victoria war am Ende zu schüchtern gewesen, um wirklich die Helena zu geben, und sie hatte sich als Zweitbesetzung aufstellen lassen.

Und wie erwartet hatte mein anderes Ich in meiner Welt sich brav und offenbar auch alleine das Theaterstück angesehen, das gerade zu Ende war, als ich zurückkam. Im Festsaal drängten die Leute schon zum Ausgang.

Konstantin konnte ich nirgendwo entdecken, zumindest nicht in der Nähe, so dass ich mich mit der Menge nach draußen schob, um nach ihm zu suchen.

Wir trafen uns schließlich im Foyer, wo er mich in die Arme nahm, als ob er mich seit Tagen nicht gesehen hätte.

»Willkommen daheim«, flüsterte er mir ins Ohr, und ich musste kichern.

»Selber.«

Er sprang tatsächlich exakt zur selben Zeit wie ich!!!

Ach, ich war wirklich das glücklichste Mädchen der Welt!

Und das musste man mir auch deutlich angesehen haben, denn als Konstantin und ich ein paar Minuten später Hand in Hand im Chemielabor bei Pauline auftauchten, rollte die sofort mit den Augen.

»Bitte verschont mich mit eurem Verliebtsein!«

»Das würden wir gerne«, sagte ich, und etwas leiser, dass nur sie es hören konnte: »Aber dann können wir dir leider nicht erzählen, was gerade passiert ist. In der Du-weißt-schon-Welt.«

Damit hatte ich erwartungsgemäß ihre Neugier geweckt.

»Was ist los?«

Praktischerweise tauchte in diesem Moment auch noch Nikolas auf, so dass wir unsere Geschichte nur einmal erzählen mussten. Und die beiden waren tatsächlich ausnahmsweise sprachlos, als Konstantin und ich abwechselnd berichteten, was wir gerade erlebt beziehungsweise herausgefunden hatten.

»Ich bin neidisch, damit du es weißt!«, sagte Pauline schließlich zu Konstantin, der nur mit den Achseln zuckte und zufrieden grinste.

»Ich habe ja selber keine Ahnung, warum es ausgerechnet mich erwischt hat. Aber es ist echt cool und spannend. Oder, Vicky?«

Ich dachte an unsere Knutscherei im Parallel-Putzraum und wurde rot. »Hm, schon. Vor allem nicht mehr so, äh ... einsam.«

»Ich kann mir schon vorstellen, was ihr da getrieben habt«, sagte Pauline und guckte genervt aus dem Fenster.

Nikolas sagte nichts, was mich beinahe überraschte. Normalerweise hätte ich erwartet, dass er einen passenden Kommentar nach dem Motto *So was können wir gerne auch jederzeit machen, wenn du magst* in Richtung Pauline abgab, aber er blieb still.

Nur zu Konstantin sagte er: »Dann kann ich für dein Parallel-Ich nur hoffen, dass er rudern kann, falls es gleich noch mal passiert.«

Ja, das hoffte ich auch. Aber noch mehr natürlich, dass wir jetzt erst mal hierbleiben durften.

Die alljährliche Ansprache von unserer Direktorin und noch ein paar anderen Leuten war der vorletzte Punkt auf dem offiziellen Programm des Sommerfests. Danach kam nur noch das Drachenbootrennen, das traditionsgemäß am frühen Abend stattfand und auf das ich mich ganz besonders freute (ich konnte es kaum abwarten, bis Konstantin und sein Team das Lehrerteam schlagen würden!).

Aber vorher kam wie gesagt diese dusselige Rede samt Ehrungen, Verabschiedungen und sonstigem Kram, den Lehrer und Elternbeirat irgendwie wichtig fanden.

Und wie jedes Jahr würde sich auch diesmal der Bürgermeister auf die Bühne stellen und eine schleimige Rede ablassen, die mich zwar nicht die Bohne interessierte, aber ich hatte Mum versprochen, da zu sein. Denn die interessierte es leider schon.

Konstantin kam natürlich mit, denn ich hatte nicht vor, seine Hand in nächster Zeit wieder loszulassen. Es war, als ob uns unser gemeinsamer Sprung vorhin endgültig zusammengeschweißt hatte. Wir teilten ein Geheimnis, ein unglaubliches und wahnsinnig tolles noch dazu. Und so, wie er mich immer wieder von der Seite angrinste und dabei jedes Mal meine Hand ein bisschen fester drückte, ging das Ganze auch an ihm nicht spurlos vorüber.

Vielleicht lag es an dieser ganzen Anschmachterei, dass wir kein Zeitgefühl hatten – auf jeden Fall kamen wir viel zu spät zurück in den Festsaal. *Sehr viel* zu spät, denn der Bürgermeister verließ gerade die Bühne, während die Zuschauer verhalten Beifall klatschten und nach und nach von ihren Plätzen aufstanden. Wir hatten praktisch alles verpasst.

»Oje, dabei hatte ich es Mum versprochen«, sagte ich und stellte mich auf die Zehenspitzen, um besser sehen zu können.

»Da vorne ist sie.« Konstantin deutete in Richtung Bühne, wo sie tatsächlich stand und sich suchend umguckte, und ich hob reflexartig den Arm und winkte ihr zu.

»Besonders glücklich sieht sie aber nicht aus«, murmelte Konstantin, und ich hoffte sehr, dass es nicht daran lag, dass ich sie versetzt hatte.

Aber ich musste mir keine Gedanken machen.

Mums Ärger galt glücklicherweise nicht mir, sondern – *Halleluja!* – offensichtlich jemand anderem, denn ihre finstere Miene hellte sich schlagartig auf, als sie sich zu Konstantin und mir durch die Menge geschoben hatte.

»Was ist denn passiert?«, fragte ich, als wir den Saal verließen und uns draußen ein schattiges Plätzchen suchten.

»Hast du es nicht gerade gehört?«

»Äh, na ja, also ...«

»Kein einziges Wort war von ihm. *Kein einziges.*«

»Mum, wovon sprichst du?«

»Von der Rede natürlich.« Sie seufzte und ließ sich auf eine Holzbank unter der großen Buche sinken. »Stundenlang habe ich an seiner doofen Rede rumgefeilt und mir die Nächte damit um die Ohren gehauen.«

Konstantin und ich warfen uns einen kurzen Blick zu.

»Und dann?«, fragte ich vorsichtig.

»Und dann kommt er daher, stellt sich auf die Bühne und erzählt allen, wie lange *er* sich Gedanken darüber gemacht hätte, wie er diese wunderbare Schule nach einem tollen Jahr würdigen könnte.« Mum schluckte. »Und bei mir hat er sich noch nicht mal dafür bedankt. Hat mir heute Morgen einfach die Rede aus den Fingern gerissen, und das war's dann.«

»Ach, Mum!« Ich setzte mich neben sie und griff nach ihrer Hand. »Er hat es sicher nicht so gemeint. Bestimmt hat er nicht daran gedacht. Vermutlich hat er viel um die Ohren.«
Ich wusste in diesem Moment auch nicht, was in mich gefahren war – ich verteidigte eben den Bürgermeister, oder?
Aber ich konnte ja schlecht sagen: *Ich hab's ja gleich gewusst.* Das wäre fies gewesen und außerdem kontraproduktiv, wie Tante Polly immer so schön sagte. Von wegen *psychologische Geschicklichkeit* und so. Und dass Mum heute zum ersten Mal die rosarote Brille abgenommen hatte, was den Typen betraf, war auf jeden Fall ein Riesenfortschritt.
Wenn nicht sogar ein entscheidender Durchbruch.

24.

Den Rest des Tages versuchte ich, Mum so gut es ging von ihrem Ärger abzulenken. Konstantin verabschiedete sich kurze Zeit später, weil er sich auf das Drachenbootrennen vorbereiten musste, und so spazierten Mum und ich untergehakt gemeinsam über das Schulgelände, plauderten mit Bekannten, die wir trafen, und besuchten Pauline noch mal im Chemielabor. Den Bürgermeister erwähnten wir beide mit keinem Wort mehr, was mir nur recht war und ich außerdem als gutes Zeichen wertete. Mums Zorn war also nicht gleich nach ein paar Minuten verflogen. Vielleicht würde sie ja doch zur Vernunft kommen, was ihn betraf. Ich durfte sie jetzt nur nicht drängen und musste mich mit Kommentaren zurückhalten, obwohl ich am liebsten sofort Tante Polly eine Nachricht geschickt hätte, um ihr die gute Neuigkeit zu überbringen.

Und mit meiner guten Laune musste ich mich *auch* langsam mal zurückhalten, denn Mum guckte mich zwischendurch immer wieder ziemlich komisch an, so dass ich mir schon fest auf die Zunge beißen musste, damit ich das Dauergrinsen aus meinem Gesicht bekam.

»Wenigstens eine von uns ist glücklich heute«, sagte sie, aber sie lächelte dabei. »Dann läuft es gut mit Konstantin?«

Gut? Megagut! Denn Konstantin ist wie ich auch ein Welten-

springer, und wir springen jetzt immer gleichzeitig in dieselbe Parallelwelt. Also, vermutlich. Ist das cool, oder was? Und außerdem hat er mir vorhin im Putzraum eine Liebeserklärung gemacht, so dass ich geweint habe vor Glück.

»Ja, alles super«, sagte ich, natürlich so lässig wie möglich, konnte aber dann doch nichts gegen mein dümmliches Grinsen tun und zuckte mit den Achseln. »Er hat mir vorhin gesagt, dass er in mich verliebt ist.«

»Na, das war mir schon längst klar.«

»Echt jetzt?«

Mum tätschelte meine Hand. »Schatz, so, wie er dich immer anschaut, sieht ein Blinder, wie verschossen er in dich ist.«

Ich machte beinahe einen Luftsprung, und Mum kicherte. Ach, das war wirklich ein perfekter Tag.

Und dieser perfekte Tag hatte schließlich auch noch ein angemessenes Ende: Das Schülerruderteam fuhr eine halbe Bootslänge vor den Lehrern ins Ziel, und auf der kleinen Tribüne am Kanal neben unserer Schule war die Stimmung am Überkochen. (Der modellierte Drache am Bug des Schülerboots sah übrigens wirklich genauso aus wie Frau von Biedermann, samt Riesenohren und Schlupflidern. Frau von Biedermann fand das allerdings nicht so richtig lustig und drohte Leonard sogar mit einem Schulverweis, weil der sie gebeten hatte, neben dem Boot für ein Foto zu posieren für einen Beitrag im Schülerblog mit dem Thema *Mein Doppelgänger und ich*.)

Meine Hochstimmung nahm ich schließlich auch ganz locker mit in den nächsten Tag.

Und das war gar nicht so einfach, denn irgendwer (ich tippte auf Tante Polly) hatte dem Beo den Text von *Ein Stern, der deinen Namen trägt* beigebracht, einem dämlichen Schlagersong. Und das nervte erstaunlicherweise noch mehr als die dauernden Pups- und Handygeräusche, die er die Woche davor von sich gegeben hatte.

»Nur noch bis Freitag, nur noch bis Freitag«, murmelte Mum den halben Vormittag wie ein Mantra vor sich hin, und genau wie sie zählte ich ebenso die Tage, bis das Röschen endlich abreisen würde (nachdem sie mittlerweile ungefähr zum fünften Mal ihren Aufenthalt verlängert hatte).

Ich zählte vor allem deshalb, weil am Freitag endlich, endlich die Sommerferien anfangen würden.

Ferien ohne Röschen, dafür mit ganz viel Konstantin.

Mit einem wie ich in Parallelwelten springenden Konstantin.

Ich konnte mein Glück kaum fassen.

Und er anscheinend auch nicht. Am Tag nach dem Sommerfest lud er nämlich aus lauter Freude mich, Nikolas und Pauline auf ein riesiges Eis ein, das wir auf dem von der Sonne aufgeheizten Sandsteinsockel von Sigismunds Denkmal auf der Gemeindewiese schleckten.

Pauline nahm es ihm immer noch ziemlich übel, dass er der Glückliche war, der von heute auf morgen in eine Parallelwelt sprang, und nicht sie. Zumal das all ihre bisherigen Theorien durcheinanderwarf, wie sie sagte.

»Ich kann doch auch nichts dafür«, verteidigte Konstantin

sich wieder und wieder, der neben mir saß und seine Sonnenbrille aus der Stirn schob. Ich war froh, dass ich mit meinem Eis beschäftigt war, denn ich wollte mich echt nicht in die Diskussion der beiden einmischen.

»Dabei könnte ich so viel darüber herausfinden, wenn ich es nur mal *selbst* erleben dürfte!«, schimpfte Pauline.

»Das kann *ich* auch«, erwiderte Konstantin.

»Kannst du nicht! Ich forsche schließlich schon seit Jahren daran, und ich hätte so viele Ideen für Versuche, um mehr zu erfahren, wenn ich nur selbst springen könnte.« Sie funkelte Konstantin gereizt an, was mich veranlasste, ihn in Schutz zu nehmen.

»Konstantin kann doch nichts dafür. Es ist eben einfach so – vielleicht liegt es ja wirklich am Wetter, wie du gesagt hast. Es passiert aber ganz bestimmt nicht, um dich zu ärgern.«

»Also, ich bezweifle, dass es das Wetter ist«, schaltete Nikolas sich ein. »Vielleicht ist es ähnlich wie im *Sommernachtstraum*? Vermutlich haben Vicky und Konstantin irgendein Kraut gegessen oder es sich irgendwo hingeschmiert, das sie verzaubert hat. Entweder das oder es waren Elfen.«

»Es gibt weder Elfen noch mit Liebes- oder Weltenspringerelexier getränkte Blumen«, sagte Pauline schnippisch. Das war das erste Mal, dass ich sie an diesem Tag mit Nikolas reden hörte. Dabei war mir ihr Schweigen ihm gegenüber eigentlich fast lieber als ihr Gekeife.

»Genauso wenig wie Leute, die x-beliebig zwischen Paralleluniversen hin- und herspringen, oder was?«, konterte Nikolas, und Konstantin und ich drehten erstaunt die Köpfe zu ihm, weil er nicht wie sonst seinen ultraleichten Witzton aufgelegt hatte, sondern im Gegenteil ziemlich schroff war, sogar zu Pauline. Die verkniff sich eine Antwort und sah ihn aus schmalen Augen an. Ich musste ihr unbedingt später sagen, was Konstantin mir vorhin anvertraut hatte. Dass Nikolas nämlich kurz davor war, Pauline aufzugeben, weil sie immer so schnippisch zu ihm war. Dabei waren die beiden einfach wie füreinander geschaffen. Victoria aus der Parallelwelt hatte das auch geschrieben, und die musste es schließlich wissen.

Konstantin schien das Gleiche gedacht zu haben, denn nach einem kurzen Seitenblick auf seinen besten Freund stand er auf und hielt mir die Hand hin, um mir ebenfalls auf die Beine zu helfen.

»Komm, Vicky, ich brauch einen Kaffee. Ich muss mich aufwärmen, hier fröstelt es mich gerade ein bisschen.«

Dankbar für die Gelegenheit, Pauline und Nikolas ihren giftigen Blicken und sich selbst zu überlassen, nahm ich seine Hand und ließ mich von ihm Richtung Ludwig'scher Bäckerei ziehen.

»Meinst du, die raufen sich noch zusammen?«, fragte ich, während wir das letzte Stück der Gemeindewiese überquerten und endlich auf dem schattigen Gehweg vor dem Laden angekommen waren.

Mittlerweile war es beinahe Mittag und richtig heiß geworden. Egal, ob Hoch Elfriede etwas mit der Springerei zu tun hatte oder nicht, ich mochte sie im Moment echt gern. Vielleicht konnten Konstantin und ich nachher noch schwimmen gehen.

»Keine Ahnung. Aber sollen sie sich doch anschweigen, wir

müssen ja nicht danebensitzen. Hallo, Frau López! Einen Kaffee, bitte.«

»Ach, ihr zwei, gut, dass ihr da seid!«, begrüßte Hennie uns. »Wir haben gerade von dir gesprochen, Vicky. Frau Ludwig ist in der Backstube, die wollte etwas von dir wissen wegen der Sommerferien. Mit Milch und Zucker?«, wandte sie sich wieder an Konstantin, und ein bisschen unwillig ließ ich seine Hand los, um um die Theke herumzugehen und Frau Ludwig zu suchen.

Ich fand sie vor ihrem Büro, während sie angeregt mit einem mir unbekannten Mann in Bäckerskluft plauderte, der entspannt im Türrahmen lehnte.

»Oh, Vicky, das ist aber schön, dass du kommst. Ich wollte dich fragen, ob du nächsten Mittwoch aushelfen könntest. Da muss ich zum Arzt.« Sie drehte sich zu ihrem Gesprächspartner um. »Kennt ihr euch eigentlich? Frank, das ist unsere Praktikantin und bald Aushilfsjobberin Vicky, und Vicky, das ist unser Geselle Frank van de Brink. Der endlich die Windpocken überstanden hat, dem Himmel sei Dank!«

Automatisch streckte ich die Hand zur Begrüßung aus, als der Fremde sich umdrehte – und erstarrte mitten in der Bewegung.

Das war nicht möglich!

Oder doch?

Ich kniff die Augen ein wenig zusammen und sah noch einmal hin.

Nein.

Ganz eindeutig.

Die Gyllenhaal-Lippen, die Nase von Brad Pitt und die Augen von George Clooney.

Vor mir stand Tante Pollys Traummann. Eintausendprozentig.

Ich musste ihn äußerst dämlich angesehen haben, denn er zog eine Augenbraue nach oben und sagte: »Nett, dich kennenzulernen. Und keine Sorge, ich esse keine jungen Mädchen.« *Frank van de Brink.*

Tante Polly hatte ein F gesehen für den Vornamen. Und dann ein V, D oder B, soweit sie sich erinnerte. Und sie hatte recht, so recht! Aber es waren ein V, ein D *und ein* B.

»Frank van de Brink?«

»Ja?«

»Haben Sie zufällig einen Doktortitel?«

»Ach, seid ihr euch etwa schon einmal begegnet?«, mischte Frau Ludwig sich da ein, die fragend zwischen uns hin- und herschaute.

»Na ja, nicht persönlich, aber –« Tja, wie viel sollte ich jetzt verraten? Frau Ludwig wusste zwar wie viele aus unserer Stadt von Tante Pollys Traummann-Geschichte, aber ich wollte andererseits auch nicht mit der Tür ins Haus fallen und den Mann verschrecken. Außerdem war es ja Tante Pollys Angelegenheit.

Aber trotzdem konnte ich einfach nicht anders.

»Oder haben Sie vielleicht einen kleinen Hund?«, sprudelte es aufgeregt aus mir heraus. »So einen ... was war das doch gerade? Einen Malteser-Mischling?«

Überrascht zog er die Augenbrauen hoch. »Den hatte ich, aber woher –«

»Ja, Vicky, woher kennt ihr euch?«

»Moment. Ich muss noch etwas wissen«, unterbrach ich sie.

»So?«, fragte Herr van de Brink und schob eine Hand in die Hosentasche.

»Wie war das noch mit dem Doktortitel?«

»Du bist aber ganz schön neugierig.«

»Ja, das höre ich öfter. Aber ich habe nur gute Absichten, ehrlich!«

Herr van de Brink schmunzelte. Sehr sympathisch, dass er mich nicht komplett abblitzen ließ.

»Das stimmt. Ich bin eigentlich Physiker. Ich war jahrelang in der Forschung an diversen Universitäten, als Letztes in Stanford.«

Ein Physiker als Bäckergeselle in unserem Ort? Ich verstand die Welt nicht mehr.

Offenbar schien er zu ahnen, was in meinem Kopf vor sich ging. »Weißt du, manchmal kommt die Wissenschaft an ihre Grenzen. Und ich mit ihr.« Er lächelte uns an. »Früher habe ich immer, wenn ich zu viel Stress hatte, gebacken. Und irgendwann war ich an einem Punkt, da wollte ich nichts anderes mehr tun. Ich bin zurück nach Deutschland gegangen und habe meine Lehre als Konditor vor einem Monat abgeschlossen. Mit Ende vierzig,« fügte er hinzu, als ob er tierisch stolz darauf wäre, so alt zu sein. »Bei den Ludwigs habe ich meinen ersten Job in meinem neuen Beruf.«

Ich glaube, mein Mund stand die ganze Zeit über offen, aber das war mir in diesem Moment herzlich egal.

Denn das hier war der Volltreffer. Tante Pollys Traummann stand einfach so in der Bäckerei, direkt vor mir, nach so vielen Jahren der vergeblichen Suche.

Das musste sie so schnell wie möglich erfahren.

»Sagen Sie, kennen Sie zufällig meine Tante Polly?«

Er verschränkte die Arme vor der Brust und schmunzelte.

»Nicht dass ich wüsste. Wieso?«

»Weil … ach, das soll sie Ihnen selbst sagen. Nicht weggehen, ja?«, rief ich über meine Schulter, während ich im Gehen mein Handy aus der Tasche kramte und durch das Adressbuch scrollte.

Konstantin musste mir angesehen haben, dass etwas passiert war, denn er griff sofort nach meiner Hand, als ich wieder hinter der Ladentheke hervorkam, und sah mich besorgt an.

»Was ist los? Geht's dir nicht gut? Springst du gerade?«

»Alles klar«, japste ich, »ich muss nur schnell Tante Polly anrufen. Da hinten in der Bäckerei steht ihr Traummann.«

»Wirklich?«

»Hundertprozentig! Tante Polly?«, quietschte ich in mein Handy, als sie ranging, »Wo bist du? Mit Dad unterwegs? Sehr gut. Er soll dich sofort herfahren, zu den Ludwigs. Ich hab gerade den Typen von deiner Collage gefunden. Ja. Ja, ganz sicher … hat er … wie die von Clooney, ja. Ja, die auch. Bitte, komm schnell her, wir sind in der Bäckerei, und er hat bald Feierabend. Ja, bis gleich!«

Mit glühenden Wangen legte ich auf.

Das würde gleich richtig, richtig spannend werden!

Keine zehn Minuten später hielt Dads Range Rover vor dem Laden. Und eigentlich hatte ich erwartet, dass Tante Polly sofort aus dem fahrenden Auto sprang wie diese coolen Stuntmen im Fernsehen und mit wehenden Röcken in die Bäckerei raste. Das tat sie allerdings nicht.

Stattdessen wirkte sie ziemlich angespannt und brauchte eine halbe Ewigkeit, bis sie ausgestiegen war und neben mir auf dem Gehsteig vor der Bäckerei stand.

»Bist du wirklich sicher?«, fragte sie, und ihre Stimme zitterte ein bisschen. »Die Sterne haben mir nämlich für heute keinen Hinweis auf besondere Ereignisse gegeben. Erst nächste Woche wäre der Jupiter wieder im Mond des Neptun und würde dabei Pluto –«

»Jetzt geh schon rein und schau ihn dir an«, unterbrach ich sie, weil ich sie noch nie so nervös gesehen hatte. Ich nahm ihre Hand. »Ich komme auch mit.«

Tante Polly ließ sich von mir in die Bäckerei ziehen und dann nach hinten in den Personalbereich, wo Herr van de Brink vor dem Dienstplan der kommenden Woche stand. Er hatte sich mittlerweile umgezogen und trug jetzt Jeans und ein kurzärmeliges Hemd, das so silbergrau glänzte wie seine Haare an den Schläfen. Aber dafür, dass er so alt war, sah er tatsächlich gar nicht mal so schlecht aus.

Ich räusperte mich. »Das ist meine Tante Polly!«, und er drehte sich um.

Wenn er sie wiedererkannt haben sollte, ließ er es sich nicht anmerken. Er ging nur auf sie zu, streckte ihr die Hand hin und lächelte, so dass er um die Augen herum ganz faltig wurde. »Das freut mich jetzt aber sehr, Ihre Bekanntschaft zu machen.«

Tante Polly sagte immer noch nichts und gab ihm stumm die

Hand. Aber die Art und Weise, wie sie ihn anguckte (und die zarte Röte, die über ihre Wangen kroch), verriet mir, dass der Typ so oder so das Zeug zu einem Traummann hatte. Und damit war es total egal, ob es der echte Traummann war oder eine (zugegeben ziemlich gute) Fälschung.

Und der Kerl hatte scheinbar echt Interesse, so lange, wie er ihre Hand hielt!

»Ich lasse euch jetzt mal kurz alleine, ich muss, äh, ganz dringend mal telefonieren«, sagte ich und verschwand diskret wieder nach draußen zu Konstantin und Dad.

Aber vorher zückte ich noch mal mein Handy und rief Mum an.

Das musste sie mit eigenen Augen sehen.

🌹

Neben Konstantin und Dad (die sich gerade die Hände geschüttelt hatten, als ich nach draußen kam – uff!) standen jetzt auch noch Pauline und Nikolas auf dem Gehweg vor dem Laden und außerdem Hennie und die Ludwigs. Und nachdem alle von der Traummann-Geschichte von Tante Polly wussten, starrten sie mich mit großen Augen an.

»Und?«, fragte Pauline für alle und versuchte, über meine Schulter einen Blick in die Bäckerei zu werfen. »Glaubst du, er ist es wirklich?«

»Zumindest glaube ich, dass Tante Polly ziemlich beeindruckt war, denn sie hat kein Wort zu ihm gesagt, bis ich gegangen bin. Und außerdem ist sie rot geworden.«

»Sie ist rot geworden?« Mum war im Laufschritt über die Gemeindewiese gekommen und schnaufte schwer, als sie sich zu uns in den Schatten der Markise flüchtete. »Dann muss er sie wirklich um den Finger gewickelt haben. Polly wird sonst nie rot. Oh, hallo, Kenneth«, murmelte sie dann, weil sie offenbar erst in diesem Moment meinen Dad gesehen hatte.

»Hallo, Meg.« Dad lächelte.

Ich hätte meine Eltern gerne noch ein bisschen beobachtet, denn es war ja so selten, dass ich sie gleichzeitig vor mir hatte, aber im Laden rührte sich was, und wir guckten wieder alle durch die Scheibe, um etwas erkennen zu können.

Wir mussten ausgesehen haben wie eine Gruppe von Erdmännchen, so wie wir dastanden, dicht nebeneinandergedrängt, doch das schien Polly und Herrn van de Brink nicht die Bohne zu stören.

Ganz lässig kamen die beiden aus dem Verkaufsraum nach draußen. Wobei – *er* war lässig, Tante Polly dagegen sah aus wie eine Fünfjährige, die dem Weihnachtsmann gegenüberstand.

Es war so süß.

»Wir sind dann mal weg«, sagte der Traummann und bot meiner Tante den Arm an, die ihn dankbar annahm. Vermutlich waren ihre Beine gerade aus Wackelpudding, das Gefühl kannte ich nur zu gut.

Schrecklich und schön zugleich.

Und damit ließen sie uns stehen und schlenderten langsam den Gehweg entlang, als ob sie ihr Leben lang nichts anderes gemacht hätten.

Wir sahen ihnen nach, bis sie am anderen Ende der Gemeindewiese in eine Seitenstraße bogen.

»Und gemeinsam reiten sie dem Sonnenuntergang entgegen«, murmelte Nikolas, und Mum und Frau Ludwig wischten sich die Tränen aus den Augenwinkeln.

Frau López war da nicht ganz so rührselig. Mit eiligen Schritten ging sie zurück in den Laden und kam kurze Zeit später mit einem Tablett Gläsern und kalten Getränken wieder nach draußen. »Wenn das nicht ein Grund zum Feiern ist, weiß ich auch nicht«, sagte sie kichernd und ließ den Korken knallen.

»Auf Polly und Frank!«

»Auf Polly!«

»Und auf die Liebe!« Frau López hob ihr Glas. »Es werden noch Wetten angenommen, wie schnell die beiden heiraten werden. Ich tippe auf drei Monate.«

In meiner Hosentasche vibrierte mein Handy.

Eine Nachricht von Tante Polly!

Und sie bestand nur aus drei kurzen Wörtern.

Er ist es, schrieb sie. *Er ist es.*

Und als Konstantin kurz darauf meine Hand nahm und sie drückte, während wir wieder und wieder mit Saft und Sekt auf Polly und die Liebe und das Leben anstießen, dachte ich genau dasselbe.

Ja, er ist es.

Konstantin.

Mein Freund.

Mein Weltenspringer.

Und zusammen mit den vor uns liegenden Sommerferien war das so ungefähr das Beste, was ich mir in meinem Leben vorstellen konnte. Selbst wenn ich in Zukunft weiterhin öfter in irgendwelche Parallelwelten springen würde.

Aber zumindest wäre ich dann nicht mehr alleine – und mit Konstantin würde ich tatsächlich jederzeit Zimtspringen.

Zimt und zurück.

Montag, 4. Juli, 13.42 Uhr

Liebe Vicky,
das ist jetzt der erste Sprung nach dem Sommerfest, und in der Zwischenzeit ist so viel passiert, obwohl es nur zwei Tage her ist. Ich weiß nicht, wie lange ich bleiben werde, deshalb schreibe ich dir schnell diese Nachricht in deine Notiz-App und hoffe, dass ich alles loswerde, bevor es wieder nach Hause geht.
Also, erst einmal: DANKE!!!
Danke dafür, dass du diese ultracoole Gabe hast, durch Parallelwelten zu springen, und dass ich deswegen das Gleiche erleben durfte und hoffentlich weiterhin noch darf.
Wir sind total neugierig und aufgeregt, und hoffen, dass wir noch viel und lange springen dürfen.
Ja, du hast richtig gelesen – WIR.
Das ist mein zweites DANKE.
Dafür, dass du es geschafft hast, dass ich Konstantin besser kennengelernt habe (und er mich, natürlich). Ich habe ihn in der Schule so lange für einen eingebildeten Schnösel gehalten, dabei ist er in Wirklichkeit einfach so ... so – ach, du weißt schon. Er ist eben Konstantin.
Das mit dem Foto neulich war übrigens eine geniale Idee.
Der letzte Eisbrecher, den wir nach unserem Rücksprung gebraucht hatten, nachdem wir im Putzraum hinter der Bühne gelandet sind. Ein Foto von euch beiden, wie ihr euch küsst, auf unseren Handys!!! Ich sage nur so viel: Es

hat nicht lange gedauert, bis wir das gleiche Motiv selbst nachgestellt haben.
Und wie das war, muss ich dir, glaube ich, nicht beschreiben.
Also, danke noch mal. Ich hoffe, bei euch läuft alles immer noch so gut.
Und übrigens – dass du die ganze Zeit dachtest, dass du in der Theatergruppe spielen musst, tut mir natürlich leid. Das ist im Brief wohl falsch rübergekommen, aber ich hab mich so beeilt mit dem Schreiben und muss deswegen vergessen haben zu erklären, dass ich nur die Zweitbesetzung war. Deswegen kann ich dir eigentlich auch gar nicht übelnehmen, dass du die Truppe so kirre gemacht hast kurz vor dem Auftritt, du wolltest (wenigstens diesmal) ja das Richtige tun. Ich habe später auf jeden Fall erklärt, dass mir irgendwer erzählt hätte, Charlotte hätte plötzlich einen fiesen Magen-Darm-Virus aufgeschnappt. Dann haben sie es verstanden, und außerdem waren die vor der Aufführung eh alle so durch den Wind, dass die sich gar nicht groß gewundert haben, dass da mal eine durchdreht.
Freust du dich auch so auf die Sommerferien? Ich werde vermutlich Dad in England besuchen, obwohl es mir super schwerfallen wird, mich von Konstantin zu trennen. Aber seine Familie bekommt ja sowieso Besuch, und er hat schon angedeutet, dass er da ziemlich eingespannt sein wird.
So, jetzt bin ich immer noch hier und bin eigentlich alles

losgeworden, was ich dir sagen wollte. Dann werde ich jetzt mal zusammen mit (meinem!) Konstantin ins Freibad fahren.

Liebe Grüße, deine Victoria Nummer 2 (oder Nummer 7 oder 23 oder 576 – wer weiß das schon?)

PS: Mum hat gestern offiziell Oma und Opa gefragt, ob sie das Haus mieten und daraus ein *B&B* machen kann, nachdem der Kredit bewilligt worden ist. Und sie haben unter der Bedingung ja gesagt, dass sie bis an ihr Lebensende bei uns wohnen dürfen und immer frische Scones bekommen. Bitte drück uns die Daumen!

Epilog

Fünf Tage später

Manchmal gibt es Tage im Leben, da scheint einfach alles glattzugehen. Und genau so ein Tag ist heute. Den ganzen Morgen schwebe ich praktisch schon einen halben Meter über dem Boden.

Das hat mehrere Gründe.

Erstens: Heute ist der letzte Schultag, und sechseinhalb lange Wochen Sommerferien liegen vor mir.

Zweitens: Das Wetter hat endgültig umgeschlagen, und dank Elfriede hat der Wetterfrosch gestern Abend in der Tagesschau einen Jahrhundertsommer angesagt – praktisch jeden Tag dreißig Grad im Schatten, und das für die nächsten vier Wochen, mindestens.

Drittens: Das Röschen ist endlich bei uns ausgezogen. Der einzige Wehmutstropfen (nicht zu verwechseln mit Wermutstropfen, denn die hat sie alle bis auf den letzten Rest während ihres Aufenthalts ausgetrunken) dabei ist, dass sie den schlagersingenden Beo wieder mitgenommen hat. Und ich glaube, Tante Polly mochte den schon sehr gern. Aber die ist ja zum Glück gerade auch ziemlich abgelenkt, was uns bringt zu

Viertens: Tante Polly hat endlich ihren Traummann gefunden. Nach über zehn Jahren. Mum und ich können es immer noch nicht fassen. Und sie mit ihm zusammen zu sehen, wie sie den ganzen Tag Händchen halten und sich ständig küssen, wenn sie glauben, dass sie alleine sind (sind sie aber so gut wie nie, denn Polly wohnt ja noch im *B&B*), ist total merkwürdig. Aber irgendwie auch süß, und ich gönne es ihr von Herzen. Vor allem, weil die beiden jetzt schon gemeinsame Pläne haben – und jetzt kommt's: Sie wollen in Tante Pollys altem Laden ein Café aufmachen. Denn Frank ist tatsächlich ein fanatischer Tortenbäcker. (Seine Mascarpone-Schaum-Limetten-Törtchen sind einfach ein Gedicht. Und er hat erzählt, dass er ein Geheimrezept für eine garantiert gelingende Schokoladenganasche entwickelt hat. Manchmal merkt man doch, dass der Typ Wissenschaftler war.) Also, ein eigenes Café: Ist das nicht irre cool?

Was uns auch zu fünftens bringt: Tante Polly kann bald wieder in ihr altes Häuschen ziehen, weil die Renovierungsarbeiten nach dem Brand fast fertig sind. Mein Dad hat das organisiert, zum Glück, denn sonst würde Tante Polly vermutlich noch in zwanzig Jahren bei uns wohnen.

Sechstens: Ich sehe Dad gerade ziemlich oft. Und gestern hat er das erste Mal, seit ich denken kann, nicht abgelehnt, sondern ist noch kurz mit zu uns reingekommen auf eine Tasse Tee, nachdem er mich nach Hause gefahren hat. Und das, obwohl Mum zu Hause war! Und das Coolste war, dass sie sich zu uns gesetzt hat und wir uns geschlagene vier Minuten lang ganz normal unterhalten haben. Zwar nur über meine Schule, aber wenigstens etwas. (Leider kamen dann meine Großeltern nach Hause, und Dad ist sofort aufgebrochen. Er sagte, sonst würde er uns den schönen Tag verderben, weil er nämlich am liebsten mal

Klartext reden würde. Hat er dann aber leider nicht getan. Er hat mich dadurch allerdings nur noch neugieriger gemacht, und ich habe beschlossen, diese Sache mit Dad – beziehungsweise die Sache mit Dad und Mum und meinen Großeltern – auf meine Sommerferien-To-do-Liste zu setzen. Ich muss endlich wissen, was damals geschehen ist zwischen meinen Eltern. Es nicht zu wissen, macht mich langsam verrückt.)

Ach ja, und dann gab es natürlich noch siebtens, apropos Ferienprojekt: Der Bürgermeister steht bei Mum offenbar nicht mehr ganz so hoch im Kurs wie noch vor ein paar Tagen. Seine doofe Rede beim Sommerfest hat sie ziemlich verärgert, mehr sogar, als ich dachte. Sie sind zwar noch zusammen und alles, aber ich glaube, es würde sich lohnen, da mal ein bisschen tiefer zu bohren. Vielleicht kommt Mum dann ja auch von selbst darauf, dass der Bürgermeister praktisch so cool war wie ein heißes Fußbad im Hochsommer.

Ja, und der achte und letzte Punkt auf meiner persönlichen Glücksliste ist natürlich Konstantin. In den ich so verliebt bin, dass ich mich manchmal frage, ob es nicht doch eine Krankheit sein könnte. (Falls dem so wäre, würde ich Pauline unbedingt anstecken wollen. Ich kann nämlich gar nicht mit ansehen, wie sie sich weiterhin sträubt, sich in Nikolas zu verlieben. Beziehungsweise zuzugeben, dass es schon längst passiert ist. Die Sache setze ich auch noch auf meine Ferien-Liste. Wäre doch gelacht.)

Aber zurück zu Konstantin. Der ist nach wie vor überglücklich, dass er jetzt auch springt. Vor ein paar Tagen waren wir beide wieder für eine halbe Stunde in der Parallelwelt, und er hat das Grinsen gar nicht mehr aus dem Gesicht bekommen. Weder dort noch hier, als wir wieder zurück waren.

Nur gestern Abend wurde er leicht komisch, als ich ihn gefragt habe, was wir in den nächsten Wochen alles unternehmen wollen. Wobei, *komisch* ist nicht das richtige Wort – er hat nur schief gegrinst und gesagt, dass uns schon was einfallen würde und wir es ganz einfach auf uns zukommen lassen sollten. Und dass er vielleicht das ein oder andere Mal mit seinen Eltern unterwegs sein würde, weil die bald Besuch bekämen.

Aber soweit ich wusste, würde der Besuch erst irgendwann nächste Woche ankommen, deswegen haben wir uns für heute Nachmittag ganz normal verabredet, wir wollen zum See fahren.

Und planen, was wir das nächste Mal anstellen, wenn wir wieder in der Parallelwelt sind.

Ganz ehrlich, Leute – zum ersten Mal kann ich es kaum abwarten, wieder zu springen!!!

∼ Ende Teil Zwei ∼

Liebe Leserinnen und Leser,

einfach unglaublich, was Vicky bei ihrem letzten Sprung gerade erfahren hat, oder?

Verständlich, dass sie sich da ab jetzt viel mehr auf ihre kommenden Parallelweltsprünge freut! Allerdings – so viel unkomplizierter, wie sie gedacht hat, werden die gar nicht. Sondern eher noch komplizierter. Denn dieses andere Ich, mit dem sie da in Band 3 tauschen wird, ist wirklich weit entfernt von … Nein, das müsst ihr selbst herausfinden!

Genauso wie die Antwort auf die Frage, warum es sich lohnt, immer einen Erste-Hilfe-Kasten zur Hand zu haben.

Und warum Preisausschreiben eigentlich gar nicht so schlecht sind.

Und warum große Familiengeheimnisse manchmal keine Geheimnisse bleiben.

Und warum Pauline ganz arm dran ist.

Und Claire auf einmal so freundlich.

Und – ja, versprochen! – ihr erfahrt auch endlich, was es mit den Parallelweltsprüngen auf sich hat. Es dauert auch nicht mehr lange. Das große Finale der ›ZIMT‹-Trilogie, »Zimt und ewig«, erscheint schon im Herbst 2017.

Bis dahin!

Eure Dagmar Bach